履道

当代中国文学书库

胡中华 ◎ 著

中国文联出版社

图书在版编目（CIP）数据

履道 / 胡中华著 . -- 北京：中国文联出版社，
2023.4
ISBN 978－7－5190－5143－3

Ⅰ.①履… Ⅱ.①胡… Ⅲ.①长篇小说—中国—当代
Ⅳ.①I247.5

中国国家版本馆 CIP 数据核字（2023）第 047115 号

著　　者　胡中华
责任编辑　胡　笋
责任校对　贾文梅
装帧设计　中联华文

出版发行　中国文联出版社有限公司
地　　址　北京市朝阳区农展馆南里 10 号　　　　邮编　100125
电　　话　010－85923025（发行部）　　　　85923091（总编室）
经　　销　全国新华书店等
印　　刷　三河市华东印刷有限公司

开　　本　710 毫米×1000 毫米　　1/16
印　　张　19.5
字　　数　340 千字
版　　次　2023 年 4 月第 1 版第 1 次印刷
定　　价　89.00 元

●●●●●● 目录

引　子

　　双山县委、县政府办公室以双办发〔2016〕16号文件印发《关于脱贫攻坚各村第一书记任职的通知》。"王弘义任两河镇枫坪村第一书记。"夜阑人静，王弘义想着即将走上新的工作岗位，面对新的工作环境，新的工作内容，新的工作格局，感到很茫然，想着想着，就迷迷糊糊地进入了梦乡……

　　王弘义似乎心情很亢奋，他望着一轮皓月跳动着离开东山，天地沉浸在一片清辉中。西山的古寺，后山的桦树林，门前的小丘，在这月光中像一幅远山的水墨画，勾勒出了清晰的轮廓。他站在一株形似伞状，古老的五叶枫树下，看着流动中闪着波光叮咚作响的小溪出神。情不自抑嗅着春的气息，漫步在崎岖的羊肠小道上。拐过几道弯，他好像感到路越来越窄，觉得有些奇怪，无所适从。抬头看见一位白发苍苍的老翁正在绿莹莹的水潭边垂钓。王弘义上前恭敬地问："请问老者，这是什么地方？"

　　老者看也没看他一眼，眯着眼睛回道："有道者为道，无道者为境。"

　　王弘义不解地语不由衷地问："何为道？"

　　老者仍然目空一切地说："视而不见、听之不闻、搏之不得、先天地生、惚兮恍兮、寂兮寥兮、不可名状。"王弘义似懂非懂，懵懂地想：有人说"道"是宇宙的最高法则，有人说"道"是天地的自然规律，有人说"道"是处事的基本规则。管子说"虚无无形谓之道，化育万物谓之德"。"道"创生了万物，"万物"创生以后，要守住"道"的精神，依"道"而行，应该顺其自然。"正复为奇，善复为妖""祸兮福之所倚，福兮祸之所伏"，一切事物都有正反两面的对立，对立面可以转化。老子认为，"道"具有"有"和"无"两种性质，一个杯子，因为中间是空的，才能产生盛物的作用；一间房子，也是因为它的"无"，才能产生居住的作用。"有"之所以能给人便利，全依赖"无"发挥它的作用。仅有"有"，是发挥不了大的作用，唯有"有"与"无"配合才能产生大用。他似乎记得，对立统一的观点是唯物辩证法的核心和实质。望着重叠起伏的山谷，王弘义怅然地问老者："请问老者，前边的路咋走？"

老者若无所视地指着前方回答："路无长短，都要靠脚步去丈量；道虽多，正道只有一条。众望所归，天下一统。沿着大路径直往前走吧。"王弘义忽然觉得前边山也低了，路也宽了，满心喜悦昂首阔步地向前走去……

一 枫 坪

2015 年，中央脱贫攻坚动员令下达后，双山县被市委确定为 2018 年底脱贫攻坚摘帽县。县委工作会按"十三五"规划精神，确定把扶贫工作的重点转移到"精准扶贫"工作方面来。改变以往走马灯式的包扶办法，给各村派第一书记，常年驻村包扶，不脱贫，不撤兵。

仲春时节，山城到处是一片花的海洋，县人民广场，红旗飘飘，人声沸腾，双山县脱贫攻坚工作队驻村入户出征仪式在这里举行。县委、人大、政府、政协四套班子领导全部出席了出征仪式，会议由县委副书记唐志刚主持，县委书记李益民致辞，县政府县长张树正宣布出征令。随着一声"双山县脱贫攻坚工作队驻村入户出征队伍出发"的指令，10 支工作团的专车在《水滴石穿》的乐曲声中缓缓启动，离开了山城……王弘义、武春华细细品味着《水滴石穿》的歌词：

> 一张蓝图　咱们坚持绘到底
>
> 久久为功
>
> 弱鸟先飞　咱们一刻不停息
>
> 淅淅沥沥的春雨
>
> 正滋润着希望的田野
>
> 扶贫攻坚的路上
>
> 有你我同舟共济的足迹
>
> 中华复兴
>
> 黎明曙光　喷薄东方天际
>
> 风雷激荡
>
> 彻底冲破　那贫困的藩篱
>
> 浩浩荡荡的春风
>
> 正吹遍了神州的大地

中国梦圆的路上

有你我 携手奋进的足迹……

　　运送包扶工作队的专车，在崎岖的山路上颠簸前进。王弘义感到一种责任感阵阵袭上心头。他暗暗下定决心：扎下根，脱层皮，一定要为群众干些实事，努力改变枫坪村的贫困面貌。一个多小时后，专车开进了两河镇政府的院子，镇党委、镇政府举行了简单较隆重的欢迎仪式。镇书记刘兴民致欢迎词：欢迎包扶工作队来两河镇扶贫，希望包扶队员坚定信心，努力为脱贫攻坚贡献力量，确保 2018 年底全部脱贫。

　　镇长李正华作了简短的介绍：两河镇共有 8 个行政村，有 3 个村与邻县接壤，婺水穿境而过，山大沟深，条件艰苦。希望包扶工作队员扎根山区，与群众共同奋斗，彻底改变两河的贫困面貌，力争按期脱贫。吃过午饭，分管领导带着工作队员到各村报到。

　　王弘义、武春华被分配在枫坪村。副镇长张厚诚是工作队长，队员还有镇农技站干部齐明生、包扶企业干部孙阳。午饭后，张厚诚开着自己的本田雅阁，拉着王弘义等驶向枫坪村。

　　枫坪村位于三县交界处，比邻洛川、西河两县，距离两河镇 8 公里。传说明清时期时，上河赵家、下河李家为土地发生纠纷，一直不和，后来，两姓子女联姻，共同在河边栽植了一株枫树，这里就得名枫树坪。原来枫坪、双河、杨垣是 3 个村，2014 年合并为一个村，定名为枫坪村。小车在蜿蜒崎岖的山间水泥路上奔驰，20 分钟后，张厚诚就把本田雅阁缓缓地停在了枫坪村部的院子里。

　　枫坪村的干部们听到车响，都来到了院子里。村支书赵守道、村主任李虎生上前与张厚诚握手打招呼。张厚诚向下车的王弘义、武春华、孙阳介绍说："这是支书赵守道、村主任李虎生。"王弘义、武春华、孙阳上前一步和赵守道、李虎生握手说："赵支书好！""李主任好！"

　　张厚诚接着介绍说："这是副支书李惠芬、副主任宋志红、监委会主任陈玉文。"王弘义、武春华、孙阳和李惠芬、宋志红、陈玉文一一握手问好。

　　张厚诚指着王弘义说："这是 A 局办公室王弘义主任，大学生，西农大毕业的，任驻村第一书记。"王弘义对赵守道几个村干部点点头、搓着手掌说："我叫王弘义，是 A 局派来枫坪村的包扶干部，自己农村工作经验短缺，请各位多多指点。这要打扰大家几年，还请多多关照。"

　　赵守道看着这个 30 多岁小伙子的憨厚笑脸说："一家人不说两家话，不客气，有啥就说，不到之处还请多多谅解。"

李虎生也打量着这个身穿藏青色西服的小伙子说："我们农村人说话不讲方式，一锯两把瓢，直来直去，你们知识分子，可别多心。"其他人也跟着说："大家一起工作，都不会多心的。"

张厚诚又指着齐明生说："这大家都熟悉，我就不介绍了。"又指着武春华和孙阳说："这是 A 局业务股武春华股长，大学生，学林业的，也是扶贫组成员。这是包扶你们村的远翔公司办公室主任孙阳。"赵守道指着会议室说："欢迎欢迎，走，到会议室坐。"大家谦让着走进了会议室。

13 个村民小组的组长都在会议室里坐着，赵守道一一介绍了各组的地址、户数、人口情况和组长姓名，张厚诚又向各组干部介绍了帮扶干部。李虎生介绍了村组的基本情况和扶贫现状，王弘义就帮扶的目的、意义、任务，谈了自己的想法。希望大家共同努力，力争按期脱贫摘帽，整体迈进小康社会。接着，各村民组长也介绍了各组情况，大家座谈到傍晚时分才散会。

县委、县政府对包扶工作作出了许多规定，对工作队员提出了许多要求，县扶贫局成立了指挥部，实行定位打卡信息化管理。各村委会也作了充分的准备，请专职炊事员办了集体灶，给每个驻村干部安排了宿办合一的房间。村部坐北向南，20 多间房屋，全是砖混结构。正房 6 间两层，一层 3 间会议室，3 间综合办公室；二楼 6 间，支书、村主任、副支书、副村主任、监事会主任、文书各占 1 间办公室；西边是 6 间，1 间灶房，2 间餐厅，3 间是支部活动室；东边 6 间，是宿办合一的单间；大门西边两间是村卫生室，东边两间是商店。扶贫工作队 5 个人就安排在东边靠北的办公室里。散了会，陈有才把工作队员王弘义、武春华、张厚诚、齐明生、孙阳紧挨综合办公室，依次安排住在东边的几间屋里，被褥，村委会提前都准备好了，李惠芬也铺好了床单，几个村干部帮忙搬东西，也就是学习材料和书籍、洗漱用品，一趟也就搬完了。

王弘义没带洗漱用品，放好书籍和手提电脑，到村部门口商店买生活用品。走进商店，他看见一个五官端正身穿一身白灰色西服的 20 多岁小伙子坐在轮椅上摆放商品，一个 30 多岁上身穿着红色羽绒服，下身穿着黑筒裤，显得很利亮的年轻妇女忙着搬东西。王弘义打量着这两个人，从年龄上看似乎像叔嫂关系，从协调程度和亲密程度看又好像是夫妻。王弘义不解地问："哪位是店主？我买洗漱用品。"

年轻小伙子移动轮椅转过身笑着问："牙刷有 1 元的、3 元的，香皂有 3元、6 元的，牙膏也有几个牌子，你要哪一种？"

　　王弘义指了指中华牙膏说："牙膏要中华牌的，牙刷要3元的，香皂要6元的，毛巾要纯棉的两条，脸盆要塑胶的两个。"王弘义说一样，年轻妇女拿一样。

　　年轻小伙子笑着问："还要啥?"

　　"就这些吧。多少钱?"王弘义边问边掏出钱。

　　"毛巾2条10元、牙刷3元、香皂6元，牙膏4元，两个盆20元，一共43元"。小伙子报出了价格。王弘义从小伙子敏锐的眼神和机智、灵活的语言、行动中感到小伙子很聪明，看到轮椅中艰难移动的样子，徒生恻隐之心，边付钱边问："小伙子你叫啥名字? 多大了?"

　　"我叫李三元，今年26岁。"李三元笑着回答。

　　王弘义看着李三元的腿问："腿是咋残废的?"

　　"他腿是那年在煤矿打工残的。"年轻妇女笑着回答。

　　"你是?"王弘义不懈地问。

　　"我叫宋连花，是他表嫂子，2组王家坡的，三元行动不方便，没事了我来商店给他帮帮忙。"宋连花笑着解释。王弘义会意地点点头，"哦"了一声，出门回了村部。

二 酒桌上的尴尬

夕阳好像在金红色的彩霞中滚动，慢慢沉入了西山。山顶黯淡的轮廓突然浮现出连绵不断的浅蓝色线条，夜来临了。赵守道请张厚诚、王弘义等到灶房吃晚饭。赵守道提前做了准备，端上来 6 个凉菜：豆芽、粉条、木耳桃仁、咸鸭蛋 4 个素菜，土豆肉片、灌肠两个荤菜。还准备了酒。王弘义见状心想：大吃大喝呀！这不是违反纪律吗？他笑着对张厚诚、赵守道和李虎生说："张镇长、赵支书、李主任，这样不好吧？工作队有规定，不许铺张浪费，不许请客喝酒。"

赵守道说："酒是我家烧的，菜是我从家里拿的，不是公款。"

李虎生接过话说："就自己随便弄几个菜，又不是在酒店铺张浪费。"

王弘义笑笑说："这也不符合八项规定呀！"

李虎生还要反驳，张厚诚抢先说："算了吧，这是支书、村主任的一点心意。我们这里农村人厚道、客气、礼节多，不像城里人那样率真、直爽。你们初来乍到，这是表示欢迎的意思。入乡随俗吧！酒、菜是赵支书个人的，也不算大吃大喝。这样，晚饭每人交 20 元钱，村上安排结账，这也算符合规定吧！"

王弘义还想说什么，见镇长说话了，嘴动了动，又忍下了。赵守道接着说："对，下不为例，请坐、请坐。"大家推辞了一下，让张厚诚、王弘义坐到面向进门方向的"上席"，然后依次坐下吃饭。

刚坐好，炊事员端上来了炸红薯馍、萝卜丝饼、饺子，李虎生指着桌子上的菜说："太晚了，农村条件差，都是自产的，随便先吃一点填填肚子吧。"

大家边吃饭边交谈前几年的扶贫情况。赵守道介绍说："前几年包扶枫坪村的是一个小部门，没有人在村上长住，每个月来两三次和村上交流情况，村上有困难，也帮忙跑跑项目，给一些资金支持，帮贫困户选选项目，重点扶持扶持。前年，还从畜牧中心争取了一个养殖项目，用贫困户补贴款作抵押，帮忙办了一个养鸡场。由于领办人管理不善，不但没赚到钱，还赔了 1

万多元。一村一品喊得响，主要还是靠茶叶增加群众的收入。"

王弘义问："枫坪村的优势资源、优势产业是啥？有哪些困难？"

赵守道笑笑说："优势资源就是山林，优势产业主要还是茶叶。困难就是穷，缺钱。"

"对，只要有钱，啥事都好办"。李虎生接过话题回答。

王弘义看着这个身穿一身休闲装，不到四十岁的村主任，说话很利索，可总感觉到有些漂浮，不实在，笑笑接着说："没钱难办事，有钱也靠人干事。关键还是要大家团结一心努力干好事。"

"对，只要大家团结一心干事，枫坪村的未来一定会得到大发展。"张厚诚也笑着附和。

炊事员端上来了洋芋煎饼炒腊肉，李虎生指着说："这是我们这里的特色菜，先吃一点吧，农村和城里没法比，都是土特产。"

大家边吃边说，过了几分钟，赵守道端起酒杯说："我家里自己烧的苞谷酒，不成敬意。大家来枫坪扶贫，枫坪的未来发展还靠各位谋划、支持。来，我敬大家一杯。"王弘义端着酒杯站起来说："镇长、支书、主任，对不起，我不会喝酒，请原谅。"

李虎生头一偏，不屑地说："王主任，你没听人说，下乡不喝酒，一点道理都没有；进城不泡妞，这样的老公赶快休；能喝八两喝一斤，这样的干部人放心；能喝白酒喝啤酒，这样的干部要调走；能喝啤酒喝饮料，这样的干部不能要；能喝饮料喝开水，这样的干部活见鬼。"

"这是李主任的体会吧？"宋志红笑着反驳。

"嗨，这虽然是笑话，酒桌上就是图个热闹，不过玩的过程也可以看出一个人是否直爽、实在。"李虎生强调说。

"李主任，为啥进城不泡妞，这样的老公就要休？"李惠芬不解地问。

"杨祯泰那方面不行，你要他干啥？"李虎生调侃地问。

"看来你行，你每次进城都要泡妞？"宋志红打击他说。

"不要转移话题。王主任，我们农村人就是实在，俗话说'客来主不顾，应恐是痴汉。'我这是尽地主之谊。酒是敬重人的，大小伙子，头一杯酒不喝，不好吧？"赵守道笑着说。

王弘义笑笑解释："实在对不起，我不是不给面子，确实不会喝酒。"

张厚诚看了一眼王弘义说："是这样吧，初次见面，滴酒不沾也不好，农村人实诚，讲究人抬人高，你自己多少喝一点吧！"

王弘义心想：也是，要懂得敬重人。即笑着看着武春华说："春华知道，我真的不喝酒，那我就多少喝一点。"

武春华看着王弘义说："反正在单位没见过王主任喝酒。"

赵守道看了一眼张厚诚折中地说："这样吧，女同志和王主任随便，心意到了即可。"

王弘义看着张厚诚、赵守道、李虎生说："谢谢理解，我尽力吧。"

虽然有了这个小插曲，大家还是掀起了第一个高潮，酒过三巡，赵守道从张厚诚开始敬酒，规矩是敬一个碰一个，"平荐齐过"。王弘义虽然不会喝酒，但为了表示诚意，两杯酒也仰着脖子喝下去了。李虎生、宋志红、陈玉文敬酒的力度更大，从张厚诚开始每人敬两杯、碰两杯，王弘义说实在不能喝酒，每人只喝一杯、碰一杯，得到大家谅解，他一个个也仰着脖子喝下了大家敬的酒。几个人下来，王弘义的脸像大红布一样，他实在撑不住了，到外边透透风，顺便去了洗手间。返回时看到商店屋后有两个人伸着头往餐厅张望，他想：是到商店买东西，还是到卫生室取药？也没太在意，依然回到了餐厅。敬酒过后，李虎生、宋志红、陈玉文又缠住张厚诚、武春华、齐明生、孙阳划拳，掀起了第二个高潮。宋志红先开始，他喝了一口茶水，清清嗓子说："大家第一次见面，相互了解一下，熟悉熟悉，赵支书酒量不行，李主任压阵，像电影《高山下的花环》里说的一样，副职就是冲锋陷阵的，我这个副主任就打头阵。张镇长，我打通关，猜拳，六拳，带头碰，二四过，三平再来三个，一五铜锤重来六个。"

"那有些多吧?"张厚诚客气地说。

"不多不多，不能让领导喝多了，要不然，垒石枚六个，五以下不喝那才过瘾呢!"宋志红豪气冲天地说。

"不跟你小伙子拼酒，就来六个带头碰吧!"张厚诚给出了最高指标限制。

"好，听领导的，就来六拳，二四过。"宋志红爽快地答应了。

宋志红打完关，陈玉文、李虎生也打了关，张厚诚没打通关，代表工作队给村干部一一敬了酒。也是为了交流感情吧，王弘义不接关，但也和打通关的人碰了一杯酒，应付应付场面。大家心情畅快，都喝了不少酒，晚饭吃到将近九点才结束。杨祯泰开车到村部院子来接李惠芬，李虎生打击说："一夜都离不得，跑那么远的路往回接?"

"屋里有娃要照顾。哪跟你馋猫一样。"杨祯泰反击说。

"不是要照顾小娃，是要照顾大娃呦!"宋志红也跟着打击。

"都是一窝子鬼，说不到一句人话。"李惠芬用指头指着宋志红骂。

"好赖人你都认不清，接你的人才是真鬼。"李虎生笑着骂李惠芬。

　　"走，不跟那些鬼说。"李惠芬和杨祯泰上了车。

　　山村的夜虽然很寂静，王弘义第一次喝那些酒，只觉得晕乎乎的，躺在床上，猜测着那两个黑影和村里的事，久久没有入眠……

三 走 访

　　深山的清晨，依然渗透着早春的丝丝凉气。王弘义起床洗漱后，悠闲地在村部外枫坪河畔的水泥路上散步。20 多户村民，凌乱地散落在枫河两岸的山坡边，砖混结构的小楼中，夹杂着破旧的瓦房，古朴中凸显着浓浓的现代文明气息。门前的桃花、杏花、迎春花交相辉映，嫩柳轻拂，一片生机勃勃。王弘义感到异常清新。走回村部门口，见一个小伙子开着三轮车，把一个老奶奶拉到卫生所门口。村医李欣怡帮忙扶进了卫生所。王弘义不明白病重为啥不到县城住院，为啥清晨拉到卫生所治疗。这时，李惠芬开车进了院子，王弘义不解地问："李支书，那奶奶好像病很重，咋不到城里大医院住院？"

　　李惠芬解释说："小伙子叫杨祯兴，杨垣人，母子两个过日子。他去年大学才毕业，还没来得及找工作，母亲就有病住了院。检查诊断为肝癌晚期。杨祯兴陪母亲住了 6 个月的院，医生劝他安排后事，他又不忍心看母亲痛得难受，只有天天拉到村卫生室打止痛针、补充能量。早晨放到诊所有医生看着，他还可以跑运输挣点钱。"王弘义"哦"了一声，对小伙子的遭遇很同情。

　　没过一会儿，李欣怡母亲吴梦丽走进了卫生所，她把李欣怡从卫生所叫到村部门口，恶狠狠地说："杨祯兴把他妈往你这一扔就完事了？你是他啥人呐？"

　　李欣怡低声回答："我是医生，照顾病人是应该的，你少管。"说罢，扭身回了卫生所。吴梦丽"哼"了一声，余怒未消地回了家。

　　李欣怡刚回到诊室，"滴滴"一声，杨祯兴发来了短信"犹有报恩方寸在，不知通塞竟何如"。李欣怡明白杨祯兴的心情，即回了"泪盈襟，礼月求天，愿君知我心"。一会儿，又来了"未知天地恩何报，翻对江山思莫开"。李欣怡怕杨祯兴不安心开车，即回道"勿言草卉贱，幸宅天池中。好好开车！"杨祯兴也意识到不能分心，即回了一个笑脸。

　　他们两个的感情是建立在对文学共同爱好的基础上。上学时，杨祯兴因为偏科，理科拉了分，没能考取好学校。相处日久天长，感情相当牢固。

　　吃过早饭，王弘义要求到各组熟悉情况，县委通知村干部轮训，赵守道、李虎生到县党校参加基层干部学习，让副主任宋志红、监委会主任陈玉文检查地膜洋芋播种情况，让副支书李惠芬陪同几个包扶队员到各组调研。张厚诚、齐明生是本镇干部，情况熟，多数时间就是王弘义、武春华和孙阳几个人到各组熟悉情况。

　　枫坪村有 13 个村民小组。枫河流入丹江，沟口吴家滩是一组，与洛川县阳平镇、西河县凤阳镇比邻。王弘义、武春华在副支书李惠芬带领下走进了这个 20 多户的小村庄。凌乱的新旧建筑，明显看出了贫富的差距。组长吴自启介绍说："吴家滩全组 26 户，106 口人，有贫困户 6 户。"王弘义"哦"了一声说："吴组长带我们到贫困户家中看看。"吴自启边答应，边带领王弘义一行走进了吴自立的家。

　　王弘义、武春华几个人屋里屋外转着看，3 间土木建筑的瓦房，大概是 20 世纪 60 年代修建的，墙是用泥糊的，屋里也没上白灰，更显得异常破旧。东屋一隔为二，北屋靠南墙放着一张老式板床，床前放着一对旧木柜，一个装粮食的缸，这是吴自立两口睡的地方；南屋靠北墙放着一张老式板床，床前放着一担旧箱子，这是吴自立母亲的房；西屋一分为二，北屋靠南墙搭着一个板子床，北窗下放着一张旧三斗桌，这是吴自立儿子睡的屋；南屋靠北墙搭着一张板子床，南窗下放着一张简易大桌，这是吴自立女儿睡的房；中间屋里放着一台 24 时的彩电，一个小桌和几条小板凳。没有一件像样的家具。王弘义里外看了后，心情沉重地问："家里几口人生活？"

　　吴自立摸摸头说："家里就是老娘、老婆、儿子、女子 5 个人过日子。"

　　"家里主要收入是啥？"武春华边看房里家具边问。

　　"有啥收入，老娘年纪大了，婆娘经常有病，两个娃上学，就我一个人种庄稼。穿的用的，就靠采一点茶叶卖几个钱。"吴自立指着家里的破旧家具介绍。

　　"其他还有啥收入？"王弘义看着吴自立问。

　　"有时候也打打工，农村也没啥活干，多数时间都在家里混。"吴自立淡淡地回答。

　　王弘义"哦"了一声，边出门，边对身边的武春华、孙阳说："这家确实太穷了，家里家具加起来也不值 2000 元。"

　　"农村现在吃的问题不大，不少农户经济还是比较困难。"武春华边走边和王弘义交流。

　　"城乡差别还是太大了。"孙阳摇着头说。几个人绕过几家来到吴毅家中，他们到家里看看，也没有见到像样的家具，三间屋特别脏，地下也没扫。王弘义问："家里几个人过日子？"

"几个人？就我一个人。一个人吃饱了，全家都不饿。"吴毅拢着手回答。

"今年多大岁数了？"武春华看着吴毅问。

"老了，都50多了。"吴毅看着墙回答。

"脱贫攻坚，你有啥打算？"王弘义看着吴毅问。

"屁的打算，朝阳坡，晒暖和，得过且过。过一天，算两晌。混日子嘛！"吴毅皮笑肉不笑地回答。

"国家扶持，你也要努力，只有好好干，才能脱贫。"孙阳鼓励吴毅说。

"哦，好好干吗？也没有啥好干的。"吴毅用脚踢着一个土疙瘩回答。

出了吴毅家，来到李三杰家，两间破瓦房屋檐一个角都塌了，王弘义见他智力不好，话都说不清，见人仰着脸笑。进屋看了一下，转身问李惠芬："他能自立生活？"

"粗茶淡饭自己能做。老人过世后，就这样将就地过。基本全靠政府照顾。"李惠芬看着李三杰介绍说。

"像这种情况咋都扶不起来。"孙阳边走边对李惠芬说。出门拐个弯子，来到了吴世春家。

李惠芬介绍说："吴世春老两口过日子，原先招的女婿，两个脾气都犟，过不到一块去，女婿带着女子走了。"几个进了吴世春家，王弘义问："老人家，今年多大岁数了？"

吴世春捏着三个指头大声回答："70了，老婆子也68了。"

"这屋是啥时候盖的？"武春华看着屋里旧家具问。

"还是1964年盖的，1986年翻修过一次。"吴世春看着房顶回答。

王弘义看屋里打扫得很干净，墙壁很旧，但都是用石灰糊过的，没有新家具，但实用的家具很齐全，两个老人身上穿得也还整齐、干净，是个过日子的人家。

"吃的有啥问题啵？"王弘义看了屋里的情况问。

"吃的穿的问题不大耶。"吴世春笑着回答。

"年纪大了，要注意身体。"武春华边出门边叮嘱。

"身体好倒是，有医保，还不是经常喝药。"吴世春边送几个干部出门边回答。

"保重身体，干一点力所能及的活，也不要太累了。"王弘义也回过头安慰吴世春。

　　"不用你们操心，我们会注意的。"吴世春站在廊檐边看着王弘义一行人说。

　　出了吴世春家，李惠芬又带着他们来到了吴卫东家。3 间破瓦房，也是20 世纪 60 年代盖的，屋檐有一边没一块，家里除了一个 18 吋的电视，没有一件像样的家具。王弘义到每间屋看看后，问吴卫东："家里几个人过日子？"

　　"家里 5 个人，一个老娘，我两口子和两个上学的娃。"吴卫东看着王弘义回答。

　　"一年的主要收入是啥？"武春华看着吴卫东问。

　　"也没啥收入，茶叶每年能收入四五千元，另外就是种点庄稼，打打零工。"吴卫东漫不经心地回答。

　　"要有一个稳定的收入，不然，脱贫也有困难。"王弘义看着吴卫东劝说。

　　"干啥？我们又不会技术，能干啥？"吴卫东无奈地说。

　　"要学一门技术，才有稳定收入。"孙阳建议说。

　　"就是要学一门技术，靠笨力挣不下钱。"吴卫东边把几个干部送出门，边挠着头回答。

　　李惠芬边走边介绍这几家的困难，来到 3 间两层小楼前停住了脚步。王弘义问："还有一户在哪？"

　　"这就是吴守财家嘛。"李惠芬笑着回答。王弘义、武春华看着 3 间两层楼房，愣在了那里。大门虽然紧锁着，从外表看，装修得也非常漂亮。

　　"这还是贫困户？"武春华奇怪地问。

　　"家里还有小车哟。"李惠芬补充说。

　　王弘义不解地问吴自启："吴组长，这是咋回事？"吴自启支支吾吾地说不出理由。

　　李惠芬悄悄嘀咕一句说："李上任说他家欠的账多。"

　　"为啥欠账？"王弘义问吴自启。

　　"他家……在城里……开的有公司，贷款多。"吴自启结结巴巴地回答。王弘义"哦"了一声，明白了其中的含义，也没再多问。

四 心 结

顺枫河向上约 500 米，是二组王家坡。20 多户村民，梯次排列的立体画面散落在缓坡岗子上的竹林和洋槐树丛中。砖混结构的小洋楼居多，有几家房屋依然很破旧。组长王世祥边走边介绍："王家坡全组 28 户，112 人，有贫困户 6 户。"王世祥带领王弘义、武春华看了贫困户王世新、王文生、王沧海、王文波、王文涛家，房子都很破旧，没有一件时兴家具，看起来十分困难。王弘义一一看了粮柜，似乎吃的问题不是很大，穿的虽不高档，冷暖也没问题，床上的被褥也都是半新的。到了王世斌家，又让王弘义大吃一惊，独户小院中，3 间两层半小楼显得格外气派。他不由自主地悄声问李惠芬："这该不是村主任说的欠账多吧？"李惠芬抿住嘴摇摇头。王弘义无奈地叹息了一声……

拐过弯子，来到三组枫坪。村部门前，商店店主李三元坐在轮椅上翻看着手机，门外的石桌旁，退休工人陈远剑正在和李四海、陈玉旺、牛伯梁"挑红四"。李惠芬对牛伯梁说："二梁子，一年之计在于春，一日之计在于晨，大长天的，你不找啥做做，就在这玩呐？"

"哦，我就等着你们给我扶贫，最好给我说个媳妇。"牛伯梁不冷不热地回答。

"就你这懒汉二流子样儿，老鬼跟你。看赵守义家猪圈的老母猪能看上你不？"李惠芬没好气地骂。

"李支书这话可说得不对啦，只许州官放火，不许百姓点灯呀？有劳有逸嘛，干部可以喝酒热闹，老百姓打打牌有啥不对？"陈远剑看着牌，旁若无人地说。王弘义联系昨晚在村部院子看到的人影，心里起了疑云。

李惠芬指着李三元说："玩也不能整天地玩吧？你看李三元，行动不方便，还自己开商店，增加收入。你看你们干啥？"

"我们跟李三元咋比？人家长得人高马大的，漂亮，有人喜欢。二组宋连花天天来帮忙。我们没人昭示嘛。"李四海歪着脖子回答。

"你整天胡混,哪个没长眼睛,为啥昭示你?"李惠芬没好气地反问。

"不玩干啥?都富了,你们扶贫就扶那些城里有房、村里有楼、家里有小车的人呐?"陈远剑皮笑肉不笑地反驳。

李惠芬笑着说:"陈叔,陈远剑,你就会诡辩。"

"这娃,我说的是实话嘛。扶贫是好事,是党对群众的关怀,你当支书嘞,没听听群众的反映?"陈远剑看着李惠芬问。

"那些群众有啥反映?都是你猜想的吧?"李惠芬故意问。

"不是我想的,是大家看到的。百分之五十以上的群众都有意见,应该评得没评上,富得流油的还当贫困户。事情处理得不公平。"陈远剑边打牌边回答。

"有意见你就反映嘛,没人不让你说话呀?"李惠芬笑笑说。

"我这就是向你反映问题呀,就看你们咋办了。"陈远剑绷着脸说。

"旁人有意见,我没有意见哦。"李四海笑着说。

"我也没有意见哦,我就等着表嫂子给我找媳妇。"牛伯梁笑着附和着说。

"瞎起哄,下午都回去干活。"说罢,李惠芬带着王弘义走进了组长李玉明的家。

李玉明刚从洋芋地里回来,见王弘义几个来了,让烟让茶后,带着几个干部去看贫困户。到了李三元家,三间瓦房异常陈旧。王弘义问:"就是开商店的李三元?"

李惠芬笑笑说:"就是的,小伙子原先是一个很漂亮的娃,高中毕业生,人们很看好他,是村支部的培养对象。前年在煤矿打工,塌坏了双腿,成了残废。父母由哥哥赡养,他自己坐轮椅独立生活。在村部门口办了个商店,用手机、电脑联系生意,有时还靠母亲照顾。"

"我那天看见有个叫啥的年轻妇女给他帮忙啦?"王弘义想起才来那天见到的情景。

李惠芬接过话题介绍说:"就是刚才李四海说的,那女的叫宋连花,男的骑摩托摔死了,带着两个孩子过日子。她很喜欢李三元,经常到商店帮忙。"

"我看那女的还行,你们没有撮合他俩成为一对?"王弘义突发奇想地问。

李惠芬笑笑说:"咋没想过,宋连花看李三元人漂亮,聪明,有志气,也想和他促成一对,李三元也有那想法,他妈从中插一杠子,说三道四的,到现在还在那悬着。"

"他妈为啥不同意?"武春华也觉得奇怪。

"老封建嘛,她嫌宋连花是寡妇,命硬,克死了丈夫,怕又克死了他儿子。"李惠芬气愤地解释。

"封建思想害人呐，新中国成立 60 多年了，封建残余思想还阻碍婚姻自由。"武春华插嘴说。

"还说呢，你那天看到的杨祯兴，和卫生所的李欣怡从小是同学，两个从高中就开始谈恋爱，李欣怡他爸嫌人家家里穷，就是不同意。两个人还不是悬在那。"李惠芬笑着介绍。

"几千年的封建思想是很顽固的，它潜伏在人们的意识之中，影响人们的思维，也许，民族文化素质全面提高后，这种旧的意识才能慢慢消失。"王弘义深有感触地说。

走着说着，李玉明把几个干部带到了李春旺门前。李玉明介绍说："李春旺前几年做粮食生意，开始豆类、花生米生意很好，赚了一些钱。后来他在豆子里、花生米里掺水、掺沙子，买家拉一次就不要了。掺假的豆子、花生卖不出去，许多发霉烂掉。赔了十几万。这几年种香菇还了一些债，外边还欠三四万元的债。"王弘义等到家里看，3 间旧瓦房，除了电视没有一件现代家具。这让几个扶贫干部心里很沉重。

他们又看了李四海、李益春、李玉新、李玉山家，李四海，是单身；李益春是孤老头；李玉新 4 口人过日子，身体经常有病，看起来家里确实困难；李玉山家 5 口人过日子，两个娃上学，房子也破烂不堪。他们到了李春生家，4 间两层的楼房装修得非常漂亮，院子里还停着一台农用车。王弘义看着李惠芬问："这也是贫困户？"

李惠芬笑笑说："李春生是村主任的亲兄弟。"王弘义、武春华、孙阳点点头，"哦"了一声。

沿枫河西行 600 米，来到了赵家洞。因南山有一个石灰岩溶洞而得名。清乾隆年间，赵姓人从安徽潜山县迁居此地，故名赵家洞。李惠芬把王弘义、武春华带到组长赵守义家，两层 3 间砖混结构的楼房，虽没有装修，但收拾得却干净清爽。赵守义见王弘义、武春华到处转着看，即笑着介绍说："王主任见笑了，我们组 25 户，98 口人，有贫困户 6 户，前年我老婆得了脑梗，住院花了几万元钱，两个孩子上学，大女子今年才大学毕业，以前，我也评的是贫困户。去年来，妻子的病慢慢好些了。今年我可以退出贫困户行列了。"

王弘义笑着解释说："赵组长多心了，嫂夫人明显身体还没完全恢复，走路不方便，定为贫困户也是应该的。"

"作为党员，我还是退出来得好。免得大家有意见。"赵守义笑着说。

武春华也接着说："嫂夫人走路还是不利索，影响参加生产劳动，评为贫困户也是应该的。"

赵守义妻子王凤丽搓着手说："好多了，做饭、扫地，干点轻活还可以。"

李惠芬笑着说："嫂子是勤快人，要注意锻炼，也要注意休息。"说着，赵守义带领王弘义到赵明辉、赵明礼、王玉春、赵守德、赵守仁家了解情况。这几家吃的问题不大，住房、经济都还相当困难。

而后几天，李惠芬带王弘义、武春华、孙阳到寺沟、北沟、南沟、双河、刘湾、杨沟脑、张坪、杨垣、陈庄走访，群众普遍对贫困户的确定有意见，贫困户大部分也没有目标，"两不愁、三保障"存在许多问题。王弘义、武春华深入各组和贫困户家庭一户户调查生活、生产情况，从人口、劳力、住房到家庭收入、主要产业，都做了细致的考察，特别是群众反映强烈的问题，逐一做了深入的调研。王弘义感到：大部分家庭确实困难，需要帮扶，有一部分家庭确实很富裕，纯粹是关系户。如何处理，他苦苦地思索，感到很棘手。装糊涂放过去，不符合政策，自己良心何忍？今后工作咋开展？按政策办，肯定要得罪人，可能还会影响团结。他心里的这个结总无法解开……

五　调　研

正确的决策来源于深入调查研究之中，经验往往在不断总结中产生。精准帮扶是多年扶贫工作经验总结的产物！一天，市委召开精准摸底电话会，村干部和扶贫工作队员都到镇政府电话会议室参加会议。市委动员后，县委、县政府又做了安排。制定了"八不准"规定，要求明确标准，统一表册，规范程序，严格要求，确保一把尺子量到底，县扶贫局局长再三强调，首先要解决好扶持谁的问题。会后，王弘义、武春华到镇政府把调研的情况向张厚诚汇报，张厚诚不以为然地说："世间的事没有绝对公平，没有十全十美，贫困对象都是经过开会研究过的。有意见很正常，十个指头有长有短，山上树木有高低。反映让他反映，还是要保持稳定为好。"

王弘义沉吟了一下，心想，解决不好帮扶谁的问题，下面工作肯定有阻力，能否扶对人很重要。他看着张厚诚笑笑说："张镇长，你是工作队长，你要把握大局。县委、县政府作出的八条规定，这就是尺子。精准扶贫，我的理解是：要扶对人，帮对地方。不符合县委、县政府八项规定的贫困户，还是要取掉为好。"

张厚诚想想也是这个道理，即笑着说："前边也都经过了推荐和筛选呀！咋向这些人解释呢？"

王弘义看了一眼武春华说："村干部不是亲就是邻，许多人抹不开面子，的确存在许多问题，我们还是要坚持原则，不然以后工作不好开展。"

"王主任说得对，村干部优亲厚友情有可原。他们不是亲就是邻，浑水摸鱼，听之任之的情况肯定是有的，我们一定要把好这个关。"武春华也附和着说。

张厚诚"哼"了一声，迟疑地说："是这个问题，下来我们再研究吧。我给齐明生说一下，我两个情况比较熟，到时候大家意见要保持一致，好吗？"

王弘义、武春华站起身笑笑说："你是队长，我们听你的。"说罢，告辞回到了枫坪村。

王弘义、武春华刚回到村部，李虎生找到王弘义说："县委、县政府制定的贫困户标准有些太严吧？"

"我看很结合实际，很具体，都是硬杠杠，也很有可操作性。"王弘义肯定地说。

"啥事都要一分为二，具体问题具体对待。总不能搞'一刀切'吧？"李虎生似有所指地说。

"具体问题具体分析是对的，但决不能不讲原则。你是一村之主，端平一碗水最重要。"王弘义把责任推给了李虎生。

李虎生沉思了一会儿说："这个问题有很多矛盾不好解决，原来都是经过几上几下推荐，经过几次会议研究决定的，要取掉谁，不是出尔反尔，自己打自己耳刮子？我看还是要保持稳定为好。吵乱了不好收拾。我们都要慎重考虑这个问题！"

"审定必须要慎重，八条规定是硬杠杠，不偏不倚是原则，我们都要把握大局。"王弘义慎重地回答。

"扶贫还是要扶能扶得起来的人，像一组的吴毅，懒得饭都不想做，有时买馍、买方便面吃。有时懒得连水都不烧，买饮料喝，喝多了，血糖升起来了，又打针治疗。你说那种懒人咋扶得起来？总之，主要还是你和赵支书决策，我这只是个人看法，给你提个醒。"李虎生说罢，起身离开了王弘义办公室。王弘义把李虎生送到门口，见一个剃着光头、1 米 8 个头、浓眉大眼、上身穿着黑夹克、下身穿着藏蓝色裤子的中年人到综合办公室找扶贫工作队。陈有才找王弘义汇报，王弘义叫上武春华走进了综合办公室。

王弘义打量了一下眼前的人：来人有五十多岁，古铜色的脸上，刻下了岁月的皱纹，两道剑眉下一双犀利的眼睛放射着刺人的狠光。他心里想：这不是一个善茬。做好心理准备后，即在对面坐下问："是你找工作队？"

"你是扶贫工作队的？"来人反问了一句。

"是，我是第一书记王弘义。你是哪个组村民？叫啥？"王弘义亮明身份，单刀直入地问。

"我叫王义林，二组王家坡的村民。原先也当过村主任。"王义林自我介绍说。

王弘义马上联想到，前几年有个村干部以权谋私，胡作非为，打骂群众，欺男霸女，公安机关把他定为黑恶势力，查处刑拘的事。心里更提高了戒备。"有啥事吗？"

"没事找你们这些当官做老爷的侃呐。"王义林语出不逊地回答。

"有事说事，你这人说话咋像吃了枪药一样，好好说话行吗？"王弘义看着王义林问。

"我这人就这样直来直去，以前贫困户定得不公平，许多都是关系户，这次就看你们啦。我家5口人，就我两口子劳动，现在房子外墙搪白都没搪。和很多贫困户比，我都应该评上。"王义林看着王弘义说。

王弘义对他家做过了解，4间两层砖混结构的房，外墙的确没有搪白，但家里有冰箱、电视、洗衣机、衣柜、沙发等家具，父亲70多岁了，他两口能劳动，大儿子已在移动公司上班，实际并不困难。就是经常找村干部麻烦，村干部惹不起，对他没办法，只得哄着。王弘义想：恶人还得恶法磨，光哄不是办法，要以正压邪。王义林又想做美梦了，一定要用政策对付。沉思了一下说："是不是贫困户不是哪一个人、哪几个人说了算。要公开、公平、公正。根据家里实际情况，符合条件的，要本人申请，群众评议，村委会审查，公示后，大家没意见，报镇政府审批，县扶贫局管理备案。你认为你符合条件，可以按程序申报，村民小组评议通过后，我们再审查。"

王义林一听这话茬，知道没戏。强撑住说："都是哄鬼的，我还不知道，啥事都是几个干部在一块儿说说，定谁就是谁。反正我觉得我家里困难，我报，批不批你们看。"说着站了起来。

"不是我们看，是用政策衡量，全面对比，任何个人都当不了家。"王弘义笑笑压硬话茬回答。

"我把情况反映了，你们看着办吧！但愿你们能真正公平、公正、公开。"王义林硬着脖子走出了村部院子。

王弘义看看武春华摇摇头说："还没开始就找上门了，树欲静而风不止呀，真有不讲理的人呐！"

赵守道笑笑说："这是个牛缠精，村上对他没办法，只有哄哄、推推，支吾一会儿是一会儿。"

"那也不是个办法，还是要对他讲政策、讲法律，公事公办。"武春华望着王义林的背影说。

"他软硬不吃，我们拿他没办法。就看你们啦。"李虎生也摇着头说。王弘义摸不清他们之间的关系，看着武春华笑笑也没再说啥。

A局按县委、县政府安排，留人在局机关办公，全体干部职工，集中7天时间下到枫坪村走访摸底，连包扶队员分4个组进组入户登记填表，排查了解情况，宣传扶贫政策，王弘义包一至五组，王义林不远不近地跟了几天，一天，王弘义问："老王，你跟着我干啥？"

王义林歪着脖子说:"我看你们在捣啥鬼。"

"话都给你说清了,贫困户要按程序一步步申报审批。你感到你符合条件你就申报,'八不准'是原则,你跟着我也没用。"王弘义笑着解释。

"我不听你说,我要看结果。"王义林依然如故地瞄着包扶队员……

六　原　则

　　一天清晨，太阳刚从白云中挣扎着爬上东山。赵守道、李虎生、李惠芬、宋志红、陈玉文和几个包扶队员已从寺沟翻过黄垭，来到杨沟脑规划改造村水泥道路。没走多远，王弘义的手机响了。他看来电显示是张厚诚的，即打开手机接听。"喂，张镇长好。"

　　"王主任吧？"

　　"哦，我是王弘义。"

　　"县扶贫办通知一个会，所有包扶干部、村文书，今天下午在双山宾馆报到，参加贫困户建档立卡培训会。时间两天。"张厚诚缓缓地说。

　　"哦，知道了。我们下午坐班车回县城。"王弘义回答。

　　"给村文书也通知一下。"张厚诚叮咛说。

　　"好，放心吧。"王弘义挂了手机，笑着对几个村干部说："扶贫局召开贫困户建档立卡培训会，包扶队员和村文书参加，时间两天。"

　　"那你们一会儿准备准备就走吧，赶班车还有那远路。"赵守道笑笑说。

　　"不急，我们一块把杨家沟看完吧。"王弘义笑着说。

　　"你们走吧，我们情况熟，看也是为了进一步规划。"李虎生也督促说。

　　"春华、明生、孙阳，我们先走。有才呢？"王弘义看着陈有才问。

　　"有才是赔不完的笑脸，说不尽的好话，跪不完的搓衣板，找不尽的麻达。还不快回去请个假？"李虎生打击说。

　　"我哪跟李主任一样，早晚都让嫂子绑到裤带上，走到哪拉到哪。"陈有才也打击李虎生。

　　"不叨嘴了，快回去。把记录给惠芬。"赵守道吩咐说。

　　陈有才把记录本交给李惠芬，拍拍身上的灰说："王主任先走，我换件衣服就来。"

　　王弘义点头答应，带着武春华等返回枫坪，步行到镇政府，坐公交车回县城报到参加培训会。

傍晚，王弘义推开家门，儿子善佑发现他回来了，张开双臂喊着"爸爸"向他扑来，王弘义赶忙抱起儿子问："想爸爸了吧？"

善佑指着他的鼻子说："野人，还知道有家呀？"

王弘义摸着善佑的鼻子笑着问："爸爸咋不知道有家呀？"

"这长时间你哪去啦？"善佑扯着王弘义的耳朵问。

"爸爸扶贫去了。"王弘义看着善佑回答，"山里还有许多小朋友没有新衣服穿，没有米饭吃。"

"他们有肉、有巧克力吃吗？"善佑睁大眼睛问。

"他们连米饭都没的吃，哪里还有肉、有巧克力吃呀？"

"那他们太可怜啦！"善佑认真地说。

"所以爸爸去帮助他们。"王弘义摸着善佑的鼻子说。

"那爸爸是个好孩子。"善佑摸着王洪义的脸说。

王弘义放下善佑问父亲："爸爸，这几天身体还好吧？"

王崇德笑笑说："就是那样子，没啥毛病。"

李曼玉从厨房出来问王弘义："吃晚饭没有？"

"在会上吃了。"王弘义笑笑回答。

吃过晚饭，一家人看了一会儿电视，孩子们睡了，王弘义说了村里的情况，王崇德、李曼玉都支持他坚持原则，"基层工作，直接面对群众，政策落地要生根，不能糊弄，开始就要立规矩，不然，矛盾突出了没法收拾。"王崇德还告诉他，"我有一个同事李仁义也在枫坪住，当过校长，人很正派，不了解的情况可以问问他。"王弘义记住了父亲的话。

培训会上，扶贫局专业人员对表册的填报举例做了细致的讲解；扶贫局领导对规模分解、初选对象、公示公告、结对帮扶等操作程序做了强调；县委、县政府主管扶贫的副书记、副县长提出了严格的要求。全县组成 136 个核查组，要求按照镇不漏村、村不漏组、组不漏户、户不漏人的要求全面组织核查，层层审核公示，精准确定贫困户。中午散会后，王弘义等包扶干部下午就赶回到枫坪村，向赵守道、李虎生做了汇报。决定第二天召开村组干部会，传达扶贫摸底会议精神。

三条沟的人住得分散，8 点才开始开会。会议由赵守道主持，张厚诚传达了培训会议精神，王弘义就摸底核查问题做了解释性的说明。要求按照本人申请、群众评议、村民小组推荐、村委会审核、公示评议、镇政府审批、县扶贫办备案的程序重新进行登记、审查。就群众反映的实际问题提出了质疑。会后，党支部、村委会和包扶干部做了分工，赵守道、陈玉文、孙阳负责一、

二、三、四组，李虎生、齐明生负责五、六、七组，宋志红、武春华负责八、九、十组，王弘义、李惠芬负责十一、十二、十三组。按照分工，先进组入户宣传政策，而后由贫困户填写申请表，村民小组长召开全体村民会议进行评议表决。根据村民表决结果，组长带上表决票和评议结果向村支委会、村委会提出推荐意见。

王弘义在调查贫困户的过程中，也征求了各组组长的意见，走访了一般群众，向李惠芬询问了全村贫困人口的情况。他感到，贫困户的确有许多问题，思考着如何解开这个疙瘩。

一天傍晚，王弘义吃罢晚饭，和武春华一块儿走进了李仁义家。

李仁义家 6 个人过日子，三间两层砖混结构的小楼，一楼是客厅、灶房、卫生间、两个卧室，他和老伴在一楼住。二楼是三室一厅两卫的布局，儿子、儿媳妇、孙子、孙女在二楼住。李仁义知道王弘义他们来扶贫，不知道他和王崇德的关系。让进屋里后，李仁义客气地问："王主任你两个今天咋有时间来家里坐？"

王弘义笑笑说："李老师好，我爸是王崇德，本该早来看看你，才进村，情况不熟，今天才来拜访你。"

"听说村里来了个第一书记，能深入群众，体贴民情，原来还是老校长的儿子。我也没去看你，惭愧、惭愧。"李仁义边泡茶边回答。

"以前不知道情况，这次回去，我爸才给我说，让我不明白的情况来找你请教。"王弘义边欠身接茶边回答。

"你爸是我的老领导，我家是上中农成分，那时，成分高受歧视。高中毕业一直在家劳动，社里办中学时，我被招为民办教师，带初中语文。在你爸的培养下，我转了正，被提为教导主任、副校长。一路走来，多亏你爸的关照。"李仁义滔滔不绝地叙说。

"还是你个人努力的结果。李老师是自己人，对本地情况很了解，我们今天来是向你请教一个问题。"王弘义看着李仁义问。

"不客气，有啥问题你只管问，无论作为党员还是你的长辈，我都会如实奉告的。"李仁义笑着说。

"是这样，这几天确定贫困户，我们想了解一下群众的真实意见。"武春华接过话题说。

李仁义沉思了一下说："党的扶贫政策很好，但是，要扶准，扶对人很重要。以前，群众有意见，就是不公平。整体是好的，有几户是村干部的亲戚、朋友，明显是优亲厚友，群众肯定有意见。"

"据你了解，群众对哪几户意见大？"王弘义看着李仁义问。

"就是村主任的几户亲戚和朋友吧！"李仁义明确地回答。王弘义和武春华又问了村里的许多情况。一直谈到深夜，王弘义才回到村部。

过了几天，张厚诚根据群众推荐意见，召开两委会和工作队员会议，一户户进行审查。会议由赵守道主持，张厚诚讲了三条意见：一是严格按照县委、县政府"八不准"条件，一把尺子量到底。不讲情面，不优亲厚友；二是群众意见大，得票达不到50%的，坚决卡下来；三是，确有困难，本人没有申报的，一定也要补上。

王弘义特别强调：规定就是原则。有楼房、有车、有国家干部的家庭，坚决不能确定为贫困户。并就县委、县政府的"八条规定"一条条举例做了解释。再三强调"敏感问题，一定要按政策办。前几天，王义林就到村部叫板，如果不公平，很可能会引起不安定因素"。

赵守道重申了王弘义的建议，接着，从一组开始，一户户进行审查。各组组长一户户介绍家庭人口、住房、生活情况，村民的推荐意见，得票率多少。赵守道让陈有才、宋志红、李惠芬一户户检查得票数量。13个村民小组，原有贫困户74户，杨祯民、赵守义自称家庭条件好转，这次没有申报。递交申请的72户。村民小组推荐意见不足半数或只在50%左右的10户，7户有楼房、有车，3户家中有拿工资的国家干部。

陈有才汇报了汇总情况，赵守道看看张厚诚、王弘义说："以前都一户户审议过，这次按条件和群众意见，有10户群众评议没有达到50%，去掉还是保留，大家发表发表意见。"

李虎生为了先发制人，抢先发言。他偏着头说："'本不失末，政不失道。'我个人意见这10户还应该享受精准扶贫政策。一组吴守财，虽然家里有楼房、有车，做生意外面欠了几十万元的账，生活确有困难。二组王世斌，也有楼房，前几年母亲有病借了一屁股账；三组李春生，有楼房不假，儿子上大学，家庭也很困难；五组朱昌盛，有楼房有车，家属身体弱，一年总要看几次病；七组叶怀德老两口也50多岁了，身体也不太好；生活确有困难；九组刘玉明，也快50岁了，两个娃上学，家庭收入也不多；六组王振喜、八组陈东升，十一组张青松是同样情况，家里有国家干部职工，可村上的事人家几个娃可没有少帮忙呀！我坚持个人意见，这10户还享受贫困户政策。"

大家相互看着，谁也没有发言……

王弘义沉思了一会儿，见大家都没有人发言，心想：都不说，都怕得罪人，只有我这第一书记说了。他看了一眼张厚诚、武春华，"唉"了一声说：

"李主任说的这几户我做过了解,这几户都有楼房,有几户不仅村里有楼房、有车,城里也买有楼房。整体生活水平比一般村民还是要富裕一些。县委、县政府规定得很明确,有楼房、有车的户不能定为贫困户,我们不能顶风办事。况且群众推荐意见也没过半,这说明村民有意见,不公平。我个人意见,还是全部取掉。我倒认为,赵守义家属身体没有完全恢复,杨祯民家这几年连遭厄难,外债累累,应该享受贫困户政策。"

杨祯民直起身子接着说:"我首先声明,我不当贫困户。若说困难,我家确实困难。作为党员,我应该起表率作用,自己困难,自己克服,指标给其他困难群众。王主任说得对,有规定就要按规定办,不符合政策的坚决卡下来,不能不讲原则,我同意把这 10 户取掉。"

"我同意王主任意见,精准扶贫,就要扶对人,帮对对象。我也同意把这几户去掉。"武春华接住表态。

张厚诚看看大家也表态说:"没有规矩,不成方圆。上级有政策,就要坚决按规定办,不拖泥带水,搞区别对待。同意王主任意见,取掉吴守财等 10 户建档立卡户资格。"

齐明生、孙阳和其他支委、村委会委员也表示同意王弘义意见。

赵守道和张厚诚耳语交换了意见,然后说:"根据村民小组的推荐意见和大多数两委会委员的意见,决定取掉吴守财等 10 户建档立卡户资格。赵守义、杨祯民也不补了,作为共产党员,应该讲贡献,做表率。陈有才抓紧公示后,做好材料的上报工作。散会。"李虎生想说啥,见赵守道宣布散会,头一扭,愤愤不平地离开了会议室……

七　精　神

　　村两委会上审定了贫困户名单，王弘义心里还是不踏实，入夜，他约了武春华去了李仁义的家。李仁义热情地把王弘义和武春华让进屋，忙得倒水泡茶，王弘义接过茶水，向李仁义叙说了贫困户确定的名单。李仁义听后高兴地说："做得好，做得好，这次才是公平、公开、公正了，群众一定会心服口服。"

　　王弘义看着李仁义笑着说："金杯银杯，不如老百姓的口碑。只要你觉得公平了，老百姓满意了，我们一个月的调研也算没白费。"

　　李仁义沉思了一下说："不过有两户应该评上的还没有评上。"

　　武春华接过话题问"是赵守道?"

　　"赵守道应该评上，还有一户更应该评上?"李仁义看着王弘义说。

　　"是杨祯民。"王弘义看着李仁义问。

　　"对!"李仁义肯定地回答。

　　"为啥?"武春华接住问。

　　"哎，说来话长。"李仁义诉说着杨祯民这几年的不幸遭遇……

　　杨祯民1973年高中毕业回到农村，是大队党支部重点培养对象。1974年入了党，担任大队党支部副书记。小伙子工作积极，能吃亏，不怕吃苦，做人正派、公平，1976年被任命为大队党支部书记、公社不脱产副书记。1979年因提出搞联产承包，被当时的公社书记斥为"极右"，撤掉了公社不脱产副书记、大队党支部书记，1982年由于政策的变化，杨祯民又重新担任枫坪村支部书记。这一干就是30多年。

　　2011年，杨祯民因看不惯当时的镇长弄虚作假、吹吹拍拍的做派，吵了一架，辞职没干了。也因为人耿直，爱发表意见，和李虎生等也是面和心不和。

　　这人虽然很好，可命运总是捉弄他。膝下有一儿一女，女儿十几年前高中毕业就出嫁了，儿子2012年在大学读书时得了白血病，他带着娃去商州，到西安，折腾了两年，花了 30 多万元，人还是没救活。国家虽然报销了大部分药费，但家里的全部积蓄折腾完了，还欠了 6 万元的债。

这个事对杨祯民打击特别大，几乎半年两口子都没有回过神来。过了几个月，女儿把大儿子送到老两口身边，孩子很懂事，每周星期天回枫坪陪姥爷、姥姥，逗姥爷、姥姥开心，杨祯民精神才慢慢振作起来。村委会给他评贫困户，他不要，他说他家里有楼房，有家电，自己能生活，不需要照顾。2014 年为了还债，养了 10 头猪，买猪娃借了 2 万多元，养到六七个月，猪长到 100 多斤重，突然得了病，前后几天，全部死了。肉贩子给他 5 元一斤买，他不卖，他说病猪肉有毒，请人挖坑，全部埋掉了。赔了 4 万多元。女儿要接杨祯民两位老人到她家里去住，他说："做人要有底线，要有骨气，要有人格。不能别人帮了自己，自己不知道好，让人失望。我还能动，一定想办法挣钱把欠账还了。第二年，他又坚持养猪，种天麻，挣钱还账。他就是那种执拗的人。这两年养的猪还顺利，估计已还了几万元的账。不过家里肯定还欠很多账。实在应该评为贫困户。"

"他的精神实在令人钦佩，我们也听其他群众反映过。我和春华前几天还去看过他。"王弘义陷入深深的回忆之中……

听李惠芬说过杨祯民的事，那天，王弘义和武春华去杨垣看杨祯民，杨祯民正在和外孙子打扫猪舍。杨祯民用扫帚扫、铲猪粪，往沟里、地里担，外孙子杨实诚用水管冲洗圈舍，两个忙得满头大汗。见王弘义和武春华去了，杨祯民忙洗手，招呼他们到家里坐。老伴李素珍儿子去世后，眼睛都哭瞎了，看东西都很模糊，远了，人都看不清。听杨祯民说是工作组来了，忙给王弘义、武春华泡茶。他两个在屋里转着看，虽然有 3 间两层楼房，内墙是石灰糊的，外墙拉毛，显得很陈旧。屋里除了彩电、洗衣机，就是一个大衣柜，沙发是老式的，看起来很简陋，如果不是几年折腾，这应该是一个很幸福的小康之家。王弘义想着，心里很难过，对杨祯民家的不幸遭遇很同情。

王弘义坐下说："你们家里情况我们都清楚，实在困难，我们今天来，就是想动员你申报贫困户。"

杨祯民笑笑说："都过去了，谢谢组织的关心。我们家里现在很好，我老两口还能动，孙子上初中，学习好，爱劳动，不怕吃苦，很听话。我们心里很高兴。生活能过得去，不需要国家照顾，贫困户还是让给其他困难的群众吧！"

"日子你能过得去，可外边欠了那些账，家里确实很困难。"武春华也帮着劝说。

"欠账还钱，这是做人的底线，不用急，慢慢来，我也不能依靠国家呀！"杨祯民信心满满地回答。

"把你确定为贫困户，是横向比照的结果。因病致贫，不是人为的原因，希望你不要拒绝。"王弘义接着劝说。

"和其他贫困户比，我是应该评上，可我是共产党员呀。共产党员是特殊材料制成的，我应该起表率作用。"杨祯民骄傲地回答。

王弘义和武春华耐心劝说了半天，杨祯民还是那句话："我是党员，我还能动弹，我不能给国家做贡献，也不能拖国家后腿。我能自己致富，我不当贫困户。"群众提名，他也坚决不当。支委会上，也只有把他当作典型教育群众。

王弘义沉重地叙说了调研的结果和两委会的决定。

"人是要有一点精神的，杨祯民是党员的楷模，也是中华民族精神的体现的确值得宣传和表彰。"武春华也感动地说。

"他自己不愿当那就算了，不过，年龄也大了，今年六十好几了，你们要适当地帮帮他。"李仁义心有不甘地说。

"李老师放心，我们会的。"王弘义爽快地回答。接着，又聊了一会枫坪发展的想法，夜深了才返回村部。

八　暗　潮

　　李虎生家里有楼房，两河镇政府移民点也买有楼房。妻子基本不在家里住，陪儿子、女儿在两河镇读书。李虎生多数也在两河镇移民点住。他感到会上丢了面子，既恨赵守道，又恨王弘义，心里窝着气，没回办公室，直接开车进了县城。

　　李虎生心里盘算：王弘义小尿明摆着和我作对，把自己的关系户全卡下去了，这让自己以后咋在枫坪村立足？你来明的，我来暗的，叫你在枫坪村干不成。不服长虫是嘿的，我要叫你小尿撮得看看。

　　前几年，有个部门干部来枫坪包村扶贫，因为确定低保户和李虎生发生了冲突，李虎生到城里找到一个领导，一个电话，把这个干部换回去了。李虎生思忖：一起扛过枪的关系是最铁的，这个领导和自己是战友，感情特别好，再求他办这小事应该问题不大。李虎生信心满满地找到那个领导，诉说了枫坪村贫困户确定的经过。然后哭丧着脸说："请领导想办法把王弘义换回去。不然，村上今后的工作我没法搞了。"

　　这个领导盯着李虎生看了一会儿，指着李虎生骂："你尿以为县政府是给你李虎生设得呀？你想咋就咋？第一书记一定就是 5 年，县委、县政府下过文件的，谁想变就变呀？你好自为之吧！"李虎生一看没门，垂头丧气地走出了县政府大门，又把小车开进昌隆宾馆的院子里，径直走进了经理办公室。吴守财在县城开公司包工程，妻子王晓翠经营宾馆。王晓翠见李虎生一脸的不高兴，边让座边看着李虎生问："咋了，谁胆大惹虎哥生气了？"

　　"妈的头，诸葛亮失街亭，关公走麦城，小河沟里把船翻了，小尿王弘义还把我给耍了。"李虎生黑着脸向王晓翠倾诉。

　　"哪个王弘义？我咋不认识？"王晓翠关上门挨着李虎生坐下问。

　　"你心里只有钱，哪会关心那些闲事？就是才派到我们村的那个第一书记嘛！"李虎生皱着眉头回答。

"他是不知道牛王爷、马王爷长着几只眼呀？敢把我们虎哥给惹了？他还想在枫坪待吗？"王晓翠撞了一下李虎生胳膊笑着说。

"哎，怪我大意了。县上对贫困户重新核查，他提前就煽惑，强调要按县上'八条规定'办。我想只要我先发制人顶住，应该没有问题。结果被王弘义给驳回去了，大家意见一致，把你们10户给审掉了。"李虎生解释说。

王晓翠使劲摇着李虎生胳膊吼："你干啥去了嘛？要你这个村主任有啥用。"

李虎生叹口气说："唉，把人都气瞎了，一路上开车都不知道咋到县城的，在街道上好悬把人都撞了。"

"光气有屁用，还算男人吗？想办法对付呀。"王晓翠怂恿说。

李虎生拍了一下王晓翠肩膀，笑着问："小宝贝，你给哥出出主意，咋对付？"

王晓翠斜着眼睛想想说："让取掉的这几户和他闹，死缠蛮搅哇，不行上访，给他造成政治压力。"

李虎生沉思一下说："火上浇油，你说的是个办法。这事趁早不等晚，不行，我今晚上就回去串通。"

"就是的，他们以为你进城了，不会怀疑你，连夜回去办。"王晓翠鼓动说。

李虎生试探地对王晓翠说："乖，你明天不行也回去嘛。多一个人多一份力量。"王晓翠点点头，迟疑了一下，摇摇头说："我还是回避的好，免得别人说闲话。"

李虎生想了一下说："也是的，还是晓翠能。"伸手捏了一把王晓翠高高耸起的胸部，转身急匆匆出门，开车又返回枫坪村。

李虎生驾车回到枫坪村，已是晚上9时多了。山村的夜慢慢恢复了寂静，李虎生看着窗外月亮的倩影，咬牙拨通了李春生的电话。"春生吧，给你说个事。"

"啥事，哥，你说。"李春生问。

"你和朱昌盛、叶怀德、刘玉明的建档立卡户今天审核掉了，你给他们几个打电话说一下，让他们明天上午去村部找王弘义、赵守道闹，或许还有救。"李虎生低声给李春生说。

"审都审掉了，闹能行吗？"李春生疑惑地问。

"死马当作活马医吧，试试看。"李虎生鼓动说。

"好吧，我马上给他们几个说。"李春生答应给那几个人打电话。

李虎生叮咛说："打伞要顾住伞把子哦，可不要说是我说的。"李春生"哦"了一声。

挂了电话，李虎生又给陈东升打电话："东升，给你说个事，你和张青松、王振喜建档立卡户被取消了，你给他俩打个电话，让明天早晨到村部找赵守道、王弘义闹。"

陈东升迟疑了一会儿说："那不好吧，审都审掉了，有政策规定，闹有啥用？"

李虎生看陈东升信心不足，进一步鼓动说："馍馍不熟气不匀。成不成都要给他点颜色看看。"

陈东升想，不去对不住李虎生，停了一下回答："好吧，我给那几个说，明天早晨都去。"李虎生又叮咛一遍，最后拨通了李香兰的电话。李香兰听手机响，见是李虎生的电话，接住问："虎哥吗？这夜深了，有啥事呀？"

"香兰吧，给你说个事。"李虎生压低声音说。

"有屁事，该不是想我了吧！"李香兰也压低声问。

"你一个人在家呀？"

"王世斌到他姑娘家去了，老婆子在镇上照顾娃上学。不是我一个人还有哪个？"

"难怪那骚啰，我一会儿来上你。"

"想来你就来嘛，哪小狗说瞎话。"

"哎，今日没心情，改天再和你玩。给你说个不好的消息。"

"啥事吗？还神秘兮兮的。"

"你家的贫困户给取掉了。"

"啥也？"

"你家贫困户取掉了。"李虎生重复了一遍。

"那你干啥去了嘛？还好意思给我说？村主任不如给狗当。"李香兰愤愤不平地责问。

"胳膊拧不过大腿，大家意见一致，我一个人扭不过嘛。"李虎生解释。

"啥用？树叶子掉下来都怕把头打了，除了骗女人，你还能干屁事？"

"船到江心才补漏——迟了，有用没用我是无能为力了。"

"你说这话啥意思吗？"

"明天上午你们都到村部找王弘义、赵守道闹，或许还有救。"

履道\LÜDAO ····· 八 暗 潮

| 33

"晓得了，我明天上午去。"李香兰回答说。

"个人心里要有黄，可别说是我说的。"李虎生叮咛。

"没有那么笨，放心。"李香兰说罢挂了电话。

李虎生安排妥当，好像部署完了一场战斗，心里暗暗发狠：出其不意，攻其不备，这总够你王弘义忙活一阵的，好看的戏才刚刚开锣，看你小尻咋弄……

九 晓之以理

两委会散会后，陈有才加班把建档立卡的贫困户公示名单用红纸写了出来。早晨吃过饭，他就骑摩托车赶到村部，把公示名单贴在了村部大门口。接着，带着打印好的 12 份名单到各组去张贴。

太阳刚刚照到枫河桥边，王弘义、赵守道正准备分头到各村民小组了解情况，李香兰、李春生、朱昌盛等先后来到村部大门前，围着看公示。李春生见扶贫干部和村干部都在院子里，向李香兰、朱昌盛使个眼色，一群人气势汹汹来到赵守道、王弘义面前质问："赵支书，这建档立卡户咋没有我的呢？是谁把我家取掉了？"

李香兰、李春生、叶怀德、刘玉明等围住赵守道、王弘义、武春华、宋志红吼："为啥没有我家的？""哪个瞎尻捣得鬼？"叶怀德妻子朱玉梅、刘玉明妻子李芳珍坐到会议室门前的台阶上数长数短地哭。"别人为啥都在，凭啥把我家取掉了？""可怜我 50 多岁的老汉老婆子，挣不来钱，只有等死吗……"

赵守道挡在王弘义前面大声说："不要吵，有意见，一个个好好说。"

"好好说，今天不说出一个理由，我们就不走。""村委会说不清，我们上镇政府、上县政府、市政府闹，总有管你们的人嘞！"李香兰几个指着赵守道、王弘义几个人吼。

"都不要吵，有理说理，吵能解决问题呀？"宋志红也挡住村民说。

"有问题说问题吗，吵啥嘛吵？"赵守道向叶怀德几个解释。

"哪个愿意吵哇？啥子事就你们嘴哇哇就行呀？我们凭啥不能享受贫困户待遇？"叶怀德、刘玉明、李香兰继续七嘴八舌地嚷嚷。

王弘义想，这事一定有缘由，他告诫自己：一定要冷静，不回避矛盾，直接面对群众，坚持原则，用政策教育闹事群众。他站到会议室台阶上大声说："大家是不是来解决问题的？"

李香兰等怯怯地说："那当然是来解决问题的。"

"闹能解决问题吗？"王弘义盯着叶怀德问。

"闹肯定解决不了问题。"叶怀德低下头回答。

"我是第一书记王弘义,建档立卡户是村两委会根据具体情况集体研究的。公示就是让大家提意见,让广大村民看看贫困户定得是不是公平。你们有意见可以到会议室坐下一个个地反映情况,确有困难,这是公示,村委会还可以复议,闹是解决不了问题的。"说罢,这伙人停止了吵闹。

王弘义伸出手说:"需要反映问题的,请到会议室说。"李香兰、李春生等人走进了会议室。

李虎生见他姑娘、舅娘还在哭闹,也出来假惺惺地劝说:"有话好好说,哭能解决问题呀?不哭了。"

"问题解决了,我们肯定不哭了。"李芳珍边擦眼泪边回答。

李香兰等十几个人坐在靠东边的位置,赵守道、王弘义、李虎生、宋志红、李惠芬、陈玉文、武春华、齐明生、孙阳坐在靠西边的位置。李惠芬、宋志红、陈玉文忙着给村民泡茶倒水。

王弘义见人坐好后,看了一眼赵守道说:"支书,我先说。"赵守道点点头。王弘义又征求李虎生意见:"李主任,我先说。"李虎生点点头:"好,你先说。"

王弘义咳嗽了一声,站起来说:"大家来反映情况,证明大家很关心建档立卡户的确定,动机很好。大家把意见提出来,以便我们一个个比对,权衡,把工作做得更细、更准、更好。接下来,请有意见的村民一个个把情况说清,我们根据政策给大家解释。确有困难,你和哪一家比对,应该列入精准帮扶对象,只要理由充足,我们还可以复议,靠闹是不能解决问题的。这是公示,有意见大家只管提。共产党是讲原则、讲政策、讲法律的,是以保护人民利益为宗旨的,不是谁闹就给谁。好哭的孩子也不能多给吃奶。这样吧,我先把县委县政府贫困户'八不准'条件给大家读下,大家个人对照,看看应不应该列为贫困户。"王弘义读了文件后,特别强调,有楼房、有车、有大型电器、有国家工作人员的家庭不能列为贫困户。接着说:"政策大家都清楚了,有啥困难,大家一个个说吧!从北边开始。"

李香兰看了一眼李虎生,扬起头激动地说:"我认为我家应该建档立卡。原因是老婆婆 60 多岁了,两个娃都在上初中,人多、困难大。"

"你是几组,叫啥?"王弘义问。

"我是二组王家坡的,叫李香兰。"

"户主是谁?"王弘义看着李香兰问。

"我丈夫叫王世斌。"李香兰扬着头回答。

"接下来，反映问题的村民，都先介绍一下住址、姓名。也便于我们认识一下。"王弘义翻开笔记本说："王世斌，王家坡人，家里5口人，有3间两层楼房，两个孩子上初中，婆婆60多岁，王世斌是泥瓦匠，月收入4000多元，按10个月计算，年收入4万多元，家里有茶园5亩，年收入约6000元，人均约1万元，贫困线是6000元，你应该属于建档立卡户吗？"

"你要那样算，王家坡几乎没有贫困户。"李香兰身子一扭，面对着墙不说了。

"是不是贫困户，是要算账的，是拿硬杠杠卡的，不是光凭嘴说。哪一家贫困户比你家富裕？你认为对你家收入的评估高吗？"王弘义看着李香兰问。

"我只说我，我不扯别人，王世斌是泥瓦匠，可有'打鱼'的时候，也有'晒网'的时候。那咋说吗？"李香兰不满地回答。

"那就是说，我们不是胡说的。你还有啥意见？"王弘义问李香兰。

"有意见还不是白天白说，晚上瞎说。"李香兰斜着眼睛抢白。

"吃饭要吃米，说话要说理，没有对比、没有证据，那肯定是白说。"王弘义心平气和地解释。

"让别人说嘛，大家都服，我也心服口服。"李香兰扭过头答复。

王弘义看看李春生笑笑说："那行，你接着谈。"

李春生移动了一下身子说："我是李春生，三组枫坪人。家里5口人，老人70多岁了，两个娃上学，家里就我一个主要劳力，生活还是比较困难的。"

王弘义看了一眼李春生，把笔记本翻到三组看了一下说："李春生，三组枫坪人。家里有三间两层楼房，有农用车一辆，主要收入是跑运输，年收入约4万元。有茶园5亩，年收入约6000元，不计农业收入，人均年收入9000多元，你认为取掉合理吗？"

"舌条是扁的，你们想咋说就咋说嘛。"李春生扭过脸看着墙不吭气了。

"你以为哪些方面不合理？"王弘义看着李春生问。

"都按八条规定衡量，我们没啥说。"李春生慢腾腾地回答。

"放心，我们一定会一把尺子卡到底的。"王弘义向叶怀德点了一下头说，"那，这位说说你家的情况吧。"

叶怀德看了一眼李虎生接过话题说："我叫叶怀德，七组南沟人，家里6口人，两个老人都60多岁了，一个娃上大学，一个娃上高中，家里就我一个主要劳力，为啥把我们家取了？"

王弘义看了一眼叶怀德说："叶怀德，七组南沟人，家里有三间两层楼房，有桑塔纳2000轿车1部。办有茶厂，城里茶叶街有商店，年收入约15万元，利润约 6 万元。按扶贫建档立卡规定，你说你应该享受精准扶贫待遇吗？"

"不说了，钱也没哪个嫌多，给一套楼房也值几十万，得好几年苦扒苦挣也买不到。谁不想要？我不是闹，就是也想跟着占点便宜。"叶怀德笑笑回答。

"那就是说，你服了？"

"是官刁似民，你们啥都搞清了，账算得叮当响，不行就不行吧。"叶怀德笑着回答。

"不是我说不行就不行，要讲事实，讲道理。你说对吗？"王弘义看着叶怀德问。

"不说了，不说了。"叶怀德摆摆手笑着回答。

"那好，这位老者接着反映吧！"王弘义看着朱昌盛说。"我叫朱昌盛，五组寺沟人，我两口子都快 60 岁了，身体不算好，也没有其他经济收入。为啥把我们家取掉呢？"朱昌盛生气地问。

"按说你两个老人可以享受，一是家里有楼房不符合规定；二是你有两个儿子，一个大学毕业在西安外企打工，一个在县城开公司，哪一个年收入都在 5 万元以上。他们有赡养你们的义务。"王弘义看着朱昌盛解释。

"唉，娃也有娃的日子要过，一家有一家的难处嘛。我总不能月月向娃要钱吧？"朱昌盛无奈地回答。

"再有难处，赡养父母是子女的义务。这是政策规定的，也是八条规定的其中一条，不是我们故意难为你，凭空说的。"王弘义平静地说。

"叫你说，那还瞎了嘞。"朱昌盛摇摇头不说啥了。

李玉环猛然站起来哭着说："这不给人活路吗？我还不如死了。"说罢，就往外跑。李惠芬挡也没挡住。

赵守道对朱昌盛说："昌盛，赶上好好劝劝。"朱昌盛答应一声就往外撵。

王弘义看了一眼李虎生说："李主任，麻烦你去给你姑做做工作。"

李虎生很惊奇，才一个多月，王弘义咋把情况摸得那样清。无奈地说："我也没办法。"

赵守道接着说："还是李主任去说说，尽量让他们思想上想通。"

李虎生无奈地也跟了出去……

十 风 波

有了这个插曲，李香兰等面带喜色，几个人小声嘀咕了起来。短暂的沉寂后，赵守道看了一眼王弘义说："接着说吧。"

王弘义停了一下想想说："有理走遍天下，无理寸步难行。我们要讲事实、讲政策、讲原则，闹是没有用的。两委会是根据全村的实际情况比对的，一定要保证大体平衡，公正、公平。不能让少数人高兴，让大家心里不舒服。"王弘义看着几户村民继续说："都是本村人，家里情况大体都是清楚的。要实事求是，有想法说出来让大家听听，对比对比。比如赵守义，妻子有病，家里困难，他就发挥党员的带头作用，没有申报贫困户。特别是老支书杨祯民，家里累遭厄难，外债累累，说好话都不当贫困户。我们还是要讲政策，讲贡献，要横向对比，按规定说话。好，接着说。大家有啥意见尽管反映。"

刘玉明移动了一下身子介绍说："我叫刘玉明，九组刘湾人，家里 5 口人生活。父亲 70 多岁了，身体不太好，一年总要住几次院。两个孩子上高中，家里没有固定收入，生活比较困难。把我家取掉不合适吧？"

王弘义翻着笔记本看了看说："刘玉明，九组刘湾人，家里 3 间两层楼房，有农用车 1 辆。主要是跑运输，年收入约 4 万元，有茶园 5 亩，年收入约 6000 元。人均 9000 多元，高出贫困线 3000 多元，你说呢？"

刘玉明挪了一下身子笑笑说："有晴天也有阴天，有挣钱的时候，也有几天分文不取的时候，你要那样丁是丁，卯是卯地算，那还有啥话说？"

赵守道看着刘玉明笑着说："这是按最低标准算的。三天歇一天，一个月出 20 天车有吧？"

"哦，那差不多吧。"刘玉明摸摸头说。

"大河买一车沙多少钱？"赵守道问。

"大概是 120 元。"刘玉明慢腾腾地回答。

"拉到枫坪是 500 到 600 元吧？"赵守道看着刘玉明，刘玉明无奈地点点头道："嗯，差不多。"

"好呀，每天纯收入不说 400 元，就按 300 元算，每个月 20 天，也有 6000 元，一年按 10 个月，该不止 4 万元吧?" 王弘义接着心平气和地问。

"不说了，你们啥都弄清了，就按你们定的办吧。" 刘玉明站起身笑笑说。王振喜、陈东升、张青松几个也站起来准备走。

"振喜、东升、青松，你们几个不急吗? 有啥也说说嘛。" 赵守道站起身来说。

"不说了，政策规定是清楚的，说也没用。""你们把账算得入骨入木的，我们还有屁说。" 王振喜、陈东升、张青松边往外走边说。李香兰、叶怀德、李春生几个也嘟嘟囔囔地离开了会议室……

赵守道看这些人走出了大门，让王弘义、宋志红、陈玉文、李惠芬和包扶队员坐下，若有所思地说:"不出我们所料，这几户村民意见大，自己还不自觉，还来闹。下来我们分 3 个组，到各组进一步了解情况，做好思想工作，一户一策，拿出准确包扶方案。"

"赵支书分一下工吧!" 王弘义看着赵守道建议。

赵守道沉思了一下说:"这样吧，全村 62 户，A 局包扶 36 户，远翔公司包扶 18 户，镇干部包扶 8 户，按你们包扶的贫困户分，我和陈玉文、孙阳负责一至五组;李虎生、齐明生、武春华负责六至九组;王弘义、李惠芬、宋志红负责十至十三组。"

王弘义见赵守道没明确具体责任，心想，大家接下来咋干呀? 应该让大家明确工作目标。他看了大家一眼，强调说:"前面是摸底、核查，确定建档立卡户。这次重点是精准帮扶。我想请大家注意三点。一是做好取掉的建档立卡户的思想工作，用赵守义、杨祯民的事例教育大家，要讲贡献、讲大局，努力发展生产，自力更生，发家致富。像朱昌盛那样，要帮助子女落实赡养义务，不能让老人生活没有着落;二要摸清贫困户的底子，还有哪些户没申报，明确帮什么、咋样帮;三要摸清枫坪村的资源，弄清枫坪村发展啥、怎样发展。哪些问题应该先解决，哪些问题后解决。为整体规划做好准备。进一步向取掉的几户讲清政策，不是和谁过不去，非要取掉。凡事要公平，前几天就有人到村部闹，我们要正确对待这件事。"

赵守道接着说:"王主任说得很重要，希望大家工作都做细，为下一步工作打好基础。上午先准备，下午到各组了解情况。" 说罢，各自都回了自己的办公室。

张厚诚刚从县城回到两河镇，李虎生打来电话说:"喂，张镇长吧? 我们村出事了。"

"出啥事了？"

"取掉的几户贫困户有意见，到村上问原因，王弘义一个个都推回去了。"

"推回去总有推回去的理由吧？"

"啥理由，就是那八条规定。啥事都要一分为二嘛，理论要联系实际吧？具体情况具体对待呀，总不能不考虑家庭实际情况吧？"李虎生气愤地说。

"没有特殊原因，不符合八项规定的一个口子也不能开，放开了就乱了。"张厚诚一字一顿地强调。

"反正我给你们汇报了，出了人命，我可不负责。"说罢挂了电话。

"你……"张厚诚不知道发生了什么事，再拨电话，显示关机，他只好开车赶往枫坪村。

二十分钟后，张厚诚赶到了枫坪村，见十几个村民在村部大门旁正围着公示栏议论。

"纸是包不住火的，党的政策再好，关键是贯彻执行。到底还有人说公道话吗？"陈远剑叼着烟，猛吸一口，皱着眉头说。

"现在差不多了，水分基本挤干了。"李四海摇着头说。

"没把你个懒尿弄掉，你当然说好了。"李玉明顶了李四海一句。

"也不能那样说，我们穷烂杆无所谓，有楼房有车，穿的吃的比谁都好，凭啥享受贫困户嘞？"李四海反驳。

"拿的国家钱，要你出了？"李玉明反问。

"组长说得不对，啥事就要讲个公平，有车有楼房的人可以享受，那其他人呢？"陈远剑看着李玉明问。

"要想好，打个调。话倒是那样说，原先有，现在取掉了，心里总是不自在吧。"李玉明挠挠头解释。

"没有行市有比市，事情要多方面想，那几户心里好受，大家心里就不好受了。"陈远剑笑笑说……

张厚诚在车上听了村民的议论，大致明白了发生的情况。在院中停好车，即上楼找赵守道。

赵守道和王弘义正商量啥时给镇党委汇报的事，见张厚诚来了，都站起身说："张镇长来了。"

张厚诚一边说："都坐都坐。"一边在进门的沙发上坐下。

赵守道边泡茶边说："正准备给你打电话汇报呢，你来了正好。"

"李虎生说得厉害加害怕，我当有啥事呢。过来看看。"张厚诚边接茶杯边说。

"没啥大事，就是几个村民来质问取掉贫困户的事，都解释清楚了。"赵守道解释说。

"李虎生咋说嘛?"王弘义看着张厚诚问。

"他说群众意见大，要闹出人命，说得怕人。"张厚诚笑笑说。

"其实，取掉9户，4户是李主任知己亲戚，2户和他关系特别好。关键是他思想上不通，好像我们是针对他的。他若通了，啥事都没有了。"王弘义很明确地解释。

"你才来一个多月，啥事都弄那清?"张厚诚笑着问。

"因为群众有意见，我到各组调研，村民啥难听的话都说出来啦。"王弘义解释。

"叫李虎生过来，把有些事在一块沟通一下。"张厚诚笑着对赵守道说。

"我们刚才安排了一下，准备分组逐户做工作。刚才他不在家，现在应该回来了，干脆到会议室开个会，你强调一下县委县政府的八条规定，统一一下思想，我再把工分一下，提一些具体要求。好吗?"赵守道征求张厚诚意见。

"好，走，开个短会。"张厚诚说罢，一块走向会议室……

十一　包　扶

　　按照分工，经过 5 天的调研，群众对公示的贫困户都比较满意，村民们感到整体公平了，连王义林都说："这回还差不多，总有人说公道话，一碗水总算端平了"。

　　公示后，两委会给镇政府写了报告，镇党委、镇政府做出了批示，报县扶贫局备案。全村确定贫困户 62 户，其中，残疾人家庭 4 户，智力障碍 6 户，因病致贫 15 户，年老体弱 6 户，因学返贫 2 户，其他致贫 29 户。包扶单位为做到脱贫工作底数、问题、对策、责任、任务、目标"六个清"，按扶贫局信息化脱贫工作路径，为对贫困户实行"一牌一卡一账本一档案"管理，机关全体干部用一周时间到扶贫户家中填表、登记，进行核查。一对一地定向包扶。王弘义包扶十一组张坪组杨书怀，十二组杨垣李泽胜、杨全胜；武春华包扶八组双河陈远明，九组刘湾刘新茂、刘明山。全体干部在整体调研过程中，对包扶对象也仔细地作了对接。

　　王弘义包扶的李泽胜，家中 5 口人生活，两个孩子上大学，妻子从小患有支气管炎，身体不好，经常吃药，母亲 70 多了，也患有高血压。生活比较困难。王弘义了解了具体情况，他家有十几亩桦栗树林，建议他种天麻。李泽胜迟疑地说："好倒是好事，桦栗树我去年腊月倒砍的有，可没有钱买菌棒、种天麻，也不会技术，说还不是白说。"

　　王弘义笑笑说："这你不要熬煎，钱从无息贷款中解决，菌棒、种子、技术我都给你联系好了。"

　　李泽胜和妻子都愿意种天麻，笑着说："那倒好嘞，啥时候开始啦？"

　　"明天我带你去买天麻种、菌棒，请技术员，后天开始。"王弘义安排说。

　　"那咋去呀？"李泽胜迟疑地问。

　　"租个农用车，回来好拉天麻种、菌棒。"王弘义果断地回答……

　　"那农用车咋坐啰？把人颠死了，你受得了哇？"李泽胜歉意地说。

　　"没事，就是那几十里的路，你受得了，我年轻也能受得了。"王弘义笑着回答。

"那多不好意思呀，让你受苦。"李泽胜妻子也歉意地说。

"没事，扶贫嘛，出点力，流一点汗是应该的。"王弘义笑着回答。

"那只有让你受苦了。"李泽胜难为情地说。

第二天，王弘义带上李泽胜，坐着农用车，一块儿到清水镇买回了菌棒和天麻种，请来技术员指导，帮李泽胜家种了150窝天麻。虽然坐农用车颠得浑身痛，他心里很高兴，李泽胜家的扶贫项目总算落实了。

杨书怀家6口人生活，父母都70多岁了，母亲患有高血压，两个孩子上学，家里全靠两口子种地生活。妻子身体好，能干。王弘义和杨书怀商量如何脱贫致富，杨书怀只知道种地，没有技术，也没有资金。王弘义看他们住着独庄子，东边有一块两亩多地的竹子、洋槐树林，建议他们圈住养散养鸡。杨书怀挠挠头说："好倒好，我没喂过，不懂技术，买小鸡也得不少钱，我没本钱呀。"

王弘义笑笑说："只要你有决心，我是学畜牧专业的，技术我给你教，小鸡我给你想办法。富兴养鸡场老板是我同学，先借1000只鸡养，到时还他鸡蛋抵账。"

"那行吗？"杨书怀疑惑地问。

"这你就不用操心了，好好干就行。"杨书怀夫妇高兴地表示，一定好好干，争取早日脱贫。王弘义带杨书怀到城里综合商店买来网子，把竹林圈了起来，指导搭了几十个鸡棚。担保从富兴养鸡场借回1000只小鸡，指导杨书怀夫妇拌料、防疫等喂养技术，办起了散养鸡场。

杨全胜50多岁，一个人过日子，原先家里4口人，姐姐出嫁了，父母去世了，差的看不上，好的人家看不上他，东不成，西不就，一直也没有成家。庄稼不好好种，茶叶地荒着，王弘义找他商量脱贫计划，杨全胜无所谓地说："我不是不会干，我是感到没意思，一个人过日子，混一天是一天，不想干。"

"你不能这样想，你看，党的政策多好哇，你不给国家做贡献，国家还给你发这发那，你好好干，有了钱，日子好过了，找个老伴不就好了吗？"王弘义揣摩着他的心思开导。

"哪能看上我呢？"杨全胜忧愁地说。

"你要好好干呐，人家跟你过日子是要过好日子，你穷得自己都没吃的，谁愿意跟你？"王弘义启发他说。

"也是的哦，有钱了还怕没人跟？"杨全胜醒悟地说。

"对呀，所以你要好好干，让人羡慕你，尊敬你。"王弘义鼓励地说。

"茶叶去年没修剪，今年产量肯定不行，明年再说，别的我能干啥呢？"杨全胜看着王弘义问。

"你有柴山吗？"王弘义问。

"有哇，桦栗树都碗口那么粗，去年下半年我砍了几十棵当柴烧。"杨全胜兴奋地说。

"树还在吧？我建议也种天麻，菌种和天麻种我给你联系。"

"好哇，那谢谢你。啥时开始？"杨全胜期待地问。

"我晚上联系，明天我跟你一块儿去把种子、菌棒运回来，后天找几个人帮忙开始种。"王弘义想了一下说。杨全胜点头答应，高兴地准备去了……

武春华也和陈远明、刘新茂、刘明山制订了产业发展计划。陈远明种了3000袋香菇，刘新茂、刘明山各种了100窝天麻。

6月，炎炎的太阳悬挂在天空，地面像着火了一样，让人感到窒息、酷热、奇闷。包扶单位领导杨思琦、远翔公司经理吕富强，冒着酷暑到枫坪村调研，商讨如何包扶，集体和贫困户的产业如何发展，先解决哪些问题，共同制订包扶规划。

会议由张厚诚主持，赵守道汇报了全村的发展现状，优势产业和贫困户核查情况："我汇报三点。一是前一段工作情况。大家经过两个多月的扎实工作，贫困户门口挂起了贫困标识牌，墙上列有帮扶明白卡、屋里建起了收支账本和档案资料。村委会实行'一室一柜一台四图'管理，建立了脱贫作战室、设置了专用档案柜、安置了信息管理平台、悬挂贫困户分布图、产业分布图、干部包扶图和基础设施建设图。精准扶贫开始向科学化、规范化管理迈进。二是结对帮扶，一对一包扶责任到人，摸清了帮扶对象的困难，明确了怎样帮扶，从哪些方面着手，帮扶干部拿出了方案，落实了帮扶措施。三是厘清了思路，明确了先解决哪些问题，后解决哪些问题。我们基础设施条件较差，一要解决整体基础设施，二要解决贫困户的住房、生活必需品问题。四是明确了发展方向，要发展支柱产业，走集约式发展道路，壮大集体经济，带领群众走共同富裕的道路。"

杨思琦听了汇报，感到压力很大。他沉思了一下说："大家做了大量的工作，规范了管理，确定了精准帮扶的对象，厘清了思路，明确了发展方向，这些都是写在纸上的东西，现在，关键是要一步步地抓落实……"

会议开了一天，工作队、两委会干部，都发表了各自意见。大家认为：抓基础是根本，抓产业是关键。重点突破，递次推进，分类施策，合力攻坚，打好总体战。第一步，先解决水电路、住房和环境美化的问题。杨思琦要求王弘义，首先抓好通村入户路和住房问题。

"两不愁、三保障"是重点要解决的问题。吃穿问题并不大，存在较大的问题是住房问题。许多贫困户的房子还是20世纪60、70年代盖的，多是破烂不堪的房屋。每周星期三为扶贫日，包扶单位干部结对到贫困户家了解情况，帮助发展生产。包扶干部根据政策一户户了解核实，4户残疾人，要求建房；6户智力障碍人员，送镇福利院照顾；因病致贫15户，3户住房没问题，4户要求搬迁，8户要求建房；5个年老体弱户，送福利院赡养；两户教育致贫户家里是砖木结构房；29户其他贫困户，有10户愿意搬迁，19户要求在本地建房。全村要建房的31户，2800多平方米。

王弘义想，雨季快到了，必须在雨季前解决贫困户住房问题，安全是第一位的，他找赵守道谈自己的想法，赵守道答应召开会议专题研究这个问题。

星期一例会，赵守道召集村两委会和包扶干部会议，研究产业发展，项目争取和贫困户建房问题。赵守道简要地介绍了会议要研究的内容，强调了上级对贫困村的优惠条件和基本要求，让大家围绕产业发展，项目争取和贫困户建房问题发表看法。

宋志红对产业发展谈了自己的建议，李惠芬对贫困户建房的迫切性谈了看法，王弘义、武春华对项目的立项、争取发表了意见。李虎生"哼"了一声说："工欲善其事，必先利其器。说得都比唱得还好听，想得倒怪美。这样那样，没有钱一样没一样。我看，还是要先解决要钱的问题。"

赵守道根据大家的意见，最后安排说："这样吧，王主任、武股长根据枫坪村实际情况，近几天到有关部门争取项目，写写论证报告，为下一步工作打打基础；我和齐明生、陈玉文到一至五组，李主任和孙阳到六至九组，李惠芬、宋志红到十至十三组了解贫困户建房和项目发展情况。下周一再汇总情况……"

十二 项 目

王弘义、武春华先后到扶贫局、农业局、林业局、交通局、国土自然局、水利局询问贫困村有关扶持政策，根据枫坪村具体情况申报了土地治理、产业路、养殖等几个项目。武春华的同学李喻旺是林业局副局长，分管林业产业。王弘义和武春华商议，到林业局找李喻旺询问产业发展政策。

武春华轻敲了几下李喻旺办公室的门，喊了声："李局长在吗？"

李喻旺打开门，见是王弘义、武春华，边握手，边笑着说："你两个不是忙着扶贫吗？咋有空找到这里来了？"

王弘义笑着说："就是忙着扶贫，才来找李局长帮忙。"

"我能帮啥忙嘞？"李喻旺边回答，边烧水泡茶。

"我们想咨询一下，看林业产业发展有没有扶持项目？"武春华开门见山地咨询。

李喻旺迟疑了一会儿说："产业发展政策肯定有，这要看你们想报啥，看今年有没有指标。没有指标说啥都是空的……"

"局长大人不要拐弯抹角的，我们就是不懂才来找你，都是兄弟，指个明路吧。"王弘义直截了当地说。

"就是兄弟班子，我才给你说实话。春华大学比我低一级，宿舍在一层楼上，是亲兄弟。我就实说吧！"李喻旺无奈地说。

"对，只要还记得兄弟，你就照顾照顾吧。"武春华看着李喻旺催促。

"唉，遇到你两个牛缠经还真没办法。今年项目去年都报过了，现在报，也得到下半年或明年才能批。你两个运气好，去年报了一个羊肚菌种植项目，总投资50万元，需要15万元扶贫项目配套资金。项目小，看你们要不要？"李喻旺笑着解释。

"要哇！"王弘义、武春华同时回答。

"不嫌小哇？"李喻旺问。

"要饭还嫌饭稀呀，我们不嫌小。"王弘义笑着回答。

"害东西,来求哥办事,还恃强霸道的。这不说哥不好了吧?"李喻旺看着王弘义问。

"都是自家兄弟,说话太直了,请原谅。我代表枫坪村的贫困户谢谢李局长。"王弘义笑着对李喻旺说。

"我也代表枫坪村扶贫工作队谢谢老同学局长。"武春华也附和着说。

"客气话就不用说了,以后你们高升了,哥有事找到你们,可别打马虎眼。"李喻旺笑着调侃。

"哥的恩惠兄弟铭记在心,以后一定相报。"武春华笑着回答。

"我们一定记得哥的好,说说,咋办手续吧?"王弘义笑着问。

李喻旺沉思了一下说:"回去写一个项目报告,包括项目负责人、规模、地点、技术负责人、配套资金、生产形式、分配办法等。审批后,即可开始实施。"

"那这个项目我们一定要,回去就写报告,李局长给我们留着。"

王弘义不放心地叮咛。

"放心吧,这个项目需要技术支撑,春华是学林学专业的,你们有优势。"李喻旺笑着回答。

"那中午两个学弟请你在一块聚聚。"王弘义笑着邀请。

"我们自己人就不客气了,改日我请你们。"李喻旺笑着回答。

"真的,我们工资没有局长高,一顿饭还是请得起的。"武春华也笑着附和。

"不客气,今天市局有人检查,中午就不留你们啦!"李喻旺笑着推辞说。

王弘义看了一眼武春华,站起来笑笑说:"李局长忙,我们改日再拜访。"武春华也站起了身。李喻旺也起身和王弘义、武春华握手送别。

王弘义、武春华回到枫坪村,向赵守道汇报了在县机关争取项目的情况。其他项目可以以后再说,羊肚菌项目要立即上马。决定下午召开两委会研究项目的实施问题。

会议开始,赵守道说明了会议要研究的中心内容是羊肚菌项目的实施问题。赵守道请王弘义汇报羊肚菌项目的实施计划。王弘义说:"羊肚菌项目是我和春华找林业局争取的产业发展项目,春华是林学专业毕业的,是内行,还是请春华给大家汇报吧。"

武春华清清嗓子说:"王主任让我汇报,我就把项目要研究的问题汇报一下。项目名称是羊肚菌培育项目。现在生活条件好了,人们讲究营养价值,天然羊肚菌少,人工栽培有广阔的市场和发展前景,是一个比较好的产业发展项目。项目总投资 50 万元，配套资金 15 万元，属于有偿投资，无息贷款，5 年还本。场地需要连片阳光好的地 10 亩。现在要研究的问题是：搞不搞，场地放哪里，配套资金从哪里来，谁来领头，经营的形式是啥，风险咋承担，按啥分配。请大家发表发表意见。"

"搞是一定要搞，发展产业是脱贫致富奔小康的唯一途径，这是一个好项目，大家都出出主意。"赵守道看着大家说。

"搞一定要搞，场地我看有两个地方。一是王家坡对门，有十几亩坪地，基本都种的是庄稼，离庄子近，便于管理；二是杨垣门前，有几十亩地，也都种的是庄稼，好协商，土地采用评定资金，入股分红的办法，比较好说。"李虎生提出了自己的意见。

"每个贫困户不是有 5000 元的开发资金嘛，动员他们入股开发，既带动了贫困户脱贫，又解决了配套资金的问题。"李惠芬提出了自己的见解。

"我认为，关键是领头人的问题。项目虽好，谁来抓。养鸡本来是个好项目，让王义林搞，钱没赚到，还赔了两万多，到如今账还摆在那。我想，产业要发展，要稳步推进，关键要选好人，要有好的管理办法、好的分配制度。"宋志红提出了相反的建议。

"领头人重要，分配比例更重要，要有激励措施。风险要担，利益要得，管理形式很重要。经营产业是很辛苦的事，大家要理解。"

陈玉文发表了自己的看法。

王弘义见大家都发表了看法，关键还是经营体制和分配形式，他看了看赵守道若有所思地说："大家基本都同意办，现在要研究的问题是场地问题、谁领办的问题、经营形式和分配形式。我个人意见是，先定经营形式和分配办法，然后自愿报名领办。经营形式，我建议个人承包、大家入股，风险共担，利益按比例分配。贫困户入股、其他人入股都采取自愿，按股权担风险、分利益。我有个初步的想法，刨去地价、大棚、材料、工钱等成本，利润按'五五'分成。即股权分 50%，20% 归承包人，20% 奖励职工，5% 上交村集体，5% 留作企业积累。同样，若赔了，承包人承担 20%，入股人承担 50%，职工承担 20%，村集体承担 10%。"

大家一阵议论后，赵守道接着说："我同意王主任的意见，要有激励机制。现在一件件地定。办场这应该没有问题，大家有没有意见。"两委成员议论了一会儿，都表示赞成。

"场地的问题，我倾向王家坡，每亩地每年按 500 元，算产量或入股都行，协调由陈主任、宋主任负责。"赵守道看看陈玉文、宋志红。"没问题。"

陈玉文慷慨答应。

宋志红停了一下问:"地是给租金还是参与分红?"

赵守道说:"都行,不过,开始就说定。给租金那就是死的,一亩一年500元,如果效益好,再想参与分红可不行。同样,参与分红的,要赔了,可不能要租金。"

"入股采取自愿,报名、动员由李惠芬、陈有才负责。"李惠芬、陈有才也表示"没问题"。

"对,游戏规则先定好,不能大糊弄。我们也好向群众做工作。"宋志红提出了自己的见解。

"经营形式和分配办法我同意王主任意见,重赏之下必有勇夫。就按'五五'分成,不行还可以再高些。承办人我也主张自愿报名,两委会讨论决定。管理办法和承包合同,请王主任、武股长费力写一下。看大家还有啥?"两委会成员都表示没有其他异议。

吃过晚饭,王弘义与武春华到枫河岸边散步,正好遇见李仁义在枫河桥边玩。王弘义热情地说:"李老师,这几天忙啥呢?"

李仁义笑笑说:"也没有啥忙,一天就是带带孙子,转地玩玩。"

"身体好就好,注意休息,保持好的心态最重要。"

"现在,啥也不干,啥也不想,心底无私天地宽嘛。"李仁义无所谓地回答。

"走,到村部玩一会儿。"武春华客气地邀请。

"谝一会儿也行。"说着,李仁义就随武春华、王弘义进了村部院子。王弘义打开宿舍门,拉开了电灯,请李仁义先进宿舍,李仁义坐下后,王弘义让烟,泡茶:"李老师喝春茶还是毛尖?"

"我还是喜欢喝春茶,味醇,香气浓。"李仁义边点烟边回答。

王弘义送上茶水问:"李老师原先一直在枫坪教书?"

"高中毕业后,先在枫坪当民办教师,推荐转正后,调两河中学教书一直到退休。"李仁义喝了一口茶,笑着回答。

"你对村里的情况很熟吧?"武春华插嘴问。

"土生土长的人,啥都知根知底,多数人都是我的学生,人品、性格我还是清楚的。赵守道、李虎生、宋志红这几个都是两河中学教过的学生。"李仁义笑着回答。

"赵守道、李虎生在学校学习都很好吧?"王弘义笑着问。

"我一直都带初中毕业班语文兼班主任,赵守道人忠实、学习中等偏上,李虎生刁钻些，鬼点子多，不是安分守己的人，学习也一般。出了社会，还都出息了。"李仁义平静地回想着说。"你们还都处得很好吧?"李仁义反问王弘义。

"我们是来扶贫的，是帮助他们工作的，没有根本上的利害冲突，工作中的意见分歧是有的，但并不影响大局。"王弘义客观地阐述。

"王主任，我和你爸也是多年的同事加朋友，我就把你当自己的孩子，直话直说，这几个人我了解，赵守道、宋志红、陈玉文人比较直爽，相处应该是放心的。有些人，别看读的书不多，怪点子可不少，人心隔肚皮，鸟心隔毛衣，做事还是注意点好。"李仁义看着王弘义语重心长地说。

"是，李老师，我们一是年轻，二是对农村工作没有经验，有时间来指点指点。"王弘义诚恳地说。

"交友须带三分侠气，做人要存一点素心。指点不敢，我们思想跟不上形势，介绍介绍情况还是可以的。"李仁义谦虚地回答。

"那就太好了，以后请李老师多给我们介绍介绍。"武春华也高兴地说。

"无论你出身高贵或者低贱，都无关宏旨，但你必须有做人之道。我其所以给你们说这些，有些人就是没有做人之道。你们必须要注意。"李仁义似有所指地说。

"谢谢李老师，明白了，我们一定记住你的话。"王弘义心有所得地回答。

"我有啥说啥，你们也不要当真。"李仁义笑笑解释。接着他们又谝了一会儿《红楼梦》诗词，贾平凹的《秦腔》，毛泽东主席著作《实践论》《矛盾论》等，夜深了，李仁义才兴犹未尽地回家。

十三　分　歧

　　王弘义按两委会讨论的意见起草了管理办法和承包合同。管理办法包括承包形式、领办人权利义务、财务管理、利润分配、承包期限、风险责任等。

　　承包形式内容包括：采用个人承包领办，入股经营，风险共担，利益同享的股份合作制的形式承包。

　　领办人权利义务内容包括：领办人有用工自由、经营自由，有符合规定的财务支配权、对外合作、购销、选择权，有在规定范围内奖罚员工的权利，在保证正常生产的前提下，鼓励创新发展、科学实验，努力提高产品质量和经济效益。

　　财务管理内容包括：账务按财经制度办理，收支两条线，账目要公开，接受群众监督，半年向村委会汇报一次。

　　利润分配内容包括：一年一结算，减去地租、种植成本、人工费用、本金赏还、办公开支、10%以内的公务交往这些成本外，利润按50%作为利润分成，20%归承包人，20%奖励职工，5%上交村集体，5%留作企业发展基金。

　　承包期限内容包括：承包期限为3年，如无违规行为，承包期满后，在同等条件下，承包人有优先承包权。

　　风险责任内容包括：承包人交3万元风险抵押金，除不可抗御的自然灾害外，年利润不得低于20%。若因经营不善造成亏损，承包人赔偿20%金额，入股人承担50%金额，员工承担20%金额，村集体承担10%损失。

　　王弘义写好后，请武春华对技术性的问题给予把关。入夜，武春华又认真地进行了修改，许多地方与王弘义商量，11点多才把管理办法、合同修改好。

　　第二天早晨吃过早饭，王弘义把管理办法、合同送给赵守道，赵守道看后，让陈有才打印了十几份送给两委会班子成员和扶贫工作队员，下午召开会议讨论管理办法和合同。专题会议开了一个下午，两委会成员和工作队员没有实质性的意见，赵守道让陈有才写告示公开招聘经营承包人、动员贫困户入股投资。

告示一贴出，群众议论纷纷，有的也想跃跃欲试。报名参与领办企业的6个人，王义林也报了名，这倒让赵守道很为难。不让他干，他在王家坡住，肯定生出些幺蛾子，让别人经营不成。让他领办，这个人不是务实的人，办事咋咋呼呼，靠不住，前面的事还没了结，群众咋想？想想，心里没有了主见，他来找王弘义商量。

王弘义想想说："这个人初见面好像很有魄力，实际不是很务实，干啥都靠不住，糊弄人有两下。前面的事没了结，绝不能开这个先河。"

"不让他干，他一定会在里边胡搅蛮缠，点定在王家坡，离他近，他会让谁都搞不成。"赵守道担心地分析。

王弘义咬着嘴唇想了想说："几十万元的项目，在村上不是个小数目。只能成功，不能失败。前面办鸡场就是教训。唯一的办法，就是把点定到杨垣，让李惠芬做几户承包人的工作，能动员李惠芬丈夫杨祯泰承包最好。"

赵守道觉得这是个办法，即找来李惠芬商量，李惠芬答应立即回去做几家妇女的工作，力争两天内谈妥。

王弘义建议把陈玉文、宋志红叫回来，让把话说硬，"只能入股，不给地租"，尽量让王家坡的几户村民不能接受，把这个点搞砸。赵守道立即和陈玉文、宋志红沟通，宋志红笑笑说："办成难，不想在哪办，容易得很，王义林正在中间搅呢。"赵守道看了一眼王弘义，会心地一笑。

第三天，汇总情况，宋志红说土地落实不下去。李惠芬基本给几户村民说好了，村委会就把地点定在杨垣。赵守道让陈有才起草土地出租合同、入股投资合同。承包人决定公开遴选。评委会由两委会成员、扶贫工作队员组成，由陈有才通知承包人陈述经营方案。

下午召开招聘会，连杨祯泰共7个人应聘，大家都比较认真，只有王义林大大咧咧的，说了三点：一是当过村干部，有管理经验，能管住人；二是点放在王家坡，地的问题他能做通工作；三是他没有其他事，可以专心种羊肚菌。反正没有一条保证措施。

评委会根据能力、品质、作风、实干精神综合打分评价，一致同意让杨祯泰领办羊肚菌场。告示刚刚贴出去，王义林就来到村部找赵守道的麻烦。

"赵支书，凭啥我不能承包羊肚菌场。"王义林红着脖子质问。

"我不知道为啥，你的打分低，我也没办法。"赵守道支吾着说。

"凭啥打分低？是不是你们提前商量过啦？"王义林一副不服的样子。

"你可以打听打听，看我们提前商量没商量。"赵守道心平气和地解释。听到有人在综合办公室吵闹，王弘义过来了，李虎生也走了进来。

"你们商量过了，我能问出来啥？"王义林双手背在身后，歪着头问。

"我当谁呢，还是老王。你想领这个头，是好事。带领大家脱贫致富嘛，我们应该鼓励。至于为啥没有选你，你应该先问问自己，为啥大家没有选你。"王弘义心平气和地问王义林。

"你们捣啥鬼，葫芦里卖的啥药，我咋知道呀？"王义林反问王弘义。

"你不想回答，我代你回答。领办人的条件是品质好、有管理经验，讲诚信，责任心强，群众信任，有经济偿还能力。一是你养鸡亏两万元的账还在那欠着，大家对你不放心。二是，你没有一个正确的态度，别人都有承包方案，措施、计划都很圆满，你的方案是啥？"王弘义看着王义林问。

"我不是讲了三条吗？那不就是计划、方案吗？"王义林辩解。

"你那三条哪一条是计划，哪一条是实施方案，哪一条是保证措施？"王弘义笑着问王义林。

"不跟你说了，不让承包算了，我还懒操那些淡心嘞。"王义林自知理亏，条件、方案都不如别人，心想放弃算了。说罢，扭身走出了村部。赵守道看着王义林的背影笑着说："对付王义林还是你有办法。"

李虎生也笑着说："就是的，对他这种'红萝卜敲鼓——不是正经锤子的东西'，话茬子就要硬，压住他就乖了。"

王弘义笑笑说："定下来，早点上项目，免得再生是非。"

赵守道对李虎生说："李主任加紧把领办合同、租地合同、入股合同都签了，让杨祯泰也早准备，早开张。"

李虎生笑笑说："这都定下来了，马上准备办。"说着，几个先后走出了综合办公室。

陈有才起草好租地合同、入股合同，王弘义、武春华、赵守道又看了一下，让陈有才打印了出来。李虎生和杨祯泰签了领办合同，租地合同，杨祯泰和18户贫困户签了入股合同。一切手续办完，杨祯泰又成立了祯泰羊肚菌股份有限公司，申办了营业执照。王弘义、武春华也把项目申报手续办好，资金协调了下来。杨祯泰备好了料，盖好了种植棚，武春华具体负责指导羊肚菌的种植。一连十几天，王弘义、武春华清晨就去杨垣指导整地、搭棚、种植，工人收工后，他们才回村部休息。种植都走上了正轨，王弘义才没去种植场，武春华隔三差五地到现场指导种植。

6个贫困户每户一个人天天到羊肚菌场劳动，干了一个月，还没发工资，牛伯梁就在背后嘀咕："这还不如打工，干一天120元，还给喝酒吃好的。这干了一个月，还没见到一分钱，将来还不知道是啥爷爷奶奶嘞。"李泽胜、张德福也有想法，只不过没好说。牛伯梁，干干就不干了。杨祯泰问牛伯梁："老梁子，干得好好的，为啥不干了。"

牛伯梁摸摸脖子说："身上觉得不舒服，我歇几天再说。"

"不是想退股吧？"杨祯泰看着牛伯梁问。

"那不是哟，写的有合同啦。退股扣我钱，那划不着哟。"牛伯梁笑笑回答。

"你瞎东西还有法律意识呀！"杨祯泰笑着问： "该不是因为没发工资吧？"

"不是不是，我就是身体不舒服。"牛伯梁推辞说。

"那你歇几天，身体好了再来。"杨祯泰顺水推舟说。

"呃、呃，我就是歇几天。"牛伯梁答应着。杨祯泰回到家里，对李惠芬说了这个情况。李惠芬以为还是工资的问题，他两商量：羊肚菌已开始采摘，上市后就有了收入。工人的工资先从投入资金中发。男的一天80元，女的一天60元，一月一结。第二天，杨正泰取钱给大家发了工资，工人的情绪慢慢稳定了下来。

王义林看李欣怡长得水灵，当村医工作也很热心，品行好，脾气也好，想给自己在移动公司当部门经理的儿子说说做媳妇。他想，他和李欣怡母亲吴梦丽有一腿，这应该是十拿九稳的事。

一天，王义林找李香兰说这个事，李香兰不好推辞，也就答应了。

过了几天，王义林找李香兰问李欣怡的情况，李香兰说："我还没顾得问，过几天我问问。"

王义林生气地说："你也是娃的婶娘嘛，这点事都央求不动？要是李虎生给你说，你早都给办了。"

李香兰心想，王义林和吴梦丽的暧昧关系，前几年在枫坪也是传得纷纷扬扬的，王义林当村主任时李世福胆怯，现在不当村主任了，心里没有压力，肯定不愿意。她怕丢了脸，也是想拖拖再说。见王义林说得那难听，答应第二天找吴梦丽说说。

第二天上午，李香兰找到吴梦丽，一阵客套后，李香兰开门见山地说："今天找你有个事，王义林看上了你们家的欣怡，想给他家儿子做媳妇，不知道你是咋想的。"

吴梦丽心想，李世福对王义林有戒心，怀疑她和王义林不干净，这事恐怕不好办。沉思了一会儿说:"我倒没啥意见,不知道李世福咋想的。女子好像对杨祯兴很好,还要看女子的意见。你说了,过几天我给李世福和女子说说,再给你回话。"两个又谝了一会儿家常,李香兰回来给王义林叙说了事情的经过。王义林怀疑李香兰没有实心办这事,他想亲自问问试试。

杨祯兴母亲的病一天比一天重,杨祯兴只得在家里照看,他看母亲痛得难受,给李欣怡打电话,请她来家里打止痛针。李欣怡每天傍晚骑摩托车来杨垣给老太婆打针。李世福知道女儿每天往杨祯兴家里跑,晚上李欣怡下班回来,他指着李欣怡骂:"人有脸,树有皮,你一个黄花大闺女整天往杨祯兴那跑算咋回事?"

李欣怡也不依不饶地说:"我是医生,给病人看病是我的责任。有错吗?"

"给病人看病没错,别人家也没见你哪用心啦?"李世福驳斥李欣怡。

"哪一家叫我去看病我没去?我对哪个病人不关心?"李欣怡反问。

吴梦丽怕父女两个吵起来,即挡住说:"有话好好说,不要吼,行吗?"

李世福见女儿说得有理,张着嘴没话说了。晚上,李世福和妻子吴梦丽说起这个事。吴梦丽说:"女大不可留,留来留去结冤仇。前几天王义林托李香兰给我说,想把欣怡说给他儿子王栋,我还没给你商量,不行,把她和王栋的婚事先定下来,让杨祯兴死了那条心。"

"王栋是谁的娃?在哪,干啥?"李世福皱着眉头问。

"王栋是王义林的娃,去年才从西安邮电学院毕业的学生,和欣怡也是同学,在县移动公司上班。"

"别人谁都行,王义林的娃免谈。"李世福厉声回绝。

吴梦丽知道李世福心里还想着前几年她和王义林的暧昧关系,心里过不了那道坎,也就没再说了。

十四 建 房

机会对每个人都是均等的，善于抓住机遇的人一定会捷足先登。

王弘义、武春华忙着抓羊肚菌项目，李虎生想这是个时机，他找到赵守道说："赵支书，上次开会研究了建房的事，秋雨前最好要把贫困户的房子盖起来，现在都6月了，耽误不得呀！我到县城去联系施工队赶快开工吧。"

赵守道沉思了一下说："项目比较大，应该上两委会研究，按说要公开招标，你看呢？"

"大行市价，没有行市有比市，怕啥？随便找个公司做了就行了。"李虎生大咧咧地回答。

赵守道想说又没说出口，迟疑了一下说："那你看着吧，质量要保证，价格要合适。"

"建房价格统一有规定，没事。"李虎生说罢，转身到院子发动小车，匆匆向县城方向驶去。1个多小时后，他把车停在昌隆宾馆院子里。熄了火，即上三楼来找王晓翠。

推开经理办公室的门，王晓翠正对着镜子描眉。李虎生反身关了门搂着王晓翠说："大美女，要和哪个约会呀？"

王晓翠瞟了一眼李虎生斗气地说："和哪个约会都与你这个窝囊废无关。"

"哎，过去就过去了嘛，我有个好消息告诉你。"李虎生坐回到沙发上说。

"有啥好消息？"王晓翠放下眉笔问。

李虎生拉过王晓翠坐在沙发上说："贫困户要盖房，总共31户，2800多平方，每平方1600元，也有400多万元的工程。要把工程包给吴守财，还不能赚个百十万。"

王晓翠搂住李虎生亲了一口说："这还像个虎哥的样子。"

"不过，插手工程的人很多。狼多肉少，要早找人，早下手。"李虎生提醒说。

"光靠你不行呐？"王晓翠看着李虎生问。

"村上有我，我是村主任，这可以说了算。"李虎生回答。

"那还给谁说?"王晓翠不解地问。

"如果上级有人插手，我也没办法。你县政府有认识的人吗?"李虎生问。

"县级领导没有，部局领导认得几个。"王晓翠若有所思地回答。

"那抗不住，我打电话找个人试试。"李虎生拨通了一个号码，

"喂，领导，我是李虎生，这几天忙吧?"李虎生谄媚地弓着腰问。

"哦，虎生呀，有啥事你说吧。"领导很随意地回答。

"我们村给贫困户盖房，我有一个亲戚是搞建筑的，想揽下这个工程，想请你给我们镇长、书记打个招呼。不知道行不行?"李虎生底气不足地说。

"你那亲戚叫啥名字? 有资质吗?"领导认真地问。

"我那亲戚公司叫翡翠建筑公司，三级资质，老板叫吴守财，技术上没有问题。"李虎生信心满满地回答。

"话我可以说，质量一定要保证，现在工程都是终身负责制，不能给我玩难看。"领导不放心地叮咛。

"这个领导放心，质量上我会认真监督的。"李虎生看着王晓翠保证说。

"好吧，你把你亲戚的公司名、资质等级和法人发给我，我一会儿给你们书记打电话说一下。"说着挂了电话。李虎生收起手机笑着对王晓翠说:"搞定了。"

"那谢谢你啦!"王晓翠摇着李虎生说。

"不过，光嘴说不行，恐怕还要打点一下。"李虎生做着鬼脸提醒。

"这个我们懂，吴守财也经常搞工程嘛。"王晓翠亲了一口李虎生接着回答。

"你就这样奖赏我呀?"李虎生看着王晓翠问。

"那应该好好奖励你一下。"说罢，拿起钥匙，"走，4 楼 6 号。"王晓翠前边走，李虎生随后跟着上了楼……

有领导给两河镇打了招呼，贫困户建房的问题基本定了下来。一天下午，吴守财开着丰田凯美瑞来到了枫坪村。李虎生带吴守财见赵守道说贫困户建房承包的问题，赵守道让通知两委会和工作队干部开会研究。干部们先后来到了会议室。吴守财拿出软中华给大家发烟。宋志红、李惠芬给大家泡茶倒水。李虎生看大家到齐了，即对赵守道、王弘义说:"开始开会吧!"

赵守道、王弘义点点头:"好，开始。"

李虎生介绍说:"这位是吴守财，多数都认识，一组吴家滩人，在县城搞建筑公司。我们要给贫困户盖房，县上有个领导给两河镇政府和我打了招呼，

就近方便，让把这项工程包给翡翠建筑公司。肥水不流外人田嘛，我就答应了。今天开会的意思就是想把合同签一下，看大家还有啥意见。"

沉默了一会儿，大家心里都有想法，你看我，我看你，没有一个人说话。吴守财知道大家不说话的意思，站起来又给大家发烟。发完烟，自我介绍说："大家认识我这人，对翡翠建筑公司可能不太了解。我们是有三级资质的建筑企业，技术力量、资金、信誉绝对没问题，在县城也给很多机关盖过楼房，第五小学前楼、商贸公司大楼就是我们盖的。质量请大家放心。"

王弘义本不想说话，过多地干涉村委会工作也觉得不好。可有些疑问不得不说。他看看李虎生说："具体施工是村委会的事，不过有几件事还是要强调一下。一是质量问题，水泥标号要够，钢筋要标钢，工程是终身负责制，绝对要保证安全。二是工期问题，几十家房子，秋季连阴雨天前要搬进新房，不能让贫困户住破房，出了安全问题谁都负不起责任。三是价格问题，不能突破上级规定，资金超了，问题可不好解决。"

李虎生看着吴守财问："王主任说的问题能办到吗？"

吴守财立即表态："质量、材料、价格都没有问题。请放心。工期也没问题，我有40多名技术工人，可以分五六个队，小工不够从本地找，屋矮，才3米多高，最大1百多平方米。几天就是一家。"

赵守道看着两委会干部问："大家还有啥意见？"干部们想，这木已成舟的事，说也没用。李虎生问到哪一个，都说："我没意见。"赵守道对陈有才说："有才起草合同，李主任、王主任把一下关，一会儿把合同签一下。"陈有才答应一声去起草合同，干部们在会议室议论着有多少贫困户建房的事……

过了一会儿，陈有才把起草的合同拿给李虎生看，李虎生看了一下递给王弘义，王弘义认真地看了一遍，感到有几个问题需要写明，迟疑了一下，想想还是要提出来。"有几个问题要议一下，一是层高3米显得低，因为只有一层，最好得3.2高。二是门窗显小，大门起码要1.2米×2.1米的钢门，窗子也得2米×1.8米的铝合金窗。三是现浇顶钢筋要双层、间距20厘米，水泥沙石厚度也不得低于10厘米。四是外墙拉毛，内墙用涂料粉白。五是基础砖30厘米，整体墙厚24厘米。六是价格按实际面积计算，屋外散水做1米，每平方包工包料1600元。六是安全问题，甲方每户交安全保险金500元，乙方按规程操作，出了安全问题，全部由乙方负责。这些关键问题要写清"。

吴守财笑笑说："王主任是内行，这些都写进去，便于检查、验收。"陈有才又做了补充修改，王弘义看后让陈有才打印，李虎生和吴守财签了字，双方加盖了公章。赵守道笑笑说:"就这样,明天就开始动工吧,具体由宋志红、陈玉文负责监督、协调。散会。"

吴守财想想不合适,即对李虎生说:"村主任,晚上我请大家吃个饭吧?"李虎生看了一眼赵守道问:"支书你说呢?"

赵守道笑着问王弘义:"王主任看呢?"

王弘义笑笑说:"按常规写合同是甲方请客,一是村集体没有资金,二是政策有规定,吴总原谅,吃饭就算了。"李虎生见王弘义把话说死了,就笑着对吴守财说:"那就两免,都算了吧。"说着,大家都走出了会议室。

十五　合　同

　　干部们刚散会，吴守财开车离开了枫坪村部，王义林又急匆匆到村部找支书、村主任。赵守道正准备下楼回家，王义林挡住问："赵支书忙啥耶？"

　　"刚开了个会，义林咋来了？"赵守道只得应付问。

　　"咋来了，村部是为村民办事的地方，我咋不能来？"王义林毫不客气地反问。

　　"没谁说你不能来，你也在这里呼风唤雨过嘛，任何村民都有权利来质询，还敢不让你来。"赵守道话中也带着讽刺意味反驳。

　　"不和你说没用的话，我就直说，贫困户没有我，给贫困户盖房我该行吧？"王义林提出了无理的要求。

　　"村委会研究了，已包给翡翠建筑公司了。"赵守道也直接回绝了他的要求。

　　"啥翡翠建筑公司，不就是吴守财那个破公司嘛，他行我也行。"王义林双手抱着膀子反驳。

　　"那要资质证，你有哇？说些浑话。"说着，赵守道扭过头进了综合办公室。

　　"哄外地人行，我还不知道，那是李虎生照顾相好的嘛！"王义林在院子里大声骂。李虎生在楼上本来不想下来，王义林都骂到脸上了，再不下来，估计难听的话还在后边。他关上办公室门，走下了楼梯。

　　"我当哪个野猫叫唤嘞，还是你个瞎尻在这里咋呼。"李虎生半真半假、似笑非笑地指着王义林鼻子骂。

　　"你小尻那点弯弯锹瞒过旁人，可瞒不过我。你说，他吴守财能包工程，我为啥不行？"王义林也指着李虎生骂。

　　"吴守财有资质，有设施、有建筑队，你有啥？"李虎生盯着王义林问。

　　"我没有建筑队可以找，廉政政策有规定，30万以上的工程要招标，这周围的建筑公司死光了，就吴守财一个呀？"王义林当过干部，还是有政策水平的，一句话把李虎生问住了。他嘴张了几下，答非所问地说："这是村委会定的，也不是我一个人说了算。"

"我看就是你一个人做的鬼，不要扯别人。"王义林不依不饶地质问。

"你说是我就是我，可惜，你说的不算。"李虎生以退为守，毫无意义地回答。

"我说了不算，总有人说了算呢。不信你看着。"王义林盯着李虎生争辩。

赵守道想再说下去影响不好，走出综合办公室对王义林说："义林，你也是老干部嘛，村上这样做有村上的道理。你也做不了这工程，一是你没有资质、工具；二是也没有上百万的垫资。算了，以后有你能干的活再说。"李虎生见赵守道搭上话了，趁机溜回到综合办公室。王弘义也出来说："好了，老王，给贫困户盖房也不是小事，这里有安全因素。建筑队要有资质等级，要垫资，你一没有资质，二没有上百万元垫资，掺和啥呢？定了的事，就不要说了。回去，有机会再说。"

"右派定了几十年，最后还平反嘞，问题研究了就不能改了？"王义林抢白说。

"错了当然应该改，你说盖房要求资质等级有错吗？"王弘义反问王义林。

"对错与我们老百姓屁关系，我只管这活我们能不能做。"王义林不服气地问。

"那我可以明确告诉你，你没有资质等级，没有施工队，这活你不能做。你也没有上百万元的资金垫付。"赵守道接过话题说。

"都把我们不当事，船在哪个弯道，大家都清楚，我就是没有年轻漂亮婆娘嘛……"王义林尻子一扭，骂骂咧咧地出了村部院子。

6月中旬，县纪委书记王德胜来到两河镇枫坪村杨垣组，进村入户走访包抓贫困户，了解家庭致贫原因，帮助梳理脱贫思路，树立脱贫信心，王弘义介绍创建祯泰羊肚菌合作社情况，王德胜非常高兴，查看了羊肚菌的生产情况，肯定了管理模式和股份合作承包形式，鼓励杨祯泰坚持科学种植，发展壮大企业，带领大家共同致富。要求王弘义要加强技术指导和培训，提高农民的生产技术水平。王弘义按照王书记的指示，建议赵守道举办致富项目技术培训班。赵守道让王弘义、武春华联系讲课老师，王弘义与扶贫局联系，扶贫局从畜牧中心、林业局请了两位专业技术人员，确定第三天举办培训班。扶贫局领导亲自带着专业人员，参加贫困群众创业培训班开班仪式。技术人员为群众讲授创业技巧、天麻、木耳种植技术、生猪、蛋鸡饲养技术。镇、村干部和当地60多名贫困户参加开班仪式。王弘义询问参加学习班的村民，大家反映很好。李泽胜、李世福说："以前只知道照葫芦画瓢种天麻，知道那样做，不知道为啥那样做，通过培训，懂得了其中的科学道理，明年一定会种得更好。"王弘义想，要让农民致富，不是一句空话，这里有项目选择问题，资金扶持问题，技术指导问题。要发展支柱产业，就要着力培养一批有文化、懂技术、会经营的新型农民、产业致富带头人和科技种植能手，带动更多贫困群众脱贫致富。

吴守财有个建筑公司，也有三级建筑资质，但并没有40多名熟练的技术工人。回到县城，他立即找城郊两个小建筑队包工头联系，由翡翠建筑公司供料，分4个小建筑队包工，每平方180元。谈妥后，即在昌隆宾馆宴请了几个包工头，签订了建筑合同。

第二天，吴守财去县水泥厂定购水泥，销售价400元1吨，一次订购100吨以上，每吨320元。吴守财订购了300吨。钢筋销售价4500元一吨，他租车到西安长乐路建材市场拉回了20吨钢筋，每吨合3600元，沙石600元一车，在丹江河沙场定沙石30元一方，与李春生、刘明玉等说好了运输的价格，每车合400元，材料准备就绪，吴守才即到枫坪村具体协调建房户开工事项。李虎生叫来陈玉文、宋志红问："贫困户建房开工的事安排得咋样？"

"我这有4家已经做好了准备。一组吴自立家130平方，场地已平好；吴毅30平方场地也没问题；二组王文波50平方场地也已准备到位；王沧海80平方也可以开工。"陈玉文就枫坪一二组协调的情况作了说明。

宋志红"吭"了一声接着说："双河八组陈玉华100平方，场地已平整好，李春旺50平方也准备到位；刘湾九组刘新成130平方也可以动工，刘明山100平方也做好了准备。"

"守财，你可以分几处开工？"李虎生看着吴守财问。

"可以4处同时开工。"吴守财思索了一下回答。

"为了减少建筑队搬迁，那就分一组、二组、八组、九组四处开工。啥时候工程队能进入工地？"李虎生看着吴守财问。

吴守财迟疑了一下说："明天同时进入工地，后天开工。"

"好，志红、玉文，你两个辛苦一下，具体到哪一家，下午把情况告诉守财，明天全面开工。"李虎生看着宋志红、陈玉文安排。

"宋主任、陈主任，我们把电话号码留一下。"吴守财掏出手机说。

"我两个加着有。"宋志红边翻手机边回答。

"我两个加一下。"陈玉文走到吴守财面前相互留下了电话号码。

"好，就这样，明天全部开工，工期抓紧，质量要保证，力争在雨季前盖好全部房子。"李虎生又叮咛了一句。

"村主任放心，绝不会给你丢脸。"吴守财笑笑回答。"忙不忙？晚上聚聚吧？"

"算啦，明天要开工，你有很多事要安排，快回去准备吧！"李虎生站起身回答。

"好，我们再到那几家看看。"宋志红、陈玉文说着下了二楼。

"那我也不打搅了，你忙。"吴守财也告辞开车回了县城。

十六　寻　事

　　夕阳的光线，从西山的云霞里散发出一层花粉似的光辉，小城慢慢笼罩在清淡的灰色暮霭之中。吴守财开车回到县城，快步上到宾馆3楼，脸都没顾得洗，拿起手机就和城郊两个建筑队联系。他安排李琦建筑队到吴家滩一组，程玉龙建筑队到王家坡二组，翡翠建筑公司技术人员一分为二，一队到八组双河，二队到九组刘湾，要求第二天拉壳子板、钢管、竹排、灰斗、架子车、搅拌机、吊车进工地。安排车拉水泥、沙、钢筋砖到房基场。电话打了两个小时，电池没电了，插上电源继续联系。王晓翠看着吴守财忙得像无头的苍蝇一样乱碰头，心中隐隐升起一丝怜惜，"哎，没事干熬煎，有了事可怜忙得饭都顾不上吃。"

　　"哎，这就是人生，庸庸碌碌，疲于奔命，只是为了家里日子过得好一点。"吴守财看着王晓翠笑笑说，"咋觉得饿了。"

　　"想吃啥？"王晓翠挨着吴守财坐下问。

　　"先吃点面条吧。"吴守财打着哈欠回答。

　　王晓翠拨通前台电话吩咐："春怡，给厨房说，下两碗炸酱臊子面端到办公室来。"安排完，又问了吴守财一些有关工程准备的情况。

　　不一会儿，面端来了，他们边吃饭边就工程的具体问题交换意见。王晓翠提醒说："这次工程也300多万，做得好，可能赚七八十万，李虎生帮了忙，还有领导也帮了忙，工程款付了，别忘了分一条腿。"

　　"这个我懂，大家马，大家耍，干啥都要留后路，不能吃独食，这是游戏规则……"吴守财又讲了许多经营之道……

　　初夏时节，天亮得早，大集体时，5点多齐刷刷都上地干活了。土地承包后，个体耕作，各自为政。勤劳的人，也有5点左右就下地干活的；一般都到6点半后，才慢慢腾腾地往地里走。还有游手好闲的人，地荒几季都不种，整日打牌，喝酒，靠低保过日子。李四海五十多岁，身体也没毛病。他整天上下逛得玩。这天，骑摩托车到张坪找牛伯梁打牌。牛伯梁前几年还勤劳，因为差的看不上，好的女人看不上他，东不成西不就耽误了，快五十岁了还是光棍一条。这几年思想低沉，地里的活也不干，有时跟人学学耶稣，有时就打打牌，混着过日子。两个集到一块，喝了一阵酒，准备到枫树坪找陈远剑打牌。李四海用摩托带着牛伯梁翻过黄垭，正遇到王义林。"老村主任，到哪去发财耶？"李四海殷勤地边给王义林发烟边问。

"表哥老了，没用了，还能干啥？"王义林也掏出"好猫"烟发，"收起来，抽我的。"

"老主任的烟好些，嘻嘻烟也尝尝嘛，粗粮细粮搭到吃，调剂调剂生活嘛。"李四海接过王义林的烟，也把自己的"猴王"烟送到王义林手里。

王义林边接烟边回答，"你嫂子长得漂亮，咋舍不得叫我玩玩啦？"同时也给牛伯梁递烟。

"抽老主任的烟。"牛伯梁讷讷地接过烟。李四海打着火机边给王义林点烟边回骂："我嫂子的尿你喝呗？"

"你嫂子尿你还要喝嘞，舍得给我喝？"王义林猛吸一口烟，皱着眉头回骂。

"你只要拿来，老村主任肯定喝。"牛伯梁也附和着说。

"你这个牛伯梁大坏蛋，咋帮人家说话吔？"李四海瞪着眼睛指着牛伯梁骂。

"咋，我还是外人呐？前几年也没有少照顾你们吧？"王义林眯着眼睛问李四海。

"那是哟，前几年也没有少照顾我们，不过一码归一码嘛，这是骂的玩嘛。"李四海吸一口烟吐着烟圈解释。

"我真要有事找你们帮忙呢？"王义林也吐着烟圈问。

"只要不干犯法的事，啥都可以。"牛伯梁笑着回答。

"你倒想做犯法的事，会吗？"王义林瞪着眼睛问。

"就是的，我们就是会出把蛮力。"李四海知道王义林忌讳，弹弹烟灰，赶忙掩饰地回答。

"今天有啥事？"王义林问。

"打牌，玩的事。"牛伯梁笑笑回答。

"走，到凤阳街哥请你两个喝酒。"王义林笑着对牛伯梁、李四海说。

"不会是黄鼠狼给鸡拜年吧？"李四海疑惑地问。

王义林瞄了一眼李四海说："你这娃，就说不到话，好心当成驴肝肺啦。"

"走，敲老主任的竹杠。"李四海说罢，带着牛伯梁随王义林去了凤阳街……

天刚黎明，吴守财就开车到吴家滩、王家坡、双河、刘湾工地看场地准备情况。上午九时多，按吴守财的安排，建筑材料、施工设施、工人都陆续进入工地。宋志红、陈玉文骑着摩托忙着上下协调沙石、水泥、砖、钢筋、器材堆放场地。赵守道、王弘义、武春华、李虎生、齐明生、李惠芬分两组到施工现场检查施工状况。王弘义看了钢材合格证、水泥标号等。赵守道要求宋志红、陈玉文要做好配料、施工质量监督。村两委会、扶贫工作队的重视给施工队增加了压力。李琦、程玉龙施工很认真，水泥标号按规定兑，墙体也砌得规整。陈玉文上下看看，也比较放心。翡翠二队为了节省材料，水泥标号兑得比例不够，宋志红是军人出身，提出水泥标号太低，队长并不在意，还说："我们经常干这个活，没问题的。"

宋志红生气地说："你不要骗人，我干过建筑工，砌墙水泥是 $100^{\#}$，你这顶多 $50^{\#}$ 水泥。万丈高楼从地起，这虽然只有一层，但质量要保证。"

姓吴的队长是吴守财的堂兄，很不服气地反问："你懂，你说比例咋兑？"

"100 号水泥砂浆，对应于 M10。配合比根据原材料不同、砂浆用途不同而不同，没有固定的比例。以常用的 42.5 普通硅酸盐水泥、中砂配 100（M10）砌筑砂浆为例：水泥 305 公斤、沙 1.1 立方、水 183 公斤。你这砂浆咋兑的？"宋志红瞪着眼睛反问。

姓吴的队长一听这是内行，马上转变了态度："宋主任还是内行嘞，说得对，标号有点低。"转身对开搅拌机的工人说："水泥标号有点低，按规定水泥兑足。"对砌墙的师傅说："线拉准，墙体要端正。"

其他建筑队见施工员监督得紧，也都不敢打马虎眼了。

村里来了施工队。运料的车也多了，闲着没事干的人总爱来施工现场看热闹。王义林前一天请牛伯梁、李四海在凤阳街喝酒、吃饭，洗脚、唱歌玩，今天，牛伯梁、李四海早早来到刘湾工地打探消息。牛伯梁问："师傅，你们翡翠公司哪有这些人？"

"这才几个人嘛。"

"几处施工啦？"李四海盘根到底地问。

"中国旁的没有，人有的是，只要给钱，想要多少就有多少。"

工人忙得干活，没有人理他们，也没有问出个所以然。李四海带着牛伯梁又逛到吴家滩。

李四海混到李琦跟前问："师傅，翡翠公司有百十个人吧？"

"不知道，你问这干啥？"李琦反问。

"我看四处有 60 多人。"牛伯梁也插嘴说。

"你当队长，咋会不知道呢？"李四海也奇怪地问。

"我们是吴总请的，他们的事我们不清楚。"李琦无意地回答。

"哦，我就说嘛。公司的事你咋会不知道嘞。"牛伯梁笑笑说。李四海嘴挑挑，两个骑车又去了王家坡。

程玉龙在王家坡正给王世新家盖房，李四海、牛伯梁到工地和工人拉家常。"师傅，你们是翡翠公司几队的？"牛伯梁凑到砌墙师傅跟前问。

"你问那干啥？"师傅不冷不热地回答。

"刘湾是二队，我想，你们应该是三队。"李四海插嘴说。

"我们一队没一队。就是包工队。"师傅边砌墙边回答。李四海向牛伯梁使个眼色，两个就去向王义林汇报。

王义林听了李四海、牛伯梁探听的消息，确定建筑队并非是翡翠建司的人，心想，他们可以请人承包，我为啥不行？这不是欺负人吗？想想心里窝气，吃过午饭，即到村部找赵守道、李虎生麻烦。

十七 搅 局

吃过午饭，王弘义、武春华在村部门前散步，听见有人在商店骂人，王弘义担心有人欺负李三元这个残疾人，缓步走进了商店，看到60多岁的李母指着宋连花骂："人活脸，树活皮，没见过哪个人那不要脸，三天两头往商店跑，该是老母猪跑圈子呀？"

王弘义听李惠芬说过他们家的事，见她骂得太不是话了，笑着挡住说："老人家，有话好好说嘛，骂那难听干啥？"

"世上只有藤缠树，哪还见过树缠藤？这也不是一次了，骂都骂不走。"李母生气地对王弘义说。

"老人家，我说个你不高兴的话，年轻人的事你还是少管一点好，我感觉，三元脑袋瓜子好使，但行动不方便，他也需要一个人照料，你都六七十的人了，你还能照顾他一辈子？只要宋连花和李三元愿意，我看这是最好的结局。"王弘义心平气和地对李母说。

李母埋头停顿了一下接着说："我知道王主任是好心，说的是好话，可我就是想不通，扫把星，我就是不愿意。"

"老人家，我不要你马上想通，下来好好想想，不急，想通了再说。"王弘义笑着对李母说。

"想想还是那话，我不喜欢那倒贴皮的货。"李母板着脸走了。

王弘义转身对宋连花说："她年纪大啦，不要和她一样，过日子是你两个的事，认准的事大胆地去追求。"宋连花擦擦泪水，点点头。

"三元，你要拿定主意，要做你妈的工作，不要被封建迷信思想蒙住了眼睛。"王弘义看着李三元劝说。

"谢谢王主任，我会给我妈做工作的。"李三元无奈地说。王弘义买了一盒牙膏，和武春华一块儿回到了院子里。赵守道正在通知包扶队员和两委会成员开会，研究夏收生产和贫困户生产发展问题，大家刚刚走进办公室，就见王义林气势汹汹地走进了村部的院子。赵守道见王义林满脸怒容的样子，心想，来者不善。即看着他先打招呼："义林，今日咋有时间上来啦？"

"你们当官的忙嘛，我们老百姓想干活也没有啥活儿干。"王义林无事生非地质疑。

"这割麦打回茬大忙天，玉米要点，花生要锄草，红薯要追肥，豆子要种，忙都忙不过来，你还能闲得没事？"赵守道笑笑反问。

"就屁大一点地，够几天干呐？"王义林反问。

"农村的活能干得完？"赵守道无话找话说。

"就是没啥做了，我今日来就是找村干部找活做的。"王义林头不是头，脸不是脸地说。李虎生也知道王义林是冲着他来的，要是别人或是以往，他会出头挡住的，可这事他只有缩着脖子。王弘义听到院子的对话，拿着笔记本也走了出来。

"村上有啥活要做，你能做啥？"赵守道也直截了当地质问。

"我啥活不会做？不会我可以请人做。"王义林话中有话地说。

"老王，你看村上有啥活你能做？"王弘义怕赵守道招架不住，接过话题问。

"这给贫困户盖房子的活我就能做，王主任，你能当家吗？"王义林毫不客气地问。

"村委会的事要上村委会研究，我不能当家，但我可以建议。你有建筑资质等级、有营业执照吗？"王弘义反问。

"没有资质等级、营业执照我可以借。别人可以请工，我为啥不可以请？"王义林厉声反问。

"吴守财的资质是管理部门审核发的，不是借的。"王弘义笑着回答。

"可他人有借的，我为啥不能借营业执照？"王义林说出了吴守财的短板。

"你去借呀，借到资质证、营业执照，我给支书、村主任建议，给你包几户工程。"王弘义心平气和地回答。

"王主任，这话可是你说的哦，我下午就去借。"王义林余怒未消地说。

"好，我说话算话，你去。"王弘义说着进了会议室。王义林余怒未息地走了。

李虎生心有余悸地问："王主任，他要是真借来了资质证、营业执照咋办？"

"放心，这是要承担法律责任的，没人傻。不明不白地把资质证书、营业执照借给他，出了问题谁负责？"王弘义漫不经心地说。

"要是有其他建筑队来包工程呢？"李虎生担心地问。

"我们是对王义林说，与其他人有啥关系？"王弘义淡淡地回答。

"哦！"李虎生在心里对这个年轻的第一书记有了新的认识。

过了几天，王义林拿了一家建筑公司复印的营业执照和企业资质证到村部来找李虎生，要承包盖房的工程。李虎生自知理亏，领着王义林来综合办公室找赵守道和王弘义。赵守道看了看复印的营业执照和资质证没吭声，李虎生又把复印的营业执照和资质证书递给王弘义。王弘义看也没看问："老王，你这是啥？是擦屁股纸呀？"

"王主任咋说那话耶，你不是要营业执照、资质证吗？咋说话不算话哂。当领导说话是放屁呀？"王义林睁大眼睛反问王弘义。

"你这是营业执照、资质证书吗？这是要负法律责任的。要正本，证照和人要一致，让公司法人拿着正本来和我们谈。"王弘义不容置疑地回答。

"你这是为难人吗，人家承包了咋能让我做吗？给个复印件都承了多大的情。"王义林无奈地说。

"就是，你不是法人，无法承担法律责任，肯定不行。吴守财是法人，和尚跑了庙还在。你这一张烂纸，出了问题我们找谁？再说，村委会也不可能把工程包给一个没有资质等级的建筑队吧！这也不符合规定嘛。"王弘义心平气和地解释。

"你这是故意刁难人嘛，那我不是瞎跑了几天？"王义林瞪着眼睛问。

"给你说要营业执照、资质证书，你这是啥？白跑怪谁？"王弘义反问。

"这不是营业执照吗？"王义林问。

"你这叫复印件，没有加盖公章的复印件，毫无法律价值。"王弘义一字一顿地解释。

"那我去盖个公章。"王义林问。

"要正本、副本，还要公章，合同书上也要加盖公章。"王弘义强调说。

"你说的根本办不到嘛。不说了。"王义林拿起复印件扭头走出了综合办公室。李虎生担心他闹事，跟到院子里悄悄给王义林咕哝了几句，王义林犟着脖子、硬着头走了。

赵守道看着王义林的背影笑着说："还是你有办法，这人一年怎么也要闹几回，我们对他没办法。你还把他拿住了。"

"公事公办，我从集体决策的观点出发，维护两委会的决议，理不亏，我不怕他闹。"王弘义笑笑回了宿舍。

傍晚，王弘义和武春华刚从羊肚菌场回来，准备给灶房说晚饭的事，李仁义拿着贾平凹的《秦腔》来还书，王弘义接过书问："李老师，这几天你就看完了?"

李仁义点点头回答:"看完了。"

"还没有吃饭吧?"王弘义笑着问。

李仁义笑笑说:"一会儿回去再吃。"

王弘义听父亲说李仁义爱喝几盅小酒,也想和他聊聊,突发奇想地说"我也没吃晚饭,走,到四季香餐馆喝一杯。"

"你又不会喝酒,咋喝呀?"李仁义笑着回答。

"我喝不了,有人陪你嘛。"王弘义站到门口喊:"春华,过来。"

武春华过来问:"啥事?王主任。"

"李老师来了,我们到四季香喝几杯。"王弘义笑着说。

"那我给灶房说一声。"说着,就去了灶房。王弘义从桌斗里拿出两瓶双山四皓酒场酿造的"四皓酒"笑着说:"这是我同学酒厂产的纯粮酒,上次送了我一箱,晚上我们尝尝。"

李仁义也笑着说:"我喝过,口感、品质都很好。"说着,王弘义又叫上孙阳、齐明生,几个人过河走进了四季香餐馆。王弘义点了蘸汁牛肉、开锅豆腐、油炸花生米、豆芽面筋、黄瓜耳片,让厨房先做,又点了大碗鱼、青椒肉丝、西红柿鸡蛋、红烧茄子、醋熘土豆丝、炸油饼。李仁义连忙说:"好了好了,再多了吃不完,浪费了。"王弘义想,每人一凉一热,也应该够了,就说:"就这吧,一会儿不够再点。"服务员拿走了菜单,几个人没事,就说起了王义林要给贫困户盖房的事。

李仁义笑着说:"那人,上学时就持强霸道的,老师管不住,只好叫他当班长。"

齐明生笑着说:"说起王义林,前些年当村主任,正是搞计划生育、收上调款的时候,那也是干得风生水起、威风八面的。现在,又痞又赖,看起来也怪可怜的。"

"可怜之人必有可恨之处,做人要有原则,如果失去了底线,只盯着权和利,啥事都能做的出来。"李仁义不紧不慢地阐释。

"有些人吃硬不吃软,有些人吃软不吃硬,王义林一贯强势,其实就是个吃硬不吃软的人。"王弘义笑笑说。

"弘义说得对,啥人啥打法,王义林就是很现实的人,农村工作光讲政策不行,技巧比原则重要。"李仁义似有所指地说。

"李老师不愧是农村通,说起来一套一套的。"武春华笑着说。正说着,凉菜小吃上来了,王弘义招呼大家吃菜,接着,敬酒、"通关"开始了……

十八　民　俗

　　一天下午，吴梦丽到阳平镇走亲戚，在阳平镇街道遇到了王义林，王义林问吴梦丽："咋了，这几年有钱了，见我都不想理了。"

　　"有话多说，无话少说，没事有啥好说的？"吴梦丽笑着回答。

　　"我儿子看上了你家闺女，咋还不答应？高攀不上呀？"王义林瞅着吴梦丽问。

　　"不要把话说那难听，现在啥年代了？父母包办婚姻的时代已经过去了。儿女有儿女的想法，只能让他们自己做主。"吴梦丽看着王义林回答。

　　"女子咋想的吗？"王义林接过话题问。

　　"女子……可能在……和杨祯兴谈。"吴梦丽迟疑地说。

　　"哪个杨祯兴？"王义林盯着吴梦丽问。

　　"就是杨垣张奶奶的儿子。"吴梦丽皱皱眉头说。

　　"你是女子嫁不出去了？要屋没屋，要钱没钱，一个烂贫困户，娃也是那个样子，你图啥耶？"王义林嗤之以鼻地说。

　　"那也没办法，是这样，我回去再商量商量。"吴梦丽推辞说。

　　"你再想想吧，我家虽然不富有，要房有房，大钱没有，小钱不缺，娃也是大学本科毕业的，要长相有长相，要才干有才干，不会委屈女子的。"王义林信心满满地说。

　　"好，我回去再商量。"说罢，回了枫坪。

　　吴梦丽想做通李欣怡的工作，两面夹击，不怕李世福不就范。一天中午李世福不在家，她拿杨祯兴和王栋的家庭和人作了对比，要李欣怡好好想想，作出选择。

　　李欣怡毫不犹豫地说："王栋是啥东西？就是一个骗子、流氓，他爸当村主任，他没少欺负我，要不是杨祯兴保护我，他早都把我欺负了。嫁他，做梦吧。妈，你也不要多说了，我早都想好了，杨祯兴就是家里穷一点，人实诚、正派、可靠，我们谈了七八年了，彼此是了解的，他穷，还能穷一辈子？除了杨祯兴，我谁也不嫁。"

吴梦丽见李欣怡坚决，也就不好再说啥了。李香兰问吴梦丽，吴梦丽推辞说："现在婚姻，还是女子自己做主，以后再说吧。"这事也就放下了。

盛夏，寂静的热气在大地上蒸腾，闲散而轻柔地晃动着，俨然像在溪水里游动的鱼。门前的山坡，挡住了人们的视野，反射着绿色的光。几个村干部汇总了夏收进展情况，正说着贫困户建房的事，李惠芬的电话响了，杨祯泰打来电话说："上午 8 点多，杨祯兴的母亲去世了。"

赵守道问："啥时候过世的？"

"上午 8 点多。"李惠芬看着赵守道说。

"啥时候安葬？"李虎生问。

"他没说，让我再问问。"李惠芬打电话问丈夫杨祯泰后说："日子查到 4 月 26 日，还有 4 天。"

"那连今天一共是 5 天。"王弘义纠正说。

赵守道想了一下说："哦，一共就是 5 天。"

"那时间太长了。"武春华皱着眉头说。

"没办法，农村就这规矩。道士先查到啥时候就是啥时候。"李虎生解释说。

"杨祯兴家里那困难，时间太长了吧？我们去说说，看能不能少几天？"齐明生看着赵守道问。

"农村风俗查好的日子一般不改，哪怕是下大雨，到时候都要出殡。"孙阳解释说。

"杨祯兴家是贫困户，家里很困难，下午先去看看，如果明后天能安葬就安葬了。"宋志红看着赵守道问。

"农村老父老母至少三天，五天、七天都有。日子查了，恐怕不好改。"赵守道难为情地解释。

"给他说的试试嘛，不听话，把他贫困户取了。"李虎生硬着脖子说。

"民风民俗还是要尊重的，家里困难是困难，孝家的意愿也不能勉强。"王弘义解释说。

"杨祯兴是个好娃，勤俭、忠厚、善良、不做声不做气的，左右邻居都过得好。家里困难，说着试试也行。"李惠芬也插嘴说。

"你这个嫂子说，他一定听。"李虎生笑着讥讽说。

"那娃真好，这卫生所的李欣怡就喜欢那娃。"李惠芬搪塞回答。

"那行，下午我们几个去看看。"赵守道笑着回答。

"支书、村主任，我恐怕要耽误几天，我们是亲房的。"李惠芬迟疑地说。

"有事你就忙，没事就到村部来。"赵守道爽快地说。

"现在都是包酒席，有专门的服务体系，要按说没啥事做。红白喜事就是那回事，烘个人气，有时候还是要帮帮忙。换手抓背嘛。"李惠芬解释说。

"这回当嫂子的可要好好表现表现。"李虎生笑骂李惠芬。

"不跟你们说了，我回呀。"说完，李惠芬开车回了杨树沟。

沉默了一下，王弘义问："这里红白喜事，村干部行不行礼？"

"贫困户家红白喜事，村干部都去，你们就算了。"赵守道笑着说。

"来了，就是两委会的一员，你们去，我们更应该去。"王弘义笑笑回答。

"下午先看看，送礼到安葬头一天再说吧！"李虎生看着赵守道问。

"那就下午先去看看。"赵守道看着王弘义问。"行。"几个人异口同声地回答。

午饭后，赵守道、李虎生开着车，王弘义、武春华、宋志红、陈玉文、孙阳、齐明生一行到杨祯兴家看望。王弘义看灵堂已布置起来，冰棺前女儿做的孝帐，小桌上摆放着贡品、蜡烛、香炉，门旁挂着挽联，黑布上贴着白字，上联是"萱花顿萎厚爱失"，下联是"慈恩未报遗憾多"。门外放着孝子的花圈。院子里拉起了帐篷，摆着几张桌子和许多凳子，邻居们都在忙着劈柴、烧水做着杂活。

几个干部商量了一下，先到灵前烧香，鞠躬。赵守道搀起孝子杨祯兴，进入小房后，赵守道指着王弘义、武春华介绍说："这是村第一书记王书记，这是居村干部武股长。"杨祯兴边点头表示感谢，边说："认得，盖这个房王主任还来过几次。"

"就是，祯兴勤俭、热情，对工作很配合。"王弘义也笑着回答。

李惠芬忙地倒茶，杨祯兴也忙地发烟。李虎生边接茶边打击："这嫂子对小叔子就是不一样哦。"

李惠芬瞄了一眼李虎生说："烂嘴的少说一句行呗？"

"我这是表扬你。"李虎生狡辩。

"表扬你的头。"李惠芬笑骂一句走出了小房。

喝着水，赵守道看了一眼王弘义、李虎生说："祯兴，你妈不在了，准备啥时候安葬啦？"

杨祯兴迟疑了一下说:"日子不就,道士先查的是 26 日上午 7 点。"

"那不是还有 5 天?"赵守道试探地问。

"前后就是五天。"杨祯兴看着赵守道回答。

"你家里那困难,时间长了费用不是太大了?"李虎生接过话题说。

"一是日子不空,明天和我相冲,后天和我妈、我姐不合,大后天犯重丧,只有查到那时候。再说我爸去世得早,我妈一个人把我们姊妹两个养大不容易,为了供我们上学,舍不得吃,舍不得穿,几年不做一套新衣服,一件袄子穿了十几年,受尽了艰难。我才从学校毕业,还没尽到孝,她就不在了。"杨祯兴说着说着就失声哭了起来:"活着没尽到孝,不在了我不能叫她窝窝囊囊地走。再咋样,也要像别人一样把我妈安葬了。"

"祯兴也不要难过,你是个孝子,家里那样困难,借钱给你妈看病,大半年,你都泡在医院里。医院让回来,你每天拉她到卫生所打止痛针。得的癌症病,没办法,你尽到孝心了。"王弘义安慰杨祯兴。

"乌鸦尚知反哺之恩,羊羔尚懂跪乳之义,何况我是念了十几年书的大学生,没能尽到孝是我这一生最大的伤痛。"杨祯兴继续哭诉着。王弘义也受到了感染,他想,多余的话无须再说了。强忍住夺眶欲出的泪水静静地听着杨祯兴发自内心的泣诉。

一阵沉默后,李虎生看着杨祯兴说:"农村风俗我们也知道,你家里实在是太困难了。"

杨祯兴擦了一把泪水说:"我知道了,家里是贫困户,摊子大了,影响不好。不说我妈一把屎一把尿把我拉扯大,她节俭了一辈子,我就是要饭,也不能让老娘可可怜怜地走。我给领导们汇报一下,粮食我妈苦扒苦挣的,家里存的有,前几天邻居帮忙做饭,花不了多少钱。最后一天费用,亲朋好友,上沟下邻送的香纸钱,就能保住,死了娘老了,我还能指望赚钱?"

不知啥时候杨祯兴的姐姐也来到了房间,没等杨祯兴说完即插嘴说:"不就是贫困户吗,影响不好就取了他。我妈不在了,祯兴也大了……"

"妮子不要乱说,我们不是那个意思。是担心祯兴家里困难。"赵守道挡住话题解释。

"姐不要那样说,领导是一番好意。"杨祯兴也挡住姐姐。

"我说的话不好听,但是实话。打代诗、做小祈、请乐队的钱我出,其实,就是一点粮食,领导们也不用操心。"杨大妞也觉得话说得太直,接着解释。

"祯兴是贫困户，家里出了事，我们是来看看。尊重民间风俗，没有其他意思。你们当咋办就咋办。提倡移风易俗，也就是提倡，你们自己安排决定吧。"王弘义看了一眼赵守道和李虎生说："祯兴忙，我们先回，大后天再来。"

　　"领导们事多，这里有邻居帮忙，你们就不用费心了。"杨祯兴站起来送客，和赵守道等一一握手送别。

十九　质　量

　　山村的夜寂静、空旷。人们躲在自己的小天地里享受着温馨的天伦之乐。偶尔几声犬吠，也是那样得清晰、悠远。赵守道躺在床上思索着白天发生的事。王义林搅和了几次，看来不会善罢甘休，他想，具体工作要做细，不能出漏洞。吴守财有资质等级，可工程质量出问题的都是大公司。李虎生和他关系好，有些事肯定是睁一只眼，闭一只眼，盖房的工程质量有必要抓一抓。

　　第二天吃过早饭，赵守道在晨会上说："贫困户盖房的事，这几天要到工地看看，一是质量，二是进度，要督促紧一点。已盖起了12家，还有19户，力争在8月底前保质保量完成任务。"

　　"按说没问题，前几天我让宋志红、陈玉文调换了一下，质量监督得很严。不行分两组到几处看看也行。"李虎生接过话题说。

　　"那这样，我和武春华、齐明生检查枫树坪两个施工队，王主任、孙阳和李主任检查双河两个施工队。"赵守道安排说。

　　"那行，我拿一下记事本。"说着，王弘义、武春华回了宿舍。

　　李虎生发动小车，王弘义坐上车，不到20分钟就来到了刘湾。

　　翡翠二队吴队长和陈玉文见王弘义、李虎生、孙阳来工地检查，边发烟边介绍工程进度、施工情况，边带领看工程质量。毕竟是有资质的建筑公司，墙体端正，线条、灰路都符合要求，王弘义看了连连称赞。李虎生也得意扬扬地炫耀。来到村西头刘新成家已封顶的房子，王弘义总觉得有些不对劲。墙体端正，灰路、线条也没问题，问题在哪？他在陈玉文的带领下爬上了楼顶。现浇板打好后还在养护，漫步走到墙边仔细端详，发现现浇板的厚度不够。"吴队长，你这现浇板厚度不够吧？"

　　"厚度够，还没压光嘛。"吴队长底气不足地回答。

　　"孙主任，拿卡尺量量。"王弘义对孙阳说。

　　"不用量，一压光就够了。"吴队长制止说。

　　"药不过樟鼠不灵嘛，量量。"王弘义强调说。孙阳答应一声，拿来卡尺一量，厚度只有 8 厘米。

"吴队长，这差 2 厘米呀。"王弘义看着吴队长说。

"一压光就够了。"吴队长强调说。

"现浇板 10 厘米厚度是强度的要求，不算压光。你看看合同是咋写的。"王弘义质问吴队长。

"呀，打的时候没注意，那这咋弄呢？"吴队长自知理亏，无奈地问。

"按说要重打现浇板，这房子小，跨度不大，这是才打的，压光再加厚 2 厘米吧！"王弘义看着李虎生说。

"你看咋办？"李虎生问吴队长。

"那只有这样嘛。"吴队长无奈地回答。

"那就按王书记说的办。"李虎生说罢，扭身下了屋顶。王弘义意识到李虎生的不满，只有无奈地摇摇头，随后下楼，再到翡翠一队工地双河去检查。

翡翠一队正准备给陈玉旺盖房，陈玉旺不让拆旧房，也不让在门前空地盖。组长陈东海好说歹说他就是不听，李春旺家房马上盖起了，陈玉旺家场地还没着落。王弘义、孙阳和李虎生来到陈玉旺家，陈玉旺抄着手，硬着脖子，闪着腿正和陈东海顶牛。王弘义、孙阳、李虎生在车里听了一会儿，明白了事情的原委，慢步向陈玉旺家走去。

"咋啦？嘴噘得都能挂个尿壶了。"李虎生走近陈玉旺问。

"不咋。"陈玉旺板着脸回答。

"为啥不收拾场地？"李虎生接着问。

"这屋住得怪好，我不想盖。"陈玉旺脸对着墙回答。

"这屋檐瓦都掉得有一边没一块的，还能住？"李虎生接住问。

"能住不能住我住，不用你们管。"陈玉旺硬着脖子回答。

"你到底要我们管不管？"李虎生生气地厉声问。

陈玉旺听出话外有话压低声音回答。"住房不用你们管。"

"不用管，你盖个章子，不当贫困户了，我们就不管你了。"李虎生声色俱厉地追问。

陈玉旺挠挠头，想想说："那不管不行嗒。"

王弘义见高压起了作用，即心平气和地劝慰说："玉旺你也几十岁的人了，咋不懂话呢，给你盖房是党和政府对你的关心，你咋不配合呢？"

"我这是 3 间屋，八九十平方，只给我盖 30 平方，咋住？"陈玉旺说出了心中的纠结。

"这是政策规定，每人保证 25 平方米，你一个人，给盖 30 平方。灶房、餐厅15平方，卧室15平方，按说也够了。"王弘义继续解释。

"你们也有你们的难处，那行，就在这空地上盖。"陈玉旺指指门前50多平方米的空地说。

"这回还像话嘛，工作总要大家配合，有啥困难说啥困难，政策只要允许，我们会考虑的。"王弘义看着陈玉旺说。

"那就是那嘛，陈组长，让施工队来施工。"李虎生边吩咐陈东海边带王弘义向李春旺家走去。

李春旺家的房子正在内粉，做地平，王弘义看了地面、外拉毛和内粉涂料，平整度、用料都合格，铝合金窗子、防盗门外观做得还可以，似乎感到铁皮厚度不够。王弘义提出来，要求补检验合格证。李虎生心中非常反感，总认为王弘义是吹毛求疵，鸡蛋里边挑骨头。嘴上又不好说，只有沉着脸不吭声。直到王弘义问："李主任你还有啥？"

"我没啥，就是那嘛。"说罢，发动车向村部方向驶去。

回到村部，王弘义向赵守道汇报情况，李虎生打了个照面，又开车进了县城。小车停在昌隆宾馆的院子里，李虎生直接上了三楼，轻敲了两下经理办公室的门，王晓翠打开门，见是李虎生，笑着问："这几天忙啥去了？咋连个电话都不打？"

李虎生顺手带上门说："忙得鬼吹火一样，这样没完忙那样。"

王晓翠在李虎生身边坐下盯着李虎生问："你忙哦，上了李香兰又要上王玉芳，整天忙得屁颠屁颠的。"

李虎生用胳膊撞了一下王晓翠笑着说："我就你一个小宝贝，别听外人胡说。"

"我说到你心上了吧？"王晓翠笑着捏了一下李虎生的胳膊问。

"农村人少眼睛多，有贼心，冇贼胆，还是找你这个大美女好。"

李虎生说着就要搂王晓翠。王晓翠推开李虎生说："这人多，冇方便，走，上四楼。"说着，拿着钥匙前面走了，李虎生跟着上了四楼……

一阵云雨之后，余兴未尽的李虎生、王晓翠回到了办公室。王晓翠洗手给李虎生泡茶。她边倒水边问："虎哥，别的还有啥事？"

"唉，还不是你们工程的事。"李虎生接过茶杯回答。

"工程有啥事吗？"王晓翠看着李虎生问。

"王弘义鸡蛋里边挑骨头，今天就质量提了几个问题。"

"哪几个问题？"

"一是现浇板厚度不够，二是门窗质量有问题。我怕验收时扣钱，下来给你们说一下，好采取补救措施。"李虎生吹开漂浮在杯面水中的茶叶，煞有介事地说。

"建筑的事我不懂，你给吴守财说去。"王晓翠无所谓地回答。

"那他在哪啦？"李虎生看着王晓翠问。

"你们男人都是野家伙，不到夜深不回来，早晨走的，连个影子都没见到。你到办公室找去。"王晓翠唠唠叨叨地回答。

"那行，我去找吴守财。"说罢，放下茶杯，对王晓翠笑笑，走出了办公室。

二十 家

初秋季节，城郊更显得特有韵致，到处散发着芬芳馥郁的草木气息，令人心旷神怡。傍晚，王弘义乘车回到了家里。妻子李曼玉在第五小学教书，放学进了家门，见王弘义正在给上六年级的女儿春梦辅导作业，笑着打击说："你还晓得有家呀？"

"我人在外边，心还不是都在家里。我时时刻刻想着这个家。一个人忙里忙外的，辛苦你了。"王弘义歉意地站起来笑着说。

"野人，看头发长得能编辫子了，几个星期都不闻不问，还有脸说。"李曼玉满腹牢骚地抱怨。

"有时工作忙，有时有点空，也想抽空回来，搭车不方便。请你谅解。"王弘义心有愧疚地解释。

"家里老的老，小的小，一走几个月，你就放心？"李曼玉继续埋怨。

"忠孝难两全，知道你很辛苦，也想周周都回来看看，有时打不上车，有时错过了班车时间，这不是没有办法嘛。"王弘义笑着辩解。

"我当你在枫坪村找到相好的了，黏得走不开嘞，把我忘了呢。"李曼玉笑着打击。

"你还有啥想吗？你看你男人是啥人吗？再说，我就这个尿样子，半大老头子，老鬼看得上。"王弘义笑着还击。

"农村的大姑娘，小媳妇见识少，可能还稀奇你呢。不过，谅你也不敢。"李曼玉做了一个扇耳光的动作。

"领教、领教。"王弘义合掌笑答。正在这时，父亲王崇德牵着三岁的孙子推门进来。"爸，你这几天身体好吧？"

"弘义刚回来。"王崇德慢步走进了家门。儿子善佑愣了一下，认出是王弘义，喊一声"爸"，跑步向王弘义扑来，王弘义赶忙上前两步抱起了儿子。

善佑扯着王弘义的长头发说："野人，就不晓得回家，头发长得和我妈快一样长了。"

王弘义用胡子扎着善佑说:"你就会学着你妈糟践我。"善佑"嘿嘿"笑着躲开王弘义的胡茬。

"你和爸谝,我去做饭。"李曼玉进了厨房,王弘义向父亲叙说着枫坪村鸡零狗碎的事。

"你没有农村工作经验,这几个月能适应吗?"王崇德关切地问。

"还好,就是事情多,许多矛盾不好处理。"王弘义摸着善佑的头回答。

"我在农村教过多年书,农村人质朴、善良、勤劳、厚道,不过心事多,钻牛角,认死理,要顺着他的思路做工作。想不通,很难说话。"王崇德慢条斯理地说。

王弘义感到父亲对农村人比较了解,笑笑说:"感到对村民不是很了解,很简单的道理,总是说不通。"

"大道理总是包含在小道理之中,农民不懂大道理,他们讲实惠,相信能摸到、看到的东西,要从小处着手,他们才能理解。"王崇德看着王弘义解释。

"有些群众好接触,有些群众很难接触。本来是为了帮助他,他们把好心当作驴肝肺。"王弘义有所感触地说。

"这有两个方面的原因。一是有些干部高高在上,自以为是,看不起群众,群众和干部没感情;二是群众生存的空间大了,依赖政府的力度小了,忽视了幸福的来源。共产党的初心就是为人民服务的,只要放下身价,真心为群众办事,群众还是能理解的。"王崇德以自己的亲身经历教诲王弘义。

"这有文化差异,也有年龄差异。年轻人似乎就好接触一些。"王弘义深有感触地说。

"你说的有道理,不同年龄、不同文化层次,就有不同的认知,面对不同的人群,就要采取不同的方法。"王崇德认同王弘义的观点。父子两个正说着,李曼玉说饭好了,王弘义帮忙端来了饭菜,一家人边拉着家常、边吃着饭。王弘义看着儿子善佑也能自己吃饭了,女儿春梦给爷爷和自己夹菜,感到家的氛围特别温馨。

吃过晚饭,一家人边看电视边闲聊。"下午坐啥车回来的?"
王崇德看着王弘义问。

"还不是坐的公交车。"王弘义笑着回答。

"周末人多挤得很吧?"王崇德看着儿子问。

"星期五人多一点,关键下午只有一趟车,1点就发车了,村部离镇政府还有十几里,错过了时间就没办法了。"王弘义无奈地说。

"你这下去还得几年，不行买一辆车吧。"李曼玉插话说。

"有个车倒方便些，可哪有钱啦?"王弘义为难地说。

"就是，买个车也方便些，一百多里，想回来就回来了。"王崇德也鼓励说。

"家里有 5 万存款，我两个今年奖金还有两万多，不行七八万的车先买一辆。"李曼玉提议说。

"那恐怕还要借账。"王弘义为难地说。

"借就借吧，紧一下买就买了。"李曼玉劝慰说。

"我那还有 8 万存款，先拿来买车吧!"王崇德看着王弘义说。

"你那钱不能动，你年纪大了，有个啥病，好应急。"李曼玉阻止王崇德的想法。

"钱不够，向别人借还不是要借?"王崇德笑笑说。

"那不一样，这不行可以推，有病可不能推。"李曼玉强调说。

"不行就先不买。有车就是回来方便，在村内光坐村干部的车，也不是回事。"王弘义看着李曼玉说。

"钱的事我早和我哥说好了，你不用为这操心。那就是这吧，明天上午我陪你把车买回来，再下去就不熬煎坐车了。"李曼玉下定决心说。

几个人就钱的事又商量了一阵，两个娃睡了，王弘义、李曼玉向王崇德打声招呼，也回房休息。

第二天星期六，王弘义起得很晚，8 点多吃过早饭，王弘义打电话叫来单位的司机小汪，带着李曼玉和孩子一起到洪福车行去看车。小县城轿车品牌并不多，最贵的有 20 多万的雪佛兰、一汽大众，还有桑塔纳、朗逸、长安、帝豪等，李曼玉要买雪佛兰，王弘义坚持要买长安。司机小汪也建议买雪佛兰，一是车型好看，二是安全系数高。王弘义说:"借钱消费心里不舒服，车在人开，细心点就行了。"

李曼玉坚持买雪佛兰:"要买就买好一点的，免得后悔。"

王弘义想想，长安确实档次太低了，他折中地说"那就买桑塔纳吧"。李曼玉想想:买雪佛兰借钱太多，就同意买桑塔纳。他们只带了 7 万元，李曼玉给哥哥打电话借 8 万元，让小汪挑了一辆桑塔纳 2000，小汪开着转了两圈，操作注意的问题给王弘义叮咛了一下，李曼玉交了款，王弘义即把车开回了家。

中午，王弘义把父亲接出来，请小汪在火锅店吃鱼火锅，王弘义、李曼玉边给小汪、父亲夹鱼肉，边细心地给春梦、善佑喂鱼吃，两个小家伙辣得直吐舌头，还不断地就着锅盔夹菜吃，一顿饭吃了一个多小时。

下午，李曼玉带着善佑陪王弘义把车开到汽车美容店贴膜、简单地装修了一下。他看着师傅装修，催王弘义到理发店理了发，李曼玉看着王弘义说："这还像个人嘛，昨天回来看着像鬼。"

"乡下没有理发店，才进村，工作忙，哪顾得那些。"王弘义笑着回答。善佑摸着王弘义下巴说："这里也不扎人了。"

王弘义摸着善佑的脸说："你是你妈的跟屁虫。"

善佑也摸摸王弘义的脸反驳："你也是我妈的跟屁虫，我妈到哪，你跟到哪。"

"小坏蛋，胡说。"王弘义看着善佑说。

"你是大坏蛋，我没胡说。"善佑反驳说。

"不能和爸爸犟嘴。"李曼玉制止说。

"爸爸也不要说我哦。"善佑看着王弘义说。

"好，爸爸不说你了。"王弘义摸摸善佑的头回答。车装修好了，三个人开车回了家。

第二天上午，王弘义又去保险公司办了保险，到车管所办了通行证。加了油，给武春华打了电话，星期一清晨，开车回到了枫坪村。

二十一　菌　菇

秋后的清晨，山风夹着丰收的气息透着丝丝凉意，8时多，张厚诚从镇政府来到了枫坪村部，他先和赵守道、王弘义交换意见，而后，召开两委会研究产业发展问题。

张厚诚传达了镇党委的规划：要以发展产业为主线，带领群众脱贫致富。镇党委从外地引进资金，鑫宏菌种研发公司落户两河镇，从陕北买回修剪的苹果树枝条粉碎后拌入菌种统一装成袋，采用借袋还菇的办法，扶持贫困户和农户发展产业，要求枫坪村力争种植 10 万袋。如何落实，让大家讨论。

李虎生想了想说："那还不简单，计划发展多少袋，先按贫困户往下分，每户 1000 袋，剩下的按数平均，由各组组长落实。"

杨祯民接过话题说："李主任说的是为了完成任务，应付的做法。以往，为啥政府推行的有些种植生产推行不开，开始我也没弄明白。后来我想通了，一是目的不明确，纯粹是为了完成任务，效果不佳；二是，某些领导为了照顾亲友的生意，为了推销籽种，而提倡的种植生产，根本不会有好的收益。我想，既然是为了发展生产，就应该抓实，抓出成效，不能硬性摊派。"

王弘义沉思了一下说："老支书说得对，发展生产要注意效果。不能坐在办公室想问题。场地、技术、劳力、资金、意愿都要考虑。'借贷还菇'为的是发展产业，增加收入，带领群众脱贫致富。强制推行，任务能完成，可达不到发展产业、增加收入，促进大家共同致富的目的。我的意思是，一是举办技术培训班，培养一批技术骨干，掌握技术要领，让懂技术的人来领头，带领大家种植香菇，共同致富；二是先摸底，哪些家有场地、有资金，哪些人愿意种，要做好动员，要做到心中有数；三是，一步步发展，不要大轰大嗡，过程和效果都重要。养鸡，鸡蛋没有捡下，鸡也没有了，咋管理的？管理才能出效益。镇政府的决策，只能抓成功。不能半途而废。"

赵守道挠挠头接着说："王主任说得很好，这虽然是以户为单位，赔了自己赔，但咱们的目的是带领群众脱贫致富。要讲效益，不能像办鸡场一样，要鸡蛋没鸡蛋，鸡也死了不少，赔的钱还挂到那儿。我同意王主任意见，先抓技术培训，先摸底，做动员，再一步步发展。"

武春华想想说："我同意王主任意见，发展产业要根据实际考虑，要讲科学，要考虑可行性。行政推动为什么效果不一定好，往往是只注意落实任务，不注意过程和效果。上面几位也说了，我也认为主要是技术问题，有了技术保证，生产才能发展，群众才有收益，产业才能真正发展起来。"

齐明生接着谈了宣传动员问题，李惠芬谈了技术指导问题，宋志红谈了分批包抓问题，孙阳谈了销售、储存问题，陈玉文谈了资金筹备问题。张厚诚想了想，做出了三项决议：一、由王弘义、武春华联系技术人员，近期举办香菇栽培培训班，每组至少来 6 个愿意种植的人参加学习，先掌握种植技术；二、由赵守道负责，分三组到各组动员农户和贫困户参与种植香菇，主要是贫困户，其他愿意发展的也可以，做好摸底动员工作；三、李惠芬、陈有才负责联系大棚材料的购置、袋菇的联系。"借贷还菇"的工作立即全面展开。

散会后，王弘义、武春华赶回县城和林业局联系，技术人员很忙，上午还在清水镇讲课。王弘义、武春华说明来意，办公室主任安排技术员老陈第二天和王弘义一同去枫坪村讲课。王弘义给赵守道打电话：技术员已说妥，通知种植户第二天到村部学习香菇种植技术。赵守道让陈有才立即通知各组长落实学习人员。并将名单报村委会。傍晚，赵守道查看了各组参加学习的人员名单，让李惠芬检查了会议室和音响设备，为举办学习班做好准备。

第二天，东方刚露出鱼肚白，山城在沉寂中慢慢苏醒，王弘义和武春华就开车到林业局来接陈技术员。在长兴路小吃店吃过早餐，王弘义开车驶向枫坪村。

村民来得很多，有的没有报名的村民也来学习大棚香菇种植技术。县林业局的技术员老陈给大家发了资料，详细地讲了发菌期的管理、出菇期的管理、采摘管理等。他边讲，边放示范图片边说："菌丝体生长发育阶段主要是调温、保湿和防止杂菌污染。为了防止杂菌污染，播种后 10 天之内，室温要控制在 15℃以下。播后两天，菌种开始萌发并逐渐向四周生长，此时每天都要多次检查培养料内的温度变化，注意将料温控制在 30℃以下。"

陈技术员指出：若料温过高，应掀开薄膜，通风降温，待温度下降后，再盖上薄膜。料温稳定后，就不必掀动薄膜。10 天后菌丝长满料面，并向料层内生长，此时可将室温提高到 20—25℃。发现杂菌污染，可将石灰粉撒在杂菌生长处，或用浓度 0.3% 多菌灵揩擦。此期间将空气相对湿度保持在 65% 左右。在正常情况下，播种后，20—30 天菌丝就长满整个培养料。菌丝长满培养料后，每天在气温最低时打开菇房门窗和塑料膜 1 小时，然后盖好，这样可加大料面温差，促使籽实体形成。温差刺激要适度，防失控。每采完一潮菇使菌丝复壮后，白天盖严保温被，夜间掀起保温被，形成 10℃ 温差，促使菇蕾发生，连续 3—4 天。若温差刺激不当，将影响出菇。

陈技术员强调：还要根据湿度进行喷水，使室内空气相对湿度调至 80% 以上。达到生理成熟的菌丝体，遇到适宜的温度、湿度、空气和光线，就扭结成很多灰白色小米粒状的菌蕾堆。这时可向空间喷雾，将室内空气相对湿度保持在 85% 左右，切勿向料面上喷水，以免影响菌蕾发育，造成幼菇死亡。同时要支起塑料薄膜，这样既通风又保湿，室内温度可保持在 15—18℃。

陈技术员讲解后，让大家提问不理解的问题，他给予解答。

吴家滩贫困户吴自立问："菌蕾堆形成后要注意哪些问题？"

陈技术员解释说："这位提得好，菌蕾堆形成后生长迅速，2—3 天菌柄延伸，顶端有灰黑色或褐色扁圆形的原始菌盖形成时，把覆盖的薄膜掀掉，可向料面喷少量水，保持室内空气相对湿度在 90% 左右。一般每天喷 2—3 次 500 倍菌菇生态宝，温度保持在 15℃ 左右。"

王家坡贫困户王沧海不解地问："喷水管理要注意哪些问题？"

陈技术员笑笑说："这位也问得好，喷水管理很重要，喷水管理要看菌棒表面水分，防霉菌。菌棒表皮稍干时喷水，湿度不可过高，以免造成霉菌烂棒。一般在上午采完菇后，进行喷水，喷水后要适时通风。注意阴雨天不喷，采前不喷，菌棒湿润不喷。"

赵家洞贫困户朱长春问："通风要注意哪些问题？"

陈技术员解释说："菇棚通风要灵活，防缺氧。每天结合采菇打风口增加新鲜空气。气温高于 20℃ 时揭开棚膜、后墙风口进行通风，闷热天、阴雨天全揭开。气温高于 25℃ 时每天揭棚膜通风 2—3 次，每次约 30 分钟。"

双河贫困户陈玉旺想想问："陈技术员，霉菌管理要注意哪些问题？"

陈技术员笑着说："这个问题很重要，霉菌清理要及时，防污染。每采完一批菇后，用小刀把菌棒上长有霉菌的部位剔除，集中处理，防止污染。在菇床上排好处理后的菌棒，让其通风，稍干后增湿。菌棒注水不可过量，以免造成霉菌烂菇。注水或喷水加入 0.1—0.5% 的益富源菌菇生态宝菌液，可以促进菌丝生长，抵抗有害微生物，提前出菇，延长保鲜期。"

　　讲完课后，技术员还带种植户参观了邻村的大棚种植基地。有了技术，村民们有了冲动，各组种植户开始买材料、搭棚子，买菌种袋开始种植。

　　有30户贫困户"借贷还菇"种植了8万袋，有20户村民也种植了6万袋。枫坪村不但完成了镇政府分配的任务，香菇种植也在村民中全面推开。

二十二　观　念

　　忙碌的时光像东去的溪水一样，在不经意间流失。赵守道从一、二组看了香菇种植情况回来，见李虎生在门前商店买炮，就问："下午到杨祯兴家去。村委会是不是也应该表示一下？"

　　李虎生沉默了一会儿说："贫困户多，标准要一致，那就拿个500元吧？"

　　"行吧，以后贫困户红白喜事都一样嘛。"赵守道点点头回了自己的办公室。

　　吃过午饭，赵守道一行正准备去杨祯兴家，李欣怡眼睛红红地走进了院子，她问王弘义："王主任，你们到杨祯兴家去开几辆车？"

　　王弘义看她满脸忧伤的样子，回答说："开两辆车，欣怡，你咋了，有事吗？"

　　李欣怡边流泪边说："杨祯兴他妈不在了，我要去帮忙，我爸坚决不让去，上午吵了一上午。"

　　"他为啥不让你去？"王弘义问。

　　"他嫌杨祯兴家里穷，不同意我俩的婚事，说去了算哪门子事。我妈帮忙说了半天，我爸才同意我去烧个香，送个礼。你们车要坐得下，我和你们一块儿去一下。"李欣怡带着哭腔说。

　　"你爸真是隔着门缝看人——把人看扁了。杨祯兴那娃很好，他还会穷一辈子呀？"王弘义皱皱眉头说。

　　"我也是那样想，现在党的政策好，只要人勤俭，日子一定会过好的，我爸就是那样固执，我也没办法。"李欣怡擦擦眼泪说。

　　"不难过，杨祯兴会理解的，一会儿就以同学的身份烧个香吧！"王弘义劝慰说。

　　正说着，赵守道、李虎生等也来到了院子里，王弘义要开车，赵守道怕他路况不熟，坚持和李虎生开车，村干部和工作队买了花圈、鞭炮，李欣怡也一起去了杨垣。

　　杨祯兴请了乐队，高音喇叭播放着哀乐、河南曲子、豫剧，豫剧《李天宝吊孝》的哀婉旋律使幽静的山谷间增添了一种说不出的悲哀气氛。村干部们在乐曲声中献了花圈，李欣怡也跪拜烧了香，杨大妞扶起李欣怡，李欣怡向杨大妞哭诉了心中的委屈，表达了歉意，杨大妞安慰李欣怡，让她不要在意。杨祯兴陪大家在房中坐，陈有才到账房去搭礼。除村委会 500 元外，每个村干部和扶贫工作队员也送了 200 元钱。赵守道、王弘义等问了一些准备情况。"明天出殡，准备得咋样了？"王弘义边喝茶边问。

　　"也没啥准备，待客有服务队，也不用借家具。该来的亲戚也都来了，左邻右舍的邻居都在这帮忙。农村老百姓，也不举行吊唁仪式，傍晚，按老规矩，亲友们烧个香，老父老母的，前几天晚上唱孝歌，今晚上请道士做个小七。虽然是假的，也算是我表达的一点孝意。明天早晨 8 点出殡。"杨祯兴说了具体安排。

　　"现在红白喜事简单，除了茶水，其余不用操心。"赵守道也介绍说。

　　"农村的风俗还是多，执事的要懂得规矩，不然也会闹别扭。"李虎生笑着说。

　　"规矩还很多呀？"武春华好奇地问。

　　"孝子见人无论老少都要跪拜，特别是外婆家母舅来，不叫起来，孝子不能起来；'八仙'每顿吃饭前，孝子要去跪拜；烧香的次序不能排错；坐席，要让老外婆、少外婆家坐上席等，麻烦事可多了。"赵守道边抽烟边解释。

　　"农村风俗就是讲究，祯兴请的谁执事啦？"武春华问。

　　"每个组都有这样的能人，不会有事的。"李虎生笑着回答。

　　杨祯兴笑着说："我这几天是我大哥杨祯民在这里招呼，啥事都不用我操心。"正说着，杨祯民进来给干部们发烟，表示感谢。王弘义问了他家里生猪饲养情况，杨祯民高兴地说："今年还行吧，10 头猪都长到 200 多斤了，架子拉开了，我这几个月就是催肥。"

　　王弘义笑着问："咋样催肥？"

　　杨祯民挠挠头笑着说："我还是老办法，买混合饲料饲养，6 个月出栏，我这纯天然饲料喂养，需要 8 到 10 个月，今年红薯多，先喂熟红薯，最后加细玉米面催肥。"

　　"那样周期长，饲料贵，不合算吧？"王弘义疑惑地问。

　　"那猪肉的味道和营养可不一样，好吃，香，营养价值高。"杨祯民得意地解释。

　　"那价钱一样你亏本，价钱高，销售也是问题吧？"武春华不解地问。

"就是这个问题，每年销售比较困难。"杨祯民点头说。

"年终和有些部门联系，10条猪，不到3000斤肉，要说也不是多大问题。到年终再说吧！"王弘义想想回答。正说着，陈有才搭完账回来了，干部们安慰了杨祯兴几句，即告辞回了村部。李欣怡却留在了杨祯兴家。

傍晚，王弘义正在赵守道办公室说年终的事，李欣怡父亲李世福到卫生所没找到人，即到村部问赵守道："赵支书，欣怡不是和你们一块去的吗？她咋不见回来啦？"

赵守道笑着说："欣怡晚上烧完香就回来了。"

李世福恼怒地说："妈的头，胆子还不小，我去把她揪回来。"

赵守道挡住说："世福，你是个怪聪明的人嘛，这事咋想不开？杨祯兴是多好的娃，就是家里穷一点，他还能穷一辈子？"

王弘义也接着说："李叔不要生气，现在又不是旧社会，男女婚姻自由，她都那大了，自己还不知道好坏？年轻人的事情让年轻人自己解决。何必呐？"

李世福余怒未消地说："他俩也没有订婚，那算啥吗？"

王弘义笑笑说："他们是同学，家里有事帮帮忙也是应该的，你就不要多想了。"

"不生气了，李惠芬说好了的，烧完香送欣怡回来。"赵守道解释说。

"说好了送呀？"李世福皱皱眉头问。

"李惠芬说好了的，若不然，我们都把她带回来了。"王弘义也帮着解释。

"那就算了。"李世福摇摇头走出了村部院子。

二十三　自　查

县委、县政府按照省市安排，检查6000名干部结对包扶贫困户的落实情况。交叉检查"六个清"的落实。主要是各户表册的填报要到户到人。A局除每周星期三包扶工作日要到贫困户家中进行包扶外，表册填报也要与贫困户核对、签字。理解不同，表册填写得也不一致，记录包扶过程，少数贫困户不配合，借口上坡做活，包扶干部只得到坡上找。多次反复重复填写，才算马马虎虎过了关。一次次检查，一次次修改，一次次与贫困户对接，有些年纪大的干部倒腾糊涂了，只得一次次给贫困户说好话。中秋节到了，包扶干部自己买10斤糯米，2斤月饼，5斤白糖给贫困户送去，以培养感情。有几个年纪大的，麻烦多了，每次去了，都要买点东西，老张笑着对王弘义说："我对我爸都没这样孝敬过。"

王弘义也笑着说："你以后别忘了，各个星期看贫困户，各个星期也回去看你老爸。"

老张笑笑回答："嗯，就是的。关心贫困户，也要关心我老爸。"

张丽萍包扶李四海，星期三从县城赶到枫坪村，9点多了李四海还没有起床，喊半天才慢慢腾腾地起床。家里乱得像猪窝，每次到他家，只有戴着口罩帮忙给他整理房间，打扫卫生。张丽萍边打扫边说李四海："你身体也怪好的，放勤快些嘛，把衣服洗干净，卫生打扫干净，站到人面前也像个人样子嘛。"

"光身汉管那些干啥，吃饱肚子就行了。"李四海毫不在意地说。

"人总要晓得好歹嘛，连个卫生都不讲？"张丽萍耸着鼻子说。

"不干不净，吃了不生病。没老婆的人就是这样。"李四海不以为然地反驳。

"你这样懒，哪个女的跟你咋过日子吗？"张丽萍继续唠叨说。说的次数多了，李四海也有些过意不去，隔三岔五地也把屋里打扫打扫、整理整理。

张丽萍帮助李四海制订脱贫计划，他一会儿说种天麻，一会儿说种香菇，一会儿说打工，张丽萍逼住他养了 6 箱蜂蜜，把茶园施了肥，把茶树修剪了，让他打扫村庄卫生以增加收入。

双山县有几年 9 月还遭受了洪灾，8 月中旬，天气异常地闷热，云层很低，黑黑的乌云像罩在枫坪山顶上的黑锅，耀眼的电光不时照亮吓人的天空，威胁着大地。县气象站一次次预报：近期有中到大雨，镇政府传达县委通知，要加强防洪抢险。贫困户住房基本都盖起来了，王弘义建议对全村房屋进行一次检查，以消除防洪安全隐患。赵守道召集干部和包扶工作队，分 3 个组进行检查。主要内容有三个：一是贫困户房子验收后，群众对质量的反映，是否有渗漏、安全隐患；二是村民住房是否存在不安全因素；三是贫困户全年收入情况是否达到了计划标准。

王弘义、李惠芬、陈玉文检查杨树沟 4 个组。检查到 11 组张坪时，组长张常和反映：张德福的母亲一个人还在岔沟老屋住。王弘义带着李惠芬、陈玉文到张母的住处查看。只见张坪西沟口拐弯处有 3 间破瓦房，门前是坎坝，屋后是软麻古石荒地，极容易滑坡。王弘义问："这是咋回事？"

李惠芬介绍说："张德福兄弟两个，张德福只有小 3 间破瓦房，家里 5 口人，不够住；大哥张德友盖有 3 间两层新房，旧房留给了张母住。村委会也协调了几次，没有结果。"

王弘义问张常和："是不是这样？"

张常和回答说："兄弟两个扯品子，老小没地方，老大不愿意管，协调几次还放到那。"

王弘义说："麻烦张组长，你把他弟兄两个找来，我们在这里等。"

张常和答应一声，匆匆去找来了张德福和张德友。

老太婆 70 多岁了，身体还算硬朗。见屋里来了人，忙得烧水、泡茶。王弘义问了大致情况，知道了其中原因。老人户口在张德福名下，享受低保政策，这是张德友不管的根本原因。不一会儿，张常和带着张德福、张德友来到了旧屋里。王弘义看着兄弟两个说："叫你两个来不为别的事，你们看，这旧屋破破烂烂的，冬天冷得咋住？后山也容易滑坡，老人一个人住在这里不是个事吧？"

张德友嘴动动没吭声，张德福"唉"了一声说："的确不是一回事，老人养了我们小，我们就应该养老人的老，让老人过好日子。以前我家里也是破屋，没法住，我妈一直不想去。现在国家给盖了新屋，虽然挤，那也只有到我家住。"

"我不去，我一个人在这里住怪好。"老太太不容置疑地回答。

"你一个人在这住，一是子女照顾不方便，二是冬天冷，这里后山陡，夏天容易滑坡，不安全。"王弘义婉言劝说。

"我一个老婆子，家里也没啥，那还能把我背走了不成?"老太婆拗着性子说。

"王婆，大家都住楼房了，你一个人住这，不怕人家说呀?"李惠芬也劝说。

"那想咋说就咋说去，我就在这住怪好。"老太婆笑呵呵地回答。

"这样吧，老二家生活苦焦点，房子也紧张。不然，妈到我家去住。在这住的确不是事，我们都快当爷爷了，别人不说，儿女咋看我们?"张德友征求母亲的意见。

"我老了，住哪都给人找麻烦。那样不好吧? 老大媳妇愿意?"老太婆终于说出了心里话。

"愿意不愿意有你儿子嘛。"张德友满口回答。

"那，我还是不给你找麻烦。"老太婆迟疑地说。

"是这，德友叔你回去叫婶婶来。分家时，老人家应该德福叔赡养，低保依然享受，补贴钱德福叔按月给德友叔，老人住到大儿子家。这样行吗?"王弘义看着老太太问。

"这样行，手掌手背都是肉，以前没有人说公道话，我又不好说。又怕到老大家国家把低保取了。"老太太赞同地点头回答。不一会儿，张德友妻子来了，"妈，儿子叫得不算数呀，非要我请呐?"

"就是的，媳妇叫得亲些。"老太婆会心地笑着回答。

"说好了就行动，来，奶奶，我背你去大儿子家住。"王弘义站到老太婆面前说。

"不用不用，我收拾一下再说。"老太婆推辞说。

"就几件衣服，不拿了，我过几天再收拾。"张德友的妻子扶着老太婆说。

"走，今天人多，热闹。"王弘义扶着老太婆出了家门。大家说说笑笑地把老太婆送到了张德友家里。

王弘义检查了张坪、杨垣、陈庄，多数贫困户都出门打工了，在家里多是多病的、痴呆的、年老的、单身混混。问起脱贫产业，年初定的计划，大多数落实了，个别还是写在纸上，并没有很好地落实。茶叶是传统项目，家家都有，其他项目，动静不大。王弘义到李泽胜家，询问天麻种植情况，李泽胜说挖了900斤，卖了两万多元钱，加上茶叶收入，基本达到了脱贫标准。

杨书怀家3亩树林，王弘义帮他买了纱网沿树林外围起了3米高的网子，在树林内搭起了10个鸡棚，放养了1000只鸡娃，8个月过去了，已经长到1斤多重，开始下蛋了。每天能产30公斤鸡蛋，收入100多元钱，上个月已还清了成本，现在每月收入5000多元，年底收入人均能达到1万元。王弘义询问了撒料、养殖、防疫情况，鼓励他们加强管理，力争明年脱贫摘帽。杨书怀夫妇非常有信心。王弘义到杨全胜家，询问天麻种植情况，杨全胜说挖了500公斤，卖了1万多元，达到了脱贫标准。

几天检查结束了，汇总情况。赵守道首先说："上午开会，汇总一下情况。我先说说我们这个组。贫困户建房一共13户，我们都仔细看了，没有质量问题；村民的住房，也没有安全隐患；产业发展，大多数落实得还好，贫困户24户，有8户达到了脱贫标准，16户还达不到人均1万元。"

李虎生接着说："我们这片4个组，贫困户建房9户，质量没有问题；村民的住房也没有安全隐患；贫困户18户，有6户产业落实比较实。能达到脱贫标准，12户人均收入达不到1万元。明年还要下大力气抓产业发展。"

王弘义笑笑说："我们这个组情况复杂些，贫困户建房9户，没有大的质量问题，散水基本没做。按建筑要求，四周要做1米宽的散水，不然影响根基沉淀。这是建筑规程，要求甲方补上。村民住房没有大的安全隐患。我们发现张老太太还住在岔沟里边破房里，已协调搬进了张德友家。贫困户产业发展没有完全落实，多数只是茶叶，农业收入、其他产业落得不实。建议抓紧实施产业发展措施。19户贫困户，经过核查，有7户人均年收入能达到1万元以上，其余还停留在9000元左右。"

赵守道征求其他干部意见，大家都说："没有新的问题。"赵守道说："我说几点意见：一是贫困户建房散水问题，不是杨树沟几个组的问题，普遍都是，我们没注意，要求甲方补上，不然验收时也不能通过。李主任给吴守财通知一下。现在将进入冬季，要抓紧施工。产业发展问题，年内做好规划，明年从头抓起。"

李虎生皱着眉头说："做散水的事，我看就算了，农村盖房都没有做散水。照样不怪好。"

王弘义笑笑说："这不是算不算的问题。工程是终身负责制，一是按操作规程和合同应该做散水，不是我们为难乙方。二是万一出了问题，谁负责?"

"哪负责，哪做的哪负责。"李虎生硬着脖子回答。

"填合格证书的人也有责任。"王弘义笑着说。

"不说了，按规定办，李主任通知一下。"赵守道强调说。李虎生无奈地"哼"了一声。正说着，阵阵闪电撕碎浓重的乌云，雷声在低低的云层中滚过，滂沱大雨铺天盖地地压了下来，干部们看着大雨，大家感到检查很及时，安全没有问题，心里很平静。

二十四 发 包

太阳已经爬过东山，树林上面的霜早已融化，晴朗湛蓝的天空万里无云，像蓝宝石一样澄澈。被朝阳笼罩的满山红叶，犹如一簇簇鲜花，斗奇斗艳，似乎没有一点秋天的风韵。吃过早饭，赵守道对王弘义说，修路和村庄美化的事，镇政府具体拿在手上抓，据说，施工队已经定了，要村委会做出详细规划。下午召开两委会讨论一下。

两委会由赵守道主持，先学习了县委、县政府《脱贫攻坚三年规划》《脱贫攻坚考核办法》，接着讨论村庄美化、亮化和道路建设的问题。赵守道介绍说："道路建设和村庄美化、亮化建设由镇政府直接抓，承包问题我们不考虑，今天要研究的是规划和标准要求。请两委会成员发表意见。"

"既然是镇政府拿在手上抓，那就是镇政府定标准、定质量、定工期，我们有啥讨论的？"宋志红不满地回答。

"不能那样说，规划就是质量、数量、时间要求，我们不管钱的事，不是不管质量的事。"赵守道解释说。

"其他村咋弄我们也咋弄嘛，有啥好说的。"陈玉文也附和说。

"我们提出质量要求，镇政府要审查，数量大了、标准高了肯定不行。"李虎生心里明白，钱是一定的，规划即是概算而已。

王弘义明白，村干部心里有意见，有些问题又不好挑明，只得敷衍说："规划还是要做的，干啥事都要心中有数。我们提出要求，镇政府才好计划、招标。我想是这样，现在的路是 4 米宽，统一再加一米宽，20 厘米厚，200号水泥砂浆；路外边要加铁皮、铁柱护栏，每 300 米要有一个会车道，整体要达到四级公路标准；原则上通户路要到每家每户，按小车道，也得 2 米宽，质量与村道相同。美化问题，每家门前要修 0.6 米高花墙，连接花池，花木由农户自己解决。个人要硬化地面，增加部分与施工队协商。亮化问题，用太阳能灯，节约能源，有村庄的地方都要安；大庄子，200 米一个吧。具体路有多长，花墙有多少，太阳能灯数量，要作出具体规划。"

"王主任说得很具体了，我同意这个标准要求，具体要到各组实地考察，拿出具体方案。"李虎生也附和说。

"有些吊庄子户路没通到家门口咋办？"李惠芬提出了特殊情况的问题。

"特殊情况特殊对待，这也是少数。只要他把毛路修到了门口，原则上应该打水泥路。如果他个人不修路，我认为可以暂不考虑。"武春华插话建议。

"我同意武股长意见，这次是打通户水泥路，不是修路，他自己不修路，不怪我们不打，可以不考虑。"宋志红也附和说。

"大家还有啥意见？"赵守道看着大家问。两委会成员都表示没有新的意见。赵守道接着说："具体标准、质量要求按王主任说的定，吊庄子户原则只打水泥路，明天分3组到各组实地考察。我、陈玉文、齐明生负责一至五组，李虎生、武春华、陈有才负责六至九，王弘义、宋志红、李惠芬负责九至十三组。各组量出道路面积、花墙长度，明确太阳能灯盏数，汇总后，由陈有才作出具体规划，报镇政府审定。"

按照两委会的安排，王弘义、宋志红、李惠芬负责测量杨树沟的道路和村庄美化面积。吃过早饭，王弘义开着车上了黄垭，他定好标记，顺黄垭开到陈庄与洛川县阳平镇交界处，全长3500米。接着，从陈庄开始，一户户丈量每户门前到村水泥路的长度，每家花墙面积，4天时间全部测绘结束。第五天各组汇总数字，交给了陈有才。村水泥路全长11650米，通户路9870米，花墙6500米。规划由镇政府统一核算发包。

汇总材料刚报走，王义林背着手走进了村部综合办公室。他看综合办公室只有陈有才一个人，皱了一下眉头问："咋就你一个人啦？当官的呢？"

陈有才抬头看是王义林，即笑着回答说："都在个人办公室忙。"

"该不是又搞啥小动作吧！"王义林做了一个鬼脸说。

"现在都是集体领导，也不是从前一个人说了算，有啥小动作？"陈有才笑着回答。

"小屄样子，几天没收拾你了，说话还带刺嘞。"王义林顿着眼睛训陈有才。

"我说的是实话，没有别的意思。"陈有才心平气和地解释。

"你小狗日东西放的啥屁我还不清楚，你就是说我当村主任霸权嘛。你当我听不出来呀。哎，懒跟你说，我找赵老大。"说罢，上楼去了赵守道的办公室。推开办公室的门，看赵守道正在写东西，即讽刺地说："几天没见，还学洋气了，装化的还写起来了。"

赵守道抬头见是王义林，即笑着边发烟边说："咋能说是我装化，我也是正儿八经的高中生吗，写点东西还有啥不正常?"

"好个盛气凌人，好像哪个不是高中生一样。"王义林不屑一顾地回答。

"嗨，那就是不一样，我们是凭分数考的，你们是推荐的，考零分都能上大学，那咋能一样吗?"赵守道边倒茶边打击王义林。

"不说那些陈谷子烂芝麻的事了，今天给你说个正经事。"王义林跳跃式地把话拉入正题。

"你是无事不登三宝殿，变着手法要花样。来了，总是要寻些故事的。"赵守道也直截了当地摆明了立场。

"你要不当这个支书，老球找你。"王义林也强势地压住话题。

"就是的，当这个支书，就不怕你找。有啥事，你就说吧。"赵守道毫不示弱地问。

"盖房我们没有资质不行，这美化村容村貌，打水泥地下、修花池子，我们该会吧?"王义林阴笑着问。

"这个项目连水泥路、护栏、太阳能灯捆绑着发包，具体多少钱，咋运作由镇政府统一管理，村两委会只管质量监督、施工、协调环境保障。"赵守道心平气和地解释。

"你这是一拳打十里，十里有人抵，推得远远的。"王义林无奈地反击。

"我说的是实话，不信你可以打听问问。"赵守道肯定地说。

"那还用问，暗箱都操作好了，我还不知道? 不说了。"王义林站起身离开了赵守道的办公室。

一个晚霞当空的黄昏，吴守财把小车开进了枫坪村部的院子。村干部们正准备下班，吴守财让李虎生把大家挡住，水泥路加宽、村庄美化的合同吴守财已与镇政府谈妥，要求晚上请大家到凤阳街如意宾馆坐坐，看看具体有啥要求，环境保障还有啥问题，再一块交流交流意见。

赵守道想: 反正项目合同不是枫坪村和乙方签的，也不存在责任问题，在一块坐坐交流交流意见也很正常，就毫不犹豫地答应了。李虎生给王弘义、武春华说，他两个坚持不去。李虎生没好气地说: "晚上我就没让做饭，你两个不去，吃啥呀?"

"你个死东西，早有预谋哇。唉，甲乙双方是利益关系，我们去不好。"王弘义推辞说。

"有啥不好? 这是正常的业务交往，他是征求意见，合同又不是我们签的，与我们啥关系? 再说，上次工程完了，连水都没喝他的。还咋?"李虎生辩解说。

"反正吃吃喝喝不好，公务人员有要求，我们还是不去的好。"武春华看着王弘义附和着说。

"你们去你们去，我们还是不去为好。"王弘义看着李虎生说。

"我们都是左邻右舍的，磨不开情面，有些话不好说，你们政策水平高些，全靠你们支撑嘞，你们不去，我们咋说呀？"李虎生灵机一动将了王弘义一军："要不然，你们参加座谈，开完会了我把你们送回来。"

王弘义感到很为难，不去，这是个大事，有些话必须说清楚。去了，不吃饭撇开村干部不好，吃了，不符合规定。犹豫了一会儿，对李虎生说："就在办公室说，说完了你们几个去凤阳街不行呀？"

"在这不方便，一会儿王义林又来搅和。"李虎生摊牌说。

王弘义看着武春华问："去一下，座谈完了，我两个先回来。"

"这就好嘛，这重要的事，不能把我们村干部扔到一边嘛。"李虎生笑着招呼村干部们上车。为了安全起见，赵守道让王弘义、李惠芬两个不喝酒的开车，一行赶往凤阳街。

枫坪村村部距离凤阳街不到 8 公里，十几分钟车就开进了如意大酒店的院内。吴守财已做好了安排，招呼一行人走进了桂花厅大包间。依次坐好后，服务员端上水果，泡好茶，吴守财给大家发烟。开了几句玩笑，赵守道干咳一声说："村庄美化、通村路、通户路镇政府包给了翡翠公司，大家都参与了规划、测量，质量、标准有啥要求，今天都在一块说说。目的都是把路修好、把村容村貌美化好。先薄不为薄，说出来，乙方好按要求做。"

吴守财也笑笑说："赵支书说了，有啥要求大家就提出来，给我们提个醒，施工中我们也好注意。再者，环境保障我们也有要求，相互交流交流。"

"是这样，规划中写得很清，乙方要按着要求做，不能偷工减料，不能缩小面积，要保质保量修好路、美化好村容村貌。"李虎生笼统地说出了要求。

王弘义想想说："吴总也是枫坪村人，家乡的事一定要做好，不图挣多少钱，争取留一个好名声。质量规划中有要求，我强调几点，供施工中参考。一是水泥路加宽的问题，总体是增加 1 米宽，修毛路时最好顺着一边加宽，如果一边 50 厘米，窄窄一道子，不持重，保证不了质量，也容易坏；二是水泥砂浆要保证 200 号，厚度要在 20 厘米以上，一次到位，不能搞面子光，实实在在地做，质量才能持久；三是，外边护栏要用铁护栏，太阳能灯要正牌的，按要求安装；花墙要带花池子，起到真正美化作用。四是，工期要抓紧，两个月完成任务，大雪后会上冻，影响质量。时间长了，也影响通行和生产发展。"接着，武春华、齐明生、孙阳、陈玉文、宋志红、李惠芬、陈有才也发表了意见、表了态。吴守财也表示要把路修好，同时，对环境保障也提出了要求："请各位领导要帮忙做好协调工作，不能这里不让走、那里挡住了，这也要钱，那也要补助，麻烦多了，影响工期。"

赵守道就村庄美化、通村水泥路提等升级做了安排："'三通'是精准扶贫奔小康的核心问题，我们一定要把好事办好。环境保障、质量监督还是分三组包抓到底。我、齐明生、孙阳负责一至五组；李虎生、宋志红、武春华负责六至九组；王弘义、李惠芬、陈玉文负责十至十三组。下来，就质量要求写一个会议纪要，作为合同附件，便于检查验收。"说着，凉菜就上来了，王弘义、武春华相视一眼，起身离开了餐厅，大家以为他们去了卫生间，也没注意，王弘义出来，发动车，和武春华回了枫树坪。李虎生见好一会儿王弘义没回来即出来看，小车已走了很远。他回到餐厅说："同行不分伴嘛，悄悄走了，一会儿坐车咋办？"

吴守财也感到心里不舒服，即说："王主任也太原则了，一顿饭有啥了不起吗？"

赵守道笑笑说："算了，我们吃，他们有规定，就不勉强他了。"说着，端起了酒杯……

酒过三巡，吴守财开始敬酒，接着，李虎生主动开始打通关，几个人吆五喝六地喝到9点多才结束。吴守财正安排车送村干部们回枫坪，王弘义电话打过来，说车已到了如意酒店楼下，赵守道几个告辞下楼，说笑着坐上了王弘义的车，一行人回到枫坪已经10点多了。王弘义没进村部，一个个把他们送到家门口。回村部院子，看王义林还在门市部里转悠，心想一定是在等赵守道，装得没看见，悄悄关门回房休息。

二十五 妥 协

晚秋季节，丰收在望的庄稼张扬着优良品种、肥料和现代科技耕种的优势，年轻人外出打工，老人和妇女们悠闲的脸上挂满了笑容。

20世纪六七十年代，改良的籽种每亩也只收150多公斤，现在每亩玉米收300多公斤。花生、红薯、大豆等秋粮也都喜获丰收，村民们忙着收种秋粮，抢在霜降前播种小麦。到处呈现出一片累累硕果的丰收景象。

李三元地里的夏季玉米是宋连花点种的，秋收时，宋连花忙着收自家地里的玉米，又要收李三元家的玉米。她要点自己地里的小麦，又要点李三元地里的小麦。李三元怕宋连花太累了，不让她点自己地里的小麦。两个絮絮叨叨地商量。李母到商店看见宋连花和李三元亲密的样子，气不打一处来。她黑着脸说："人的名、树的影，没见过哪个女人那不知羞，整天缠住男人不放。"宋连花知道是说她的，红着脸又不好回答。

李三元心里过意不去，劝慰母亲说："我妈说的啥话吗？你咋不知道好歹耶。连花姐是看我可怜，整天来照顾我，我们应该感谢人家。"

李母生气地说："你有人照顾，稀罕那个丧门星管。"

"你能照顾我一辈子啊？"李三元生气地问。

"我照顾一天是一天。"李母也生气地回答。

"妈，我理解你，你是为我好，可你都快70岁了，你还能照顾我几年？"李三元问母亲。

"我活一天照顾一天，反正不想让你沾晦气。"李母生气地反驳。

"别人不嫌我晦气都不错了，我有啥资格说别人？"李三元反问。宋连花本来想挡住这母子，还没等她插话，李母又接着说："不是我说你，以前你还不是心里不舒服？现在可嫌我啰唆？"

"哎，妈你也不要说气话了，以前我不愿意，原因是我自己都管不了自己，不知道死在哪一天，咋能担当起做男人的责任？我怕拖累了人家。这长时间，我看连花姐真心对我好，我也体会到了连花姐的善良、真诚，让我看到了生活的希望，我感到她是我的依靠。"李三元深情、心平气和地劝慰母亲。

"是你的依靠你就靠她去。我是狗逮老鼠多管闲事。"李母身子一扭，生气地回答。

"妈，你咋听不懂话呀，我说的是实话。"李三元皱着眉头劝说。

"我还不是为你好，你好好想想吧！"李母极不愿意地走出了商店。李三元看着母亲的背影叹了一声，劝慰宋连花说："连花姐，你不要和我妈一样，她就是嘴厉害，心是好的，我下来再给她说说，希望你能原谅她。"

"我知道你妈嫌我是寡妇，克死了丈夫，又怕我克了你。"宋连花眼里噙着泪花说。

"我以前没有媳妇，还不是塌成了残废？这能怪谁呢？连花姐，我是真心爱你的。"李三元看着宋连花说。

宋连花破涕为笑，走到轮椅跟前，扶着李三元说："有你这句话，我再苦再累也愿意。"

"不过，种麦子麻烦，有时间帮我做做生意，你也不要太累了。"李三元摸着宋连花的手说。

"我听你的。"宋连花深有感触地说……

道路承包定下来以后，吴守财为了加快进度，按照规划先把水泥、砖、沙等原料拉到各组、各个庄子，十几辆农用车不停地在水泥路上穿行。平静的山村沸腾了起来。

王义林看着繁忙的景象，心想，这是个机会，想从中插一杠子，捞些外快。一天上午，他得到消息，几个干部都在村部开会，就到村部来找李虎生。他把李虎生叫出来问："村主任，这修路、修花墙的活还要建筑资质呀？"

李虎生摸摸头发说："要吧，要道路修筑资质。"

"哄鬼，吴守财有建筑资质，也有道路修建资质？"王义林提出了质疑。

"有没有我说不清，反正也不是村上发包的。"李虎生无所谓地回答。

"娘的屁。前几十年，这凤坪村的地、路、河坝，那样活不是村民自己干的？不挣钱的活都是村民白干，挣钱了，这证那证，群众就干不了啦？"王义林大声骂了起来。

"看你这个人，这也不是我们不叫你干，项目需要资质证明，也不是我的规定，你给我发脾气干啥？人家把项目包走了，找我发脾气有用吗？"李虎生红着脖子反驳。

"都干些鬼事，哪个人比谁还笨多少？以权谋私，装啥糊涂？"王义林不依不饶地说。

"你愿咋说就咋说，反正与我无关。"李虎生无奈地回答。

"盖房包给吴守财，修路又包给吴守财，那些建筑队的人死光了？这里要没鬼，我从枫坪村爬出去。"王义林红着脖子说。

李虎生见王义林点中了要害，心里犯嘀咕，嘴上还推辞说："有鬼没鬼不是我的事，你可以称四两棉花纺纺。"

"你装鬼，当村主任不知道，哄三岁小娃都哄不住。给吴守财说，把工程包给我做些，要不然，我组织人天天缠。"王义林威胁说。

"想包工程好好说，你可以找吴守财商量呀，缠我有意思吗？"李虎生看着王义林问。

"你去给吴守财说一下吧，我也不会亏他。"王义林放低声音央求。

"话我可以说到，起不起作用我不敢说。"李虎生无所谓地回答。

"你尿不要给我打马虎眼，我不是不知道屎香屁臭的人，办事要有诚意。"王义林讨好地说。

"好，我给吴守财说，价格你们自己谈。"李虎生也妥协地回答。

晚上，李虎生和吴守财通了电话，说明了王义林的意思。吴守财考虑了一会儿，他想：工程上的工人也紧张，王义林又是个胡搅蛮缠的人，不如给他点好处。村民一户户也难打交道，钱有多少能挣得完？雇人也是要出钱，就送点人情给他，免得惹是生非。即答应说："让他明天到村部面谈吧。"

第二天吴守财回到枫坪村部，李虎生给王义林打电话，王义林兴致勃勃地来到了村部。两个在李虎生办公室里，双方讨价还价，进行了反复磋商。吴守财答应把枫坪5个组的入户水泥路包给王义林，包工不包料，保证质量验收合格。王义林要连料包，吴守财每平方要抽3元管理费用，说前期花费很大。王义林算了一下，和包工差不多。水泥、沙石要先垫20多万元的资金，他又拿不出那笔钱，借、贷款都很麻烦，想想，还是同意包工不包料，每平方米工钱20元。李虎生让吴守财和王义林签了合同。

吴守才又补充了一句："工程是我垫资修建的，工钱可等到甲方付资后才能付工钱。"

"所有的钱都要垫资呀？"王义林惊奇地问。

"路验收前不会给一分钱。"吴守财平静地回答。

王义林沉默了一下，"好吧，我先回去找工人、租家具，准备开始施工。"

赵守道正在办公室看文件，听见有人在院子里吵，他走出来看，原来是二组王家坡的王沧海和张义德。两个你推我一下，我推你一下，好像为地界的事发生争执，赵守道怕他两个打起来，急忙下楼喊："嗨、嗨，有话好好说嘛，吵啥吵？"

张义德见赵守道喊，即边走边说："赵支书，王沧海把我柴山地里树砍了，我说他，他还骂我不要脸。"

赵守道心平气和地招招手喊："过来过来，咋回事，慢慢说。"

"我两个柴山搭界，冬天快来了，我砍些柴码到那，冷了烤火、做饭好烧。张义德非说我砍他地里树了，你说他要脸不要脸？"王沧海气愤地争辩。

"吵啥吗吵？柴山地是有界址的，光凭嘴说哇？来，我给你两个查存根。"赵守道说着带张义德、王沧海进了综合办公室。他对陈有才说："有才，你把二组林山存根档案拿出来查查。"陈有才答应着拿出了二组林山存根档案，翻到二组王家坡张义德，陈有才念道："张义德柴山6亩，下至大坪地，上至坡顶，东起沟槽，西与王沧海柴山搭界，下以柿子树，上以药子树石包为界。"赵守道问："有问题吗？"

王沧海挠挠头说："我咋记得是起梁包呢？"

"说的没有写的清，你记得不算数，要以写的为准。"赵守道肯定地说。

"不说我不要脸了吧？你说咋弄？"张义德看着王沧海问。

"多少棵树还在那，算我白出力了，你的树你背回去嘛。"王沧海无奈地说。

"啥事都要讲理，不要胡搅蛮缠，都是邻居，有话好好说，不要要蛮。"赵守道劝慰说。

"是这样，我数了，你砍了我20棵树，你也是请人帮忙砍的，我也不占你便宜，给你40元工钱，树我背回去。"张义德慷慨地说。

"沧海，你看咋样？"赵守道看着王沧海问。

"那还有啥说，就那样嘛。"王沧海苦笑了一下回答。

"那好就那样，不吵了，都回去。"赵守道让在调解书上签了字，两个一前一后地离开了村部。

二十六　环　境

　　吴守财把沙石料、水泥基本运到施工现场后，开始加宽毛路，通村公路全部停止车辆通行。有的地方很容易，有的地方地基高、有石崖，吴守财想随弯就势，一边宽度够的就从一边走，一边宽度不够的就从两边加宽，每边50、40、60厘米不等，窄窄的一道子。王弘义负责的几个组，坚持从一边加宽，工地离村部四五公里，不通车，每天早起晚归步行走到工地监督施工。有些地方有坎坝，吴守财只有往下"宰"，费工费钱。按合同施工，心里有气又不好说，只有硬着头皮干。

　　一天，路修到十一组牛伯梁几家地里，牛伯梁说啥都不让占地。其他几家也跟着打哄哄。都说："给钱了我让。""给我补地我让。""大家都让了我也让。"王弘义找牛伯梁商量，他一口咬死，没有一点余地。还放下狠话说："地是我的承包地，三十年不变，签过合同的。我就是不让，要修路行，从我身上把水泥铺过去。"王弘义让李惠芬、陈有才找他商量，他嬉皮憨脸地说："表嫂子，实话给你说，修路与我有屁关系。我又没有车、没有媳妇，没有娃，给我找个媳妇我就让地。"

　　陈有才生气地说："就你胡搅蛮缠，整天游手好闲的样子就能找到媳妇呀？"

　　"找不到媳妇算了，反正地我是不让。"牛伯梁硬着脖子回答。

　　"地是集体的，不是你个人的。你有啥理由不让？"李惠芬问牛伯梁。

　　"地是集体的，三十年使用权是我的，要修可以，三十年后再修。"牛伯梁据理力争。两个说了半天毫无结果，只好回来找王弘义。

　　王弘义见针都插不进去，即找赵守道汇报，赵守道说："这是个遗留问题，那块地原先留的有6米宽的路，被牛伯梁几家占了。修通村水泥路只要4米宽，还有2米，村民占用到现在，村上也就没管。"王弘义明确了事情的原委，让陈有才找出了承包地存根，让组长张常和通知几户承包人第二天到现场划线路。

　　秋高气爽的清晨，天空飘浮着朵朵白云，朝霞中泛着红光，大地浸润在一片光辉中。王弘义早早地来到了工地，他与李惠芬、陈玉文和施工人员商量了一下放线的问题。7时多，组长张常和把几户村民带到了工地。王弘义先给几位村民发烟，牛伯梁拿着芙蓉王烟阴阳怪气地说："哎呀，这烟倒好喔，就怕好吃难消化。"

王弘义边发烟边笑着说："不咋，不是毒品，不会毒死人。"

牛伯梁皮笑肉不笑地说："我咋眼皮乱跳，心里有点打鼓的感觉。"

李惠芬笑着说："少说淡话，把心放到肚子里。"

王弘义发完烟说："各位大叔、大娘、哥嫂、兄弟们，今天请大家来没有其他的事，还是修通村水泥路的事。大家知道，路窄了，山外的货物运不回来，山里的产品运不出去，影响大家脱贫致富。修路是为了大家，不是为了我王弘义，也不是为了李惠芬、陈玉文，希望大家能理解。今天叫大家来，一是先保证各家的承包地的数量，如果哪家少了，给哪家补足，如果多了，那就要裁下来。土地是集体的，只是承包给你耕种，不是你的私有财产。希望大家懂得国家政策；二是集体在集体地里修路，任何人不得阻拦。咱们是法治国家，希望大家都不要以身试法。政权机关是干啥的？是维护国家安全的，公安局、法院不是摆设，不是吓唬你们，阻挡修路施工，是要负法律、经济责任的。现在按你们承包地的数量开始丈量。大家有没有意见？"村民们你看我，我看你，都摇摇头说："没意见。"

为了回避矛盾，王弘义让从西边往东边量，张常和、陈玉文拉绳子，李惠芬记账，第一家量张德福的地，张德福迟疑地说："靠里边的地不长庄稼。"

王弘义心里明白，即表态说："往外让 50 厘米。"张德福嘴动动也没再说啥。量完一算，20 米长多出 30 平方米。按照这种量法，以此类推，量到哪家，谁也无话可说。第二家 30 米长，多出 45 平方米；第三家 50 米长，多出 75 平方米；第四家 40 米长，多出 60 平方米；牛伯梁家 20 米长，多出 30 平方米。

王弘义给几家边发烟边说："是这样，你们只能管你们的承包地，多出的是集体土地，集体要修路，要放线，你们没权干涉。我个人意见，按 1 米放线，多 50 厘米你们还先种，集体再要用，你们再让，你们看行吗？"

张常和笑着说："政策在那里摆着，有啥不行？"

张德福也说："不行也得行呀！地是集体的。有啥屁放？"其他几家都表示："同意。"

李惠芬问牛伯梁："老梁子，你还没有表态呢？"

牛伯梁挠挠头说："我还有屁说，我头上也没有长角。不过，这庄稼咋办？"

「你这庄稼种到集体地里，应该集体收。算了，苞谷马上老了，你们自己收了算了。"陈玉文反击说。

"是官刁似民，十鳖九成精，斗不过你们，不说了。"牛伯梁皮笑肉不笑地反驳。

王弘义说："邪不压正，大道至简。老梁子，不是我们为难你，而是你给我们设置障碍。不过，还是要谢谢各位对村上工作的支持，那就是这，放线。"施工队的人拿出石灰，张常和、陈玉文拉绳子，放了线。这道难题不攻自破了。

通村路的线路用地问题解决了，通户路普遍也存在一些问题。一至五组是王义林包的，他连哄带吓，进展得比较顺利。吴家滩吴世春住在路口边，他用几段木头挡在路上，就是不让修，他身体不好，又是贫困户。赵守道说："世春，你家是入口，你不叫修这路咋进村？"

吴世春脸一扭回答："我管进村不进村，我也没有汽车、没有摩托车，连架子车都没有，与我有个毛关系。"

"就这一条路，你不让走从哪走？"孙阳生气地问。

"我管从哪走，又不是给我修路，我也没叫哪个修。"吴世春仍然扭着脸回答。

"扶贫就是让大家共同富裕，你是贫困户，应该听党的话，起表率作用。"赵守道给吴世春戴高帽子。

"别的话我听，修路我就是不听。"吴世春拗着性子继续狡辩。王义林在旁边听了一会儿，勒起胳膊骂："你说的是你妈的 X，你不让修就不修了？千面锣鼓一锤定音，村上定的事，你一龙就能挡住千江水啦？"

吴世春看王义林要打人的样子，往边上让让说："吴守财有车，我几回要他给捎一段，他都不捎，跩得跟大蜡一样，路不修，让他车从泥窝里走，看他还跩不跩。"

"有事说事，挡住集体不让修路不合适吧？"赵守道笑着问。

"我就是生气，也没说一定不让修。"吴世春拿开了挡在路上的树……

王家坡王文波门口也不让过。王义林是他叔，胳膊一勒跑到王文波廊檐上问："狗尿东西，你想咋，这路你不叫走咋修。"

王文波本来想说："我管你咋修？"看到王义林手都扬起来了，赶忙掖着身子说："叔，你说咋修就咋修嘛。"

"去，下午一块干活儿，整天懒得不动弹。"王义林板着脸吩咐。王文波跟着干活儿，啥也不说了。

履道 LÜDAO ····· 二十六 环境

109

枫树坪李四海家正住在三岔路口，往两边的路他都不让走，每条路口码着一堆石头，拿着棍子站到门口说："这是我的庄基地，是有永久产权的，谁要占，先把我埋到这里再说。"赵守道、孙阳给他说他坚决不让，给钱买都不行，施工人员没办法，只有找王义林。王义林拿了两瓶太白酒往李四海桌子上一放说："小狗日东西，你还给我要难堪嘞，我两个今天一人一瓶，谁喝不完谁是孙子。"

李四海看看两瓶酒，偏着头说："喝不喝酒我都是你兄弟。酒我爱喝两口，一人一瓶我喝不完，是这，你来了我啥都不说了。酒放这我慢慢喝，你说咋就咋。"

"小尿就那大出息，要喝酒你找哥说，不要给我要小聪明。"王义林不客气地对李四海说。

"对对，我听哥的。"李四海点头答应着说。怪事还要怪人磨，讲政策不行，王义林一顿骂啥问题都解决了。

十组到十三组，纠纷多，有两家交界互不相让的，有路口不让过的，有地里有树不让砍的，有多打面积产生纠纷的，王弘义带着李惠芬、陈玉文一家家、一个个做工作。村两委会规定 5 厘米以下的树木不给钱，5 厘米以上用材林每厘米 5 元，5 厘米以上经济树木每棵 50 元。刘玉明家一棵 3 厘米粗的核桃树也要 50 元，给他 30 元都不行，50 元少一分都不行。几次协商不下来，王弘义说算啦，树留着，他家有小车，只要他家小车能开得过去。树就留在那里了。星期天他儿子开车回来，见路中间一棵树，问他爸是咋回事，他爸不吭气，儿子生气把树给砍了。第二天，刘玉明来问王弘义要钱，王弘义问："树是哪个砍的？"

刘玉明嘴动动说："是我儿子砍的。"

"谁砍的树你问谁要钱呀。找我干啥？"王弘义笑着回答。

"那是给村上修路嘛。"刘玉明看着王弘义辩解。

"村上要砍你为啥不让砍？"王弘义笑着问。

"你钱给的太少了嘛。"刘玉明笑着辩解。

"村上还是统一的标准。你愿意吗？"王弘义问。

"一样标准就一样标准嘛，我没有意见。"刘玉明点头答应。

"那好，明天我让村上把树款给你兑现了。"王弘义笑笑说。

李泽胜是王弘义包扶的贫困户，家里困难，院子想打成水泥地又没有钱，每平方 60 元，20 平方米 1200 元钱王弘义给付了账。杨正明家有劳力，想自己把院子水泥地打起来，王弘义找孙阳商量，孙阳给远翔公司老总汇报，老总一次给了 50 吨水泥，给 45 家贫困户一家一吨，让他们自己把院子的水泥地都打了起来。

一天中午，王弘义正在看工人给张常和家垒花池子，李泽胜母亲突然觉得头晕得不能动弹。李泽胜媳妇来找李泽胜，王弘义跟过去一看，怀疑是脑梗，建议立即送医院治疗。可水泥路沿途都在施工，不通车，王弘义让立即用架子车送往医院。李泽胜担心没有钱，王弘义拿出 2000 元给他说："贫困户报销 95%，这些钱应该够了，先看病要紧。"李泽胜找来架子车，铺上被子，王弘义帮忙沿杨树沟至阳平的路，把李母送到中心医院安置好后，才回到枫坪村。

毛路修好了，王弘义建议初验。赵守道把三个组的干部集中起来，从吴家滩一组开始边走边看，王弘义拿着卷尺边看边量。一至五组有三处需要加宽，大约有 15 米；六至九组，有 800 米长的几段路都是两边加宽的，有 200 米村民不让地，没有加宽。十至十三组是按规定操作的，施工中王弘义量过了，不需要返工。验收完已是下午 4 时多了，赵守道召集大家开会讨论验收结果。赵守道说明研究的主题，半天没人说话。李虎生说："我看没啥研究的，毛路已经修完了，两边的就按两边铺算了，不够宽的，也错不了多少，施工方再修一下就对了。占地的问题，我再协调，协调不下来，也没办法，那不能怪施工方。"

陈玉文想说又没说。李惠芬看看赵守道说："就那样糊里糊涂地算了不好吧？那验收的是啥？"

宋志红接着说："就是的，有合同，就要按合同来，不合格的，就应该补修。六至九组我也有责任，两边修的改过来，不让地的，还是要做工作把地让够。"

王弘义见有人说了话，也发表了自己的看法："施工有合同，质量有要求，我们还是按规定办。不然，党和人民要我们这些干部干啥？我个人意见，既然说好了从一边加宽，就要从一边加宽。这工程量是测算过的，是算进去了。我想，还是按合同执行。地的问题，其他组也有相同情况。以前承包地是预留有路的，这只要做工作应该没有问题。总之，不合格的路面一定要返工。"

赵守道看着武春华、齐明生、孙阳问："大家还有啥意见？"武春华、齐明生、孙阳说："我们同意王主任的意见。"陈玉文、陈有才也表示支持。

赵守道看看李虎生、王弘义，对吴守财说："根据验收结果定三条：一是宽度不够的修补够 1 米的宽度；二是按合同执行，一律从一边走，需要加宽的加宽，不能打折扣；三是地由李村主任那组先做工作，不行请土管所出面。外面是河道，只有占地，我记得先前都是按 6 米留的路。应该没问题。"吴守财、李虎生心里不舒服，也不好说，只得点头同意。

二十七　密　谋

一弯新月高高地挂在天空，在枫河水面投下淡淡的银光，更增加了水的凉意。凤阳街如意大酒店冷清清地耸立在银光下，楼前花圃一丛丛菊花在灯光中闪烁着黄灿灿的昏光。李虎生、吴守财一前一后把车停在如意大酒店门前。老板娘张桂花眉开眼笑地迎出来说："李主任、吴总好，几个人，坐哪？"

李虎生皮笑肉不笑地说："就两个人，找个僻静的地方。"老板娘张桂花引着两人上了二楼最边上的一个包间。两个人点了木耳桃仁、蘸汁牛肉、蒜片黄瓜、腌鸭蛋4个凉菜，一个宫保鸡丁、一个辣椒炒茄子丝、一个海参汤、一个油炸发面饼，一瓶六年西凤酒。凉菜上齐后，两个人你一杯，我一杯，慢慢地喝了起来。酒过三巡，李虎生叹了一声说："妈的蛋，活了四十多岁，还叫王弘义这小屄一次次把我给欺负了。"

吴守财摇摇头说："胜败乃兵家之常事，马失前蹄，不足为怪。关公过五关斩六将，不可一世，也有败走麦城的时候。是你太轻视王弘义了，以后注意点就是了。"

"哎，小看这小屄了，棋输一着，这口气总觉得不顺。"李虎生怨气难消地叹息。

"想开点，就算按他们说的办，我也没吃多大亏。都在预算之内，有啥了不起？"

"他这明明是打我耳刮子，玩我的难堪嘛。他分管的没问题，就我分管的不行？"

"我明白，你是为我好，毛路为我省了工，想为我省工省料。"

"真是的，这一笔是不小的开支呐。800米加宽50厘米，一个工连挖带铲10米，得80个工，一个工100元，也是8000元。200米水泥路，连工带料60元一平方米，也要12000元。"李虎生心有不甘地说。

"这个我心里明白，账不敢算，算起来不是一笔小开支。"吴守财心痛地说。

"这小尿一来就跟我作对，先是贫困户建档立卡，一刀子砍下去 10 户，大部分是我的朋友亲戚。盖房他鸡蛋里边寻骨头，这质量不合格，那质量不符合标准，就是他的故事多。这次又坑了一大块，真是欺人太甚。我要给他点颜色看看。"李虎生咬着牙，看着吴守财恶狠狠地说。

"这小尿就是鬼点子多，啥事都想坚持原则，爱管闲事，实际上就是一个傻瓜，路修好修坏与他有屁关系，帮扶完了就走了。他就是为了表现自己，逞能，是应该整整他了。"吴守财也咬着牙鼓劲。

"明剑好躲，暗箭难防，明的不行，给他来阴的。"李虎生心有所得地说。

"对付这种人，只能来暗的。让他死都不知道为啥。"吴守财阴笑着建议。

"不服长虫是瘆的，总要他长长见识。"李虎生邪笑着说。

"就是，要他知道回马三刀的厉害。不能在堰沟里把船翻了。"吴守财附和着答复。两个你一言，我一语议论着，边喝边低声密谋着陷害王弘义的计划。一个连环的方案在一杯杯酒中酝酿了出来。酒醉饭饱后，吴守财叫来老板娘张桂花媚笑着说："夜深了，也喝醉了，车开不成了，给开两间房，找两个漂亮的妹子。"说着，打了个响指。

老板娘笑笑答应说："三楼 5 号、6 号。包你满意。"

吴守财醉眼迷离地说："妹子不漂亮，那就是你了。"

老板娘笑笑说："走，上楼。"老板娘前边走，李虎生扶着吴守财跟跟跄跄上了三楼……

傍晚，看着李虎生、吴守财闷闷不乐离开的样子，王弘义心里也觉得过意不去。吃过晚饭，见赵守道还在办公室，即和武春华一块上了二楼，他们轻敲了两下办公室的门，赵守道就打开了房门。王弘义笑着问："赵支书咋还没有回家？"

"通村路还有许多事要安排，大家提出的问题，李主任和吴守财不满意，我想梳理一下。"赵守道笑笑说。

"我也感觉他两个人抵触情绪很大，我看一要坚持原则，二要给些支持。"王弘义认真地说。

"按合同执行那是不能打折扣的，愿意不愿意就是那些。至于支持，也只能在环境协调上给予帮助。"赵守道无奈地回答。

"不行我们打歼灭战，集中人力帮助落实地基和路障问题，树木的赔偿让各组自行调剂，以减轻施工的压力。"武春华提出了自己的看法。

"从一边走也并非要加宽 50 厘米，缺多少，补多少，实际多数只差二、三十厘米，这个问题向乙方解释清楚。"王弘义解释说。

"是这样，明天我和村主任先谈一下，让他给吴守财做工作，看乙方还有啥要求。"赵守道想想说。王弘义、武春华又说了一会儿帮扶工作才离开赵守道的办公室。

太阳刚刚爬上东山，李虎生开车回到了枫坪村部，他看办公室门都还没有开，就直接去了李四海的家。李四海头天晚上和陈远剑喝醉了酒，还呼呼睡大觉，听见有人喊，迷迷糊糊爬起来开门。见是李虎生，揉揉眼睛问："李主任有啥事吧?"

李虎生扫视了一眼屋里乱七八糟的样子，皱皱眉头说："四五十的人了，也放勤快些，看屋里乱得像猪窝。"

李四海偏着头说："光身汉嘛，就是那样子。"

"就是啥样子? 从小缺钙，长大缺爱，身披麻袋，头顶锅盖，穿着短裤，系着腰带，光着上身，打着领带，这样光辉形象，到哪都没人爱。"

"一个人过日子，对付过嘛。"李四海无所谓地回答。

"李三元也是一个人，还是残废，看人家商店里早晚收拾得多干净。"李虎生盯着李四海数落。

"人家有宋寡妇帮忙嘛。"李四海挠挠头反驳。

"你就是理由多，不跟你说了，有个事你敢不敢做?"李虎生小声问李四海。

"你说，有啥事当哥的只敢吩咐。"李四海慷慨地应答。李虎生伏在李四海耳朵上悄声说了几句，李四海皱着眉头说："行，这个事交给我，你放心吧!"

"这事你知我知，办成办不成，都要守口如瓶。懂吗?"李虎生叮嘱说。

"放心，不会有事的。"李四海点点头回答。李虎生掏出 10 张百元大票塞进李四海的口袋里……

二十八 施 计

早晨刚上班，宋志红急匆匆地来找赵守道。"赵支书，修路把自来水管道挖断了，几个月一些群众都是挑水吃。路修好后，再修自来水又要挖路，这不是做返工活呀？"

赵守道沉思一下说："是这个事，要在路面打起前把水管拉了，避免做返工活。一会儿开个碰头会，把这个事研究一下。"赵守道让宋志红通知两委会领导和包扶干部到会议室开会。

赵守道看人到齐了，清清嗓子说："上午开个碰头会，修路的质量问题按原分工把任务砸实。各段负责人，要加强督促，在十天内，各段一定要把毛路修好。为了不做返工活，就在水泥路没铺之前把自来水管道拉了。免得铺了挖，挖了又补。扶持资金还没到位。王主任现在路段任务不大，请你找水保局、扶贫局协调一下，尽快把资金落实到位。"

"只要工队定了，先开工也行。"李虎生提出自己的见解。

"资金总是要跑的，还是麻烦王主任跑一下吧。"赵守道看着王弘义说。王弘义点点头说："行。"下午临走时，赵守道怕路况不好，不安全，又让武春华一块回县城，两个人是个伴。

正在修路，沿途路上堆了很多沙石，加宽部分也挖得高低不平。开不成小车，王弘义借了李欣怡的摩托骑着。走到吴家滩拐弯的地方，后边一辆农用车发疯地冲了过来，武春华看到后，急忙对王弘义说："后边有车。"王弘义看了一下，急忙拐往沙堆外边的坎坝边，农用车若从外边走，肯定会蹿到两米多高的坎坝下，没办法他只得从沙堆里边开了过去，司机戴着小草帽、墨镜，从背面看，好像是李四海，不过一闪而过，并没停车，继续高速往前行驶。王弘义停下车，对武春华说："这是哪个飙屄，车像疯了一样，开那快。"

"像是李四海，戴着草帽、墨镜，没看清，他没有农用车呀。"武春华疑虑地说。

"从背影看好像是李四海，车好像是李春生的。咋会是李四海开着呢？"王弘义也心存疑虑地自问。

"幸亏我们让到沙堆外边，要不然，肯定会把我们撞飞。"武春华后怕地说。

"是太危险了，路不好，我们走慢些。"王弘义心有余悸地说。

"不急，我们慢慢走。"武春华附和着说。

王弘义望着远去农用车的背影无奈地说："这种半孬半信的人是最容易被人利用的，春华，看来我们得罪了人，做啥都要小心点。"

"有人的地方就有矛盾，有矛盾就会有阴谋，还是谨慎一点好，免得忙中出错。"说着，王弘义发动摩托向县城奔去。

李四海把农用车开到凤阳镇街上，想想没完成任务，咋向李虎生交代？迟疑了一会儿，才给李虎生打电话说："李主任，任务没完成。"

"你尿干啥去了？"李虎生生气地骂。

"王弘义是两个人，见到农用车，还有 20 多米远就提前躲到沙堆外边去了。"

"你不会从外边走？"李虎生质问。

"外边是几米高的大坎坝，我该是想死呀。"李四海无奈地说。

李虎生没好气地把李四海臭骂了一顿。李四海心想：撞了人，查出来是我的责任，坐法院你李虎生去呀？他侥幸自己决策得正确，人没撞，任务也交差了。不过挨那顿臭骂，还是窝了一肚子气。想想，开车在凤阳镇街上转了一圈，摸摸兜里的钱，慢腾腾走进了如意大酒店。

李四海和王义林一块来过两次，还在这里找过小姐、过过夜，作为生意人的张桂花一眼就认出了李四海。"大哥，吃啥饭，要啥服务？"

李四海弹了一下烟灰，眯着眼睛说："先来个蘸汁牛肉、花生米，两瓶啤酒，一碗油泼面。"

"两瓶啤酒够吗？"张桂花笑笑问。

"晚上还要干事嘞，给我找个漂亮的妹子。"李四海偏着头拧了一下老板娘的大腿说。

"包你满意。"张桂花笑着回答后。转身去了吧台。

酒足饭饱后，李四海在三楼开了房间，10 点多，张桂花正坐在他腿上调情的时候，吴守财打来了电话，询问教训王弘义的情况，李四海又解释了半天，又挨了一顿臭骂。张桂花明白了他们要干什么，即问："又咋啦？"

"还说呢，吃人的嘴软，拿人的手短。高兴的事都不让人安生。"说着，李四海抱起张桂花滚倒在床上……

王弘义、武春华找到扶贫局长、水保局长，很快落实了40万元的自来水扶持资金和30万元的管道等物资。王弘义、武春华回到枫坪村，向赵守道汇报了资金到位情况和技术测量问题。赵守道请王弘义和水保局联系，王弘义给水保局长打电话，局长答应立即派技术人员来枫坪村测绘。

第二天，两个技术员来到了枫坪村。王弘义、武春华陪同跑了5天，由于水源限制，技术人员建议用7个蓄水点。管线、接头、三通的型号、材质都进行了预算。

测绘结束后，王弘义向赵守道、李虎生汇报，建议按图纸施工，请专业人员修建。赵守道同意王弘义的意见，李虎生坚决反对。他表示：一是村民中有几个水工，可以自己修建，他愿意承包；二是蓄水点不需要那些，每条沟一个，3个就行。三是村里只拉到每户屋前，各户的入户管道、配件由个人承担。王弘义坚持7个蓄水点、各户不收钱。双方意见相持不下。李虎生认为：这是村委会的事，应该由村委会表决。王弘义想想也是，即同意由村委会表决。

村委会5个人，村主任李虎生、副主任宋志红、妇女主任王玉芳、十三组组长陈礼义、八组组长陈东海。开会前，李虎生分别给王玉芳、陈礼义、陈东海打了电话。开会时赵守道、王弘义列席会议，但没有表决权。会议开始，李虎生说了修自来水的问题，只说自己修，还是请人修的问题，让大家表决。结果是4票同意，1票反对。以多数票压倒的优势通过。

赵守道要召开支委会重新研究表决，王弘义建议算了，一是行政工作本来就是村委会的事，党支部干涉多了不好；二是要在一块共事，撕破脸皮影响团结。李虎生作为承包方自然无权起草合同，赵守道让王弘义起草合同。

王弘义把合同起草好后，交给赵守道看，赵守道同意王弘义的观点。赵守道也认为：扶贫首先要解决"两不愁、三保障"的问题，饮水安全的问题一定要把住关。合同拿到李虎生手中，他瞅了一下，怒火中烧，连连问王弘义："为啥要压10万元的保证金，哪个合同法有这个规定？"

王弘义心想，这家伙还是懂得些政策，合同法规定押金不超过百分之三，起草合同时，他考虑了这个因素。即笑笑说："你再好好看看合同，虽然上级拨了40万元，可乙方改变了设计图纸，能否顺利供水，一要通过专家来论证，二要通过实践来证明。合同总金额是30万元，一年后供水正常，证明修改的方案是可行的，奖你10万元，如果供水不正常，证明这个方案不可行，这10万元就作为维修费用。这有错吗？"

　　李虎生把合同往桌子上一拍："有水无水关你屁事。"

　　王弘义笑笑说："是不关我的事，我是来扶贫的，'两不愁'首先是饮水安全，验收不过，谁负责？"

　　"那咋能不得过嘛，糊弄糊弄就过去了。"李虎生放缓了口气说。

　　"好了，合同就是这个合同，行，你就签，不行，村上再找别人。"赵守道挡住话题问。

　　"那就是不赚钱嘛，话都说出去了，签嘛。"说罢，李虎生、赵守道在合同上签了字。

　　"那我晚上请大家吃饭。"李虎生笑着对王弘义、赵守道说。

　　"饭就不吃了，工程要干好，你是村主任，要带好头。"赵守道叮咛说。

　　"不要生气骂人哦，这个关其实应该村主任来把，我是多余替你管了闲事，请你谅解。"王弘义笑着对李虎生。

　　"先薄不为薄，后薄才为薄。先说断，后不乱吗！"李虎生强装笑着答应。

　　"毛主席说：'政策和策略决定之后，干部就是决定的因素。'干部，就是要先干一步，正像豫剧《村官》里唱的一样：'当干部就要能吃亏，能吃亏自然就少是非……吃亏吃亏多吃亏，吃亏吃得众心归；吃得你人格闪光辉！'希望你当好榜样，理解万岁。"王弘义笑笑走出了综合办公室。

　　李虎生笑笑对赵守道说："我就这贶脾气，你也不要见怪。"

　　赵守道笑笑说："我无所谓，以后对王主任要尊重点。人家是来扶贫的，是为了枫坪村的发展。"

　　李虎生表面上装出理解的样子，会意地点点头："我知道了。"

　　……

二十九　暗藏目光

生活好像是万花筒，形势也在不断地发生着变化。也许是为了树立威信，也许是王弘义的话激励了李虎生，自来水工程施工，李虎生特别用心，几个水池子根基挖好后，他请赵守道、王弘义和两委会领导成员和包扶干部验基，大家来到池边，李虎生用皮尺量了宽度、长度、深度，都符合设计标准，两河交汇的河床也清到了底，大家很满意。赵守道交代："水池的水泥标号，钢筋要按设计配比，一定不能渗漏。"

李虎生表示："支书放心，我一定会把工程质量做成一流的。"验了三处基础，质量都很过关。回到村部，宋志红来到王弘义办公室说："李虎生真是一反常态呀，这质量还真没问题呢。"

"但愿他不会辜负大家的期望。"王弘义边给宋志红泡茶边回答。

"不过自来水质量混不过去，质量不保证，水可不看面子，渗漏很容易看出来的。"宋志红接过茶水说。

"这也是他树立威信的机会，我想他不会在质量上出问题的。怕就怕供水点少了，水压上不去。"王弘义不无担心地说。

"我也担心水压低，高处水上不去。"宋志红附和着说。

武春华也来到了王弘义办公室，几个正说着，李春生从外边回来经过门前，见几个正说着自来水的事，径直去了李虎生办公室……

吃过晚饭，王弘义喊武春华一块去给李欣怡还摩托车，见杨祯兴正在给李欣怡帮忙摆药，有两个村民在里边屋里输液。王弘义对李欣怡说："谢谢你，摩托车用了几天。放哪啊？"

"客气啥，祯兴，先放到外边。一会推到家里去。"李欣怡对杨祯兴说。杨祯兴从王弘义手中接过摩托车推到卫生所门外锁好。

王弘义见杨祯兴回到屋里，又问了他最近的生活情况。若有所思地提醒说："最近县上准备招收一批事业单位工作人员，你报考试试嘛。虽然不是公务员，先走一步，慢慢来嘛。"

杨祯兴停下手中的活说："去年我妈有病，在医院陪我妈，没心思复习，也走不开。考公务员、招教的机会都错过了。现在我一个人，也有时间了，书我都在看。有机会我报名考下试试。"

"就是，你才从学校毕业，许多知识还是新的。不要放过任何机会，努力拼几年，一定会有一个好的收获。"武春华也附和着说。

"谢谢你们鼓励、操心，我一定努力。"杨祯兴笑笑回答。

"欣怡也要多支持、多鼓励，你才是他的动力。"王弘义笑着对李欣怡说。

"我支持是一个方面，还得靠他自己努力。"李欣怡笑着回答。

"欣怡很支持，我农用车就是她给买的，很多时候吃饭都在她家。"杨祯兴幸福地说。

"好嘛，相互帮助，我等着吃你们的喜糖。"王弘义笑着说。

"那还早哟。"李欣怡脸红着回答。

"祯兴，加油。"武春华笑着给杨祯兴鼓劲。

"这可不是加油的事，我们家穷，不知人家心里是否愿意？"杨祯兴摇摇头回答。

"没必要拿穷说事，我家还对你不好呀？"李欣怡抢白说。

"好好，可我也要有自知之明哟，关键还是你爸妈的意思？"杨祯兴笑着回答。

"我爸妈啥意思，以前有看法，现在你做过努力吗？"李欣怡看着杨祯兴问。

"好好，我努力。"杨祯兴点着头回答。

"火花的碰撞是双方的，你两个都要努力。好，我们不当电灯泡啦。"王弘义笑笑说。

"再玩一会儿嘛。"李欣怡客气地说。王弘义、武春华笑笑招手走出了卫生所。王弘义看商店门还开着，李四海一只脚在门里，一只脚在门外，一手拿着烟，一手拿着啤酒瓶喝酒，眼睛斜着往卫生所看，他感到异常奇怪。没有搭理他，回村部院子锁上大门，回房休息。回想那天农用车的事，他总觉得有些异常，有一种内在联系。山村的夜寂静、安详，王弘义想了很多很多……

一觉醒来，东窗已在晨曦中闪着亮光，王弘义立即穿衣下床，洗漱到灶房吃饭。刚回到宿舍，李惠芬到王弘义办公室说陈立旺家想养鸡的事。"王主任，陈立旺家看杨书怀家散养鸡效益很好，也想养鸡，想请你去看看。"

王弘义笑笑说："现在不是养鸡的季节，看看可以，得到明年春天再说。"

李惠芬看着王弘义说:"他家也是单门独户的,屋后有 2 亩多地的树林,地坡度不大,想请你先看看,他好准备材料。"

"只要他有积极性,我会全力支持的。我问一下宋志红,上午一块儿去看一下。"王弘义说着就去了宋志红办公室。

王弘义来到宋志红办公室,见他正在翻笔记本,就开门见山地问:"宋主任,上午忙吗?"

宋志红合上笔记本问:"王主任有啥事?"

"李惠芬让我上午去看一下陈立旺的养鸡场地,要不忙,我们一块去一下。"王弘义看着宋志红问。

"呀,二组王世新、王玉玺两家为地界闹纠纷,我答应去处理一下,你和李惠芬去吧,我就不去了。"宋志红歉意地回答。

"你忙那就算了,我和李惠芬去一下。"王弘义说罢就下楼回了办公室。李虎生看李惠芬从王弘义办公室出来,又听王弘义对宋志红说到陈立旺家去,他怀疑这两个有啥目的,即悄悄给李四海打了个电话。

王弘义约了武春华、李惠芬去到十三组陈立旺家看场地,顺便到羊肚菌场看看生产情况。出了村部不远,王弘义从倒车镜里看到李四海骑着摩托,不紧不慢地跟在小车后边。翻过黄垭,小车沿杨树沟北下,小车走得快,摩托也走得快,小车走得慢,摩托也走得慢,距离 30 米左右,不远不近地瞄着,王弘义心想:李四海又要干啥?心里就有了戒备。快到羊肚菌场的时候,王弘义在弯道里停下车问:"春华,李支书,是先到羊肚菌场还是先到陈立旺家?"

"先到陈立旺家吧!转来再到羊肚菌场。"李惠芬若有所思地回答。

"那就先到陈立旺家吧!"武春华笑着附和说。王弘义正准备启动车,李四海来到车旁,敲响了车窗,武春华放下车窗问:"李四海,你干啥。"

李四海见车里是武春华,心里一愣,急中生智说:"我找牛伯梁玩,见你车停下不走了,我当车是不是有啥毛病了。"

王弘义也放下车窗说:"牛伯梁在十一组,你跑到十三组干啥?车倒没毛病,我就怕你脑子有了毛病。"

"王主任放心,我脑子没毛病,我和牛伯梁约好了,这会儿先到十三组去找陈玉旺,一会儿回来摸两把。"李四海搪塞说。

王弘义见李四海编得很圆,即说:"你先走,我们说个事后边再来。"

李四海答应一声,骑车上前走了。心里骂着李虎生:整天想些歪门邪道,连车上几个人都没搞清,谎报军情。李四海见车停下了,还以为王弘义和李惠芬两个在这弯道里搞车震呢。心想，别人吃肉，自己也趁机喝点汤，占点便宜，原来车上有三个人。想着李惠芬白皙的面容，苗条的身材，高高耸起的胸部，止不住舔了舔发干的嘴唇……

三十　水

　　经过几个月的紧张施工，通村路加宽了，通户的路、花池子也全部修好，路边安起了护栏，每个村庄架起了太阳能灯，贫困户没有了危房，村民家家也都通了自来水，村容村貌有了很大改观。赵守道分两组验收通村、通户的道路和自来水供水情况。赵守道、武春华、齐明生、陈玉文验收一至七村民小组；李虎生、王弘义、李惠芬、孙阳、宋志红验收八至十三村民小组。他们先看通村路，再一户户看入户路、花坛，最后一户户看水、电。王弘义对自来水不十分放心，分工由宋志红、孙阳看水电，到每个贫困户家中，王弘义、李惠芬也一户户试水，特别是地势高的人家，他都要亲自上去试试水的压力。结果很让人失望，高处人家水有是有，几乎是一点点地滴，这让王弘义非常揪心。

　　三天检查结束了，村两委会座谈通村、通户水泥路和自来水建设情况，两委会干部对通村路都表示满意，自来水没人说好，也没人说不好。李虎生见没人说自来水不好，心里还觉得美滋滋的。王弘义本来不想发表意见，他反复思考，觉得不说不行。饮水安全事关脱贫攻坚大局，听之任之，蒙混过关了，验收不合格咋办？作为第一书记，他不能置群众利益于不顾。想想他还是说了自己的意见。"我说点个人意见。通村水泥路虽然反复了几次，整体质量还是好的。无论是宽度、水泥、沙石比例、护栏、太阳能灯，都能经得起检查，应该肯定。通户路、花池子有极少数宽度不足、留有死角。个别吊庄子户路远，路没修，至今还没通水泥路，但整体不影响大局。自来水蓄水池、管道都保证了质量，但蓄水池太少，地势高的群众家里水上不去。这是旺季，不缺水，天干咋办？这个事要考虑，不然，撇开群众利益不说，验收这一关是很难过的。我个人意见，再加修 3 个蓄水池，请大家讨论。"

　　一阵沉默后，李惠芬叹了一口气说："哎，这事咋说呢？大家都不说自来水的事，这话不好说。王主任提的是实际问题，我试了一下，各组地势高的自来水，没有一户水是畅通的，几乎是在一点点地滴。这肯定是压力不够。

饮水安全是大问题，我同意再加修 3 个蓄水池。"

武春华也说："一至七组自来水我看了 20 多家，有 6 家地势高的水都不通，不加修蓄水池恐怕不行。水源不充足，压力小，高处上不去，首先，脱贫验收这一关就不得过。"宋志红、陈玉文、齐明生也纷纷表示要加修 3 个蓄水池。赵守道看看李虎生问："李主任的意见呢？"

李虎生黑着脸说："水池子才修起来，我一个个看了，还都是半池子水。蓄水位还没达到高度，压力不够，过几天就好了。我的意见先不修，等等看。"

赵守道看看王弘义、武春华说："那就依李主任的意见，等等看，不是还有 10 万元的奖金嘛，合同内的账先结吧。"支书说了，大家不好吭声，王弘义也没有再说啥。这事也就不了了之。

又是星期三，是机关规定的扶贫日。A 局 30 多名干部，两个企业的包扶干部清晨都赶到了枫坪村，近一年的接触，干部们和贫困户的关系都很熟了。元旦节将近，一个个带着米、面、油、糖等到贫困户家了解全年收入情况。王芳包李三元，她与残联协商，给李三元带来了电动轮椅，李三元试了试，非常高兴，以前靠手动，上坡没人推不行，现在除了上坎下坎，行动自如。他连连向王芳称谢。王芳又问了今年收入情况，李三元扳着指头说："今年还行，用村部的两间房子，每年象征性地只收 2000 元，今年营业纯利润有 8000多元，集体企业分红有 1000 元，请人采茶叶，除掉工钱有 2000 多元，低保还有 4000 元，按说我都脱贫了。"

"你这是努力的结果，收入也不稳定，残疾人不扶持，我们扶谁？"王芳激动地说。

"哎，是党的政策好，国家照顾，村委会照顾，你们也是那样地关心，要是在旧社会，我这样的人就没有活路了。"李三元激动地落下眼泪。

"关心贫困人口，弱势群体，带领大家共同富裕，是党的初心，也是我们这些公务人员的责任，我们做得还不够，有困难需要帮助，你只管说，我们一定会尽力的。"王芳诚挚地说。

"你们为我想得很多，也做了很多，非常感谢你们。"李三元感激地说。

"王弘义主任说你和宋连花的事咋样吗？"王芳突然想起来问。

"王主任很关心，让李惠芬支书说了几次，宋连花倒没有啥意见，经常来给我帮忙。哎，我个人还没拿定主意，不想拖累人家。"

"我看宋连花人也很好，要都没意见，就把结婚证领了嘛。"王芳劝慰说。

"哪说我坏话耶？难怪我眼睛跳啰。"宋连花拎着两棵大白菜走进了商店。

"陕西地脉斜，说鳖就来蛇。"李三元笑着打击。

"你是鳖，你是蛇。"宋连花笑指着李三元骂。

"我正说你呐，你就来了。"王芳接过话题说。

"你说我啥吗？"宋连花偏着头问。

"我说你两个很合适，三元头脑灵活，肯努力，你人好，肯帮助人，干脆凑合到一块过吧？"王芳看着宋连花笑着说。

"我倒没啥耶，三元人家嫌我有拖油瓶嘛。"宋连花噘着嘴回答。

"我，我可不是……不是那意思，先是我妈心里过不去那道坎，现在，我妈也想通了，我……我自己都要人照顾，怕那个……那个拖累你受苦。"李三元结结巴巴地说。

"你两个真是，心里愿意，为啥不早点办了吗？走，今天坐我们的车到县民政局把结婚证领了。"王芳逼着李三元说。

"看三元嘛，我没意见。"宋连花笑笑回答。

"连花姐要没意见了，那，那，我总要给你、给娃买身衣服吧！是不是太仓促了？"李三元红着脸说。

"拣日子不如撞日子，买东西到城里买。就今天。"王芳固执地说。

"那行吧。连花姐你回去准备一下，我也收拾收拾。"说着，宋连花回去安置家里的事，李三元也准备了起来。

下午，到贫困户家里慰问的干部都回来了，王芳带李三元、宋连花一块进了县城……

三十一　连环计

元旦和星期天连起来 3 天假，王弘义答应妻子李曼玉一块带孩子去看望岳母。李三元和宋连花结婚，邀请王弘义、武春华、齐明生、孙阳参加，他们不好推辞，只好送了礼、参加完婚礼才往回走。齐明生没带车，2 点多，3 个一块往回走。王弘义都进驾驶室了，齐明生说自己路熟，他要开。王弘义不放心，坐在副驾驶位上。一路都很顺当，拐过吴家滩下河的弯子，王弘义发现前方 20 米一个人骑着摩托车在路中央拐过来、拐过去地乱走，即赶忙喊一声："前面有人！"齐明生一脚踩死了刹车，吱的一声，在距离骑车人 10 米远的地方，车死死地刹在了那里。极大的冲击力把王弘义几个掀起多高，头都碰到了车顶。定睛看骑车人，早已骑到了路边地里，人也故意地倒在地上。齐明生、王弘义下车一看，原来是李四海。王弘义心里就有了想法。"四海，刚才不是还在李三元家里喝酒嘛，这是从哪里来？"王弘义边问，边往摩托车跟前走，边掏出手机拍下了现场。

李四海边摸着头，边叫唤："哎哟、哎哟，头好痛。"

齐明生也看清了李四海是先放倒摩托，人才慢慢倒下去的。知道他是想碰瓷。走到摩托车跟前拉起李四海问："叫我看看伤到哪里。"

李四海摸着后脑壳叫唤："哎哟、哎哟，就是这。"

齐明生扒开头发边看边说："这都是好好的嘛，哪有啥？"

"哎哟、哎哟，痛得很，只怕是脑子摔坏了。"李四海仍然不断地叫唤。

"我看你脑子早都坏了，不像是人脑子。"齐明生没好气地说。

"你把人撞了不管，还骂人。我到县政府告你去。"李四海生气地反击。

"四海，你这几次好怪呀，上次我和春华两个骑摩托回城，你在那里开个农用车疯了一样地跑，要不是我们躲到沙堆外边去了，肯定被你撞飞了。过后问你去哪里，你说到凤阳街拉货。今天李三元结婚，刚才你还在喝酒，这会儿你又在这里往回骑摩托，你是从哪里冒出来的？这是巧遇吗？还是哪个给你安排的？"王弘义盯着李四海问。

李四海立即放下手反驳："王主任不要瞎说，没有哪个安排我哦。这是碰巧遇到的。"

"不要慌嘛，世上哪有那巧的事？这两次我都在当面，你给解释解释。"武春华也盯着李四海问。

"你们都是扶贫干部，把贫困户撞到了不给看病，想咋？"李四海抵不过，说起了横话。

"你不要拿那话吓人，这里有照片，车离摩托车还有十几米，咋把你撞了？"王弘义追问。

"我吓得，吓得从摩托上摔下来了。"李四海毫不示弱地反驳。

"车离你还有 20 米，你就横着冲向了路边，你是怕车把你撞了，早早就跑到了路边。我车上有记录仪，你要不看看。"王弘义看着李四海问。

"我是贫困户，你们是扶贫的，反正你们几个要给我看病。"李四海耍起了赖。

"病可以给你看，不过这种小把戏，以后不要再演了。"王弘义沉着脸说。

"啥小把戏？这真的是巧遇。"李四海坚持说。

"是这，车是我开的，好不容易遇到假期，你两个走。我是本地人，我给他带到镇医院看看，没事啦，让他回去。"齐明生看着王弘义眨眨眼说。

"那咋行呀，车是我的车，还是我来处理吧！"王弘义为难地说。

"没事，我用摩托把他带到镇医院，这也不远。你们走吧。"齐明生真诚地说。

王弘义看了看武春华对齐明生说："是这，我给你留 500 元钱，你带他去看病。"

"不用，他是贫困户，我会处理的。"齐明生推辞说。

王弘义勉强把 500 元钱装到齐明生袋子里，"先拿着，那就麻烦你了。"说罢，开车和武春华回了县城。李四海看王弘义离开后，即对齐明生说："齐主任，我送你回去，我也摔得不重，没事，你把 500 元钱给我，病我自己去看。"

齐明生打开手机录音，问："你说啥，我没听清？"

"我说，你把 500 元钱给我，摔得也不重，没事，我自己去看病。"李四海重复了一遍。

"走吧，还是我带你去镇医院。"齐明生不容置疑地说。李四海无奈，只得上了摩托。到了镇医院，齐明生带着李四海到门诊部找常医生检查了一下，并做了脑 CT。常医生说："没有外伤，也没有内伤。心跳、血压也正常，应该没问题。"

齐明生问李四海："医生说没问题，你看咋办？"

李四海邪笑着说："有问题没问题，你把那500元钱给我嘛。"

齐明生笑笑说："还想要那500元钱呀。"说着，回放了录音。李四海觉得阴谋败露了，默默咧咧地说："你不想给就算了。"说罢，骑车回了枫坪。傍晚，去了李虎生家。"李主任，我没弄成。"

"咋没弄成？"李虎生黑着脸问。

"我看车来了，心里一慌，还有20米我就骑到地里自己倒下了，王弘义车有记录仪，被他看出来了。"李四海胆怯地说。

"你尿没用，5米都来得及，真是没用的东西。"李虎生指着李四海骂。

"那我也不能拿命开玩笑哇。"李四海歪着脖子反驳。

"滚，嗯！"李虎生无奈地挥挥手让李四海走了。

李虎生想了想，有必要找吴守财商量商量，即开车去了昌隆宾馆。先和王晓翠亲热了一会儿，王晓翠笑着问："你又有啥事？"

"哎，说起来话长，王弘义这一年来总和我作对，我和守财商量给他点颜色看看，让李四海去制造车祸，尿没用的东西，两次都没弄成。我怕出事，来找守财商量商量。"李虎生心情沉重地说。

"王弘义是该好好收拾收拾了，不过，要讲求方法，首先要保护自己，不能违法。李四海靠不住，还是想想别的方法。"王晓翠边思索边说。

"有啥方法？"李虎生看着王晓翠问。

"想办法在政治上把他搞臭，那比肉体上的伤害更厉害。"王晓翠咬着牙说。

"咋把他搞臭呢？"李虎生疑惑地问。

"你要找证据呀，比如，他和哪个女人走得比较近，你瞄住捉奸呀！"王晓翠兴奋地说。

李虎生也认为这个办法可行，风险也小。"对，他和李惠芬、李欣怡走得比较近，可我上次找人瞄着，差点出了问题。"

"功夫不负有心人，常在河边走，哪有不湿鞋？"王晓翠开导说。

"就是的，我就不信他王弘义是不吃腥的猫。"李虎生咬着牙齿说。

王晓翠看着李虎生恶狠狠的脸，止不住笑着打击"你当都和你一样，色胆包天，见谁都敢下手。"说着说着，一时兴起，两个又上了四楼……

第二天，李虎生找到李四海，问了两次行动的详细情况，编造了过程和结果，又给了500元钱，威胁李四海要保守秘密。

三十二　防人之心

王弘义回到家里，一家人寒暄了一阵，便带着两个孩子和父亲一块儿到公路上闲转。迎宾大道上车来车往，这里过去是郊区，到处是缓坡冈子和庄稼地，如今盖起了一栋栋楼房，好几个县直机关也迁到了这里，居民小区也形成了规模，城市的雏形已慢慢延伸到西郊。王崇德、王弘义感叹社会发展的速度，看了一会儿如画的街市，又慢步回到家里。孩子要看动画片，王弘义打开了电视机，即进厨房帮妻子做饭。

一家人高高兴兴吃过晚饭，边看电视，边说闲话。王崇德问起村上的事："最近村上的工作还很忙吗？"

王弘义看了一眼父亲说："也不是很忙，年终了，就是各项检查多，虽然工作做得扎实，每天的应付也不能马虎。扶贫的事就是那样，急也没用，一步步扎实地抓，有计划地扶持发展，有转变就行。"

王崇德也深有感触地说："农民容易满足现状，现在吃、穿不是问题，要想有大的发展，转变观念也很重要。农民的小农意识严重，几千年形成的观念，自私、狭隘的认知在所难免。山区消息闭塞，扶贫要先扶智是最重要的。"

王弘义长叹了一声说："农民意识可以慢慢转变，一步步教育，那都不是主要的问题。毛主席曾经说过'干部决定一切'。村干部的团结努力是最重要的。西方文化的渗透，港台文艺思潮的影响，商品经济意识滋长了个人认知和自私观念，这可以理解，可以做工作；自律意识差，也可以慢慢转变。少数干部不干正事、专谋私利，自以为是，从中作梗，这太可怕了。"

李曼玉好奇地问："村干部还有人从中捣乱？"

王弘义摇摇头说："人上一百，形形色色。林子大了，啥鸟都有。多数干部一心一意扑在工作上，真正为群众办实事、办好事。少数人，专为自己和少数人谋利益，而且是理直气壮地，自以为是地，强词夺理地对着干。"

王崇德叹息了一声说："泥沙俱下，鱼目混珠。变革时代，好的政策很容易被突击的人所利用。不足为怪。不过，这种人很阴险，成事不足，败事有余。要特别注意。"

"对于这种人，既要坚持原则，又要坚决斗争。和稀泥是解决不了问题的。"李曼玉说出了自己的观点。

王弘义长叹一声，举例说了李虎生的几件事，产生的主要矛盾和两次遇到李四海的事。"两次在弯道都遇到李四海，有点怪怪的。看起来由于坚持原则得罪了人，是要寻机报复。我想这事要不要向组织反映。"

李曼玉想想说："这事也没有确凿的证据，弄不好会引起负面影响。做事要多一个心眼，处处要留心观察。特别要注意安全。"

王崇德也同意李曼玉的看法"曼玉说得有道理，你只是猜想，是李四海所为，还是受人指使，是有意还是无意？都很难说。没有证据，还是观察观察再说吧。"

王弘义觉得父亲、妻子说得有道理，议论了一会儿，也就休息了。第二天早晨，王弘义陪妻子、儿女去了一趟岳母家。外婆、外爷几个月没见外孙子，自然高兴。一会儿抱抱善佑，一会儿问问春梦的学习，一会儿找吃的，一会儿找玩具，一家人围着两个小宝贝转。中午岳父母从街道菜市场买回了许多菜，做了很多好吃的，岳母忙着给两个孩子夹菜，岳父还陪王弘义喝了几杯酒，傍晚，他们夫妇两个才带着孩子开车回到家里。

第三天，武春华来到了王弘义家，谝了一会儿村上的事，一块找扶贫局谈羊肚菌的包装和推销问题，找国土资源局询问土地平整项目问题，忙到夜深才回到家里。王弘义对李虎生心中虽然有想法，他连武春华也没有说。收假回到枫坪村，表面上还像没事一样。齐明生来还钱，说李四海检查的结果，王弘义叮咛齐明生不要对其他人说。李虎生见几个人表情、行为都很正常，也表现得很热情，大家都相安无事。

星期一开完例会，王弘义邀武春华一块到振泰羊肚菌场看生产状况，李惠芬也一同回到了家里。在大棚里，武春华仔细地检查了消毒、操作流程，又询问了生产情况。中午在杨祯泰家吃饭，他们粗略地算了一下账，半年来，生产干菇 1500 公斤，销售鲜菇 1000 公斤，干菇批发价 150 元一公斤，收入 22.5 万元，鲜菇批发 8 元一公斤，收入 8000 元，4 个人工资每人每月 2400 元，6 个月 5.76 万元，地价等成本 3 万元，还本 4.5 万元，可盈利 10 万元。王弘义鼓励杨祯泰好好经营，有困难帮忙协助解决。武春华也说："技术上的问题有我，要按规程操作，生产过程中有问题要及时沟通。"

杨祯泰是一个勤恳、务实、耿直的人，对王弘义和武春华的关心、支持表示感谢。临走，要给每人送 1 斤羊肚菌，王弘义、武春华说啥也不要。王弘义说："你这产业是我们引进的，你办好了就是对我们的支持。这是股份制企业，是集体性质，产品更不能送人。"

武春华也说："管理出效益，这里有贫困户的股份，要开源节流，才能保证利润。"杨正泰看他们态度坚决，也只有点头作罢。

王弘义、武春华从羊肚菌场出来，又去了杨祯民家，杨祯民正带着两袋玉米面从加工厂回来，见王弘义、武春华来了，边拍打着身上的灰，边把两人让进了屋，让茶让烟后，又说起了猪催肥的事，说得高兴，带两个人去看猪。猪确实喂得好，每头有 300 多斤，如果按市价 10 元 1 斤毛猪，3000 多斤只能卖 3 万多元，除掉成本只能挣 1 万多元，连工钱都不够。王弘义、武春华帮他核算了一下，如果自己杀的卖，土猪肉 20 元 1 斤，2000 多斤能卖 5 万多元。除掉成本，能赚 3 万多元。王弘义建议杨祯民自己杀的卖。

杨祯民疑虑地说："3000 多斤猪肉，在山里咋卖得出去呢？"

王弘义胸有成竹地说："你别急，让我们帮你想想办法。"

"那多不好意思呀？"杨祯民难为情地说。

王弘义爽快地说："你不当贫困户我们没办法，帮你解决解决困难还是应该的。"

"那，太感谢你们啦！"杨祯民诚恳地说。

"自己人，不客气，放心吧。"王弘义、武春华说着，离开了猪场。

傍晚，王弘义和武春华从贫困户陈玉旺家了解明年产业发展的意向刚刚回到村部，杨书怀到村部邀请村干部和扶贫干部到家里吃杀猪饭。

吃杀猪饭，是当地的风俗。过年家里杀猪，要请几个人帮忙捉猪、除毛，邀请杀猪佬吃饭，顺便也请左邻右舍的邻居、朋友尝尝新，见证饲养成果，夸夸主妇的能干。也有庆贺的意思。

杨书怀想请王弘义几个吃杀猪饭，原因是王弘义包扶他家，今年养了1000 只鸡，种了 3 亩地的芍药，鸡还清成本已收入了 18000 多元，3 亩药材卖了 20000 多元，茶叶收入了 8000 多元，自己喂了两头猪，一头卖了 2000 多元，自己还杀了一头 200 多斤，自己吃，不仅脱了贫，还被评为两河镇脱贫致富先进个人。想感谢包扶干部们，来找赵守道，想请大家吃顿杀猪饭。赵守道给王弘义说，王弘义坚决拒绝了，他对杨书怀说："实在对不起，我们有规定，不许到贫困户家里吃饭。你脱贫了，家里日子过好了，就是对我们的大力支持。这比给我们吃啥都好。"

杨书怀嘴动动说："我就怕请不动你们，请支书说，还是请不动。"

"你不要多想，心意我们领了，上级有规定，去吃了我们要受批评，请你谅解。"王弘义歉意地说。

"那，支书你们几个去吧！"杨书怀看着赵守道说。

"好吧，我们几个村干部去。"赵守道无奈地说。

"不要多心，等你儿子结婚我们去喝喜酒！"王弘义安慰杨书怀说。

"那好吧！"杨书怀骑车先走，几个村干部开小车随后跟着。

王弘义叫来孙阳，商量杨祯民卖猪肉的事，决定第二天回县城跑机关为杨祯民推销猪肉。

第二天，孙阳回了远翔公司，给董事长吕富强说了杨祯民的情况，吕富强沉思了一下说："这人的品质很感人，我们260名职工，过年每人买5斤肉，可以买1300斤。你就给他订吧！"

孙阳又去了光大茶业，张耀祖答应买200斤给职工发福利；王弘义找到杨思琦，杨思琦深为杨祯民的精神所感动，答应每人买10斤，可以买300斤；王弘义又找到东兴化工厂老同学何广成，何广成答应每个职工买5斤，可以买800斤；武春华找到林业局老同学李喻旺，李喻旺向局长汇报后，答应买300斤；找到财政局老同学局长，答应买200斤。他们合计了一下，已经超过了3000斤，打电话让杨祯民杀猪，按要求分割好，给这几个机关送。杨祯民让杀猪佬每份多称3两，免得折秤。由于分量足，肉质好，这几个机关职工反映特别好。

三十三　一年之计

元月初，县委、县政府组织交叉检查，一户户到贫困户家中按登记表核对吃住、家庭收入增收情况，产业发展情况，检查贫困村通水、通电、通路情况。检查组对枫坪村住房改造、水、电、路，环境面貌整治都比较满意，对 18 户基本脱贫的家庭情况进行了检查评估。检查组评价比较好。认为工作是扎实的，包扶是有力的，效果是明显的。给予了很高的评价。

春节前，王弘义、武春华向局长杨思琦汇报了上年的工作情况和新年的打算，听取局长对扶贫工作的指示。新年假后，没有参加机关的纪律整顿，就去枫坪村上班。工作队长张厚诚和齐明生也赶到了村部，上午交流了一些工作打算，下午开会研究新一年的工作计划。会议由赵守道主持，张厚诚通报了年终交叉检查的情况，虽然全省检查没有抽到枫坪村，就普遍存在的问题作了反馈。总结了上一年的工作，对水、电、路等基础设施建设的质量、工期都给予了高度评价；安居工程、饮水工程、通路工程在群众中产生了很好的影响；对产业扶贫、结对扶贫、包户扶贫也给予了肯定；对"六个清""一牌一卡一账本一档案"的管理，"一室一柜一台四图"的管理做了强调。感到不足的是产业发展的力度还不算大。

李虎生代表两委会就上一年的工作做了总结，对扶贫工作队的帮扶表示感谢，对新一年的工作制订了计划。接着，两委会成员和工作队成员就新一年的工作打算进行讨论。大家感到要瞄准脱贫致富奔小康的目标，在基础设施问题解决后，要有计划地着力抓好发展问题。一是明确当地的实际，主导产业能发展啥，要发展啥。项目定到个人。枫坪村地处暖温带，生物资源丰富，茶叶生产还是 20 世纪 70 年代的点播树种，到处在发展白茶、黄茶，品种是否要更新？羊肚菌、借袋还菇初显成效，要巩固扩大发展；退耕还林地、山段地许多没有利用耕种，可以栽种日本水果柿子、核桃、杜仲、水杉等，大力发展林业生产。大量点种橡栎，发展薪炭林，为菌种产业积蓄生态资源；二是要抓招商引资。走集约化经营的道路，做大做强主导产业，对茶叶生产进行规模化改良，做精做出自己的品牌；三是发挥优势资源的作用，争取项目，发展支柱产业，发挥边贸优势，为农村劳力寻找出路；四是加大包扶力度，一户一策，定点帮扶，年底，力争60%的贫困户脱贫；五是发挥班子的整体作用，干部领办企业，分片包扶，责任到人、奖罚到位，努力发展集体经济，增强两委会的凝聚力。

王弘义提出了长短结合，五业并举，协同发展，稳步推进的设想。短期抓菌（香菇、羊肚菌）、茶、畜、矿产的开发，长期抓林业的发展；菌、茶、畜、矿产、林五业同时启动，干部领办，责任到人，奖惩兑现。张厚诚按照大家的意见，要求赵守道组织拿出详细的规划。

赵守道根据大家的意见，由齐明生协助陈玉文做出畜牧业发展规划；武春华协助李惠芬制订菌种发展规划；王弘义协助宋志红制订茶业发展规划；陈有才协助李虎生制订矿产发展规划；孙阳协助赵守道负责制订林业发展规划。规划内容包括产业发展方向、规划步骤、领办人职责、管理措施、资金筹集、土地资源、分配方案、奖惩办法等，时间要求在10天内。各组要做好调研，有的放矢，要有可操作性。

张厚诚根据大家的意见做了强调，要求一定要深入实际到各组作细致的调查，根据资源优势制定实在、可行的实施规划，力争在产业发展方面有所突破，以产业发展促进脱贫攻坚奔小康。散会后，干部们按照分工对全村的资源进行调研。

王弘义和宋志红一块从吴家滩开始调研茶叶生产。他们一个个组了解产业现状，一户户询问土地资源和茶田面积，群众耕种的意愿。经过一周的调研，基本摸清了产业发展现状。枫坪村13个村民小组，耕地面积1420亩。由于工价高，粮价低，麦季种植面积不到50%，秋季种植面积也只有80%多，少数人靠打工买粮生活，根本不种地，农业收入很低。茶叶生产是枫坪村的主导产业，几乎家家都有茶园。可相当一部分是20世纪80年代大集体时开垦的茶田。90年代初，21世纪初，在县委、县政府强力推动下，借退耕还林的东风，村民又自发地开垦了不少茶园，每户都有10亩左右茶田，是不少农户的主要经济来源。但品种老化、树龄长，产量低。现代人消费水平高了，多数经济条件好的都喝白茶、黄茶，青茶属中低档次，在市场上没有竞争力。要做大茶产业，必须更新品种，集约化经营，大面积发展，创自己的品牌。

根据这个现状，王弘义建议整体规划、调整产业，大面积发展，招商引资，承包经营。他把这个想法和赵守道交换意见，赵守道支持王弘义的想法。星期天，王弘义回到县城找到县茶叶公司经理刘晖峰谈了自己的想法，刘晖峰知道光大茶叶公司申请了一个茶叶扶贫项目，正在寻找合作伙伴。王弘义请刘晖峰约来光大茶叶公司的董事长张耀祖，三个人边喝茶边商谈枫坪村的茶叶发展问题。

张耀祖谈了自己的想法："我们光大茶叶公司走的是高端品牌的路子，人们生活水平提高了，消费观念、消费追求也不一样。特别是大中城市的高消费群体，一般喝青茶的很少，喝白茶、黄茶的人比较多，我们公司以前也做青茶、白茶。青茶利润低，滞销，白茶利润大，市场前景看好。我们申报了一个扶贫项目，在扶贫村建一个千亩茶园，发展白茶、黄茶，做出自己的品牌。"

王弘义笑笑说："张总我们以前也认识，虽然不是很熟，对张总的企业还是比较了解的。光大茶叶公司是我县四大茶叶公司之一，产品质量、信誉都很好，我们愿意和有影响的企业合作。枫坪是贫困村，符合项目要求，张总如果愿意和我们合作，我会做工作，在政策上给予优惠，在分配上给予让利，在工作上给予支持，在运作中给予协调。我作为第一书记，一定会大力协作。"

刘晖峰也应和说："王主任我是了解的，人实在、诚实，和这样的人合作尽可放心。如果有意向，希望把枫坪村作为首选。"三个人你一言我一语，说了一个下午，基本把土地、用工、合作条件、利益分配等框架定了下来。傍晚，王弘义打电话把武春华叫来，请刘经理、张董吃饭。几个在真优美餐厅边喝边谈，直到10点多才各自散去。

第二天，王弘义、武春华又随刘晖峰参观了龙窝万亩茶海的观光茶园，在高山顶的茶厅里，镇政府主抓产业的副书记孟丽，亲自泡了白茶、黄茶、高山茶，对比品尝中，王弘义深深感到了新型品种和老茶种的差别。边品尝边交谈中，刘晖峰介绍了白茶、黄茶外形、品质、微量元素的优点。下午，王弘义又参观了张耀祖的白茶基地，看了制茶车间，包装车间，品尝了白茶，进一步坚定了在枫坪村发展安吉白茶的信心。

三十四 土 地

扶贫工作队进村不久，王弘义、武春华到国土自然局申报了枫坪村土地治理项目，杨思琦局长又多次找国土自然局领导协商，并亲自到上级主管部门汇报规划，土地治理项目得到了批准，土地治理面积3平方公里，1300亩，国土自然局主管副局长、股长来枫坪村现场放线，落实规划。3条沟一河两岸的地全部做成水泥浆砌的石坝，土地全部平整，以利于机械化耕种。工程发包给了邻县的一个施工队，挖掘机、卸载车等机械很快开进了枫坪、双沟、杨树沟，赵守道安排李虎生、宋志红、齐明生负责协调、对接。

包工头老贺也不把村干部放在眼里。赵守道把党支部活动室收拾出来让施工队办公，带着李虎生、宋志红、齐明生介绍给老贺。老贺要理不理地哼了一声说："知道了，有事我找李主任。"赵守道总想这是给枫坪村修地，对老贺的傲慢也没在意。赵守道走后，李虎生给老贺发烟，老贺皮笑肉不笑地说："你就是李主任？"

李虎生点点头说："我就是村主任李虎生。"

老贺坐在椅子上，动也没动一下，皱皱眉头，深吸一口烟，吐着烟圈说："听领导说过，有事要帮忙我找你。"

李虎生也听战友领导打来电话说过，即心照不宣地说："彼此彼此，都是朋友，有啥，贺总只管吩咐。"

老贺皮笑肉不笑地说："知道了，有事再麻烦你。"

李虎生听出来了，贺总意思是"送客"。即心照不宣地说："好，有事你吩咐。"说着，带着宋志红等回了综合办公室。他虽然心中感到不是滋味，可知道人家有后台，心里窝着气，又不好说，进了综合办公室，悄悄对宋志红和齐明生说："牛尿嘞牛，狗仗人势，不理他，他找我们再说。"齐明生、宋志红笑笑离开了综合办公室。

施工队全部用的是外地人，灶房和工人住在老学校的教室里，他们起得早，歇得晚，大概是按工程量计发工资，工人干活很卖力，工程进度很快。

做拦河坝在河滩里施工，不涉及个人利益，施工进展很顺利。平整土地，一是土的来源，二是进入施工现场的道路要毁坏庄稼，损失补偿要和个人协商。杨树沟用的是杨祯民承包地里的土，李虎生找到杨祯民，话很好说，一是用土后耕地要恢复耕种的活土层，二是毁坏庄稼给500元赔偿费，用土给1000元补偿费。很快达成了协议。双沟用的是刘兴民地里的土，比照杨祯民的办法，也很快达成了协议。枫坪平整土地要用王义林地里的土，王义林要按车算，一车150元，少一分都不行。理由是，河里的沙都要120元一车，而且只装4方，这大车一车装10方。李虎生协商不下来，赵守道也协商不下来，贺老板生气地说："50元一车，行也行，不行也得行！"李虎生把话转告给王义林，王义林让李虎生转告贺老板，"150元一车，少一分都不行。不想出钱，不怕死的就让他来。"

李虎生转告贺老板："他还要150元一车，你再加点吧，这人坐过牢，天不怕，地不怕，硬上怕不行。"贺老板不以为然地说："我倒要会会这个地头蛇。"

第二天清晨，6辆装载车加上挖掘机、铲土机，开进了王义林的地，王义林找了王姓家族十几个小伙子，每人拿着一根钢钎子站在地边不让进地，双方对峙着，李虎生找王义林说，王义林摇着头说："1千元青苗费，150元一车，不给钱到别处拉去！"

李虎生悄悄对王义林说："贺老板可是有后台的，你做点让步吧！"

王义林脸一扭，毫不在意地说："虎离山无威，鱼离水难活。这是在枫坪村，我害怕他？"李虎生见王义林不买他的账，只好如实转告贺老板。

"我就不信老虎屁股摸不得。"贺老板一怒，指挥挖掘机强行往前冲，一个王姓小伙子退得慢了一点，铲土机直接铲地甩了出去，王义林大喊一声："撤退。"王姓族人"哗"地撤出了十几米远，王义林点燃一个汽油瓶扔向了挖掘机驾驶室，燃烧的汽油瓶"哐当"一声砸在坡璃门上碎了，熊熊烈火立即在挖掘机的外部燃烧了起来，驾驶员吓得跳车就跑。贺老板赶忙指挥工人铲土扑灭了燃烧的火。王义林拎着一桶汽油和几个汽油瓶笑着说："你敢要蛮，老子把你所有的车都给你烧了。"

贺老板以为自己有很硬的后台，没人敢和自己作对，想不到在山沟里遇到了钉子。无奈对李虎生说，给他说，再商量商量。李虎生没办法，忙给赵守道打电话，说了工地发生的事。赵守道本来不想插手，又怕出了事不好交代，即带着王弘义、武春华、李欣怡来到了王家坡。

武春华、李欣怡忙着检查伤员的伤势，王弘义、赵守道先找到贺老板征求意见。王弘义说："贺老板，啥事都要好好商量，硬来只会把事越闹越大。承包地 30 年不变，是受法律保护的，不经同意强行伤人是违法的，你看是否都退一步好好商量商量？"

贺老板听王弘义说得在理，余怒未息地说："想不到山里还有这牛的人。你说得对，请你给他说说，我愿意协商解决。"

王弘义又找到王义林说："贺老板愿意和谈。老王，你今天做得有些过哦。保护自己应得的利益是对的。但你不能用汽油烧人家的车呀，这要是闹上法庭，你也是要负法律责任的。"

王义林想想说："本村修地，应该支持，不是要多少钱，贺老板耍得大，以势压人，你们干部怕，我一个农民，翻过来是穷光蛋，翻过去是蛋光穷，我怕他干嘛。钱不是主要的，我就是不服这口气。事到这一步了，你看咋好就咋办吧！"

王弘义想想说："相骂无好言，相打无好拳。退后一步自然宽嘛。都让一步，双方都不追究责任了，这事就到此为止；都商量着来。李欣怡检查了，摔伤的人没伤到骨头，皮外伤，赔付 800 元医疗、误工费；那两家用土都是 1000 元，你这用得多些，青苗费 1000 元，用土给你 2000 元行吗？"

王义林觉得自己事情做得有些过火，通过法律解决，心里也有些怯。王弘义的协调，虽然达不到目的，比另两家给得多，也算是争回了面子，想想说："让你费心了。不看僧面看佛面，你说了，我都听你的。"

王弘义找到贺老板说明自己的意见，贺老板心想，自己强行进地，又伤了人，觉得理亏。他也愿意息事宁人，况且，也少出不少钱。表示愿意和解。双方达成了协议，贺老板现场付清了医疗费、青苗费、用土钱。王义林带人离开了现场，工程队开始正常施工。土地平整的最后一项障碍扫除了。接下来，土地平整进展得很顺利，不到一个月全部完成了平整任务。三条沟整齐的河堤，平展展的土地，为枫坪村增添了明显的亮色。

三十五　茶　园

　　早春的枫坪更显得清新、旖旎。桃花、迎春花开满沟坡河谷，嫩柳拂岸，到处充满了生机。王弘义、武春华清晨赶到枫坪，村干部陆陆续续地走进了村部的院子。赵守道召集两委会成员汇报调研和规划的制订情况。

　　武春华汇报了菌种发展情况。大体按上年的措施、分配形式办，上年"借袋还菇"30户，12万袋，其中贫困户10户，3万袋，今年初步有40户参与，计划发展20万袋。羊肚菌计划扩大规模，力争年产干菌3000公斤，毛收入达45万元。

　　陈玉文对畜牧业发展做了调研考察，有3户计划养鸡，2户养牛，1户养猪，3户养羊，具体由个人出资，个体经营，盈亏自负。资金协调从扶贫资金中解决。

　　李虎生汇报了矿产开发情况。枫坪村只有双沟到杨树沟有金红石矿，矿山连绵5个生产组，在30多家承包地里，这30多家都愿意入股经营，目前，筛选技术没有突破，没有开发商介入，经营形式、分配办法，待承包人确定后再说。

　　赵守道对四沟、五梁、八面坡进行了考察、规划，深山栽杨树、水杉树、杜仲，浅山栽核桃、柿子、杏树、李树、梅树。统一规划，谁的承包地谁栽种、谁受益。集体提供树苗，按成活率每棵奖5元，不栽种的，少一棵罚5元。利益按3：6：1分成，即地占30%，栽种管理占60%，集体占10%。

　　王弘义汇报了茶叶发展规划。引进资金200万元，计划发展白茶1000亩，由光大茶叶公司承包经营。每亩地每年付500元租金，可以入股，也可以领租金。所在组的村民就近参加劳动，男劳力每天80元，女劳力每天60元，由承包人分期结算。每组组长负责组织劳力参加劳动。这样，村民可以拿到租金，可以参加劳动，也可以入股分红，多渠道增加收入。以专业合作社带领群众发展生产，以产业发展推进脱贫致富。

　　赵守道感到集体的智慧发挥出来了，要求进一步细化规划，以调研为基础，分工包抓，稳步推进产业发展。看大家还有啥想法？

沉静了一会儿，李惠芬吞吞吐吐地说："我有一点想法，不知道该不该说。"

"开会就是让大家说话，有啥说到会上，便于及时解决问题。"赵守道鼓励说。

"羊肚菌是祯泰领办的，我再包抓，不是我一家人在那里鼓捣，群众是不是有看法？"李惠芬说出了自己的顾虑。

"你说的也是个问题，回避一下好。那你和宋志红调换一下，和王书记抓茶叶生产行吧？"赵守道看着李惠芬问。

"抓啥都行，避免群众有看法。"李惠芬笑笑回答。

"那就是这样安排，下来再细化一下方案，审定后，分组实施。"赵守道做出了决定。大家都分头修改方案。

王弘义电话联系张耀祖，邀请他来到枫坪村考察白茶发展的问题。

第二天，村干部刚上班，光大茶业有限责任公司董事长张耀祖开车来到了枫坪村。王弘义接到电话，7点多就在院子等。他把张耀祖迎到自己的办公室，忙得烧水泡茶，张耀祖从包里拿出两小包茶说："喝我的白茶吧。"王弘义边烫玻璃杯子边说："没办法，我这只有青茶，那只有跟着老板沾光了。"说着，放好茶叶，倒水冲茶。两叶的白茶在开水的冲泡下，在杯中翻滚，不一会儿，铺在水面的叶芽在杯中舒展开来，慢慢沉到杯底，剔透明亮的汤色散发着淡淡的清香。王弘义端起杯子闻闻放下说："价格不一样，品质就是不一样。"

"一分行钱一分货，高档消费人群，现在都喝白茶、黄茶。不仅品相不同、色泽不同、口感不同，所含微量元素成分也不同，养生价值差异也很大。"

"你坐一会儿，我找支书、村主任，你再给他们介绍介绍白茶的品质。"王弘义抿了一口茶，抬起头征求张耀祖的意见。

"茶端上，我们一块去吧！"说着，张耀祖也站起身。他们一块儿上二楼进了赵守道的办公室。王弘义推开赵守道办公室的门，向他介绍说："赵支书，这是光大茶业有限责任公司张耀祖董事长。"

赵守道站起身和张耀祖握手："张董好，欢迎欢迎。"张耀祖上前一步伸手紧紧握着赵守道的手说："赵支书好，请多多关照。"

赵守道指着沙发对张耀祖说："请坐请坐，昨天王主任给我说了，也向两委会做了专题汇报，谢谢张董的支持，这是一个很好的项目，我们一定很好地配合。"边说边拿出猴王烟,"贫民烟,抽一支。"

张耀祖接过烟,忙拿出软中华递给赵守道:"支书也抽一支吧。"

"老板就是老板,我们这档次差距太大了。"赵守道接过烟调侃地说。

"我们也是强撑着,对外交往,不装面子也不行,只有打肿脸装胖子嘛,没办法。"张耀祖无奈地回答。

"人在江湖游,跟着江湖走,有时也是身不由己呀。"赵守道附和着说。

"农业项目利润都比较低,关键还是要在管理上做文章。特别是起步阶段,还是要降低成本支出。"王弘义接过话题说。

"扶贫项目,国家优惠条件可能比较多一些,我们也会尽量地让利,力争把产业发展起来。"赵守道表明态度。

"我来也不是为了赚钱,对扶贫也是一个姿态。只要不赔钱,我还是愿意做的。"张耀祖也表明了立场。

"王主任,让李主任通知开会吧!上午力争把这件事定下来。"赵守道笑着对王弘义说。王弘义答应一声,去了李虎生的办公室。

会议开了一个上午,双方就合作意向达成了共识。连片栽植,土地由村两委会协调,每亩每年500元,可领租金、可入股经营,承包期为30年,单方不得毁约;土地3月中旬以前协调到位,不得延误栽种季节;种苗由承包方提供,村委会组织劳力栽植、管理、维护、采摘;管理维护男劳力每天80元,女劳力每天60元,采摘按数量、质量付工资,工资按时段发放。王弘义按两委会讨论的意见起草了合作协议,李虎生和张耀祖在合作协议上签了字。具体协调由王弘义、李惠芬负责,征地由村委会负责。茶业的发展重新拉开了序幕。

党支部、村委会召开各组干部、党员会议,赵守道就规模发展主导产业,大面积种植白茶的决议进行了动员。王弘义就承包经营管理办法、运作模式、分配形式做了说明。让大家广泛发表意见,进行充分讨论,干部们一致同意连片栽植、规模发展、承包经营、互惠合作。李虎生就土地租用问题做了安排。要求各组组长、党员带头,3月中旬前完成租用合同的签订。散会后,赵守道把村干部、扶贫干部分3组到各户做工作,签订租用合同。

张耀祖打印了30年土地租用合同,村委会作为担保方加盖了公章,包组干部拿着合同一户户协商签订。多数村民都很配合,四沟组长朱益明给村民说:"1亩地一年种两季也收不到1千斤粮食,顶多卖1千多元,扣掉子种、化肥钱,连工钱都保不住。租给承包商,地租有收入,一年维护四五次,还可以挣2000多元,何乐而不为?"

这个组 18 户，不到半天，全部签完了。也有个别村民故意刁难。王家坡王义林自己不但不签，还煽动邻居不签合同。说是要种药材，租给别人种划不着。枫树坪李四海，地荒着不种，也说要种药，就是不租给承包商。双河李春旺、张坪牛伯梁，说要种花，每年可以收入 1 万多元，坚决不与承包商合作。工作一度陷入了僵局。王弘义觉得时间还早，先等等再说。

三月底，全县组织大检查，为全省交叉检查做准备。包扶工作队一户户核查年收入情况，王弘义和李惠芬到李春旺家了解情况，李春旺 50 多岁了，身体不是多好，就是种一点粮食和茶叶，收入 5000 多元。临走王弘义笑着说："春旺今年就好了，完全可以脱贫了。一亩地种花能卖 1 万多元，明年就是万元户了。"

话是他说的，李春旺心里清楚，他赶忙说："王主任，我给你说着玩的，我哪会种花嘛，要租地，我就把合同签了。"

李惠芬笑笑说："种花挣钱多，你不种花了？"

"我连花认都不认得，会种屁呀。"李春旺尴尬地说。

"不种花了，就把合同签了，钱不多，总还能收入几千元嘛！"王弘义笑着拿出了合同书。李春旺在合同书上签了字。

王弘义找到牛伯梁，如此炮制，牛伯梁也乖乖签了合同。李四海听牛伯梁说了事情的经过，主动找王弘义也把合同签了。

王弘义听说王义林儿子在移动公司上班，星期天找老同学介绍和移动公司的老总见了一面。就王义林故意搅和的事和老总进行了沟通。老总叫来王义林儿子王栋问："你们村发展安吉白茶你知道吗？"

王栋皮笑肉不笑地说："听说过，具体情况不清楚。"

"你爸没和你说过？"经理看着王栋问。

"家里的事都是我爸当家，我很少过问家里的事。"王栋推辞说。

老总严肃地对王栋说："发展产业是精准扶贫的大计，我们移动公司的职工要大力支持，不能当绊脚石。你不管家里的事，这回管一次，回去好好给你爸说说，支持村里的产业发展。说不好，就不要回来。"王栋答应着退出了经理办公室，王弘义也道谢回了枫坪。

星期天王栋回家给王义林叙说了公司经理的话，王义林没办法，也找王弘义把合同签了。阻力扫除了，白茶产业前期的准备工作全部到位，光大茶叶公司也做好了栽植准备。

三十六　通　水

　　县检查组刚检查完，市检查组又抽查到了枫坪村。检查组查看了表册登记、档案，与贫困户进行了核对，对道路、住房、环境整治都比较满意。检查到寺沟时，李组长看到山包上住的有几家人，他就带人上去看看。来到朱昌盛家门口拧开水龙头，水龙头一点水都没有。李组长问朱昌盛："你家的自来水咋不通水？"

　　朱昌盛挠挠头说："我家的自来水就是不通水。"

　　李组长回头问李虎生："李主任，这家自来水是咋回事？"

　　李虎生支支吾吾地说："平常有水耶，春天天旱缺水，这几天可能压力不够，自来水上不来。"

　　李组长问朱昌盛："是不是平时有水，天干没有水？"

　　朱昌盛妻子李玉环抢着说："扯他妈的，安起来就没来过水。那见过自来水是啥样子？"

　　"安起来就没有水，那安自来水干啥？"李组长奇怪地看着李虎生问。

　　"试水的时候有水耶。这几天还是天干的原因。"李虎生强调说。

　　"试水时有水吗？"李组长看着朱昌盛问。李虎生看着朱昌盛挤挤眼睛。朱昌盛无奈地说："试水的时候有水耶，就是不大。"检查组几个相互看了一眼，没说啥就离开了。

　　全镇汇总反馈意见时，检查组提出了枫坪村部分农户不通自来水的问题，要求镇政府立即解决。

　　反馈会结束后，镇党委书记刘兴民找来张厚诚询问自来水修建情况，张厚诚知道是李虎生修的，而且和王弘义产生了矛盾，具体细节也不清楚。刘兴民要求张厚诚立即解决遗留问题。第二天，张厚诚开车来到了枫坪村。他要求赵守道立即召开两委会和包扶干部会议，就自来水问题追查责任。李虎生自知理亏，作了自我检查，王弘义、赵守道也就不坚持原则，造成不良影响，作了检讨。

张厚诚生气地说："幸亏是市内相互检查，如果是中央、省检查验收，那不是全完了。这件事要吸取教训，扶贫无小事，每一件工作都要踏踏实实抓紧、抓好、抓出成效，不能应付了事。现在，亡羊补牢，为时不晚。我们要立即采取补救措施，确实解决全体村民的饮水问题。大家讨论讨论，如何补救，资金咋筹集？都发表发表自己的意见。"

"当断不断反受其乱，上次验收王主任就提出了这个问题，李主任不高兴，赵支书也稀泥抹光墙，这次出问题还有啥话说？只能采取补救措施。"杨祯民接住茬就放了一炮。

赵守道想想说："老支书说得对，这主要是我的责任。饮水问题是'两不愁、三保障'的核心问题之一。这个问题不是小事，必须引起我们的重视。现在唯一的办法还是要增加水源点，不然水源不足，压力小，地势高的村民就吃不上水。我的意思再增加几个蓄水点。资金从预留的奖励基金中支出。"

"还预留有奖励基金？为啥？"张厚诚看着赵守道问。

赵守道解释说："修建时，王主任建议让有资质等级的施工队施工，两委会决定由本村施工队修，为了保证质量，设立了 10 万元的奖励基金，供水好，奖励 10 万元，供水不好，就用奖励基金维修。"

张厚诚"哦"了一声，"还算是有先见之明，那用维修资金也算是恰当了。大家接着说。"

王弘义看看赵守道说："我同意赵书记的意见，水上不去的主要原因是水源不足，压力小，要保证供水正常，水源必须充足，位置要高，压力大，才能保证地势高的村民有水吃。一是增加水源点，水源充足了，才能保证供水。二是在岭上修蓄水池，用无塔上水器，提水供应，水源高，自然能保证地势高的村民自来水供应。请专业技术人员核算一下，哪样费用小，就采用哪种办法吧！"

一阵议论后，张厚诚根据大家的意见，决定：提高水位，在黄垭修建一个 600 立方米的蓄水池，用自动无塔上水器从三条沟蓄水池抽水到黄垭蓄水池，接通 3 条沟自来水管道，分别向 13 个村民小组送水，水源充足，地势高，一定能保证全村正常供水。工程仍由李虎生负责。

李虎生仔细地核算了一下，觉得资金不足。张厚诚看着远翔公司的包扶干部孙阳问："你们能给一点帮助吗？"

孙阳笑笑说："我给老总汇报一下，管道我们有，物资上我们一定给予支持。"

张厚诚强调说："扶贫是大局，是政治责任，不能支支吾吾地应付。工程由李虎生负责，赵支书、王主任要做好监管工作。验收出现问题，就不是检讨的事，一定要追查责任，希望大家思想上要明确，努力做好各项工作……"

张厚诚讲完后，赵守道、李虎生、王弘义等都表了态："一定要吸取教训，努力抓好各项工作。"

孙阳给老总汇报后，老总表态："管道、水泥由远翔公司无偿供应。"第二天，远洋公司就送来了30吨水泥，王弘义请来水保站技术员，同李虎生一起勘测管道线路、选址修建蓄水池。

李虎生心中虽然不愿意，问题是检查组查出来的，哑巴吃黄连，有苦难言，他只有挨个肚子痛，按大家意见修蓄水池。矿产开发的事一是技术没突破，二是没联系到商家，只得先放下了。

4月，正是栽种茶叶的大好季节，王弘义协助李惠芬落实了土地，张耀祖也联系好了种苗，及时把茶苗运到了各村民小组，在技术人员指导下，各组长组织劳力栽种，浇水，搭建遮阴棚，前后忙乎了20多天，1000多亩白茶全部栽植到地里。每组确定两个人浇水养护，保证茶苗有充足的水分。王弘义、李惠芬巡回督促管护。两个月过去了，茶田茶苗青油油一片，成活率达到了95%以上，张耀祖非常高兴。

李虎生吸取了第一次的教训，工程监督很严格，蓄水池修得非常坚固，蓄水后，没有一点渗漏。上水器也买的是最好的，采用自动控制，试水后，家家水流都很通畅，地势高的住户自来水也能上到二楼，村民反映很好。检查验收后，王弘义建议把剩余的2万元奖给了承包工程队。

为了形成良性循环，村委会确定了维护员，每天按时检查、管护，每吨水收1元钱，40%作为维修费用，60%用于管护人员工资。这样，自来水供应就走上了常态化管理轨道。

6月，县委、县政府组织交叉检查，外县对表册填报项目做了调整，说是便于检查管理，市扶贫办要求统一口径，重新填写、整理。县扶贫局对包扶干部又进行培训，机关干部利用两周时间重新对表册进行填报。有些贫困户不配合，包扶干部只得给贫困户做工作，一项项核对填报。对包扶的项目一户户进行落实。每户十几张表册，许多干部弄不懂，数据有出入，王弘义、武春华、齐明生、孙阳分工对重新填写的表册一一核实，每天忙到半夜，二十多天才核查完。

为了完成60%贫困户脱贫的任务，包扶干部、村两委会成员也对年初的包扶计划进行检查落实。菌类生产基本落实到位，30户借袋还菇，有10户是贫困户，按说脱贫问题不大；茶叶生产如期完成了任务，参与的有280多户，其中贫困户有 61 户，村民参与劳动，每户可增收 4000 多元；畜牧业也基本落实到位，8 户养殖户，有 3 户是贫困户。杨书怀家散养鸡发展到了 2000 只，脱贫已不是问题。春季植树造林基本完成了造林任务，各户山沟的承包地都栽上了杉树、杜仲、核桃、柿子，虽然还有空白，但有了一个好的开始。矿产业的开发计划还是一纸空文。王弘义想，脱贫致富奔小康，农村要振兴，要研究、要解决的问题很多，这是一个长时间才能解决的问题，他向赵守道建议：一定要不断总结经验，调整发展思路，注重实效，明确责任，夯实任务，抓实各项工作。矿业发展技术不成熟，可以把农村手艺人组织起来，承包小型工程，增加农民收入。赵守道觉得是一个思路，找来李虎生谈了想法，工程队具体由李虎生包抓。

三十七　牵　挂

　　王弘义和武春华上午到一、二组核查贫困户项目落实情况，吴毅是 A 局包扶的贫困户，除了茶叶生产，增产项目还没有落实。先说是种天麻，技术人员一看，柴山里有松树，不适宜种天麻，他又说是种香菇，一天一天推，结果还是没种。麦前才决定种桔梗，养蜂蜜，王弘义、武春华去看，养了 6 箱蜂蜜，种了 1 亩桔梗，总算有了着落；看了二组王沧海家的天麻，长势良好；看了王世新家种的香菇，管理得也还仔细，两个心里感到很高兴，准备下午去杨垣看羊肚菌种植情况。

　　六月天，小孩脸，说变就变。中午还是大太阳，午后起了云，不一会儿，雷鸣电闪，瓢泼大雨自西向东下了过来。王弘义、武春华正在王家坡回家的路上，离村部只有几百米的路，淋得浑身湿透了。回到宿舍擦了澡，换了衣服，不一会儿，就觉得鼻子齉齉的，打喷嚏，好像感冒了。王弘义到卫生所买了一盒九九九感冒灵，喝了两次，本想扛扛就能过去，可到第二天早晨还不见好转。吃饭时，武春华也说感冒了，他俩相约到卫生所去打针。村医李欣怡给武春华、王弘义量了体温、血压，听了心跳，体温都在 38 摄氏度以上，建议输液治疗。到了医院，只得听医生安排。王弘义给赵守道说治病的事，李欣怡先给武春华扎上了针。而后，王弘义来到卫生所，李欣怡又给王弘义扎上了针。扎好后，给肩头的被了抄了抄。刚好李四海到卫生所看到了，大惊小怪地跑到村部给李虎生说："虎生哥，给你说个秘密。这是我们李家姑娘，说出去丢人。我刚看到李欣怡给王弘义抄被子。那个亲热劲，哎，我都不好说……"

　　李虎生知道武春华和王弘义都在卫生所打针，"滚，乱说啥？"

　　"给你说个实话，你不是见不得王弘义吗？"李四海低声辩解说。

　　"尽说些不着边际的话。卫生所几个人，他能咋？去去，到一边去。"李虎生皱着眉头训李四海。

　　"狗咬吕洞宾，不识好人心。不知好歹的东西……"李四海嘟嘟囔囔离开了村部。

中午，赵守道、李惠芬来看王弘义、武春华，问想吃点啥。武春华说随便，觉得好多了。王弘义也觉得不烧了，想吃点稀饭，李惠芬回厨房安排做饭。午后，赵守道带着几个村干部和包扶干部看了三条沟土地治理项目，安吉白茶成活的情况，看着村庄的面貌，土地条件的变化，产业调整的效果，干部们心里有一股暖暖的成就感。回到村部，大家就产业发展，精准扶贫，谈了许多构想，大家相信，产业的发展，一定能够带来整体面貌的巨大变化，带动贫困人口走向富裕。

散会后，王弘义、武春华到卫生所结账，李欣怡正在往药架上放药，杨祯兴忙得从三轮车上往药房搬药。王弘义见李欣怡正忙，即说："李医生忙，我明天再来。"

李欣怡停下手中的活问："王主任有啥事？"

"没啥事，打了针感到不烧了，想把账结一下。"王弘义笑着回答。

"那先结账嘛，我们又不急。"杨祯兴笑着插话。

"那也行。"武春华、王弘义又折身回到了卫生所。

李欣怡找出账本，算了一下，两个人都是 85.6 元。王弘义边付钱边问："祯兴去年是从哪个学校毕业的？"

"我是从商洛学院毕业的。"杨祯兴边搬药边回答。

"去年招教没考试？"武春华问。

"去年才毕业，我妈那几个月病正严重，我忙地借钱、在医院照顾我妈，没复习，也没顾得报名。"杨祯兴笑着回答。

"欣怡是哪个学校毕业的？"王弘义问。

"我是商洛职业技术学院医士班毕业的。"李欣怡抬起头回答。

"和祯兴是同学？"武春华问。

"初、高中都是同学，初中是同桌。"杨祯兴笑着回答。

"其实，你两怪般配的。"王弘义笑着说。

"我们家穷，和欣怡家一个是天上，一个是地下，差距太大。"杨祯兴笑着说。

"滚，我啥时候嫌你家里穷了？"李欣怡用眼睛瞄杨祯兴。

"你不嫌，叔、婶是咋想的我还不清楚？"杨祯兴无奈地说。

"李家女子嫁不出去了？往出送啊？你找人上门说过呀？"李欣怡连珠炮地追问。

"我自己知道自己有多重，也听说过很多传话，还是自重点吧！"杨祯兴无奈地说。

"以前你妈有病，我爸是有些看法，现在就你一个人，也没啥负担，我爸没有像你说的那样势利。"李欣怡委屈地说。

"好，我知道了，哪天让李惠芬上门提亲。"王弘义笑着说。

"要是杨祯兴不愿意呢？"李欣怡瞄了一眼杨祯兴回答。

"我心里想啥你不知道哇？"杨祯兴笑着说。

"好，知道你们的意思了。"王弘义、武春华笑笑离开了卫生所。

一天中午，王弘义吃过午饭，正在院子的桂花树下乘凉，杨书怀急匆匆跑来对王弘义说："我家这一下完了，我老婆前几天头晕，昨天到县医院检查，初步诊断怀疑是白血病。"王弘义听了心也往下一沉。心想，杨书怀刚刚日子好过点，这下又完了。他要过检验单看了看，想想说："这只是怀疑，也没有确诊。不要慌，市医院有我一个同学，是内科专家，我联系再查一下，不管咋，看病是最要紧的，没有钱，我想办法借。"

杨书怀说："钱去年卖药材、鸡蛋还有两万，先检查，不够再说吧！"

王弘义拨通了市中心医院老同学何广智的电话，说明了情况，何医生要求他们马上来市医院检查，过几天他要到上海学习。王弘义让杨书怀立即回去准备，第二天一块儿去市医院检查。

东方刚刚露出鱼肚白，王弘义把车开到了杨垣杨书怀家的门前，杨书怀安排好了家里的事务，带上钱，扶妻子上了王弘义的小车，由于杨书怀妻子陈翠花身体不好，车子走走歇歇，到市医院已经 11 点多了，王弘义帮忙挂号、缴费，杨书怀扶妻子检查，两点多检查结果才出来，何广智和几个医生会诊，白细胞虽然偏高，但并不是白血病，确定是重症贫血，杨书怀放下了心，王弘义也放下了心。何医生建议买些药回去治疗，补养补养就好了。杨书怀按何医生开的药方买了 2000 多元的药，王弘义又给买了 800 多元的营养品，带着杨书怀夫妻两个返回了枫坪村。

而后一段时间，王弘义多次到杨书怀家里探望陈翠花病情，经过一段时间的治疗、修养，陈翠花完全恢复了健康。散养鸡也喂得很好，王弘义也放下了心。

三十八　病

　　成功只对那些有准备的人敞开大门。经过一段时间的刻苦学习和努力奋斗，杨祯兴考取了事业单位职员，分配在两河镇文广中心上班，星期天回到了枫坪村。他在李欣怡的诊所玩了一会儿，即到村部来看王弘义。

　　王弘义刚从包扶的贫困户李泽胜、杨书怀、杨全胜家里回来，正准备洗把脸回县城。见杨祯兴进了门，忙拉过椅子让坐下："祯兴，刚回来？"

　　杨祯兴坐下问："这晚了，王主任还没有回家？"

　　"刚从贫困户家里回来，正准备回呢。"王弘义坐下说。"不急，进城也就是一个多小时。工作还好吧？"

　　"就是那样子，领导安排啥干啥，努力干好就行了。"杨祯兴很随意地回答。

　　"现在好了，工作稳定了，该解决婚姻问题了。"王弘义看着杨祯兴说。

　　"我家里现在条件太差了，还是再等等吧！"杨祯兴为难地回答。

　　"你这想法不对，以前你家里贫困，李欣怡一直帮助你，这是一片真情。现在你成国家干部了，你不提这事，李欣怡咋提？"王弘义诚恳地对杨祯兴说。

　　杨祯兴想也是这事。同学多年，相互之间是了解的。李欣怡聪明、漂亮、诚实、能干，品行好。母亲住院，李欣怡三天两日去医院探望；母亲在治疗无望的情况下，李欣怡天天照顾在诊所打针；自己家里困难，李欣怡借钱买车，让他增加收入；母亲死后，李欣怡更是体贴入微。这种真情是无价的。现在自己考取了国家干部，自己不主动，李欣怡肯定不好说。他看着王弘义笑笑说："是这个事，我先找李欣怡谈谈，他父母一直嫌我家里穷，极力阻止我和李欣怡谈恋爱。现在情况有些改变，他父母是否还阻止，我让她探探口气。"

　　"你们年龄也不算小了，也到谈婚论嫁的时候了。这样不冷不热地放着也不是事。要么我给李惠芬说一下。"王弘义征求杨祯兴的意见。

"谢谢王主任，你一直关心我的成长，今天来找你，也有请你拿拿主意的意思，如果你能出面更好。"杨祯兴笑着回答。

"我对李欣怡父母不是很熟，捡亲不如择媒，还是让李惠芬出面吧，他对你两个人都了解。你不好找你嫂子，我给她说。"王弘义真诚地对杨祯兴说。

"拜托王主任，你看咋好就咋办吧!"杨祯兴笑笑回答。正说着，武春华来找王弘义，他看屋里有人，不好进去，即在窗外问王弘义："王主任，都下班了，还没忙完?"

杨祯兴站起身告辞说："不早了，王主任你们回去吧。"

"行，有时间回家来玩。镇上有啥好消息早点告诉我。"王弘义起身送杨祯兴到门口。

王弘义星期天回到家里，晚上和父亲聊天的时候，父亲说这几天感到右胸有些闷，好像气不够用。第二天清晨，王弘义开车带父亲到县医院去做检查。门诊李大夫检查后，建议做透视。王弘义带父亲作了胸透。下午王弘义又开车取片，李大夫发现肺部有阴影，建议做 CT 进一步检查。王弘义问李大夫啥情况，李大夫解释说："引起肺部阴影的因素很多，大部分是由于感染引起的肺部阴影。有细菌性感染和病毒性感染，包括一些结核都可以引起肺部的阴影，这些阴影一般通过治疗，都能吸收甚至消失。还有一部分阴影，是由于肿瘤引起来的，肿瘤引起的肺部阴影，可分为早期和晚期，早期可能表现为一些结节或者是毛玻璃影。晚期的肺癌引起的阴影就比较明显，这样诊断上也比较容易。总的来说分布的阴影，还是非常多的。胸透发现了肺部阴影，要做 CT 进一步进行检查确诊。"

王弘义听了李大夫的分析，心情很沉重。母亲去世 20 多年了，父亲一直没有再娶，都是因为怕自己受委屈，一个人把姐姐和自己带大不容易。这几年家里的条件也渐渐好了起来，老人也该安度晚年了。如果是肺癌，那剩下的时间就不多了，自己还没有尽到孝心。想着想着，就流出了辛酸的泪水……回到了家里，他平静了一下心境对父亲说："透视片看不清，需要再做 CT 检查。"

王崇德是教了几十年书的老教师，自然明白要做 CT 检查的含义。他毫不在意地说："该不是癌症吧? 都七老八十的了，随他去，不用做 CT 了。"

李曼玉赶忙说："爸说的是啥话吗，哪个人没有病，有病好好检查治疗嘛。"

王崇德笑笑说："我知道你们孝敬，怕我死了你们尽不到孝心了。不让你们为难，我会配合检查就是了。"

王弘义笑笑说："不会有啥大问题，一会儿我们去做一下 CT、核磁共振。

查清了好对症治疗。"

"那行，就走吧，一会儿晚了要下班。"王崇德站起身和王弘义一块儿出了大门。

王弘义把父亲带到医院，先做了 CT，又做了核磁共振，医生建议住院观察。王弘义给父亲办了住院手续，买了餐卡，让父亲安心在医院治疗。晚上回到家里，和妻子商量照看父亲的事。李曼玉要上课、要照看两个孩子，她建议请一个护工照顾。王弘义想想也没有别的办法，就与医院附近一个侄女联系，每天付 80 元，让她每天到医院照顾父亲打针、买药。第二天一早，他找到内一科主任张大夫，让他看看 CT、核磁共振的检查结果，张大夫分析：通过胸部 CT 进行肺癌筛查，肺内阴影并非肺内小结节，这是第一次做胸部CT，95% 以上的肺部结节都是良性的，发现了肺内结节，也不要过度恐慌，要等。我们运用人工智能技术鉴别，你父亲是属于良性的，是疑似早期。有些炎性阴影通过抗感染治疗以后两三个月就会消失，如果正好在筛查健康体检时赶上病毒感冒，赶上发烧感染，可能就是肺内炎性病变，通过消炎完全吸收，根本不需要手术。

听了张大夫的解释，王弘义心中舒服了很多，他照看父亲打针，叮咛侄女要注意的问题。王崇德坚持不要人照看，说自己能动，叫医生也很方便。王弘义劝父亲说："你年纪大了，没人照顾我不放心。本来应该我来照看，村上工作忙，我又脱不开身。曼玉有两个孩子拖着，也顾不过来……"王崇德看王弘义为难的样子，也就不再固执己见了。"好吧，你实在不放心，那就叫三女子来照看吧。也免得你们分心。"王弘义叫来侄女交代了一番，又和主治医生交换了意见，安排妥当后，开车和武春华赶回了枫坪。王崇德生病住院的日子里，王弘义隔天下午下班后开车先到医院看父亲治疗状况，和医生交流治疗方案，陪父亲聊聊天。早晨 6 点从家里走，7 点半赶到枫坪上班。王崇德住了十几天的院，王弘义来回跑了十几天，身心感到异常疲惫。医院复查阴影消失了，王弘义才把父亲接回到家里。

杨祯民孙子杨实诚，不仅学习成绩好，道德品质各方面都表现得好。夏初为救一个三年级落水的孩子，差一点自己出了问题，学校申报到团县委，被授予模范共青团员，还被评为市级三好学生。7 月中考，总分在全县排名第一，被西安高新一中录取。因为家里困难，杨实诚放弃了这次机会，仍然到县高级中学就读。杨弘义感到很可惜，约孙阳来找杨实诚做工作。

"实诚，听说你放弃了到西安高新一中上学的机会，那太可惜了。"王弘义惋惜地问。

"也没啥可惜，双山高中连续多年高考成绩人均比在全市排名第一，只要好好学，也有可能考上北大清华。"杨实诚无所谓地回答。

"被西安高新一中录取，很多人都是求之不得的，你不上是家里供不起吗?"孙阳问。

"家里有困难是一个方面。"杨实诚爽快地回答。

"我们公司每年都扶持很多大学生上学，如果是因为经济问题，我给老总汇报过了，你在西安学习的费用，我们公司出。"孙阳肯定地说。

"谢谢孙主任和老总，经济不是主要问题，我爷爷和奶奶才从悲痛中走出来，我在本县上，星期天可以回来陪陪老人，让他们生活得快乐一点。"杨实诚恳地回答。

王弘义明确了杨实诚的意图，激动地说:"真是个好孩子，你为什么这样想?"

杨实诚长叹一声说:"我爷爷虽然只是一个普通的共产党员，我感到他总是为别人想得多，做人真诚、善良、直爽。人不是只看有多大成就，还要看他如何做人。我感到人的品质是最重要的。"杨实诚不紧不慢地回答。

王弘义站起来摸摸杨实诚的头说:"言教不如身教，你爷爷是你人生的导师，你一定会成长为国家的有用之材……"

三十九 创 建

天是那样的蓝，日光是那样的明媚，枫坪的山川被夏日的景色笼罩着，热气在禾苗上跳跃，知了急躁地在浓荫间啼鸣，李文英放了暑假，上身穿着白短袖，下身穿着黑短裙，懒散地躺在木凉椅上看书。

李文英奶奶从里屋出来，拿着李文英劳动布的乞丐服自言自语地说，"哎，这啥时候了，我娃还穿这烂衣服，大洞小洞的，我给我孙女补补。"李文英正在看书，听奶奶说补衣服，赶忙往起一趴，见奶奶正拿着她的乞丐服裤子比画，她赶紧跑过去夺下衣服问："奶奶，你要干啥？"

奶奶愣在那说："我看你穿的衣服大窟窿小眼的，我给你补补。"

李文英睁大眼睛说："这就是这个样子，要你补啥？"

"往日没衣服穿才穿烂衣服，穷，那是没办法，还大学生嘞，穿这烂衣服，不嫌丢人呐？"李文英奶奶不解地问。

"这叫时髦，懂吗？"李文英指着衣服说。

"不懂，穿的和要饭的一样，那就叫时髦？"奶奶瞪着眼睛反问。

"和你说不清，不跟你说了。"李文英边说边拿衣服进了屋。

"还时髦，好好衣服不穿，穿的披一片掉一片，不知道哪里好看，我不懂，我也不想懂。"李文英奶奶嘟嘟囔囔也回了屋。

星期一晨会，赵守道正准备开会，张厚诚打来电话，他要到枫坪村传达镇党委会议精神。赵守道让王弘义组织大家学习《双山县夏季脱贫攻坚行动方案》。张厚诚来后，先和赵守道沟通了一下，即开始开会。赵守道笑着说："上午开会，一是由张镇长传达镇党委会议精神，二是讨论枫坪村创建文明卫生示范村问题。现在请张镇长讲话。"接着带头鼓掌。张厚诚用手压压，意思不要鼓掌，掌声停止后，他清清嗓子说："今天也没有其他意思，镇党委觉得枫坪村这两年整体面貌变化很大，想在现有的基础上再促进一下，决定在枫坪村创建'文明卫生示范村'……"他大致讲了镇党委的目的和要求，请大家讨论讨论创建方案。赵守道要求大家就以创建"五好家庭"为基础，创建

|155|

文明卫生示范村。谈谈自己的意见，从哪些方面抓起。

王弘义想：前几年各镇都搞美丽乡村建设，枫坪村属边远山区，动作不大。去年来，加大了基础设施建设、村容村貌整治，整体面貌有了很大变化。再搞文明卫生示范村建设，就是在美丽乡村建设的基础上进一步提升村庄整治水平，将农村打造成为宜居、宜业、宜游，和谐文明的美丽乡村，进一步贯彻实施市、县、镇建设"美丽乡村"五年行动计划方案，提升枫坪村社会主义新农村建设水平，推进城乡统筹发展。

精神文明建设归根到底是提高人的素质，是引导人们对自己的主观世界自觉地进行改造，从而提高人们改造客观世界的能力。建设社会主义精神文明，必须以培养社会主义新人作为自己的目标和归宿。其中最重要的是理想和文化，可以说理想是根本，文化是基础。人才是实现社会主义现代化建设的重要保证。人的素质是历史的产物，又给历史以巨大影响。一个民族的素质如何，对社会的发展起重要作用。在社会主义历史条件下，努力改善全体公民的素质，必将使社会劳动生产率不断提高，使人和人之间在公有制基础上的新型关系不断发展，使整个社会的面貌发生深刻的变化。

他看看武春华、赵守道说："扶贫是抓经济发展，抓基础建设；实现小康社会是理想、是目标。我认为，文明村镇建设包括理想和文化两个方面，在抓好经济建设和脱贫攻坚的同时，也要抓好党的建设、文明建设、文化建设。党的建设，我们抓了'五好支部'的创建；村容村貌建设，我们也做了大量的工作，土地的整治，水、电、路的改造提升，贫困户房子的改造，对农村面貌的改变起到了很大的推动作用，不足的地方，是整体规划没有完全启动。文化建设我们过去有些忽视，枫坪过去有八年制学校，而且教学质量还不错。这多年学校也散了，娃娃都到镇上和县城去上学了，许多家长都在镇上和县城陪读，这也影响生产，影响经济发展，乡村振兴文化咋样振兴？这当然有质量的原因，有望子成龙的原因。城乡的差别，我们短时间是无法改变的。可文化设施建设、文化活动还是可以抓抓。图书室能否扩大，正常开放；文化广场建起来，文艺活动能否抓起来？这些我想是可以办到的。枫坪也有几处景点：赵家洞、桃树洼、大兴寺等，也可以作为景点开发，枫坪也还是很有特色的。"

武春华想想说："王主任说得很切合实际，抓经济建设，也要抓文化建设，我看文化广场可以修起来，文化活动也要经常开展，一是可以陶冶人的思想情操，引导，提高人们的艺术欣赏水平和鉴赏能力，改变陈旧的认识和观念；二是跳跳舞，唱唱歌，可以活跃气氛，锻炼身体，愉悦身心，凝聚人心；三是图书室正常开放，村民可以学文化、学技术、增长见识，改变那些懒、散、赌的坏习惯，促进生产发展。至于钱的问题，这几年国家对文化的投资很大，文化项目很多，可以报项目，争取文化项目投资，也可以动员村内企业家赞助，改变枫坪文化设施。"

孙阳听了武春华的发言，沉思一会儿，也表态说："修文化广场很有必要，这不仅是文化设施建设问题，也是推动文化活动的好方法。星期天我回公司，把村里的设想向老总汇报一下，争取远翔公司在资金、物力上给予大力支持。"

李惠芬建议说："枫坪村过去有文艺基础，新中国成立后一直有俱乐部，每年春节都玩灯、演戏。20世纪六七十年代文艺宣传队还很活跃，长年排练《朝阳沟》《红嫂》《红灯记》《沙家浜》《智取威虎山》等现代戏。那时有学校，老师们自编文艺节目，常常参加区、县文艺调演，有几年还在县文艺汇演中获过奖。近些年，大家忙着挣钱，没有人组织，很多人就钻到酒场子、牌场子上去了。我想，恢复起来，不仅活跃了群众文化生活，对引领农村风气也有好处。"

陈玉文笑笑说："修文化广场是好事，城里人跳广场舞、扭秧歌，既锻炼了身体，又活跃了文化生活。要定的是，地点、规模、图纸设计、资金来源等，这些都是硬货，没钱啥事都难办。"

宋志红想想说："我没有其他意见，地点建议放在村部对门，一是中心，二是地方比较大。最好，再修个牌楼，也算是枫坪村的标志性建筑。"

李虎生想想说："创建文明卫生示范村大家发表了不少意见，我认为，不能等，能搞起来的先搞起来。比如广场文化活动，开放图书室等。文化设施是硬件建设，需要资金投入，我建议先设计，筹集资金，一步步地开展，不要盲目上马，没有资金，啥事也办不成。"

赵守道见大家说了很多，想了想说："大家的意见很好，我想，活动先开展起来，文化广场先定在村部对门，先筹集资金，设计图纸、协调场地，有了基础再开始建设。另外，要以扶贫为中心，抓好党的建设、抓好经济建设，抓好文明卫生整治，全面改变枫坪村的面貌。"

张厚诚集中大家的意见做了安排："大家对创建文明卫生示范村发表了很好的意见，我就创建工作强调几点，也算是安排吧。创建规划请王弘义起草，内容包括指导思想、主要任务、工作部署、主要措施、年度计划。要细化到具体事、具体人、具体时间，要有可操作性。有些工作可以先开展起来，图书室由陈有才负责组织整理、扩大，迅速正常开放。广场修建由武春华负责设计、预算，资金由王弘义、武春华先申报项目，宋志红、远翔公司和村内企业家协调，能否筹集一些赞助资金。后续的文艺活动开展由李惠芬负责组织。支书、村主任抓好支部建设和经济建设。看大家还有啥建议？"两委会成员和扶贫工作队员都说没有新的建议。张厚诚强调：请大家按照安排，不等不靠，立即开展工作。

履
道 \ LÜDAO

四十　规　划

　　王弘义查阅了许多资料，熬了几个夜晚写好了创建规划，星期一把草稿
交给赵守道。赵守道看后觉得很全面，让陈有才把创建规划打印后，送给张
厚诚，发给两委会成员，征求修改意见。星期二刚要下班，张厚诚打来电话，
想第二天讨论文明卫生示范村创建方案。

　　赵守道到办公室给陈有才说："张镇长刚打电话说，明天上午讨论创建文
明示范村规划，你给两委会成员和包扶工作队的同志通知一下，让提前做好
准备。"陈有才答应一声，逐一通知与会人员。

　　赵守道来到王弘义办公室，请他做好规划制订说明的准备，以便讨论前
介绍。

　　第二天清晨，张厚诚开车来到了枫坪村，8点准时召开两委会和包扶工作
队员会议，讨论创建文明卫生示范村规划。会议以"村庄秀美、环境优美、
生活甜美、社会和美的宜居、宜业、宜游的'美丽乡村'，文明卫生示范村的
创建"为主要议题。

　　张厚诚主持会议："我认真看了文明卫生示范村创建规划，感到指导思想
和目标明确、起点高。我们创建文明卫生示范村，就是要提高民族素质，坚
定社会主义方向，走中国特色的社会主义道路。就是要以十八大以来的方针
路线为统领，统筹城乡发展，以在工业化、城镇化深入发展中，同步推进农
业现代化的'三化同步'为导向，以提升农民生活品质为核心，以改革创新
为动力，强化规划引领作用，大力开展农村环境整治，深化农村体制改革和
机制创新，提升农村经济发展水平，形成有利于农村环境保护和可持续发展
的人居环境体系、现代农业产业结构和新型农民组织方式、农民现代生活方
式和农村先进管理模式，利用3—5年时间，按照环境整治型逐步完成整治任
务，把枫坪村建设成为'村庄秀美、环境优美、生活甜美、社会和美的宜居、
宜业、宜游的美丽乡村、文明卫生乡村'。今天大家就围绕任务、工作部署、
措施、时间安排发表发表自己的看法。"

赵守道看看张厚诚说:"我个人认为创建规划写得很实在,很切合枫坪村的实际,起点比较高,前景比较理想,关键是如何落实的问题。前边我们做了一些工作,比如基础设施建设、水、电、路的提升建设,村庄的美化,危房的改造等,但也存在许多问题。许多工作需要我们进一步去做。一是整体规划差,没有以中心村集中规划,村庄设计建设各自为政,比较凌乱;村卫生所建设达到了标准化,文化、体育设施几乎没有启动;环境有了改变,垃圾处理、排污、改厕等还存在很大问题,卫生管理没有形成管理机制;生态农业、现代化科技生产还属于低层次;关键是人的素质需要进一步提高,国家意识、民族意识,社会主义世界观有待加强。这些任务是繁重的、持久的,我们一定要抓实、抓出成效。"

李虎生抓抓头,若有所思地说:"文明卫生示范村建设规划有了,也比较符合枫坪村的实际,如何落实,我说几点意见。一是要加强领导,成立专门机构主抓这项工作,班子成员中有一个主抓这项工作,两委会成员要合力配合;二要加强联动,以扶贫攻坚为动力,将文明村镇建设与'两新'工程、农村联网公路、农村土地整治、河道综合整治、农民饮用水、生态环境连片整治等基础设施建设结合起来,加强与中心村、特色旅游村培育、历史文化名村的保护利用等工程进行整合,妥善处理好文明乡村建设与生态镇、生态村、美丽乡村、平安村、'民主法治'村创建的关系;三是明确阶段工作重点,啥时间重点抓啥,加强阶段性检查督促,按期完成任务。四要加强宣传引导。开展形式多样、生动活泼的宣传教育活动,宣传先进典型,形成全社会关心、支持和监督文明乡村建设的良好氛围。通过各类有效途径,广泛动员和引导工商企业、民营企业参与支持文明乡村建设,形成全社会人人关心、人人支持、人人参与,合力共建文明乡村的良好氛围。"

武春华看看王弘义接着说:"王主任起草的规划比较结合实际、比较全面,如果大家没有新的建议,就规划各阶段的实施进行讨论。我认为时间、空间的界限也不要划得十分清楚,但一定要分步实施。今年主要是动员发动,基础建设就可以同时完善,土地整治已完成,水、电、路已提等升级,美化、亮化还需要加强;村庄的整治,中心村庄的规划,也应该启动;文化广场修几个,啥时候修?图书馆咋开放,文艺活动咋开展,这些要有阶段规划,成熟一件办一件,力争早日启动。"

规划发到手,孙阳和远翔公司吕富强董事长作了交流沟通,董事长是一个非常有爱心的企业家,每年都要拿出几十万元做公益活动,给清洁工发慰问品、救助贫困户、救助贫困大学生、给村小学建校舍……是省慈善工作先进个人。听了孙阳的汇报，吕董事长表态支持 100 万元，为村上修 1500 米产业路，修一座牌楼，一个文化广场。有了资金支持，大家都很兴奋。陈玉文就治安村创建发表了自己的意见："文明示范村规划写得很全面，我建议和平安村建设结合起来，成立一个班子，一起宣传，一起发动，一起推进。把平安创建作为文明示范村的一个主要内容来抓，分工合作，同安排、同落实、同检查、同验收。形成合力，努力抓好创建工作。"

宋志红想想说："创建规划写得很好，我建议中心村建设点要定下来，尽量集中考虑；全村定四个中心村。枫坪定枫树坪、赵家洞，双沟定双河、杨树沟定杨垣。这样距离也相对近了许多，信息传递、经济往来、农业生产也比较便利。再者，要和连片土地治理结合起来，承包使用权是个人的，所有权是集体的，现代农业生产还是要向现代化、科学化、机械化发展，农村还是要抓好土地的保护治理。"李惠芬就文化广场建设、文艺活动开展谈了自己的设想。齐明生就产业发展谈了自己的建议，陈玉文就信息传递、网络建设谈了自己的意见。

张厚诚根据大家的意见，就工作任务、时间安排做出了决定："今年抓四样工作，一是以精准扶贫为动力，抓好菌类生产、茶叶生产，保证群众增产增收，保证 70% 的贫困户脱贫；二是完成文化广场建设，开放图书室，启动广场文化活动，用新思想、新思维促进各项工作；三是搞好美化、亮化工程，增加两个变压器，村庄安装太阳能灯；四是实现水电管理、垃圾管理制度化、规范化，'五好家庭'、'文明户'达到 20%。要做到有分工、有合作，力争全面达到目标。明年，一要以脱贫致富奔小康为目标，抓好茶叶、菌类、畜牧 3 个合作社，抓增收，抓发展，带领村民全部脱贫；二要以'一清一保一机制'为主要任务，实行农户生活垃圾分类收集，重点做好垃圾收集运输和就近处理。同时，开展村庄规划编制工作，农村'两违'现象基本遏制。在环村公路两侧建设人行道，并种植名贵树种，美化景观；做好珍贵植物、动物的保护工作，把村庄建成群众休息休闲公园。文化活动实现常态化；争取增加一处通信塔，保证网络畅通；创建效果明显，'五好家庭''文明户'达到 30%。后年，一是以乡村振兴为目标，抓好脱贫致富奔小康的巩固提高工作，抓好产业发展，努力发展集体合作经济，确保群众增产增收；二是按照上级的安排，对照'文明乡村'第三层级的标准进行建设，开展'一改造、两整治、三拆除、三提升'（改造危旧房，整治河塘沟渠、整治'裸房'，拆除废旧禽畜舍、拆除废弃旧房、拆除乱搭乱盖，提升道路通达水平、提升村庄整洁水平、提升绿化美化水平），特别要结合旧村居改造和土地复垦，落实

'一户一宅'，整治'空心村'和影响美观的杂乱建设现象，村庄汽车开得进去，污水排得出来；文化活动开展正常，力争恢复村幼儿园、村小学；'五好家庭''文明户'达到50%。这个规划是比较高的，也是比较符合实际的，希望你们能早日达到这个目标。"

赵守道强调："请王主任根据今天大家的建议修改完善创建规划，定稿后，以两委会文件报镇党委、镇政府，具体实施安排，两委会再进一步讨论落实……"会议开了一天，王弘义感到任务的艰巨和担子的沉重。心里沉甸甸的。

散会后，张厚诚回了镇政府，李虎生也回了两河新村。王弘义吃过晚饭，看赵守道屋里的灯光还亮着，约了武春华上二楼走进了支书的办公室。他们就近期的工作交换意见。王弘义认为，扶贫是重点，增收是目标，半年过去了，还是要抓产业的发展，抓基础设施建设。武春华也建议，要重点抓抓贫困户的生产发展情况。赵守道也以为要总体部署，重点突出，以半年检查为动力，促进各项工作的推进。山村的夜异常寂静，月亮悄悄地爬上了夜空，村庄显得昏暗而苍白，他们听着远处的犬吠，对枫坪的发展，谈了很多很多……

四十一 启 动

赵守道听了王弘义、武春华的建议，对半年工作认真地进行了梳理，按照分工负责的原则，晨会上，赵守道就当前的工作进行了安排。会后，王弘义、李惠芬到各组调研，走访了各组茶农、贫困户。春天雨水好，开始毛尖湿叶子卖 120 元 1 斤，清明前毛尖湿叶子卖 100 元 1 斤，清明后毛尖湿叶子也卖 60—80 元 1 斤，谷雨后春茶湿叶子也卖 30—40 元 1 斤。大户有收入 1 万多元的，人少的也收入三四千元。茶农已对茶园进行了中耕除草、修剪，许多户和茶商联系，定向供应，价格优惠，准备秋后用粉碎的油饼追肥，保证绿色环保的茶叶品质。他们一组组检查光大茶叶有限公司栽种的安吉白茶，一块块掀开遮阳棚仔细查看安吉白茶的长势，成活率在 90% 以上，长势良好。询问了租地户和参与劳动的村民，租金已兑现，栽植的工资，维护、除草的工资也发放到位。茶叶生产已走上良性发展轨道。

武春华、宋志红到各组一户户检查"借贷还菇"生产状况，由于技术培训到位，各户没有发生病变的情况。全村 40 户"借贷还菇"20 万袋，其中贫困户 16 户，"借贷还菇"8 万袋。生产状况普遍良好。他们到羊肚菌场调研，杨祯泰先带他们看了生产状况，拿出一年来经营账目汇报：生产干菇 3000 公斤，每公斤 120 元，已出售 2500 公斤，收入 30 万元；出售鲜菇 2000 公斤，每公斤 8 元，收入 1.6 万元；4 个工人，每人每月 2400 元，付工资 11.52 万元；付地租 5000 元，还本 9 万元；盈利 10.58 万元。分红 5.25 万元，奖励职工 2.2 万元，奖给领办人 2.1 万元，上交村集体 5000 元。群众实际收益 21 万元。武春华、宋志红感到很满意，按此发展，5 年还清成本，群众可增收 100 多万元。产业，真正起到了带领群众致富的作用。

群众虽然对秋粮种植的信心不足，陈玉文、孙阳到各组实地查看，种植面积达到了 90% 以上。李虎生、齐明生联系包扶单位，核查了贫困户的收入，年底 70% 贫困户脱贫问题也不大。

周会上，大家汇报了半年的工作情况，赵守道就文明卫生创建工作又提出了要求，各组按要求开展工作。

王弘义与李惠芬分工，李惠芬组织各组有文化、热爱文艺活动的骨干开展文艺活动，王弘义联系电力局解决变压器问题，找文旅局协调乐器、服装问题，找科教体育局协调体育器材问题。

王弘义通过局长杨思琦找到电力局主管业务的权副局长，上年已报过计划，但只能增加一台变压器，安装配变500千伏安。王弘义解释说："这原来是3个村合并的，只有一台800千伏安的变压器，电力不足，三相电运行不正常，负荷小，末尾几个组灯光都不亮。扶贫，'三通'是基本条件，是否能考虑一下。"

权局长沉默了一下问："另外两条沟多少户？"

"每条沟都有一百多户。"王弘义不假思索地回答。

"计划只有一台，这样吧，还有一台500千伏安的变压器正在维修，修好了先给你们安上吧！"权局长略加思索后回答。

"谢谢全局长的支持，我替枫坪村的村民谢谢你。"王弘义连连道谢……

到了科教体育局，分管体育的黄副局长是老同学，王弘义说明来意，他查了一下存根，没有给枫坪村发放过体育器材。经不住王弘义软泡硬磨，他给批了1副篮球架、4张乒乓球案子、单杠、双杠等18件体育器材。

文旅局赵局长是王弘义师兄，大学时，曾经在一个学校读过两年书，王弘义说明来意，赵局长叫来主管局长和股长，给枫坪村发了3套锣鼓、2架电子琴、4把二胡、2把板胡、1架扬琴、50套服装。王弘义给赵守道打电话，村委会派来两辆农用车拉回了配给的体育、文艺器材。王弘义提出文化广场建设，赵局长让尽快报项目，力争年内批复。

A局给枫坪村配备了音响、扩音设备，李惠芬组织了30多个热爱文艺活动的中青年妇女学跳广场舞，从城里请来两位回村过暑假的教师给大家教广场舞。开始只有20多个人，两周后，发展到了60多人。李仁义组织几个爱好乐器的人组成了乐队，陈远剑也组织一伙老年人学打流水，打着打着，中老年妇女加入唱民歌、扭秧歌的群体，学校、村部的院子里，每天就热闹了起来。

武春华、宋志红对全村的布点也进行了调研，全村13个村民小组，329户，分布在32个自然村，部分村民居住分散，建筑凌乱，信息不灵，交通不便，不利于管理，水电路浪费资源。有必要整合集中，初步设想：枫坪河向赵家洞、枫树坪集中；双沟向双河集中；杨家沟向杨垣集中。依山为势，按两排设计，逐步拆迁、整合。已盖的房暂时保持原貌，新建房，一律按规划修建。拆除全部厕所、猪圈、鸡舍、棚舍，以村庄建水冲式氧化公共厕所，各户花园各自种植四季花草，做好整体绿化、美化工作；公路两旁种植石楠、桂花、红豆杉、银杏、白松等名贵树木，村庄种植紫薇、樱花、海棠、月季、牡丹、石榴、桃树、李树、曲柳、梅花、石楠、水竹等常青、四季花木。打造美丽、富裕新农村。

齐明生、陈玉文检查整顿了水电管理和垃圾处理工作。水电管理已形成制度化，电表刷卡，自来水每月抄表，专人管理，按月结算。垃圾收集每个庄子修有垃圾池，各户集中倒入垃圾池，定期清理掩埋。每组一个扫路、清理垃圾的人，国家每月补贴 700 元，负责扫路、清理垃圾，维护村庄整洁。

李虎生、孙阳看了附近几个村的广场建设，初步想把广场定在村部对门。

又到了月初总结汇报的时间。王弘义汇报了茶叶生产情况、争取物资和文化活动开展情况；两部变压器已安装到位，全村全部接通三相电，电力可以满足工农业生产需要。

陈玉文汇报了秋季生产情况："我们到各组了解了秋粮生产情况。玉米面积稳住了往年的种植基数，花生、芝麻、大豆面积有增加。就是野猪太多，成群成群地到处窜，玉米整块整块被野猪吃掉，对秋粮生产破坏很大。野猪是保护动物，不能打，也不能套，村民意见很大。野猪繁殖能力很强，几千年来都是猎人的主要攻击对象，从来没听说过会绝迹，不知道是哪个专家论证的，真是该挨砖头的家伙……"陈玉文的话引来了一阵笑声和一阵议论。赵守道要求大家肃静，继续汇报工作开展情况。

李虎生汇报了扶贫单位的联系情况："我们和每个包扶单位进行了对接，扶贫单位每个周三都到贫困户家了解情况，解决困难，指导生产，包扶得很尽心，贫困户的生产情况都很好，增收项目也都落实到位，脱贫应该没有问题。文化广场就定在村部对面，现场进行了勘察，图纸正在绘制。远翔公司答应给文化广场的修建资金、物资基本落实，文化广场建设可以立即启动。"

武春华汇报了羊肚菌生产和中心村的设计和绿化、美化工作，赵守道根据大家的汇报作了阶段性安排：按照分工，各组继续抓好自己的工作，文化广场的修建，多方筹措资金，争取早日启动，具体由孙阳、李虎生负责。

文化广场的图纸是武春华请县设计室的同学设计的，建筑分 4 个单元。一是牌楼，位于两河镇进村部院墙外，宽 13 米，高 9 米，由基座、立柱、横梁、匾额、楼顶构成。4 柱 3 门、中间大、两边小、歇山式、庑殿顶、钢筋水泥结构；二是舞台，露天。长 9 米、宽 7 米、高 1.3 米，砖混结构，中间、台前有连接式不锈钢架，塑胶式地毯；三是体育场，长 40 米、宽 30 米，内设篮球场、羽毛球场、乒乓球场、器材锻炼场，水泥硬化后，铺塑胶式地毯，舞蹈场地长 40 米，宽 30 米（兼会场）花岗岩地面；四是文化长廊，长 20 米，砖木结构，四角翘起，歇山式，琉璃瓦覆面，内刻写本地文化遗迹和名人诗作。设计者初步估计整个建筑需要 200 万元。

赵守道拿来图纸反复琢磨，钱是最大问题。他和王弘义、李虎生沟通后，决定召开专题会议研究。

李虎生了解详细情况后，下班后开车进了县城。来到昌隆宾馆找王晓翠，王晓翠正在给哪个领导打电话，示意李虎生先坐下。一阵甜言蜜语后，放下电话斜看着李虎生说："你们这些瞎东西，实在难对付。"

"不要拿我说事，我还不是和叫花子一样，多少打发一点就完事了。"李虎生抢白说。

王晓翠关上门，坐在李虎生身边说："不要说昧良心的话，哪一次没满足你。"李虎生笑着撞了王晓翠一下说："小妹可没有亏待过虎哥，我不是不知道好歹的人。"

王晓翠捏了一下李虎生的鼻子问："有啥好事？"

"吴守财呢？"

"早晨到镇平看玉器去了，刚打电话，才从内乡县城走。"王晓翠毫不在意地说。

"我们村计划修文化广场，大概将近 200 万元，我想找他商量商量。"李虎生笑看着王晓翠说。

"我还当是要找小妹玩呢？"王晓翠斜眼看着李虎生问。

"来就是想找小妹玩，就看小妹给不给面子。"李虎生用饥渴的眼神盯着王晓翠回答。

"没良心的东西，我啥时候辜负了虎哥。"王晓翠点着李虎生的额头说。

"小妹对虎哥的好，我早晚记在心里。"李虎生谄媚地笑着说："走！馋猫。"王晓翠站起来看了李虎生一眼，转身出了门。李虎生跟着上了四楼。

四十二　广　场

　　早晨立了秋，晚上凉悠悠。秋后的清晨，让人感到非常舒坦。赵守道见这几天不是很忙，即召集扶贫干部和两委会干部专题研究文化广场的修建问题。他看看人到齐了，即开门见山地说："大家都不说话了，上午开会，专题研究文化广场修建问题。一是地点咋定；二是资金的筹集问题；三是承包和开工问题。请大家发表发表意见。"

　　李虎生清清嗓子说："文化广场修建由我负责，我说一点个人意见。地点院子里放不下，建议修一座桥，在枫河对面斜坡地里按设计图纸修建。我问了一下专业人员，大约需要 200 万元，远翔公司答应资助 100 万元，我们再申报个项目，争取个 100 万元，要修就高起点，修好，十年、二十年不落后；承包我倾向议标，这样可能价格会低一点。"

　　孙阳听李虎生发言提到远翔公司，立即表明态度："李主任的意见很好，不过关于远翔公司捐资问题我声明一点，我们是企业，资金周转也很困难，捐助主要是物资，不是现金，请统筹规划中适当考虑。"

　　李虎生听了孙阳发言，瞪大了眼睛看着："那钱的问题就更大了。"

　　王弘义听了孙阳的发言，想了想说："李主任说得很好，要修起点就要高一点，按设计图纸施工；地点我也同意放在村部对面斜坡地里，东边宽度可能不够，可以再开挖一部分；现在关键是钱的问题，我们报了一个项目，最多能批 40 万元，我的意思，没有钱的事还是不要开空头支票，欠账谁还？我算了一下，如果自己买料自己建，130 万元连桥也能建起来。请大家考虑考虑。"武春华、齐明生、宋志红、李惠芬都同意王弘义的意见。李虎生坚决不同意："王主任说的办法省钱，难保证质量。比如说，牌楼，我们县目前就没有工匠，县城的古建筑都是请湖北工匠做的。我们自己咋做呢？"

　　"是倒是那回事，自己做可以节约一笔资金，但是技术力量不行，质量难保证，还是整体包出去比较好。"陈玉文附和着说。

　　"钱是硬货，资金咋解决？"宋志红接过话题问。大家议论了一阵子，钱的问题还是没法解决，不了了之地散了会。

下了班，王弘义、武春华陪赵守道在乡村的水泥路上散步，说起文化广场建设的事，王弘义建议邀请镇政府、包村单位参加，召开联席会议协商。赵守道和张厚诚沟通后与 A 局、远翔公司联系，决定在全省抽查前召开联席会议。

联席会议由张厚诚主持，他先说明了会议的主要内容是：汇报枫坪村精准扶贫取得的成绩、未来的打算和存在的困难，请扶贫单位共同把脉，出谋划策，破解难题，创建文明卫生示范村。

赵守道代表枫坪村发言：扶贫单位这几年对枫坪村给予了大力支持，我代表两委会和全体村民表示衷心的感谢。枫坪村在县委、县政府的领导下，精准扶贫取得了显著成绩。一是村容村貌发生了巨大变化，基础设施建设提档升级，土地得到全面平整，水、电、路管理、维护达到了标准化、规范化；二是"两不愁、三保障"得到了彻底解决，贫困户全部住上了新房，做到了应保尽保；三是产业得到了大发展。在包扶干部的帮助下，"借袋还菇"全面铺开，专业合作社带领群众致富的做法初见成效，羊肚菌生产、销售走上了良性的发展轨道，安吉白茶在枫坪村落户，为茶业发展增添了活力，养殖业也有了新的突破；四是文明村镇创建工作迈出了新步伐，为步入小康，乡村振兴做好了奠基工作。未来的枫坪村将是一个村容整洁、卫生，村风文明、和谐，人民安居乐业，生活富裕、幸福的社会主义新农村。

虽然现实是美好的，前景是远大的，可实际工作中困难还是比较多的。比如，创建社会主义文明卫生示范村，修文化广场，图纸设计好了，因资金问题落不实，迟迟不能动工。一些实际困难还请包扶单位给予支持、协助。

杨思琦明白这个联席会议的真正目的，也就是帮助解决实际困难。行政单位财力是有限的，从办公经费中挤一点，也是无济于事。他想想说："枫坪村脱贫攻坚，村两委会做出了不懈努力，取得了显著成绩，A 局虽然尽了最大努力，但支持的力度还不够，今后还要尽力支持。创建文明卫生示范村的事，王主任、张股长给我汇报了，我也和有关部局做了沟通，一是申报了一个文化项目，我们也到省市相关部门做了对接，大概能批 40 万元；二是从办公经费中再挤一点，A 局 37 名编制，全年办公经费不到 20 万元，最多能挤出 5 万元。虽然少，这也是一点心意，一种态度，请村两委会谅解。"

远翔公司董事长吕富强沉思了一下，看着赵守道说："枫坪村创建文明卫生示范村的事，孙阳给我汇报了，我的意思孙阳可能也给两委会做过沟通。我们支持 100 万元的物资，应该能把文化广场建起来。"

李虎生挠挠头发问："吕总，先前不是答应支持 100 万元现金吗？"

吕富强笑笑说："我们是企业，资金周转也很紧张。100 万元不变，我们生产的有产品，给一部分物资吧！"

"设计部门估计需要 200 万元，要是那样，那文化广场就没法启动了。"李虎生显出无奈的表情。

一阵沉默后，吕富强思索了一会儿，看着杨思琦问："杨局长的文化项目能落实吗？"

杨思琦笑笑回答："我亲自到省厅、市局对接过，文件马上下发，年内绝对能落实。"

"是这样，把文化广场设计图纸给我们，也不用招标了。40 万元项目资金由我们支配，差多差少，我们包了。"吕富强慷慨地表态。张厚诚、赵守道、王弘义、杨思琦等带头鼓起了掌。

"谢谢吕总，谢谢吕总，沉重的包袱总算卸下来了。"赵守道激动地表示感谢。大家都显得异常激动，只有李虎生闷闷不乐……

中午，远翔公司计划在凤阳街如意宾馆招待村干部和包扶单位，王弘义让枫坪村在自己灶上做了饭，上了 6 个凉菜，3 个小吃，热菜上了四菜一汤，分两桌在餐厅吃饭。赵守道又把自己烧的苞谷酒拿出来，说是沟通一下感情。

酒过三巡，各方代表开始敬酒，大家异常兴奋。张厚诚问吕富强："设计预计 200 万元，130 万元你们还要垫付多少钱？"

吕富强沉思了一下回答："再算上修一座桥，管理得好，100 万元就能修起，管理得不好，估计也能持平。"

"你咋算的？"张厚诚继续问。

"牌楼我们做不了，请湖北工匠做，也就是 15 万左右的工钱吧；修桥工钱 3 万元，舞台 2 万元，长廊 3 万元，场地平整、硬化、贴花岗岩 10 万元；水泥、沙石、钢筋、木材、花岗岩、塑胶式地毯等材料约 40 万元，绿化 10 万元。如果建材不涨价，总共 80 万元就能建成。"吕富强笑笑回答。

"那你不是还少出 20 万元？"王弘义惊奇地问。

"不是 20 万元，是 50 万元。如果按预算价那就是 120 万元。"吕富强点着头解释。

"哇，差别那大呀，难怪哪里有工程哪里就可能出现腐败嘞。"李惠芬惊奇地说。

"这还是在保证材料质量的前提下计算的，这一下知道为什么都抢着包工程了吧？"王弘义看着李惠芬问。

　　"知道了，无利不起早，有利头都削尖了往里钻。"李惠芬点着头会意。大家边吃饭边聊枫坪村的未来发展，大家无拘无束地到下午 2 点多才离开枫坪村。

四十三　难　题

　　桂花的清香迎来了秋后的累累果实，过了寒露，枫坪村民开始收秋和播种冬小麦，秋声呼唤着满山的红叶。远翔公司承担了广场的修建任务，就快速地安排行动了起来。为了赶在霜冻前完成文化广场的建设任务，远翔公司分3个施工队施工。牌楼包给了湖北一个古建施工队，10万元包工不包料；小桥抽几个技工主持，民工就地临时聘用；调了1台推土机、1台挖掘机平整地面，吕富强与赵守道协商，暂时由孙阳全面协调施工。文化广场建设紧张地进行着。

　　李虎生本来与吴守财商量承包文化广场的修建，大大赚一把，不想远翔公司自己修建，断了自己的财路，心里很不舒服。开始挖基础、平场地，他每天转转没有说啥，牌楼、小桥开始打基础，他每天都要看几次，说水泥标号不够，技术人员说是按比例兑的，他硬说是不对，技术人员让他看着比例兑，他看看没话说了。

　　枫河桥10米宽，中间修一个桥腿，李虎生看了硬让孙阳修两个桥腿，孙阳解释说："李主任，这河道只有10米宽，一个腿子就占了2米，如果两个桥腿，就要占4米多，两边基础至少要占2米宽，那河道只有4米宽了，影响行洪。况且，设计就是这样设计的。"

　　李虎生强调说："一个桥腿跨度太大，载重车过不去。"

　　孙阳解释说："跨度不足4米，并不大。建筑工程现在都是终身负责制，图纸设计是要进入档案的，承重量是经过科学计算过的，限载10吨，应该是没有问题的。"

　　"出了问题谁负责?"李虎生冷着脸问。

　　"属于设计的问题设计师负责，属于工程质量问题，远翔公司负责。"孙阳爽朗地回答。

　　"问题我提出来了，纠正不纠正，你们看着办吧。"李虎生甩下这句话，扭头回了村部。孙阳心里不舒服，回村部找赵守道汇报，赵守道对孙阳说：

"按图纸施工，不理他。"

"不理不行呀，他是村领导，以后咋配合工作。"孙阳着急地解释。

赵守道挠挠头想想说："也是哦，我去找他说说。"说着去了李虎生的办公室……

场地平了几天，孙阳发现按设计场地宽度不够。有4米长、10米宽的土包是李春生的承包地，孙阳好说歹说李春生不让，要8000元包产费。孙阳嫌多，找到赵守道反映。赵守道让李虎生去解决。李虎生去了半天，回来说：最低给12000元，李春生坚决不让地。没办法，赵守道嘴上不说，心里比镜子还要明白。越说反而越多，这里的猫腻不是明摆着吗？想想，只得亲自找到李春生家里。李春生见赵守道来了，笑着让座："支书来了，到屋里坐。"

赵守道进门坐下后，看着李春生说："春生，我来找你有个事，村里修文化广场，需要占你那块地，你看需要多少钱。支持一下村里的工作！"

李春生沉着脸说："村主任刚才来了，我给他说了，村里用嘛，也不多要，给12000元算了。"

赵守道拧了一下头，皱着眉头说："你那地是金子呀？不到40平方就要那些钱？"

"这也不多呀！城里1平方地要几千元，我这才合不到300元。还多哇？"李春生装着惊奇的样子。

"我们这大山里，咋能和城里比呢？西安一平方还要四五千呐。不要废话，说实在一点。"赵守道婉言劝说。

"本来我还准备加嘞，支书说了，那就8000元吧！才合不到200元一平方。"李春生诡异地笑笑说。

"不能再少了？"赵守道问。

"贫困户评不上，没钱花，就指望那点地卖钱嘞。"

赵守道知道他因为贫困户取掉有意见，故意作对。心想，他赌气也情有可原。笑笑心平气和地说："修文化广场是公益事业，大家的事，大家要支持。少一点行不？"

"再少了就别动。"李春生站起来进了屋。赵守道心里气不打一处来，扭头回到了村部的院子里。孙阳见了问："赵支书，情况咋样？"

赵守道摇摇头回答："没样，他是故意作对嘛。"

"那咋弄呢？"孙阳问。赵守道用手指了一下，他们进了王弘义的办公室。王弘义正在计算贫困户全年的增收情况，见赵守道和孙阳进来，赶忙起来让座。"有事吗？赵支书。"

赵守道叹口气说："文化广场场地不够，要占李春生40多平方地，他狮子大开口，要8000元，你看咋办？"

"关键不是他一家，大家都那样要咋办？"王弘义反问。

"就是呀，多数村民的地是调剂的，其余都是按5年常产付的，开了这个头咋办？"赵守道为难地回答。

"其余几家有啥反应？"王弘义问。

"暂时没有啥反应。"孙阳不假思索地回答。

王弘义边泡茶边思索，过了一会儿问："设计归设计，体育场地按规定不能缩小，活动场地可以缩小呀。再者，两者完全可以交叉使用，不占那40平方不行吗？"

孙阳马上醒悟了："对呀，咱们完全可以不占那40平方呀！"

孙阳拿出图纸铺在王弘义办公桌上说："东边修文化长廊，边上是绿化带，大约1米宽，文化长廊2米宽，篮球场在外边，里边是绿化带、体育器材，再把2个羽毛球场放到西边，中间舞蹈场地可大可小，搞文艺活动不会与体育活动发生冲突，东、西、中间缩4米不会影响整体规划。"王弘义、赵守道也觉得可行，他们叫上武春华、齐明生一块到现场勘察，大家都认为没必要再和李春生纠缠。

过了几天，场地完全平整好了，孙阳找赵守道按规划放线。赵守道叫两委会的人都到现场放线，李虎生心想：地不够，等着看笑话吧！武春华按赵守道的意见，东、西缩了1米，中间缩了2米，不用李春生的地刚好。线放好了，李虎生感到奇怪，就问武春华："地不是不够吗？你咋把线放了？是不是账算错了？"

武春华笑笑说："李春生不让地，我们东西各缩了1米，中间缩了2米。刚好。"

"那我咋不知道呢？你们把我这个村主任当猴耍？"李虎生黑着脸去找赵守道。

赵守道刚回到办公室，李虎生气呼呼地推门进来问："赵支书，规划改了我咋不知道呢？你们还把我当人吗？"

赵守道站起来笑笑说："咋把话说得那难听呢？李春生不让地，这也是没有办法的办法。我忘了给你说。"

"我好坏也是一村之主任，修改方案也该给我通个气吧？这是哪个的主意？"李虎生瞪着眼睛问。

"不是别人的主意，是我那天生李春生的气，不得已的想法。"赵守道心平气和地解释。

"你不说我也知道，肯定是王弘义出的傻主意。"李虎生说罢气呼呼地下了楼。

文化广场的建设进度很快，牌楼修起来了，大桥架起来了，绿化带修起来了，地面硬化了，就等着栽植树苗和铺塑胶膜、花岗岩地板。李虎生找到孙阳说："小孙，给你老板说，我一个朋友是搞绿化的，花岗岩石材、树苗让他给你们提供行吗？"

孙阳笑笑问："啥规格、啥价钱呢？"

"让我给你问问。"李虎生拿出手机，拨通了一个号码，李虎生"喂"了一声，手机里传来了回声"李主任好，我是马光明。有事吗？"

李虎生看了一眼孙阳问："上次给你说石材、树苗的事，你把规格、价钱说一下。"

"好，你记一下。"对方回答。李虎生对孙阳说"记一下。"

电话里传来了自称马光明的声音："花岗岩石材，5×30×50 板材 30 元一块，3×20×30 板材 20 元一块；雪松，直径 5 厘米，每株 800 元；直径 3 厘米，每株 300 元；广玉兰，直径 5 厘米，每株 600 元；直径 3 厘米，每株 200 元；银杏，直径 5 厘米，每株 800 元；直径 3 厘米，每株 300 元；樱花，直径 5 厘米，每株 1000 元，直径 3 厘米，每株 300 元；紫荆，直径 5 厘米，每株 1500 元，直径 3 厘米，每株 500 元；石榴，直径 5 厘米，每株 1000 元，直径 3 厘米，每株 400 元；海棠，每株 200 元，牡丹每株 100 元；月季每株 50 元；石楠，80 厘米高，每株 60 元；小叶黄杨：每株 20 元……"

"还有吗？"孙阳问。李虎生接着问，"就是这些吧！"对方回答。

"价格还可以低点吗？"孙阳问。

对方回答："这就是最低价了……"

孙杨不好说啥，笑着对李虎生说："我一会儿打电话把规格、材质、价格，向公司董事长汇报后再给你回答。"

李虎生不高兴地说："你现在就打电话问问嘛。"

孙阳无奈地拨了一个空号，显示关机。"打不通，可能有事，晚上我再给他说。"李虎生想说又没说啥，极不愿意地出了门。

李虎生走后，孙阳对王弘义、武春华说了自己的看法，"据我了解，价格差别太大。"

王弘义笑笑说："你向董事长汇报，至于咋决定，与你也无关系。"几个谝了一会儿，孙阳给吕富强汇报了李虎生的情况。吕富强心里合计：据他了解的情况，苗木价格高出一倍还多，石材每块高出 5—10 元，600 平方需要 4000 块石材，高出 2 万元左右。花木要高出 5 万元左右，沉思了一会儿，即对孙阳说："石材让他采购，就说苗木我们已和豫西一家园艺公司签过了合同。"孙阳答应一声放下了电话。

第二天早晨，孙阳把结果告诉了李虎生，李虎生虽然心里不愿意，嘴上也不好说，只得表示谢意。他心里怀疑王弘义给孙阳出了"坏主意。"这笔账他还是记在王弘义名下。

材料到场后，不几天，花木栽好了，地板也铺好了，太阳能灯和彩灯也安了起来。椭圆机、太空漫步机、腰背按摩器、健骑机、跷跷板、双杠、高低杠、平步机、荡板、篮球架、排球网、乒乓球台等体育器材也全部安装到位。舞台坐南朝北，建在文化广场的中央。整体布局简洁、和谐、美观。早晚许多村民到广场锻炼。

国庆节这一天，镇政府领导、扶贫单位领导都来到了枫坪村文化广场，村两委会举行了隆重的揭牌仪式，A 局还请县剧团演员来表演了文艺节目。枫坪村文艺宣传队也表演了几个文艺节目，枫坪村的文明卫生示范村创建真正拉开了序幕。

四十四　解　困

　　国庆放假前，县扶贫局通知：十月中旬，全市组织交叉检查，为年终国家检查做好准备。县委、县政府要求扶贫工作队和全体干部只放两天假，机关干部全部到扶贫户家里核实全年经济收入。王弘义陪父亲过了八月十五，就赶回枫坪村。他先到包扶的3户贫困户家中核查。杨书怀的2000只鸡开始下蛋两个月了，他告诉王弘义说，每天能产40公斤鸡蛋，每公斤回收批发价6元，可收入240元。一个多月已全部还清了鸡娃钱，9月已收入7000元。这让王弘义非常开心。

　　他看了杨全胜家天麻种植情况，杨全胜说挖了500公斤，能卖1万元左右，王弘义看有600公斤，就按500公斤算，连茶叶收入，脱贫也没有问题。

　　他去了李泽胜家，李泽胜夫妇正在挖天麻。王弘义和他们算收入账：每窝平均能挖5公斤，150窝天麻能挖750公斤，鲜天麻每公斤能卖20元，纯收入有15000元。加上茶叶收入，入股分红、打工收入，也就是3万多元。王弘义感到他脱贫还很勉强。李泽胜笑眯眯地说："说实话，脱贫我不熬煎，还有粮食、油料啦。人均9000元应该没问题。就是两个娃的工作，让人熬煎。"

　　王弘义不解地问："娃都大学毕业了，你熬煎啥？"

　　"我两口子打了十几年工，挣的钱基本都供娃上学了。两个娃大学毕业了，农活不想干，其他工作找不到。考公务员分数线挂住了，面试又卡掉了。整天在家里玩，这哪是回事呀？"李泽胜忧心忡忡地说。

　　王弘义沉思了一下说："这村里好几家都是这种情况，先让到企业打工，玩总不是个事。"

　　"我们乡下农民，城里又不认识人，到哪去找工作？除非到外地打工，路远了我又不放心。"李泽胜无奈地说。

　　"这样吧，星期天回去我给你问问，两个娃学啥的？"王弘义很认真地问。

　　"女子李文英，是学中文的，儿子李博艾，是学电子计算机的。"李泽胜看着妻子回答。

"好，我知道了，有时还要专业对口，学非所用也不行。"王弘义笑笑回答。

"那倒好嘞，两个娃问题要解决了，我家啥问题都解决了。"李泽胜的妻子无比感激地说。

"我不敢保证，但我一定会尽心。"王弘义笑笑表示……

东兴化工厂老板是王弘义同学，晚上，王弘义给老同学何广成打电话。他说了李泽胜儿子李博艾的情况。东兴化工厂办公室正好缺一个电脑操作员，让第二天到公司看看。王弘义给李泽胜打电话，让李博艾第二天到村部来，带他到东兴化工厂看看。第二天一早，李博艾来到村部找王弘义，王弘义给赵守道说了一声，带着李博艾开车去了东兴化工厂。李博艾具有二级电子计算机资格证，技术还算可以，何广成很满意，安排在配料车间做操作员，让第二天来上班。中午，王弘义带李博艾到家里吃饭，说起李泽胜家里的事，李曼玉告诉他：党政部门正在招收协管员，月工资 2100 元，交"三金"。报名时间还有 3 天。王弘义非常高兴，吃过午饭，带着李博艾回到枫坪村，让李文英第二天带着身份证、毕业证到人力资源和社会保障局报名。

通过包扶部门和包扶人员拉网式全面核查，枫坪村 70% 贫困户产业项目抓得实，脱贫问题不大，为了不出现漏洞，赵守道又让包片干部深入细致地又核查了一遍，为年终检查做好了充分的准备。

修文化广场，李虎生虽然捞了一把，可他心里并不满足。他恨孙阳，更恨王弘义。夜色如墨，李虎生躺在沙发上心情久久不能平静。他翻看着电视，似乎没有合乎胃口的节目，想想，拿着手机给李香兰发了个信息："美女，忙啥?"李香兰立即把电话拨了回来："喂，虎哥吧? 一个人还没休息?"

李虎生慢悠悠地回答："还没有，心烦，你一个人在家?"

"王世斌在城里打工，三天两头不在家，不是我一个人还有谁?"李香兰委屈地回答。

"那，我过来和你玩一会儿?"

"想来你就来吧……"李虎生趁着夜深天黑去了李香兰家，两个快活完了，又商量着一场新的预谋。

文化广场修好后，文艺活动更加活跃了起来。陈远剑带着一伙年纪大的在舞台上打流水，中老年妇女跟着唱民歌；李惠芬、李欣怡、李香兰带领中青年妇女跳广场舞，扭秧歌，天擦黑就来，夜深了才走，双沟、杨树沟的中青年人，两口子骑着摩托天天都来凑热闹。文艺活动中，增进了了解，沟通了感情，传递了信息。许多群众对香菇的发展，茶叶的引进产生了新的认识。有了参加支柱产业合作社的愿望。村民来的多了，慢慢和扶贫工作队也熟悉了，王弘义也常常和村民谈谈对未来的发展和希望。

枫坪村过去有文艺宣传的基础，20世纪六七十年代，宣传队常年活动。土地承包后，各忙各的，文艺活动相对地少了一些，有人带了头，文化素质大大提高的村民也从牌桌、酒桌上走了出来。经过一段时间的活动，李惠芬把村里一些有文艺天赋的年轻小伙子，姑娘组织起来，让王玉芳带秧歌队，让李香兰组织跳广场舞，她和李欣怡排练一些舞蹈等表演节目。李欣怡会弹电子琴，也会跳舞，自然成了文艺骨干。王弘义、武春华、李仁义、宋志红、陈有才会拉二胡、吹笛子、吹葫芦丝，有时也聚在一起搞乐器合奏，小院中显得异常热闹。李虎生觉得有了可乘之机。他暗暗叮嘱李香兰、王玉芳、李四海盯着李欣怡、李惠芬、王弘义、武春华，看他们有啥勾当。

文艺活动，虽然人杂，但是集体活动，一块来，一块走，很少有人单独行动。李香兰、王玉芳盯了一阵，也没有发现异常，慢慢放松了警惕。李虎生问起来，李香兰笑笑说："你想多了。没多少人像你一样花心萝卜，朝三暮四的。"

"香兰你咋那样说我哒，我不就你一个美女。"李虎生狡黠地说。

"有没有，你自己知道。不要瞎费劲，不会有结果。"李香兰笑笑回答。李虎生还是不死心，又去找李四海盯梢。

李文英报名回来，王弘义给她借来了许多复习资料和练习题，先让李文英系统地把书看一遍，然后每天做两套练习题。李文英很听话，在家里起早贪黑地复习，做练习题。隔几天，王弘义还和武春华一块儿去看看李文英复习的情况。见李文英非常用功，也就放心了。

四十五　捉　奸

　　李欣怡父亲对杨祯兴的婚姻并不看好，开始一直阻拦，王义林插一杠子，李世福怕王义林从中作梗，吴梦丽和王义林旧情死灰复燃，李惠芬来说媒，他也不好再多说了，也没说行，也没说不行，就那样不长不短地摆着。杨祯兴考上事业单位职员后，矛盾有所缓和。李惠芬再去问，答应让他们相互了解了。李欣怡、杨祯兴的关系慢慢走上了公开化的阶段。星期天杨祯兴回来，就在卫生所玩，也很少回家里去。星期六杨祯兴到王弘义那玩，王弘义临走把钥匙留给了杨祯兴。夜深了，李欣怡关了卫生所门，敲开王弘义的门和杨祯兴谝着玩。暗地里盯着王弘义的李四海看到了，他赶忙给李虎生打电话："喂，村主任，李欣怡进了王弘义的屋。"

　　"啥时候？"李虎生惊喜地问。

　　"刚刚进去。"李四海高兴地回答。

　　"没看错吧？"李虎生不放心地问。

　　"绝对没错。"李四海肯定地回答。

　　李虎生说了一声"好"，挂了手机。他想，夜深了，孤男寡女在一块儿，能干啥好事？这事，应该是十拿九稳了。他知道宋志红在李仁义家喝酒，故意打电话叫上宋志红，说找王弘义商量事。到了村部院子，李虎生紧走几步来到王弘义门前，迫不及待地去敲王弘义宿舍门。李欣怡正在和杨祯兴谝得高兴，听到有人敲门，想到夜深了不会有啥事，故意没有去开门。李虎生怀疑王弘义在干不可告人的勾当，又用力地敲了几下门。杨祯兴见敲门声越来越大，示意李欣怡开门。李欣怡半开着门，见是李虎生和宋志红，问："村主任有啥事？"

　　李虎生幸灾乐祸地说："你还好意思问我们啥事，我倒要问你在干啥事呢？"

　　杨祯兴听着话不对，即打开门看着李虎生问："我们是正常地约会谈恋爱，你说这话啥意思？"

　　宋志红意识到事情不对，怀疑李虎生是拿他耍着玩。急转身离开了。"我们找、找王弘义商量事情。"李虎生结结巴巴地回答。

"今日是星期天，王弘义回家啦，你找他干啥？"杨祯兴不依不饶地问。

"我，我不知道……他……他回去了？"李虎生推脱地说。

"以后少要些怪。"杨祯兴用力重重地关上了门。李虎生回头看宋志红走了，丧气地摇摇头自怨自艾地说："哎，今天晦气。"

宋志红头也不回地说："自找的。"

李虎生看着宋志红的背影，气不打一处来。他拨通李四海的电话，狠狠地把李四海骂了一顿。

李虎生吃了亏，可他还是不死心。心想，世界上哪有不吃荤的猫？李欣怡、李惠芬都是一流的漂亮美人，她们对王弘义那样好，王弘义肯定不会不动心。他怀疑王弘义和李欣怡、李惠芬肯定有勾搭。只不过没被发现而已。他继续叮咛李四海、李春生盯着这几个人的活动。

李文英离李惠芬很近，以往也和李惠芬一块儿到村部参加文艺活动。报了协议工招考后，天天在家里专心地复习，到村部来的时间也少了。距离考试还有十几天的时间，李文英想，王弘义对国家的政策理解得多，时政方面肯定熟悉，想请王弘义给他辅导辅导。他给父亲李泽胜说了想法，李泽胜感到有道理，即给王弘义打电话，王弘义答应在时政和综合测试方面都可以给予指导。就是白天忙，让晚上和李惠芬一块儿到村部来复习。

连住几天，李文英晚上和李惠芬一块到村部来复习，一块儿回家。临近考试的几天，为了准确地传授知识，王弘义也请武春华共同来辅导。李欣怡见李文英很努力，劝说让晚上在卫生所住，可以多学一会儿。每天晚上，王弘义、武春华先讲解第一天做的练习题里的错别题和知识点，指导读写练习题。8 点多，让李文英又做一套练习题，他们帮助纠错后，李文英才回卫生所和李欣怡休息。

李四海上次谎报了军情，让李虎生丢了人，为了准确地抓住证据，他连续盯了几个晚上。他见李文英 7 点多进去，11 点多才出来。他怀疑这两个人没干好事。第四天晚上，李文英 7 点多进了王弘义的办公室，9 点多广场活动的人都走了，将近 11 点了，仍然没见李文英从王弘义的房里出来。李四海心想，这应该是水缸里抓鳖——稳拿。心里一阵窃喜，躲在院墙外的角落里给李虎生打电话："喂、虎哥，赶紧过来，李文英 7 点多进的王弘义宿舍，现在还没出来。"

"看准没有？"李虎生不放心地问。

"没问题，我一直在商店里瞅着。赶紧过来。"李四海高兴地说。

李虎生上次吃了亏，这次他没有再叫别人。他过来后叮咛李四海："如果没抓住他们现行，你就说想退出茶叶合作社，找他反映问题。"

李四海答应："知道了，这次是不会放空的。"他傻傻地跟着李虎生进了村部院子。悄悄来到王弘义门外，侧耳听了一会儿动静，见里面悄无声息，李虎生示意李四海敲门。

李四海敲了几下门，接着喊："王主任，王主任。"

武春华、王弘义正在看李文英做综合测试题，突然听见有人敲门，感到很奇怪，他们对视了一下，没有理会这回事，看看外边谁要干啥。李四海停了一会儿，李虎生示意使劲敲，李四海就使劲地敲门，并大声喊："王主任、王主任，你干啥？咋不开门呢？"

王弘义听出来是李四海，心想这人又要出啥幺蛾子。即用力打开了门，看到李虎生和李四海，生气地问："夜深了，你大惊小怪地喊啥？"

李四海看到武春华正在看李文英作题，一下慌了神："我……我来看看……你们在干啥？"

"你看我们在干啥？"王弘义反问。

李虎生怕李四海说漏了嘴，即抢过话题说："李四海找我说想退出茶叶合作社的事，我就一块来找你。你们有事，那你们忙吧。"说着慌张地退出了办公室。

王弘义见李虎生话说得很圆满，笑笑说："那明天再说吧，我和春华还有几道题要讲。"

李虎生也笑着说："那就不打搅了，明天再说。"说着，拉着李四海出了村部院子。拐过弯子，回头指着李四海悄声骂："你尻的用，啥时候能办成一件事？"李四海嘴动动，没敢再说啥。

李虎生走后，武春华给李文英指导数理化方面的知识点，王弘义讲解文史哲方面的知识点，11点多，李欣怡来接李文英回卫生所休息。李文英给李欣怡说李虎生找王弘义的事，李欣怡明知道李虎生不怀好意，又怕李文英不懂事，到处乱说，即叮咛李文英："这事你不要对别人说，也或许李虎生他们是真的有事。"李文英疑惑地点点头。

经过紧张的复习，李文英感到底气足了许多，参加协议工考试总分得了第一名，顺利地进入纪委监察局做了文员。孩子的问题解决了，李泽胜心也放下了，不仅收入增加了，也从根本上真正走出了贫困。

四十六　文　化

　　隆冬浓雾的天气，笼罩着枫树坪的山川村庄，前几天下了雪还没消融，白皑皑的雪地如同月夜一样，清晰地映照着田野村庄。入夜的朔风又把这满地的残雪吹冻了，天气突然变得特别冷。许多人得了感冒。吴家滩吴卫东的母亲天天晚上去"学耶稣"。回家的路上冷风一吹，得了感冒，当晚上就高烧咳嗽不止。吴卫东给她烧的姜汤她不张嘴，让她到卫生所看病她不去，买的999感冒灵她也不喝。她固执地说："放心吧，我有上帝保佑，祷告祷告就会好的。"第二天晚上病情加重了，说话都是昏头晕脑的，满嘴都是"上帝保佑""我要升天啦""天堂多美好呀"等胡话。第三天，吴卫东看母亲病情更严重了，就把李欣怡请来给老太太看病。说她糊涂吧，给她量体温她不让量，量血压她也不让量，给她听诊她死活不配合，脉搏也不让摸，嘴里不断地祷告。李欣怡让吴卫东帮忙，隔着衣服勉强听了心脏和肺部的跳动，判断是肺心病，很严重。注射药都装好了，老太太舞舞扎扎地不让打，李欣怡没办法，建议吴卫东赶快送到县医院治疗。吴卫东两口一夜守着老太太，看着她进气小，出气大，昏昏沉沉的样子也没办法。

　　第四天清晨，吴卫东把车都找好了，老太太突然咳嗽痰堵住喉咙，一口气憋住上不来，咽气了。等吴自启骑摩托把李欣怡接来，抢救了半天，已无法再抢救过来……吴卫东虽然家里穷，母亲70多岁了，老衣、墓、棺木等要准备的都准备好了。吴自启安排请道士料理后事，吴卫东告诉说："我妈生前有交代，按基督教的仪式举行葬礼。"吴自启不好再说啥，由他们自己处理。

　　吴卫东按约定给长执、传道打了电话，时间不长，附近十几里的一些基督教徒闻讯赶了过来。他们先按基督教礼仪给丧者入殓；按假三天的规制确定日期后，给至亲好友发送"丧礼仪节表"；在丧家门上用白纸书写"丧中""安息"等字样；棺木前不设香案、祭品、孝帐、孝匾、挽联等世俗之物。只摆放孝男、孝女的花圈。显得简朴、肃穆、节俭。

　　下午，赵守道得到了吴卫东母亲去世的消息，按照惯例，贫困户家中的红白喜事，村干部都要去看望。王弘义问啥时候去，李虎生说他打电话问一下。吴自启告诉了老奶奶信耶稣的情况。他们商量一下，不干涉丧家的安排，决定时间放在第二天下午。

第二天快要下班时，赵守道叫上村干部准备到吴卫东家里去。陈有才到商店买花圈，李三元告诉他："花圈中间的字要重写，条幅也不一样。"

陈有才回来问赵守道咋办。赵守道问王弘义，王弘义说："让我到网上查查看。"

"就那样买地拿去，看他咋？"李虎生不以为然地说。

"哎，还是尊重宗教风俗为好吧。"王弘义说罢回了办公室。陈有才回办公室裁了白纸。过了一会儿，王弘义在中间大纸上写了"荣归天国"，在右边条幅写着"故吴母安息"，在左边条幅写着几个人的名字"敬挽"。写好后，几个人拿着条幅和花圈来到吴家滩吴卫东门前。附近的信徒带来了乐队、搭起了舞台，舞台中央的底幕中央印有一个大大的"十"字，十几个信徒在舞台上奏乐、跳舞。他们不烧香、不烧纸也不放炮，吊唁的人来，孝子并不跪拜，只是陪着鞠躬。几个村干部和扶贫工作队员来，鞠完躬，吴自启、吴卫东迎到账房喝茶。赵守道、李虎生、王弘义问了一些丧事的料理情况。吴自启解释说："他这简单，吃饭有专业服务队，打杂有那些信耶稣的人帮忙，也不请八仙，也不查日子，也不披麻戴孝；到时候信徒们事先安排顺序、路程及领队若干名，维持秩序与交通。送葬者佩戴着十字架记号的布条或小白花，抬棺的都是基督信徒，没有任何禁忌，入殓及安葬时，唱诗与悟性祷告，即送往墓地。"

村干部们送了礼，安慰了吴卫东几句，即告辞返回村部。在回家的路上，王弘义和赵守道、李惠芬、武春华坐一个车，闲谈中，说起传统的葬俗和基督教葬俗的优点和不足。

武春华笑笑说："传统葬俗和基督教各有利弊，迷信是共同点，不同的是西方文化和东方文化的差异。传统的葬俗讲求忠孝仁义，虽然古板、烦琐，其中确蕴含着道德传承和血脉延续的情愫。基督教追求的是死后升入天堂，个人得到满足，我感到有些为己、自私。"

王弘义笑笑说："葬俗的差别，说到底，还是中国文化和西方文化的差别。一是思维方式不同，中国思维模式是宏观的，使中国人能更好地把握全局，中国人一般都比较注重儒家思想，注重礼义廉耻，在日常生活中为人处事比较谦恭、含蓄，在思考问题的时候更加注重礼节问题。西方文化善于微观思考，严谨地思考，是由于微观化的思维模式，也使西方更早地进入科学社会。一般崇尚开放思维，思维方式很直接，思考的方式更加注重一些利益性的问题，个人主义比较严重。二是中西之间的科学文化呈现的文明底色不同。科学文化诞生于西方。早在古希腊时期，自由民对纯粹知识、对'无用之用'学问的追求，就培育塑造了西方文化中探究自然秘密的好奇心和理性传统。形而上学的建立、发展与完善，为进一步追求建立严整自洽的逻辑体系，提供了有益的思维训练。基督教经院哲学唯名论与唯实论之争，更是直接酝酿促进了近代科学的诞生。近代科学以求真、实验、证伪、定量等范式，形成了自己的文化传统，逐渐成为科学共同体的伦理规范和精神追求。此后，近代科学以具有强大解释力、说服力的丰硕成果，生动彰显了'知识就是力量'的丰富内涵。同样，中国人在认识并改造自然世界的进程中，也形成了具有鲜明特色的文明传统。顺应自然，注重整体思维、系统思维、辩证思维，强调天人合一、生命感悟、欲辩忘言，是以儒释道为代表的中国传统文化的重要特点。它指导中国人有效地与人相处、与社会相处、与自然相处，并造就了历学、农学、医学、天文学等方面的卓越成就。重视整体、关联、综合、包容、感念的中国传统文化特点，与强调理性、批判、分析、实验、精确的西方科学文化有着不同的底色。在不同底色上建立起来的科学文化必然有所差别，各有特点，各有所长，需要交流互鉴，相互学习。必须承认，就近代科学而言，中国是有差距的，我们尤其需要向先进发达国家学习，弘扬近代科学精神；三是家庭文化的不同。中国社会极为注重家庭概念，家国同构可谓是其典型特征。中国更加重视家庭生活而缺少集体生活，在集体和个人之间有所选择的时候，往往以集体理念为重，以同构伦理来对社会进行相应组织，也正是因为此，我们国家被称为'伦理本位'社会。西方社会则更加推崇个性发展，坚持以个人作为发展的根基，国家的形成则更加注重契约的作用。西方人比东方人更为注重集体生活，但是对于家庭的概念则相对淡薄，通过宗教来对个人形成威慑、凝聚社会，来确保个人的独立地位与自由权利，所以被称为'个人本位'社会。"

"总之，西方文化注重自我价值的作用，以个人利益高于一切；东方文化注重家国情怀，追求整体公平。"王弘义说。

武春华接着说："正因为文化价值观的不同，社会主义理论容易让中国人接受，西方人不容易接受。这与中国人追求整体公平的理念有关。"

李惠芬懵懂地说："不说文化价值观了，把人都说蒙了。"

"那就还说葬俗吧！"武春华笑笑说。

"迷信是两种葬俗的共同点，都不符合新时代的发展。创建文明卫生示范村，我看要把改革民间风俗作为一个突破点。把红白喜事理事会成立起来，让其真正发挥作用。推进新风尚的形成。"王弘义若有所思地建议说。

赵守道边开车边插嘴说："王主任说得好，无论西方文化还是东方文化，传统的葬俗和基督教葬俗迷信的色彩都太浓，不利于文明新风的形成。下来专题研究一次改革民风民俗的问题。发挥红白理事会的作用，推进民风民俗的改革。"

"最好也把红白理事会办成实体性质。把村里厨师、历练妇女发动起来，成立一个服务团队，实行非营利性服务，哪家有红白喜事，直接由理事会负责组织承办，既节约费用，又便于推进民风民俗的改革。"李惠芬也说出了自己的想法。

"有破才有立，文化是人类生活经验的总结，规矩得到大家的认可，慢慢就形成了习惯。没有特殊情况，规定三天安葬，也符合老父老母不得少于三天的老规矩，也限制了道士无限拖延日子的借口。成立红白理事会，按新规矩办的，经济上给予优惠，不按新规矩，按商业性收费，给新风俗一些激励措施。"王弘义提出了自己的意见。

"你几个意见好，下来好好研究研究。"赵守道边表态边把小车开进了村部院子……

四十七　选　举

　　按照组织部门、民政部门最新规定，村干部实行一肩挑，村支书兼任村主任。县委组织部和民政局联合发文作了安排。两河镇党委对此非常重视，提前开会做了动员，广泛地征求了群众和干部的意见。对枫坪村的干部人选，镇党委内部意见也不一致。多数认为：赵守道四十八九，也是正干的年纪，党校大专学历，人稳重，心公平，能吃苦，群众影响好，可以胜任一肩挑的工作。少数人认为，赵守道胆子小，魄力不大，不适合做一把手。李虎生敢说敢干，勇于创新，能打开工作局面，适合做一把手。书记刘兴民主张听听各方面的意见再定，人选问题还悬而未决。

　　镇党委年终开总结会，总结全年工作，安排下年的打算。散会后，刘兴民留下了枫坪村的扶贫干部，一个个征求他们对村干部的看法。几个干部一致同意赵守道做一把手。认为李虎生自私、武断、粗暴、工作方法简单，不适合做一把手。王弘义从侧面反映了李虎生的生活作风、谋取私利、工作方法简单的一些事例。刘兴民根据大家的反映，初步决定赵守道为枫坪村支书、村主任人选。镇党委人选定了以后，消息很快传到了李虎生的耳朵里，他恨得咬牙切齿，开车进城找王晓翠密谋。王晓翠劝他不要放弃，要努一把力，力争当选村支书。并建议他去找那个战友领导。李虎生和王晓翠亲热一阵后，找到那个战友领导询问策略。那个领导举例说了很多，"那年，某村换届选举，村主任人选定了，通过活动，结果原定副主任当选村主任，选举结果出来了，上级不得不承认。""某年某乡镇换届，副乡长选成了乡长，组织还不是得承认。""你自己的事你自己看着办。"领导虽然没有明说，李虎生认为是给他的暗示。他回到村里开始串联、活动，组织人拉选票。全村农民党员23人，李虎生采用请客送礼、讨好、许愿的方式，串通了13人，想把李香兰、陈东海、陈礼义拉进支部班子，支委会在他完全占优势的情况下，完全可以稳操胜券了，他心中窃喜。

　　元月初，镇党委在枫坪村召开党员会议，选举村支部班子。镇党委来主持会议的是一名姓王的副书记。他组织大家学习了相关选举和班子调整的文件，宣布差额选举支部委员、支部书记。

主持人在宣布选举办法时，规定扶贫工作队员的党员干部不参加选举。王弘义感到不对，即提出异议："党章规定，党员有选举权和被选举权，我们党组织关系转到了枫坪村，即是枫坪村支部成员，为啥不让我们参加选举？凭啥剥夺我们的选举权？"

主持会议的王副书记半天回答不上来，支支吾吾地说打电话向镇党委汇报。

过了一会儿，镇党委回电话，同意工作队员参加支部选举。这样连工作队员共27名党员，缺席2人，符合选举要求。王副书记宣布了候选人名单，给党员发票，让党员划票。王弘义事先向武春华、孙阳、李惠芬、齐明生、宋志红作了交代，人坐开，保持和党委的意图一致。划票结束，经过两个人计票，两个人监票，统计结果显示：赵守道、李虎生、李惠芬、宋志红、陈玉文当选支部委员。虽然没有一个人是全票，但是李香兰、陈礼义、陈东海想进支委会的梦想破灭了。这样的结果李虎生非常生气，他想把李惠芬、宋志红、陈玉文挤出支委会，支委会他的人占多数，支书就是他的了。结果他的人没能进入支委会，赵守道毫无疑义地继续担任支部书记。散了会后，李虎生办公室都没回，开车直接去了县城。

李虎生去找那个领导，战友领导让他调整好心态，这样的结果也算是好的。他心有不平，又去找王晓翠发泄，王晓翠鼓动他：不妥协，不放弃，奋斗到最后。出水才看两腿泥！

李虎生得到王晓翠的支持，心中又燃起了不屈的烈火。回到枫坪村后，天天晚上找李香兰、陈东升、李春生商量，继续做各组村民的工作。通过刘玉明、叶怀德、朱昌盛、李春生这些亲戚、朋友关系网帮忙煽风点火，鼓吹这几年枫坪的发展和李虎生的政绩。可这些人在群众中影响不是很好，自私，为一己私利总是争得头破血流。不几天，他的地下活动就在群众中流传了开来。许多村民都反映："枫坪村的变化与李虎生屁的关系，不使坏就不错了。"

一天，陈远剑和李四海、牛伯梁、陈玉民在门市部前打牌，李四海输了，牛伯梁笑话李四海，"老四能啵？输了吧？"

李四海生气地说："胜负乃兵家之常事，今天输了，明天就能赢回来，就像村主任一样，今年当了，不一定明年还当。"

"打牌就是打牌，不说那些扯淡话。"陈远剑不屑地说。

"你是不是也参与了那个？"牛伯梁诡谲地问李四海。

"哪个不哪个与你屁关系？不许乱说。"李四海挡住牛伯梁的话。

"谁好谁坏，大家心里有杆秤，做鬼是不行的。再做，也是瞎子点灯白费蜡。"陈远剑心有所指地说。

"那可不一定，不怕一万，就怕万一。"李四海信心满满地回答。

"一个石头撂上天，总有落地之日，不信，大家看着。"陈远剑肯定地回答……

李虎生的地下活动，赵守道知道了也装作不知道，不过心里做好了准备。这次是届中调整，由村民代表选举。那些影响不好的村民不可能当选代表，群众心中肯定有选择。

张厚诚主持枫坪村的选举，他没有让工作队员参加选举，56名群众代表参加选举，赵守道、宋志红、李香兰、陈有才、陈玉文当选村委会委员，赵守道任村主任，宋志红、陈玉文任副村主任，李虎生当选为监委会主任。这个结果，完全是按照镇党委确定的人选选举的，本来并无异议，可李虎生心里愤愤不平，选举结束后，他又开车进了县城。

昌隆宾馆的豪华包间里，灯火辉煌，满桌的山珍海味，色香味齐全，呈现着小城餐饮的档次和特色。李虎生邀请的几个知己，觥筹交错、杯酒言欢中，两瓶五粮液已经见底了。几杯苦酒下肚，李虎生对一个多月的努力和惨败感到很痛心，李虎生把这个结果归结到王弘义帮了赵守道的原因。王晓翠质问李虎生："叫你收拾那个小尿，你就是下不去手，这下好了吧，把你整得靠边站了。"

李虎生看着王晓翠，皱皱眉头说："不是我下不去手，也搞了他几次，不是没逮住机遇，没抓住证据嘛。哎，小尿臭硬臭硬的，就是抓不住他的把柄，没办法。"

"你怪能的人，活人咋叫屎给憋住了？一封告状信也叫纪委查几天。没有证据就不行呀？你不会编。"戴墨镜的战友领导开导李虎生。

"就是呀，也在社会上混了那多年，村主任不如让狗当。"王晓翠推了一下李虎生打击说。

"哎，就是呀，我还是太老实了。"李虎生得到了启发，突然觉得心里开了窍……恶向胆边生，一个罪恶的计划在李虎生心中慢慢形成，他决定从经济、生活作风问题两个方面把功课做足，一举把王弘义拿下，让他有口难辩，有冤难申……

四十八　老年人

完美的结果一定产生在踏实、认真的努力之中。年终省扶贫局交叉验收，验收组抽查到枫坪村。经过几天核查，枫坪村各项指标都排在前面。全县 132 个村，排名第二。王弘义、武春华被镇党委评为扶贫工作先进个人，王弘义被推荐到市委、市政府表彰，A 局党组按照公务员晋升条例，经组织部门考察，王弘义晋升为三级主任科员，武春华晋升为副主任科员。

又到了年终，远翔公司吕富强经理打电话问孙阳：杨祯兴家猪肉还有没有，去年职工反映好，今年还买。孙阳与杨祯民联系，杨祯民正犹豫卖肉还是卖毛猪，见孙阳问猪肉的事，即决定杀猪卖肉。王弘义又给杨思琦打电话、给东兴化工厂打电话，他们都感到肉质好。不但他们买，还给几个部门做工作到枫坪买猪肉，两天，15 条猪，4000 多斤猪肉，全部订购了出去。杨祯民卖了猪，也还请了外欠的账。

春节来临，王弘义把定购的 120 副对联，放假前送给村、组干部和贫困户，祝福他们过一个快乐、和谐、幸福的春节。放了春节假，王弘义、武春华高高兴兴地回到家里和亲人团聚。

整个春节，王弘义沉浸在一片温馨祥和的气氛之中。平时工作忙，节日里，他上街买年货，买菜，打扫卫生，帮妻子做家务，陪老人聊天，带孩子到广场、公园里玩，一家人到亲戚家串门，这让他尝到了生活久违的甜美和幸福。初六那天，王弘义收拾行李准备到枫坪村上班。晚上，陪父亲喝了几杯酒，半夜王崇德突然感到胸闷、胸部有间歇性心绞痛。他含了两颗救心丸，才缓解了心绞痛。第二天吃早饭时，王弘义看父亲气色不好，似乎打不起精神，他很担心地问："爸，你身体不舒服吧？咋看到你脸上颜色不对。"

"没事吧，昨晚上心口感到一阵阵地痛，我喝了一颗阿司匹林，一颗倍他洛克，含了两颗救心丸，感到好些了。"王崇德无所谓地说。

"那可不敢大意，吃了饭我送你到医院看看。"王弘义担心地说。早饭后，王弘义开车带父亲到医院检查。通过做常规心电图检查、胸部 X 光透视、心脏超声检查、化验，初步诊断是冠心病，医生建议住院治疗。王弘义知道父亲血压有些高，心律不齐，赶忙办手续安置父亲住院。吊针挂上了，他和妻子在大厅商量老人的照料问题。王弘义忧心忡忡地说："我明天要到枫坪村上班，爸住院咋办？"

"你去你去嘛，我还没上班，可以带着孩子照顾老人。"李曼玉毫不犹豫地说。

"平常拖累你，有病还要你照顾。太难为你了。"王弘义非常愧疚地说。

"不说那些没用的话，照顾老人是应尽的责任。我作为儿媳妇，是应该的，你放心吧！"李曼玉平静地回答。

"谢谢你的理解。"王弘义感动地说。

"好了，你就是一张嘴会哄人。放心地去吧！"李曼玉说着走回了病房……

初八早晨，王弘义开车去了枫坪村。村干部们早早都来到了村部。大家见了面互问"新年好"。一阵客套后，赵守道召开了村干部和扶贫干部碰头会，要求对各自分管的工作写出计划，让王弘义按照创建文明示范村规划制订出全年的脱贫和创建规划。王弘义担心父亲的病，下班后，带着规划赶回了县城。节日的山城，霓虹闪烁，到处灯火辉煌，王弘义无心观赏万家灯火的景象，直接开车去医院看望父亲。王崇德自己生活能料理，打完针就让李曼玉带着孩子回了家。王弘义见父亲身体状况还好，照顾父亲喝了药，即回家准备写工作计划。

王崇德打了一个星期的吊针，症状好转不大，王弘义星期天回来找到李大夫问："我爸的病咋样？"

"治疗了一个星期，按说应该有好转，可房颤还没完全止住，我怀疑是血管的问题。"李大夫皱皱眉头回答。

"血管有啥问题？"王弘义看着李大大问。

李大夫笑笑解释说："血管分为动脉血管和静脉血管，不论哪种血管阻塞，在症状上都有相应的表现。动脉血管阻塞时，往往表现为肢体的远端缺血性表现，如肢体的发凉、疼痛、麻木、颜色改变等。静脉性血管阻塞，主要是表现为肢体因为堵塞血管后，出现了一系列的静脉回流受限的症状，比如下肢的肿胀、乏力、皮肤颜色增红、皮温变高等。对于血管阻塞，最常用的检查为多普勒超声检查。在多普勒超声检查下，可以明确地看到血流的方向，血流的速度以及血管内有没有血栓、斑块、狭窄及闭塞样改变，我们做了多普勒超声检查。如果看不出啥问题，建议做一下血管造影检查来进一步明确血管的病变。"

王弘义问:"明天行吗?"

"我们医院有设备,技术还不够成熟,有病人事先要和西安四医大联系,他们来人检查。如果做,我们和四医大联系,具体时间再通知你。"

王弘义请李医生尽快联系,早点检查。回到家,李曼玉开学要上班,王弘义只得又请那个侄女来照顾,安排好父亲后,王弘义才去了枫坪村。

星期一晨会结束后,赵守道让陈有才把大家的意见整理后,交给王弘义。王弘义把材料修改好后送给赵守道,赵守道边看边询问一些情况,正说着,医院李大夫给王弘义打来电话:"四医大医生下来了,下午给你父亲作血管造影检查。"王弘义给赵守道请了假,开车返回了县城。

午饭后,王弘义推着父亲到手术室做血管造影检查,造影做得很快,也很顺利。王弘义在病房等诊断结果,没事和病房的其他病人聊天。王崇德的病房3个人,一个是退休工人,高血压犯了,住院调养。一个是一个60多岁的老妇人,是个贫困户,说是头晕,住了十几天的院,医生劝她出院,她说头还晕。王崇德输液加的丹参,她也要医生给她加丹参;他看王崇德做血管造影,她找医生也要做血管造影。主治医生只好给她做血管造影。老妇人去做血管造影,王弘义笑着问父亲,她不是那种病,做了不是浪费钱?

退休工人笑着说:"人家是贫困户,医生不敢惹。医生不答应要求,她投诉医生,责任医生就要受处分。"

"没有这个规定吧?"王弘义不解地问。

"你扶贫你还不知道?你敢惹贫困户吗?"老工人笑着问。

"胡搅蛮缠的还是少数,绝大多数还是很听话的。"王弘义笑着解释。

"传说有个小学生写作文,说他的理想就是要当贫困户。"老工人调侃地说。

"纯属谣传,国家对贫困户是有许多优惠政策,但绝大多数确实家里实在困难,需要扶持才能脱贫。优亲厚友的事是有的,但那绝对是少数。"王弘义笑着解释。

"不过,脱贫还在于贫困户的努力。光靠扶是扶不起来的。"老工人强调说。王弘义讲了杨祯民的事迹,王崇德感动地说:"这种人才是真正的共产党员,民族的脊梁。"

"杨祯民这样的人现在已经很少了,的确值得宣传学习。"老工人也感动地说。说着说着,两个小时很快过去了,护士送来了图片和诊断结果。老妇人一切正常。王崇德的诊断结果是:1. RCA(右冠状动脉)1、2 段非钙化斑块，管腔狭窄约 30%。2. LM（左冠主干）5 段钙化性斑块，管腔轻度狭窄，LAD（左冠前降支）6、7 段及 D1（对角支）非钙化性斑块，LAD6 段及 D1 管腔狭窄约 40%，LAD7 段管腔狭窄约 80%；3. LCX（回旋支）11 段及 LNB（钝缘支）12 段局部非钙化斑块，管腔轻度狭窄。王弘义拿着检查结果去找李大夫，李大夫建议放支架。王弘义给父亲做工作，父亲不同意做支架，他举了几个例子，支架做了，钱花了，结果也没有管多长时间……

晚上回来，王弘义和李曼玉商量，李曼玉坚持要给老人做支架。"心尽到了，治不好我们不遗憾，不做，出了问题，我们心中永远会留下伤痛。"听了李曼玉的话，王弘义很感动。第二天，王弘义又给父亲做工作，是有感儿女们的一片孝心吧，王崇德勉强同意做支架。王弘义和西安四医大一个同学联系，准备到西安做手术。王崇德听说县医院和西安第一附属医院合作，可以由西安派人来县医院做手术。他坚持就在县医院做。王弘义熬不过，只得同意在县医院做支架。手术很顺利，也很成功。王弘义清晨去枫坪上班，晚上回医院照顾父亲。十几天后，王崇德痊愈了，王弘义把父亲接回家，才没有再辛苦地来回跑。

四十九 起 点

2月14日，县"两会"结束后，县脱贫攻坚领导小组立即召开会议，专题研究部署春季攻势，推进脱贫攻坚工作。县委副书记唐志刚召开全县脱贫攻坚项目谋划会议，组织各工作团领导实地察看清河家园双创基地、燕子沟生态养猪场、碾子沟天麻基地、花坪中药材基地，以项目推进脱贫攻坚工作的开展。

2月中旬，张厚诚来到枫坪村召开项目推进会，落实新年的精准扶贫工作。赵守道总结了上一年的项目带动工作，安排新一年的脱贫构想。张厚诚要求村干部和包扶干部谈谈自己对项目带动的想法。一阵沉默后，李惠芬就以项目带动，促进文明卫生示范村创建谈了自己的意见；宋志红就项目带动，推动产业发展谈了自己的想法；陈玉文就法治建设、以项目带动，改变村容村貌谈了自己的设想；李香兰就妇女在项目建设中发挥的作用谈了个人的构想。张厚诚见李虎生一直不吭声，即笑着对李虎生说："李主任也发表发表高见吗。"

"放着自在不自在，逮个老鼠咬布袋。我有啥好说的，在其位谋其政，不在其位，想那些也没用。我是监委会主任，今后就是监督两委会好好落实上级党委、政府的工作就行了。"李虎生毫不在意地说。

宋志红笑笑接着说："就是的，马怕鞭子牛怕火，狗见石头就要躲。今后两委会的工作搞得咋样，就看李主任监督的力度大不大。"

张厚诚明白李虎生的意思，对改选有意见。思索了一下，看着李虎生说："村上工作是一盘棋，需要大家齐心协力地抓，分工要明确，工作中还是要大家齐心协力地干。监督是主要工作，齐心协力地抓才是最主要的。"

"地不语自厚，天不语自高。张镇长说得非常正确，村上就是那大摊子，千头万绪的工作还是要靠大家齐心协力地抓。分工是明确责任，集中力量抓中心是常态，整体还靠大家的合作。"赵守道接过话题表明要求。

"镇上的工作也是一样，分工是责任，围绕中心，齐抓共管才是主要的。

我分管民政、文教卫生，实际主要工作还是靠业务单位抓。大部分时间还是抓中心工作。"张厚诚强调后，看着王弘义问，"王主任还有啥好建议？"

王弘义笑笑说："大家说了很多、很好，我就个人的看法补充几点意见。一是按照规划，枫坪村今年是全面脱贫年，抓脱贫、抓增收、抓发展是工作的重点。前两年成功地办起了羊肚菌合作社、安吉白茶合作社，带动一大批村民增加了收入，我们也积累了一些经验，张镇长传达了县扶贫领导小组项目谋划的指示，我感到很有必要。今年能不能再抓一个畜牧合作社，再抓一个建筑队，带领更多的村民增收致富。前两年已脱贫43户，除掉9户残疾和智力有问题的需要兜底扶贫，今年还有9户要脱贫摘帽，具体的措施、具体的人，任务要夯实；二是村庄规划已制定，今年要付诸实施，制止'两违'现象是个硬任务，加之搬迁户房屋拆迁、村庄治理、垃圾集中清理，这些看是小事，事关千家万户，涉及每个人的利益，要有计划和方案；三是文明卫生示范村建设的问题。村庄、路旁绿化树木要高起点，尽量栽植银杏、水杉等名贵苗木，好看、经济价值也高，文化活动要向专业化发展，红白喜事要勤俭节约，移风易俗，可否成立红白喜事理事会，引导群众节约办婚丧喜事，制止大操大办，挥霍浪费。"接着，武春华、齐明生、孙阳等也发表了个人的见解，张厚诚建议整理后，对计划作进一步修改，具体措施、任务落实到人，一件件抓实、抓好。

赵守道按照以脱贫致富为中心的思路安排整体工作：上半年主要抓贫困户增收、脱贫户巩固，项目发展，绿化、新农村规划；下半年主要抓"两违"整治，环境净化，全面脱贫；坚持抓好文明示范村建设，文化服务工作。

接着，明确了包抓分工：孙阳协助李虎生抓脱贫攻坚，建筑队建设；王弘义协助李惠芬抓文明示范村建设、文化活动，茶叶生产，畜牧生产；武春华协助宋志红抓新农村规划，乡风民俗治理，"两违"整治，香菇、羊肚菌生产；齐明生协助陈玉文抓垃圾治理，村庄绿化。

茶叶生产已经形成规模，羊肚菌生产合作社和"借贷还菇"也走上了顺利发展的轨道，建筑队、畜牧业还是起步阶段。王弘义明确赵守道的用意。他和李惠芬商议，李惠芬主要组织文体活动、茶叶生产，他集中精力联系、调研畜牧产业的市场发展前景和当地的饲养状况。他对当地的畜牧业生产进行了考察，养鸡、养猪成本投入大，技术含量高，环境污染严重，场地难选，群众工作难做；养鱼，枫坪的水源不足；养牛，成本大，风险也大；养羊成本相应要小些，技术含量也比较低一些。他通过畜牧局一个同学介绍，调研了一个养殖大户。这个养殖户开始买了30只羊，一年下来，卖了30只，繁殖到了 50 多只羊，当年还清成本，还收益了 3 万多元。而后几年，每年纯收入将近 10 万元。他想，建羊圈，按 200 只规模，简易圈舍需要 40 间，600 平方米，大概需要 5 万，50 只羊，每只按 20 斤，每斤 30 元，需要 4 万元左右，启动资金需要 10 万元。他联系好了种羊，制定了入股经营的集资、管理办法，找赵守道商量挑选领办人和地点。

赵守道听了王弘义的汇报，参照羊肚菌合作社的管理模式，认为这个想法是可行的。通过两委会讨论，决定招聘领办人。告示发出后，有十几个人报名领办。两委会一一经过筛选，决定由赵守义来领办。

上午两委会刚散会，王义林气势汹汹地闯进了村部会议室。"赵支书，你们啥意思？这村上的事为啥把我撇得远远的？"

赵守道感到非常奇怪，两委会还没有散会，是谁把消息透露出去了？他略一思索，装作不理解地问："老王，你说啥事我咋没听懂啦？"

"赵守道，不要揣着清楚装糊涂，你糊弄别人还想糊弄我？你说，办羊肚菌场我不行，为啥办羊场我也不行？这个不行，那个不行，就是村干部的亲戚行吗？"王义林不依不饶地发问。

"哦，你说办羊场的事，我们是这样考虑的。一是你年纪大了，快 60 岁的人了，领办羊场是很辛苦的事，怕你身体受不了；二是领办要垫付 40% 的资金，要先交 5 万元保证金，怕你没有那些垫付资金；三是……"赵守道话还没说完，王义林抢过话题说："三是，养鸡场赔了 2 万多元账还挂着，要领办先把欠款还了。"

"是的，还要带 20 户贫困户。"赵守道补充说。

"做梦吧，不好玩，老子不玩了。"说罢，王义林又气势汹汹地走出了村部院子。

"这事怪了，没散会，他咋会就知道了呢？"赵守道扫视着两委会成员和扶贫工作队员，大家谁也没有说话……

经过公示，没有人再对领办人有异议。赵守义确定为畜牧合作社经理。具体由王弘义协助李惠芬负责抓。羊场定在赵家洞赵家大屋场对门赵明辉、赵明礼的承包地里。一共 6 亩地，每年每亩地租 500 元，两户贫困户愿意以地租入股经营。赵守义自己拿出 5 万元做抵押，以羊场做抵押贷款 5 万元；有 12 户贫困户入股，每户享受优惠政策，无息贷款 5000 元，要求每月还贷 500 元；另有 8 户村民愿意入股，每户投资 5000 元。这样，共筹集资金 20 万元。赵守道和赵守义是亲兄弟，为了避嫌，村委会由宋志红代表和赵守义签订了领办合同。赵守义和 12 户贫困户、8 户入股村民签订了股份制管理协议和入股经营合同。一切手续办理妥当后，赵守义着手修建枫坪波尔山羊羊场，王弘义天天到工地指导圈舍的布局和通风、采光、保暖等技术要求。王弘义强调：以往农户养羊采用木桩拴系，露天饲养，羊群则往往出现夏壮、秋肥、冬瘦、春乏的状况。若想增加养羊效益，就应推广设施养殖，建造布局结构合理的羊舍或暖棚，这样无论在炎夏还是寒冬，羊群都有一个舒适的生活环境，促其快速生长与增重，并且饲养设施的合理建造与布局，可大大降低疾病的发生。把钱花在羊舍建设上比花钱买药吃更经济，何况用药过多会产生药物残留。按照王弘义的设计，羊圈很快建好了。王弘义联系山东省旺盛牧业肉牛种羊养殖繁育公司，赵守义亲自去购回了 50 只波尔山羊，聘请赵明辉、赵明礼为饲养割草、扫圈、清理羊粪、喂羊。羊场开始走向有序的管理轨道，王弘义像完成了一件任务，心里感到非常高兴。决心用现代科学饲养方法，指导办好羊场。

五十 风 云

　　湛蓝湛蓝的天空像空旷的大海一样地安静，没有一丝云彩。空气湿润润的，呼吸起来让人感到特别地清新爽快。晨曦中，远山像洗过一样，青翠欲滴，似乎近了许多。河边的杨柳，把鹅毛似的飞絮飘洒得遍地都是。王弘义吃过早饭，无意留恋这如画的春景，匆匆忙忙开车去波尔山羊羊场给赵守义传授饲养知识。近午时分，局长杨思琦打来电话，让王弘义回局机关处理几件事。王弘义感到很奇怪。自从到枫坪村担任第一书记几年里，局机关大小事他再没有参与过，要他回去干啥呢？他想，既然局长叫回，那也只有服从安排了。他给赵守道请了假，又给赵守义交代了一下，即开车返回了县城。他连家都没有回去，先来到局长办公室报到。

　　杨思琦刚和纪委通过电话，见王弘义回来了，即倒茶让座。王弘义坐下后，杨思琦客气地问："这几天忙啥？工作还顺利吗？"

　　王弘义看着局长笑笑说："谢谢局长的大力支持，村上的波尔羊场刚办好，一切工作都还顺利。"

　　"没人找啥麻烦吧？"杨思琦吹着漂在水杯面上的茶叶问。

　　"前面有些小摩擦，都解决了。现在羊场办起来了，这几天还算平静。"王弘义笑着回答。

　　"水深有底，路长有头。没事就好。"杨思琦笑着说。

　　"局长找我回来有啥事吗？"王弘义把话拉回到主题问。

　　"也没啥事，就是让你回来先歇几天，局里有事帮帮忙。"杨思琦装作无所谓地回答。

　　"村上的事很多，羊场有很多事要指导，没啥要紧的事，我明天还回村里去。"王弘义为羊场的事还很着急。

　　"先回去休息吧，有啥事明天再说。"杨思琦推托说。

　　王弘义见杨思琦啥也不说，但似乎有事，又不好再问下去，即告辞回到了家里。李曼玉刚放学回家，见王弘义回来觉得很奇怪，止不住问："你今天咋回来啦?"

"咋,我回来你不高兴?"王弘义笑着反问。

"你天天回来我都高兴,今天也不是星期天,我感到奇怪。"李曼玉笑着回答。

"我也感到奇怪。局长打电话要我回来,说局里有事,可问他有啥事,他只是笑笑啥也没说。"王弘义疑惑地回答。

"只要不做亏心事,半夜不怕鬼叫门。他不说你也不要问,你又没做啥错事,怕啥?"李曼玉理直气壮地说。

"就是,我一不贪,二不嫖,我怕啥。"王弘义坦荡地说。

"那你可不敢说,恐怕你就犯了这样的错误。小心,我让你跪搓衣板。"李曼玉调侃地说。

"我要是犯了那样的错误,我吊死在你的面前,我不活人了。"王弘义信誓旦旦地表白。

"那你可不敢说,要有人诬陷你咋办?"李曼玉想起以前有人想陷害他的事,突然警惕地反问。

王弘义突然觉得有些不妙:"这事真很难说,李虎生没当上村主任,肯定对我怀恨在心。他要想整出啥么蛾子,那是很有可能的。"

"他再会编,总要有证据吧?你只要没有把柄拿在他手上,你怕啥?"李曼玉看着王弘义问。

"我怕啥?我行得正,坐得端,没有半点把柄被他拿住。要真做了亏心事,我还敢坚持原则,还敢和他李虎生针锋相对地干吗?"王弘义正义凛然地回答。

"我相信你,不要怕,组织也不会冤枉人的。"李曼玉劝解说。

"不说了,明天就知道了。"王弘义无奈地说。

"先做饭吧,爸身体才好点,饿不得。"李曼玉说看就系围裙进灶房做饭,王弘义也跟着进了灶房。

不一会儿,女儿春梦在同学家做完作业回来了,父亲王崇德也牵着儿子善佑进了门,善佑见爸爸回来了,抱着王弘义的腿喊爸爸,王弘义立即把善佑抱在怀里,春梦见做了几个菜,也帮忙端菜、端饭,一家人高高兴兴地边吃饭边说话,王弘义收拾完锅碗也坐下看电视,谝了一会闲话,没事就都早早地休息了。

第二天吃过早饭,李曼玉带着女儿去上学,王弘义也按时回到局机关上班。他先去办公室转了一圈,见局长杨思琦来了,即去了局长办公室。杨思琦见王弘义来了，笑笑说："忙习惯了，闲不住呀！是这，办公室新来了个小马，你先在办公室带他几天。让他熟悉熟悉业务，你再下去。"

王弘义感到奇怪，自己去扶贫，办公室工作由副主任小张接管，几年了，小张对各方面的工作是熟悉的，还需要抽自己回来带吗？这里边一定有文章。局长说了，自己又不好说啥，只得答应回办公室工作。写材料有小张，接电话、文件传递有小马，王弘义似乎插不上手，好在正在整档案，王弘义无事就帮忙整档案。小马问啥，只是指点一下，小张有事也只得请示一下王弘义，王弘义感到很别扭。

繁忙的工作，一个星期很快过去了。星期天武春华从枫坪村回到县城来到了王弘义的家里。王弘义问村上的工作情况，武春华告诉他："村上这几天很不平静。一是李虎生到处煽风点火，攻击赵守道和你，大有翻江倒海之势；二是纪委下去了几个干部，找几个当事人核对你的生活作风和经济问题，群众中有议论，多数人不相信，少数人跟着起哄，结果如何还不清楚；三是，李虎生要查羊肚菌场和饲养场的账，审计局把两个场的账抱去核查了一下，这个问题把我也告了。"

问题果然不出王弘义所料，李虎生是要借机打击报复，他感到很生气，心跳觉得加快了。他平静了一下心绪说："我意识到有问题，局长把我调回来，根本没有理由。不知道是为了要保护我还是不相信我，我只觉得奇怪。你知道具体反映啥问题吗？"

武春华迟疑了一下说："我也不清楚，好像是说你和李惠芬前年来在她家里和你办公室里多次发生关系，去年和李欣怡在卫生所多次发生关系，去年和李文英在她家里和办公室多次发生关系。"

王弘义气得心里怦怦直跳，忍不住骂道："李文英还是小女娃，污蔑人不怕造口孽。"

武春华哼了一声说："他们啥事都能编出来，为了达到目的，没影的事也会编得有根有据。他们说杨祯泰给我们送了羊肚菌、送了钱，说你买羊吃了1万元的回扣。"

"买羊总共是3万元，赵守义亲自经手的，钱都是网上交易的，咋会有回扣？组织调查也好，这些全是凭空捏造，没有那些事，我啥也不怕。查清了，也好还我一个清白。这几年我们没有分过伴，几乎是寸步没离，所有的事你应该是清楚的。"王弘义气愤地辩驳。

武春华点点头说："强龙难压地头蛇。咱们还是太认真了，为公事得罪了李虎生，他一次次报复我是清楚的。这次把我们逼上了绝路，我们不得不向组织反映。不能再忍气吞声了。"

　　"不行，我们只得向组织反映。看来，不摊开说是不行了。"王弘义很无奈地说……他们正说着，李曼玉回来了，武春华略坐了一会儿，即告辞回家。

五十一　诬　陷

　　预料之中的恶作剧还是搅乱了王弘义的思绪，夜深人静以后，王弘义反复思考，心想应该把这件事告诉李曼玉。他见父亲和孩子都已休息，靠在床头看着李曼玉说："曼玉，这次看来正如你所料，李虎生几次陷害都没成功，现在采用诬陷的手段来对付我了。据说，告状信已送到了纪委，纪委正在调查。"

　　"他们告你啥事？"李曼玉皱皱眉头问。

　　"据武春华说，有两个问题，一是生活作风问题，二是经济问题。"王弘义长叹一声回答。

　　"我就看到你害屎不对头，躲到乡下两三星期、四五星期都不回来，还是乡下有相好的。"李曼玉咬着牙齿骂。

　　"你咋不讲理耶，我是啥人你还不清楚？"王弘义辩驳。

　　"我清楚得很，人都是在变的，你瞎屎越变越坏。老实交代，你和哪几个烂货鬼混？"李曼玉指着王弘义骂。

　　"我和哪个都是干干净净的，咋连你也不相信呢？"

　　"无风不起浪，没那事咋会有人说闲话？"

　　"给你说是诬陷，你咋也当真呐？"

　　"你咋证明是诬陷？咋没有人诬陷我呢？"

　　"水落自有石出日，事情调查清楚了，纪委总会有个确实的说法。"

　　"纪委要是证明你有这事咋办？"

　　"如果真有这事，我就死在你当面，不活人了。"

　　"你不活了就了事了，那老人，娃呢？"

　　"那我就管不了。不过绝不会有那样的结果。"

　　"你一了百了，啥都扔给我，我把两个娃捎死，我也不活了。"

　　"我相信组织会给我一个清白，真给不了我的清白，我只有以死谢罪。"王弘义伤心地回答。

“就那大出息，没那事，闹到底，不屈服，不低头。有那事，给我痛改前非。滚到沙发睡去。”李曼玉用手推开王弘义，猛转身卷着被子脸对里睡下。王弘义无奈慢步走到客厅沙发上和衣睡下，久久没能入眠。过了一会儿，王崇德悄悄拿了床被子，轻轻地盖在王弘义身上，王弘义强装睡着了，两行热泪止不住涌出了眼帘……

第二天清晨，王弘义早早地煮了鸡蛋、买了包子，冲了豆浆，看着李曼玉微肿的眼皮心中有种说不出的疼痛。“吃饭吧。”王弘义对正在梳洗的李曼玉说。

“你和爸、孩子们吃吧，我不饿。”李曼玉对着镜子说。

“吃一点吧，有你爱吃的豆包。”王弘义近似哀求地说。

“你们先吃，我就来。”李曼玉边抹脸边回答。王弘义回到桌子边给父亲、女儿、儿子和李曼玉倒好豆浆。大家一声不吭地吃着早餐。吃完饭，李曼玉带着女儿去上学，王弘义去上班，王崇德长叹一声，让孙子看动画片，自己到厨房洗碗……

中午回到家里，李曼玉回来就睡，王弘义默默地在厨房做鸡蛋臊子，下的捞面。女儿春梦看是面条，噘着嘴只吃了一点儿，李曼玉也只吃了半碗，王崇德见状只能摇头叹息。

晚上回来，李曼玉摊的煎饼，做的鸡蛋汤。春梦吃完饭做作业，善佑早早地休息了，几个大人静静地坐在客厅看电视，王崇德想打破这种僵持的气氛，对王弘义说：“弘义，你也几十岁的人了，为人做事要注意方式，不要以为路就是一条直线，不能碰得头破血流才转弯，那样是会吃亏的。我也活不了几年了，也或许不知道死到哪一天，你们遇事要动脑子好好想想。寒冬自有春来日，阴雨总有艳阳天。事情还没有结果，不要被歪风邪气压倒。首先自己要挺直腰杆子，别人还没动手，自己先相互斗垮了，那恰恰上了阴谋家的当，太得不赏识了。爱情的基础是信任、宽恕、理解，团结一致才是最重要的。”

王弘义明确父亲的苦衷，即坐直身子说：“我会记住爸爸的话，以后辩证地看问题，处理问题要讲策略，原则要坚持，不能不计后果，自己给自己找烦恼，给家里惹麻烦，让你们跟我一块儿受气。”

“人上一百，形形色色。每个人有每个人的追求，个人有个人的生存方式。有些人天生就只顾自己，小尖小能，只谋私利，不顾人格、品质、道德底线，西方文化和港台文化的侵入，人们认知的混乱，加之商品经济正好给了这种人突击钻营的空间。你不能用自己的行为标准要求别人，别人也不会按着正确的人生轨迹走，做事容易处人难。惹了人自己是要承担后果的。"王崇德语重心长地劝说王弘义。

李曼玉知道老人是想化解矛盾，这番话不是光对王弘义说的，也是对她说的。经过一天的思考，她个人也认识到了问题的本质，想想，挪动了一下身子接过话题说："爸，你别操心了，我就是一时生气，过后想通了就不生气了。我知道弘义不是贪婪、胡嫖浪荡的人，我会理解、原谅弘义的。我会帮他澄清事实真相的。"

王崇德激动地揉揉心口说："李女子，我知道你是一个典型的贤妻良母，弘义他妈死得早，一是缺乏教养，二是缺失亲情。有你照顾、管束我放心。人生的路很长，关键时只是一步，无论何时何地，始终要保持清醒的头脑，不能上了别人的圈套。人生的成败往往就在一念之间，但大多数人失败，往往只是一念之差。终身依靠的还是夫妻，特别是原配夫妇，要互相原谅、包容、珍惜过去所拥有的一切。希望你们相亲相爱一生，白头到老。"

"放心吧，爸，都是我不好，太任性，惹了人，让你们跟我一块儿受气。我会听你的话，吸取教训，以后工作中注意方法。为着家庭负责，天上最美的是星星，人间最美的是真情。我会一辈子对曼玉好。"王弘义满含着泪水保证。

"自己的儿子我还是相信的，你不会干那些违纪违法的事，不过，在严于律己的前提下，也要宽以待人。外圆内方不失为一种处世的态度和方法。有许多地方你要向曼玉学习。"王崇德语重心长地说。

"爸放心，我们会相互厮守，不弃不离的，我相信弘义，有时只是说说气话，你老人家不要当真。"李曼玉解释说。

"与其战胜敌人一万次，不如战胜自己一次。冰点的突破，就缺那一点点热量。你们能顿悟，我就放心了。"王崇德也感动地流出了眼泪……夜深沉，人无眠，王弘义、李曼玉认真地回味着王崇德的谈话，一个人做坏事要承担后果，但要坚持原则、担当道义，也是要付出代价的。夫妻的含义，是精神的凝聚，意识的同向，误会中的理解，困境中的支撑。心中的纠结慢慢地化解了。而后几日，王弘义家里慢慢恢复了宁静。

五十二　信　任

　　紫红色的朝霞在天际翻腾，旭日爬上了东山，逐渐拨开耀眼的云彩，穿过山顶的桦树林向苏醒的大地投射出万紫千红的光芒。王弘义心情沉重地回机关去上班。上午9点多，杨思琦把王弘义叫到办公室，递上一杯茶水说："这几天委屈你了。你还回枫坪村吧，思想不要有负担，有人告状，让你回来待几天避嫌。纪委已调查过了，纯属诬告，不要怕，挺起腰杆子干，我会支持你的。越是有人捣乱，越是要把工作做好。你是学畜牧的，多到羊场指导指导，不能让畜牧合作社出问题。"

　　王弘义泪水在眼里打转，他坚定地说："请局长放心，我不会给组织丢脸，一定努力把枫坪的工作搞好，以实际行动感谢组织对我的信任。"人有时就是要争一口气，要弄清事实真相，领导理解了，说了真心话是最让人感动的。无意中，王弘义心中涌出几句诗句：

> 大地无风起蛰雷，惊涛骇浪掩真伪。
> 炼钢只要本身硬，做事须当典范垂。
> 相信人民相信党，何惧魍魉岂惧魅。
> 守牢党性保廉政，高尚心灵放光辉。

　　其实，过了春节，枫坪村就有人实名举报王弘义的问题。在纪委书记杨德胜记忆里，枫坪村扶贫工作搞得很好，出于对扶贫干部的保护，杨书记把材料压下了。2月后，先后来了6封实名举报信反映王弘义有经济、生活作风问题。为了慎重起见，纪委杨书记打电话把杨思琦叫来询问王弘义的工作情况。杨思琦全面汇报了王弘义的思想、工作表现。并保证王弘义没有经济、生活作风问题。话还没说完，案件科转来了李文英的实名举报信。这让杨德胜大跌眼镜。送走杨思琦，杨书记叫来了李文英。"文英，你是两河镇枫坪村的人？"杨书记看着李文英问。

"是呀，有啥事吗？"李文英睁大眼睛问。

"你认识王弘义吗？"杨书记笑着问。

"认识呀，他是我们村的第一书记，还是包扶我们家的责任人。"李文英很自然地回答。

"这人工作咋样？"

"工作可认真了，村上的工作不说，帮我们家选项目，争取资金，还帮我弟弟安排工作，帮我复习考试。为我们家脱贫费尽了心血……"李文英滔滔不绝地说。

杨书记明白了，李文英绝没有举报王弘义，这显然是陷害。即笑笑说："你对他有啥意见吗？"

"我对他有啥意见？我感谢还来不及。"李文英笑着回答。

杨书记站起来对李文英说："那你忙，闲了再谝。"李文英走后，杨书记给杨思琦打电话，"王弘义的事肯定是诬告，有人甚至用我们纪委工作人员的实名反映问题。这阴谋不攻自破。为了保护扶贫干部，纪委派人查找诬告人，你把王弘义先调回来帮几天忙。"杨思琦接到电话，即让王弘义回了局机关。

纪委派出调查组到枫坪村落实反映王弘义的问题，3 个当事人均证实没有反映问题。李四海承认写了，没有证据，是猜想的，时间也对不上；李春生承认写了，说是听人说的；朱常胜承认写了，也说是听人说的；陈东升承认写了，也说是看李惠芬和王弘义一块儿工作，怀疑他两个有作风问题。纪委干部问他们：诬告是要负法律责任的，你们知道吗？李四海赶忙说："我是上当了，有人叫我写的。"问他是谁叫的，他死活不说。装腔作势地皱着眉头想半天，说是：想不起来，忘了。

是谁借用杨祯泰、李欣怡、李文英的名义写的举报信？材料是打印的，纪委调查人员分析，可能是在洛川县阳平镇、西河县凤阳镇打印部打印的材料。请示纪委领导后，与公安机关联系，让两河派出所与阳平、凤阳派出所联系，进行联合调查。派出所在阳平街万顺打印部，调取了全部文档，采用搜索法很快查出了诬告信的底稿。调查人员问："材料是啥时间打印的？"

打印部打字员调出文档看了回答："是 2 月 8 日打印的。"

"你认识那人吗？"调查人员问。

"人不是很熟，好像是枫坪村的人。"打字员皱皱眉头回答。

"是男的还是女的，多大年龄？"调查人员接着问。

"是个女的，有三十多岁，打扮得很鲜亮，哦，好像是枫坪村的妇女主任。"打字员睁大眼睛思索着回答。调查人员让打字员签字、按了手印。

纪委调查组找李香兰谈话。"你是枫坪村妇女主任?"

"是,我是妇女主任李香兰。"李香兰毫不在意地回答。

"是你反映王弘义有生活作风问题?"调查人员问。

"是我反映的,王弘义和李惠芬就是有作风问题。"李香兰肯定地回答。

"时间和地点都是准确的?"调查组人员盯着李香兰问。

"应该是准确的。"李香兰毫不犹豫地回答。

"是你看见的还是听人说的?"

"我没事干了,还整天跟着他们哪。都是听人说的。"

"那时间地点咋记得那清呢?"

"我听人说就记到笔记本上。"

"我们查阅了王弘义工作日记,你提供的 6 次时间地点都不存在。三次王弘义在县城联系工作,两次在村部开两委会,一次和武春华一块儿在羊肚菌场指导工作。你咋解释这个问题?"调查人员看着李香兰问。

李香兰听调查人员问话,脸一下红了,她强撑着说:"那是他故意把时间写错的。"

"那村两委会的记录也是假的吗?"调查人员生气地问。

"那、那我也是听人说的?"李香兰结结巴巴地说。

"那李文英、杨祯泰、李欣怡、牛伯梁的实名举报信那是咋回事?"调查人员瞪着眼睛看着李香兰问。

李香兰哆嗦了一下,结结巴巴地回答:"我、我并不知道那是咋回事。"

"你还是如实说了吧,我们来问你,是经过多方调查的,不是无根据地询问。给你一个承认错误的机会,你好好想想。"调查人员开始进行心理攻势。

李香兰心想,看来是事情败露了。她揣摩着:不说实话不行,实话实说肯定要牵扯到李虎生,扯起萝卜根也动,那是很麻烦的,好坏自己一个人扛了。她低头想了一会儿说:"这事都是我出的主意串通的,李文英、李欣怡、杨祯泰、牛伯梁的检举信都是我写的,材料是在阳平街万顺打印部打印的,信件是分批从县邮局寄出去的。"

"你为什么要这样做?"调查组心平气和地问。

"我家原来定的是贫困户,还吃的低保,王弘义来后,就把我家的贫困户取掉了,我生气就搜集情况,想把他搞走。"李香兰低着头说。

"你要为你说的话负责,还有啥话向组织说明吗?"调查组问。

"没有了,我承认错误,为了个人利益,诬告工作组,是很严重的问题,请组织看在我初犯,给我改正错误的机会,我愿意接受处分。"李香兰说罢,在调查材料上按了手印。

调查组走后，李香兰赶忙给李虎生打电话，李虎生听了李香兰陈述了过程，连声夸奖李香兰聪明，回答得好。对一个人把责任揽下来，表示衷心的感谢。

纪委调查组与山东省旺盛牧业肉牛种羊养殖繁育公司联系，公司回复：我公司不存在销路问题，根本不存在提成、回扣一说。王弘义同志和我们没有经济往来。调查组向领导汇报后，纪委委托两河镇党委澄清事实，还王弘义清白，对诬告者进行批评教育，对责任人给予纪律处分。

王弘义回到枫坪村，镇党委书记刘兴民主持召开枫坪村全体党员、干部会议，纪委调查组宣布了调查结果，对干部中参与此次活动者，提出了严厉的批评，要求镇党委给予严厉的处分。刘兴民肯定了王弘义的工作，对个别村干部党性觉悟不高，搞小动作，打击扶贫干部提出严厉的批评。指出：这次诬告行动，是破坏扶贫工作的行为，违反了法律法规和党纪政纪，本应严肃从重处理，鉴于当事人能坦白交代，从轻处罚。当场宣布：撤销李香兰妇女主任职务，给予党内严重警告处分；任命李欣怡兼任妇女主任。希望村两委会团结一致，支持扶贫干部工作，按时完成脱贫攻坚的任务。王弘义、赵守道也做了表态发言。李虎生也假惺惺地表了态……

五十三　羊　场

　　初夏，枫坪的山水田野是活跃而亮丽的。天上的白云缓缓地飘着，柔嫩的柳丝低垂在静谧的小河边上，清晨显得格外凉爽。李惠芬7时多就进了村部的院子，王弘义和武春华商量，叫上宋志红、李惠芬几个一块儿先看看波尔山羊的防疫、饲养情况，再看看羊肚菌场的生产状况。赵守道笑笑说："不摆那大架势吧？多浪费时间和人力。"

　　"顺路嘛，人多有人多的好处，遇事好商量。"王弘义笑笑回答。

　　"我还不晓得，你是一朝被蛇咬，三年怕草绳。没那个必要吧。"赵守道笑笑嘲讽。

　　"几天没在一块了，和宋主任交流交流。"武春华也笑笑回答。

　　赵守道笑笑没再说啥，王弘义开着车，4个人一块来到了赵家洞对面的枫坪波尔山羊合作社。

　　王弘义等走进波尔山羊羊场，赵守义正在和赵明辉、赵明礼用饲料喂羊，见王弘义来了，赶忙迎上去拉着王弘义的手说："你可回来了，我这几天都没有了主意。盼着你来看咋调整饲养方法呢。"

　　王弘义笑笑说："我这不是来了吗？"说着，仔细看了饲料，对赵守义说："你这饲养粗放了些，一是卫生不过关，圈舍要保持清洁卫生，避免羊群感染疾病；二是饲料配比不科学，科学配比，可以改善肉羊消化道内环境，促进日粮消化吸收，降低料肉比，提高经济效益；三是不要给羊吃剩料，你看，饲料中剩料就没打扫干净，这样会影响羊的肠胃。你找笔记一下，我给你说几个配方。"赵守义答应一声，取来了纸笔。

　　王弘义沉思了一会说："主要饲料有纤维素酶、食盐、石粉、磷酸氢钙、免疫增效剂、促生长因子、脱脂米糠、麦饭石、植物秸秆等。这些成分，可以增加多种维生素、多种微量元素。配方①：玉米62%、麦麸10%、豆粕23%、小苏打1%、贪吃猛肥4%；配方②：玉米60%、麦麸9%、豆粕11%、棉籽饼15%、小苏打1%、贪吃猛肥4%；配方③：玉米58%、麦麸8%、豆粕

16%、酒糟蛋白饲料（DDGS）13%、小苏打 1%、贪吃猛肥 4%；配方④：玉米 62%、麦麸 10%、豆粕 15%、花生饼 8%、小苏打 1%、贪吃猛肥 4%；配方⑤：玉米 61%、麦麸 10%、豆粕 16%、菜籽饼 8%、小苏打 1%、贪吃猛肥 4%；配方⑥：玉米 59%、麦麸 8%、棉籽饼 18%、菜籽饼 10%、小苏打 1%、贪吃猛肥 4%。注意，适量配料喂养，不能有剩料。"

赵守义答应以后要把环境卫生搞好，想了一下问："我们只知道羊不宜吃露水草，波尔山羊能不能在山上放牧？"

王弘义拍拍头说："可以放牧，但不宜过多，最好要选羊爱吃的草坡放牧。"

赵守义笑笑说："我们这就是那样，都是杂草，没有很好的草场。"

"今年才开始，以后还是要培育草场，选几样有助于羊生长、爱吃的草籽在草场撒播，配置饲草，也可以降低饲养成本。"

"那我看看哪几个草场好，要提前协调，恐怕还要给承包户付钱。"赵守义面有难色地回答。

"你先选草场，费用的事由村两委会协调，我回县城到畜牧中心去看看，帮忙联系些草籽。"王弘义爽快地说。

"谢谢你的关心支持，我都不知道说啥好了。"赵守义感激地说。

"我们来就是扶贫的，这是应该做的，也是分内的工作。有啥要求你只管说。"王弘义边说边走出了羊场。

赵守义送到门口，又问了许多饲养技术问题，王弘义一一做了回答。看了羊的饲养情况后，4 个人一块又去了羊肚菌场。

杨祯泰见王弘义来了，向前几步紧紧地握着王弘义的手说："王主任好，你真是党的好干部，为了枫坪村的工作，让你受委屈了。"

"谢谢理解、信任，我不会倒下的，请放心。"王弘义笑着回答。

"群众的眼睛是雪亮的，瞎尿还是少数，不要生气。"杨祯泰安慰说。

"谢谢，谢谢关心。感谢枫坪村干部群众的信任、支持。"王弘义深情地回答。

"几天不见，把我们都忘了。"武春华笑着打击。

"你是我们场上自己人，还争究哇？"杨祯泰笑着还击。

"好，自己人不争宠，看羊肚菌行吧？"武春华调侃地说。

"先换衣服，消毒。你要求的都忘了。"杨祯泰笑着打击武春华。

"我考察考察你，看你有没有按规程操作。"武春华边说边带王弘义等走进了更衣室。

"你的指示我照办，一点一滴莫怠慢。讲科学呀，不听也不行。"杨祯泰说着走进了养殖大棚。武春华对生产环节作了技术性指导。从菌场出来，杨祯泰留王弘义等吃午饭，王弘义说村部灶已做了，即告辞返回了村部。

而后几天，王弘义、武春华、李惠芬、宋志红又到各组检查了"借袋还菇"生产状况和茶叶生产情况。各户"借袋还菇"已开始种植，全村种植了25万袋，20户贫困户种了10万袋，其他村民种植了15万袋，大部分开始出菇，鲜菇已开始上市。由于上年抓了茶田管理，各户茶叶比往年收入都有增加。安吉白茶长势良好，整体情况感到很好。

为确保脱贫户增收，贫困户脱贫，王弘义、武春华对A局包扶的贫困户进行了全面核查，落实产业增收项目。他到包扶的贫困户杨书怀家看了养鸡情况、药材种植情况，杨书怀去年卖了1000只蛋鸡，又借回了1000只小鸡，1000只产蛋鸡正在下蛋，每天捡40多公斤鸡蛋，收入200多元，杨书怀和王弘义说起来收入，连声感谢王弘义的支持，笑得合不拢嘴。李泽胜今年种了100多窝天麻，又种了1亩多地的桔梗，见了王弘义边骂李香兰，边连声感谢王弘义的帮扶。杨全胜也种了100多窝天麻，还养了8箱蜜蜂，年底争取收入两万元。还说了他表妹爱人在煤矿出事的情况，想谈的试试，王弘义鼓励他好好干，争取促成这桩婚事。

星期天王弘义回到家里，向父亲、李曼玉讲述了纪委调查结果和对李香兰的处分。李曼玉笑笑说："事情虽然查清楚了，大问题并没有完全解决。这事幕后还是有人，李香兰是替别人背了黑锅。"

"李香兰只是因贫困户被取消对你有意见，事情已过去了两年，她和你没有其他利害冲突，干吗要动那大干戈呢？背后一定有主谋。"王崇德也觉得与实际不符。

"李香兰一个人揽过去了，组织已给了处分，对我算是有了交代。再纠缠也没有多大意思。"王弘义平淡地说。

"不是要你纠缠这件事，你要吸取教训，要多一个心眼，不要一次次被人陷害。"李曼玉提醒王弘义注意。

"君子是永远斗不过小人的。君子有良心，讲道德，讲规矩，有底线！小人没有底线，为了私利，啥事都干，啥手段都用，像疯狗一样，急了乱咬，防不胜防。曼玉说得对，工作要抓，但要注意方法，尽量不要伤害别人。原则要讲，但更要注意策略。害人之心不可有，防人之心不可无。无论何时何地，保护好自己最重要。"王崇德语重心长地叮咛。

"人生不如意的事情很多，忧虑在所难免。但绝不可沉溺在忧虑的泥潭之中而不能自拔，我感觉，调整心态，改变自己，以免再受伤害才是最重要的。"王弘义若有所思地说。

"内心的思维，决定人的行动，不是要你畏畏缩缩，而是要吸取教训。有时宽容也可达到缓解矛盾的目的。"王崇德似有所指地劝说。

"许多人累遭失败，就是因为一直在寻找麻醉自己的借口。想法，要靠行动来实现，面对挫折，就是要吸取教训。在一个地方摔两次跤，那一定是笨蛋。"李曼玉诚恳地奉劝。

王弘义表示要努力工作，注意方法，吸取教训。几个人你一言，我一语，一直交流到深夜……

五十四　整　治

　　抓好每个工作细节才能保证整体的效率。按照文明示范村的规划，要对村容村貌进行整顿。赵守道召开村两委会安排、落实任务，各负其责，抓好拆迁工作。由李虎生、孙阳负责一至四组的拆迁整治任务，宋志红、齐明生负责五至七组的拆迁整治任务，陈玉文、武春华负责八至十组的拆迁整治任务，李惠芬、王弘义负责十一至十三组的拆迁整治任务。一是所有破旧房屋必须拆除，所有厕所、猪圈、必须拆除，以村庄为单元，建立水冲式公厕；二是贫困户在城镇分有楼房的，原宅基房屋必须拆除，恢复成耕地；三是建立垃圾收集场，定时收集填埋垃圾；四是新盖房严格审批手续，不许有独立宅基地，统一按规划在中心村庄修建；五是按要求做好村庄、道路绿化工作。前期，要求做好宣传发动工作，三个月完成整改任务。

　　王弘义和李惠芬商议，先从拆开始。他们分组召开村民会议，进行思想动员。向群众讲解：在解决基本生活保障之后，建设社会主义新农村、创建文明卫生示范村的意义。描述未来农村的发展美景，农村也要城市化，也要过上和城市人一样的文明、卫生、便捷、清新、美好的幸福生活。要走城市化道路，就需要城市化的环境，对环境的整治，就是为城市化的生活创造条件。因此，危房、旧房、厕所、猪圈要拆除，建立水冲式公共厕所；贫困户在城镇分有楼房的，农村房屋要拆除，要恢复耕地；以后不许乱盖乱建，新建房必须向中心村集中按规划修建。

　　动员发动在农村引起不小震动。王弘义和李惠芬一户户了解动员，大多数村民拥护上级政府的决定，少数守旧的村民有很大的抵触情绪。发动了几天，效果不佳，动静不大。其他各组问题也非常严重。王弘义建议先建后拆，先选址修建公共厕所。两委会统一思想后，赵守道要求各组先选址修建公厕。王弘义在动员各组选址时也遇到许多难题，各组村民都不愿意把厕所建在离自己房子比较近的地方，也不愿意建在离自己房子太远的地方。一次次协商，好不容易选定了地址，修建资金却无法落实。

赵守道和王弘义、武春华、孙阳、齐明生协商解决办法。王弘义建议："我和春华回县机关寻找争取资金渠道,孙主任回远翔公司寻求帮助,齐明生同志给枫坪村在外地的企业家、干部发捐助函,多方筹集一部分。不行再想其他的办法。"赵守道非常赞成这个意见,他召开两委会,要求跑资金的跑资金,选址的选址,拆迁的拆迁,整改工作全面铺开。

王弘义和武春华一道,走访了许多政府机关,询问资金扶持渠道,一个个申报项目,利用新农村建设点专项资金、旅游公厕建设奖励资金、扶贫包点帮扶单位资金等,筹集了 30 万元;齐明生发动本村在外地的企业家、干部捐资了 8 万元;远翔公司资助了 10 万元。但是,要按照"简便、卫生、实用"的原则,修建 16 个自然村,26 个高标准公厕,改变脏乱差和设施落后的状况,不说 5 万元发包,就是 3 万元一个发包,资金也是远远不足。

赵守道召集两委会成员、扶贫帮扶干部,研究解决办法。有的主张再进一步发动,多方筹集资金;有的主张让村民摊派一部分;有的主张先修建,欠账最后再说。李虎生则主张降低标准,节约资金。赵守道看看王弘义问:"王主任有啥好的建议?"王弘义想想说:"大家说得都有道理,我的意见是,要修,就不能降低标准,现在凑合修起来,过几年过时了,再重建更浪费资金。修建就要高起点,注重实用。按照《两河镇农村公厕建设标准》的要求,蹲位选用水冲式独立大便器,保障其中一个蹲位配置老年人马桶架和扶手架;厕所内配置厕纸、纸篓,男厕不单设小便器;厕所外面配置一个洗手池、一个清洁池;化粪池采用 3 隔断化粪池,粪液与其他生活污水一同处理后方可达标排放。这样不至于走弯路。"

宋志红想想说:"要从长远角度考虑,在选址、布局方面也要周密规划,既要考虑布局合理,又要考虑使用方便。"

武春华接过话题说:"各组要因地制宜,'建''改'并行。各组根据实际需要,确定公厕新建或改造数量。公厕选址结合村庄规划,尽可能建在村庄入口、道场、人口较集中区域。"

李惠芬笑笑说:"高标准建设,还要高标准管理。我认为,为确保长效,提升服务质量,要制定相应的公厕管理制度,并将使用方法及注意事项以简单易懂的方式张贴在外墙明显位置;明确公厕管理责任人,建议由现在在岗的生活垃圾保洁员负责公厕日常保洁和管护工作,并适当增加其工资。"

王弘义笑笑说:"为实现每个自然村至少设置 1 座水冲式无害化公厕的目标,利用两年时间,全面完成 16 个自然村,26 个公厕的建设任务,还是能够办到的。至于资金不足的问题,大家发表了许多意见,我的想法还是从节约的角度考虑，村建筑队已组建起来，并且盖起了 3 家房屋，虽然没有资质，许多工人是有多年经验的老水泥匠、老水电工，完全有能力修建公厕。我估算了一下，如果我们自己购砖、钢筋、沙石、水泥等建材，包工给建筑队，可以节约40%的资金。一个公厕需要 8000 块砖，4 吨水泥，5 车沙，6 个蹲便器，2 个马桶，2 个洗手池，加上水电，材料大约不足 6000 元。大工 200 元，小工 120 元，有 30 个工绰绰有余，加上管理费，也就是 7000 元左右。加上其他开支 1 万 4 一个，26 个公厕不到 40 万。已筹集 48 万元，资金应该没有问题。关键，两委会要抽人购料、管理。"

"王主任就是周扒皮嘛，把账算得叮当响，那不是把我们建筑队骗了。"李虎生笑着反驳。

"价格低还可以商量嘛，这是建议，大家讨论吧。"王弘义笑着回答。

"我倒不是怕价格的问题，我怕建筑队吃不消，按时完不成任务。"赵守道皱皱眉头说。

"劳力不是问题，泥水匠各组都有，修厕所不要很高的技术含量，可以组织人力集中建设。"宋志红也表示赞成。

赵守道听了大家的建议总结说："按照先建后拆的原则，各组立即启动修建公厕，采取村委会采购材料，村建筑队 8000 元包工的办法组织修建。请王弘义、武春华按质量要求、工期、价格等条款写出承包合同，与乙方签订合同；李虎生主任负责组织施工，宋志红主任协助李主任组织劳力；陈玉文、陈有才负责材料采购、运输、账务管理。包扶干部协助做好各组工作。大家还有啥建议？"与会者都表示赞成这个决议。

五十五　拆　迁

村委会刚刚散会，王义林就走进了院子。他直接找到赵守道问："赵老大，散会了？"

赵守道从办公室看到王义林进了院子，揣摩着是为修厕所的事。边让座，边回答："刚散会，有事吗？"

"没事就不能找你？真个是官不大僚大哦。"王义林嘲讽地回答。

"你屙拉屎带笊篱，不会空来空去的。我还不晓得。"赵守道毫不客气地反驳。

"当村主任就是给人民办事的，找你也正常。"王义林也跟着反击。

"你屙就代表人民呀？"赵守道问。

"我是人民的一分子，为人民服务是共产党人的宗旨，你为我服务是理所当然的。"王义林步步紧逼地进攻。

"不跟你打嘴官司，有话快说，有屁快放。"赵守道以退为进地说。

"听说各组要修公厕，5万元一个，我也承包几个嘛。"王义林一本正经地说。

"你咋不说50万元一个呢？没开始就狮子大开口。"赵守道嘲讽地回答。

"我不是才问你嘛，只要让我承包，价格好说。"王义林婉转地询问。

"资金不足，只有采取包工不包料的办法修建，40多立方的三级化粪池；8米长、3米宽、2米深、中间有隔墙、现浇顶的厕所房。安装7个大便器，其中两个坐便器，修2个洗手池，扣除村建筑队管理费，7000元的工钱，保修期3年。你愿意吗？"赵守道扳着指头解释。

"你这是针尖也要削点铁，把账算得太精了吧？哪还有屁钱挣？"王义林睁大眼睛反问。

"周瑜打黄盖，愿打愿挨。会上定过的事，你自己考虑。不想干你就不干。原则上是对村建筑队发包的。你屙难缠精，我就给你开个口子。"赵守道无所谓地回答。

"心不在肝，鱼不在滩。好像我还要承你的情嘞?"王义林阴阳怪气地说。

"承情不存在，县官打老子，公事公办。"赵守道立即回答说。

"那让我想想，明天再来找你。"王义林边说边起身离开了赵守道的办公室。

第二天，王义林找到赵守道，工钱7000元一个公厕，他愿意承包5个组的公厕修建工程。赵守道喊来陈有才、李虎生，说了王义林的想法，征求李虎生意见。李虎生同意，赵守道让王义林和村建筑队签订了承包合同。赵守道又组建了拆迁队，由李虎生负责组织拆迁。干部们工作做好一个，立即拆一个。

各组拆迁都遇到许多问题，厕所没建起暂且不说，破旧的房子一个个都不愿意拆。城镇分了房子的贫困户，旧房还想留着。干部们只有先定公厕地址，再一户户地做工作。十一组张坪组，张立普家批了新庄基，盖了新房，旧房已破烂不堪，可坚持不让拆;贫困户张泽芳在两河镇移民小区分了三室一厅的楼房，老庄基也不让拆。王弘义和李惠芬多次上门做工作都不行。张立普的理由是:我盖在我的承包地里，别人干涉不了。房子我要留着种香菇、种天麻。张泽芳的理由是:我在两河镇小区没有生活来源，屋留着我回家种地住。

王弘义想，不摊开说不行，他找到张立普说:"土地是集体的，个人只有使用权，没有支配权、买卖权。你把承包地盖了房，也经过集体和土管部门批准过，按规定老屋基就要恢复成耕地。这是政策规定，否则，你就违反了土地法，我们可以申请法院强制执行。那样，房还要拆，土管部门还要罚款。给你3天时间考虑，你自己看着办。"张立普想想说:"我拆，我明天就找人拆掉。"

"拆你就不必费心了，我立即打电话，让拆迁队来拆除。你把旧房的东西搬出来就行了。"

张立普答应下午搬，王弘义立即给李虎生打电话，让拆迁队明天来拆房。

王弘义找到张泽芳说:"你说得有一定道理，在农村，地里可以种庄稼种菜，生活有保障，在社区啥都要拿钱买，没有固定的收入是有困难。可政策规定一户一处房子，国家给你分了房，你这旧房子必须拆。要种庄稼你只能早起晚归回来种。再者，小区有产业合作社，你可以打工，生活来源应该没有问题。你考虑考虑，若不行，给你分的楼房就要收回。"

张泽芳想想说:"那就拆吧，让娃们在外边打工，我骑个摩托来回跑吧。"

十二组杨垣组问题更复杂，贫困户王世福残疾，话说不清，自己能做粗茶淡饭，享受低保，在小区安排有一室一厅一厨的住房，老家的有两间破瓦房，给他说，他呜呜啦啦不让拆，讲道理也说不清。陈玉怀大集体时的两间库房分给他了，屋都破了几处洞，到处漏得要塌，矗到路口上就是不让扒。做了几次工作，话茬硬得没有一点余地。王弘义找到司法所的吕所长，请他一块到枫坪村来一趟。他带着吕所长来到杨垣，李惠芬找到王世福比画，意思是：所长来问住旧房，还是住新房，旧房不让扒，新房就不给了。王世福直摇头，手比画意思是要新房，旧房扒了。这个老大难问题算是解决了。他又找到陈玉怀说：扒屋，每间房补500元，不扒，在安全保证书上签字。发生不安全事故，由陈玉怀负完全责任。伤者，5万元起步，人命价60万元起步。陈玉怀想，要是哪个娃在这里玩，或者有人在这里躲雨，屋塌了砸了人咋办？想来想去，觉着得不踏实，只得同意拆除。

十三组陈家庄阻力也很大，贫困户陈玉州，国家给他盖了30平方米的房子，他3间老屋不让拆。理由是，只给他盖了30平方米，不够住。贫困户陈玉华，在两河镇分了三室一厅的房，家里房拆了母亲的棺材没地方放。别人家不让放，楼房上没地方放，村组干部动员拆房，老奶奶又是哭又是骂，谁要是拆了她家房，她立即死在屋里边。几次做工作都没有效果。

王弘义找陈玉州几次，他躲得不就面。一天，王弘义5点多就来到了陈玉州家门口等着，他一开门，王弘义就笑着说："哎呀，陈玉州可是个大忙人呀，找了你七八次都找不到人，今天可算是见到真人了。"

陈玉州尴尬地说："没事就是闲转，花脚猫，你就是找不到。"

王弘义递给陈玉州一支烟，自己也点燃了一支烟说："抽支烟，顺顺气，今天好不容易逮住了你这只'花脚猫'，我俩好好聊聊。"

"我们农民，大老粗，和你们大学生有啥好聊的？"陈玉州吸了一口烟，毫无意识地说。

"你是说我们对你们关心得不够吗？"王弘义反问。

"那不是哦，我们粗人，说话说不到点子上去。"陈玉州纠正说。

"那我问你，共产党政策好不好？"王弘义看着陈玉州问。

"那还用说，共产党的政策当然好啰。"陈玉州爽快地回答。

"你应该不应该听党和政府的话？"王弘义转过话锋问。

"那当然应该听党和政府的话啰！"陈玉州笑笑回答。

"那你的旧房咋不让拆呢？"王弘义步步紧逼地问。

"我那是三间屋，才给我盖了30平方米新房，我不够住嘛。"陈玉州扔掉烟头回答。

"你一个人 30 平方米还不够住？打滚呀还是打球哇？"王弘义看着陈玉州问。

"我要是再娶老婆了呢？"陈玉州反问。

"你自己都养不活自己，能娶老婆吗？"王弘义反问。

"王主任，你不要那样说吗，人不可小量，升不可斗量，说不定我哪一年发家致富了呢？"

"那是我们的希望。希望你努力，过上好日子，娶个媳妇，生一大群孩子。"

"那，那，我努力好好干嘛。"陈玉州结结巴巴地回答。

"这才是根本，脱贫致富要靠你自己。房子破烂不堪，不扒要倒了，塌了人咋办？房子扒了，地基还是你自己的，有本钱了你可以再盖嘛！"王弘义心平气和地说。

陈玉州想想说："扒就扒吧，我今大把东西挪挪，明天扒吧！"

王弘义又递给陈玉州一支烟，笑着说："谢谢你的支持，有困难，来找我们。"

"给你们找的麻烦不少，有事我再找你。"陈玉州含笑送走了王弘义。

王弘义和李惠芬找到陈玉华，陈玉华满口答应拆房，就是提出了母亲棺木存放的问题。王弘义、李惠芬和陈玉华到现场看了看，三间土木结构的正房很破旧，灶房却是砖瓦结构。他想，这是具体困难。他给张厚诚打电话，张厚诚要求：必须全部拆除。谁拆不了，谁负责。

王弘义思来想去没有办法，不拆，没办法向组织交代，拆了，老奶奶棺材往哪放？共产党人的宗旨是为人民服务，损害群众利益的事，坚决不能做。哪怕个人受处分，也不能不切实际地强人所难。他翻来覆去睡不着，夜无眠，人也无眠……

第二天，王弘义找到老奶奶，老奶奶一把鼻涕一把泪地哭着对他说："我不是不听话，国家给我们分了楼房，我们感恩；知恩图报都应该拆，可棺材没地方放呀，总不能放到露天地里烂着吧？我只有死吗，我死了，把我装到棺材里埋了就完事了。"

王弘义被老奶奶的话感动地流下了泪水。他拨通了镇党委书记刘兴民的电话，哽咽地说："刘书记，我是王弘义，有一个情况向你汇报。陈玉华家是贫困户，在两河小区给他分了一套三室一厅的房子，按规定原旧房应该拆，可他母亲的棺材没地方放，这是个特殊情况。要过河，总要解决桥和船的问题，我的意思是，把三间正屋拆了，一间砖混结构的灶房留下放棺材。你看行吗？”

刘兴民略沉思了一下说："行，特殊情况特殊对待嘛。"

王弘义向老奶奶解释：旧房拆了，厨房留下放棺材。老奶奶破涕为笑，连声道谢。这道难题也终于解决了。

五十六　新村建设

拆迁工作推动了村容村貌的整顿，各个自然村选址修起了公厕，建起了垃圾池，各户的厕所、猪圈、鸡笼也已全部拆除，多数农户门前都修起了花池，种上了绿化树、花草。陈旧的房屋，屋面进行了修补，内外也进行了粉刷，一幢幢粉墙红楼隐匿在一片绿影丛中，显现了一片新的气象和面貌。

按村庄整体规划，需要新建房屋的村民，一律向中心村集中，按两排设计，南沟王振喜家要拆旧房，建新房，村委会要求先签订拆旧建新合同，集中在双河修建。王振喜想在东边开始建，村委会规划从中间往两边发展，下地基时，他又悄悄找风水先生看了方向，山势是南北向，规划是按正东正西的直线街道设计的，他非要盖成丑未向，赵守道去按规划放线，王振喜非要按丑未定向，协商了几个小时，相持不下，赵守道打电话请王弘义、武春华来帮忙协调，王弘义赶到双河，见到王振喜问："一家子，你为啥非要盖成丑未向？"

"风水先生说丑未向好些。"王振喜黑着脸回答。

"好在哪些方面？有啥道理？"王弘义皱皱眉头问。

"好就是好，旺人旺财吗。"王振喜不知所措地回答。

"为啥旺人旺财？子午向为啥不好？"王弘义盯住问。

"风水先生说的，我也不清楚。"王振喜无奈地说。

"一家子，风水是科学，不是迷信。风水建筑学讲究的是天人合一的理论，是自然、气象和环境与人的关系。住所，讲求的是采光、背风、干燥，适合人居住。东西向的直线街道，你把屋盖个歪歪子，是好看吗还是改变了阳光、风向、气温？"王弘义看着王振喜问。

"啥都改变不了。"王振喜傻笑着回答。

"村委会在设计的时候，已经考虑了这些因素，南北向，两排建造，既美观、也大气，向阳、背风，人住在这里，一定会心情舒畅，健康、快乐。你扭一下，破坏了整体风格，丝毫改变不了阳光、气象、自然环境，有啥必要呢?"王弘义心平气和地解释。

"风水先生说正南正北地基硬,丁山癸向不旺人。"王振喜畏畏缩缩地回答。

"全是一派胡言,哪个向都有好向,哪个向都有害向。这要看山势、水流的来去,就按风水先生说,丑未向是大向,如果出水来水不好,依然是不旺人。这个向是午山子兼丁山癸,水从乾上来,从艮上去,你叫哪个风水先生看都是大旺之向。不要听半篓子骗人的先生乱说。"王弘义认真地解释。

"一家子主任,你说这样盖行呀?"王振喜疑惑地问王弘义。

"风水先生惯说空,指南指北指西东,世间若有封侯地,何不寻来葬乃翁?现在啥时代了,不要听那些骗子乱说。"武春华也帮着解释。

"听我的,一家子,我不会害你的。"王弘义肯定地说。

"那行,赵支书,对不起,那就按规划方向吧!"王振喜笑着对赵守道说。

"这就好嘛,我们也不会害你们的。"赵守道说罢,给王振喜家房基放了线。

村容村貌整治由宋志红负责,他每三天到各个村民小组检查一次卫生打扫情况和垃圾收集、清理情况。各组卫生人员都比较负责,只有牛伯梁、李四海不够负责任。宋志红督促,牛伯梁还很听话,李四海总是嘟嘟囔囔不愿意。宋志红训了他几次。他总是找种种理由反驳:"这不好那不好,光会当指挥官,干个样子叫我们看看嘛。"

宋志红生气地问:"我干个样子给你看行呀,很多人都可以干个样子给你看,你钱还要不要?"

"那钱我肯定还要,我就这大本事嘛。"李四海嬉皮笑脸地说。

"不要找借口,不愿干我重找人。"宋志红生气地说。

"你找哪个耶,我是贫困户。"李四海看着宋志红说。

"贫困户也不是你一个,叫哪个干都行。"宋志宏严肃地说。

"那不敢呐,我就靠茶叶和这点收入过日子,不让我干,我吃啥也?我听话,以后好好干嘛。"李四海赶忙改变态度。

"就是那,要干就好好干。不想干我就换人。"宋志红盯着李四海认真地说。

"哦,我听你的,好好干。"李四海点点头回答。

村民的卫生习惯也很难养成,有些人地下经常不扫,垃圾到处扔,衣服不经常洗,宋志红检查集体卫生时,也检查各户卫生。哪家卫生不打扫,他也及时提出批评。并根据平时检查结果,每月评比一次,在门口贴上"卫生先进""卫生一般""卫生差"等字样，促进了村民卫生习惯的养成。卫生管理也慢慢走上了良性运行的轨道。每个村民小组由一个贫困户担任卫生管理员，每月由财政拨款发给700元工资，每天按时收集垃圾，打扫厕所、公共道路卫生。以村民小组的片区为管理单元，确定了专人每半月运送一次垃圾到垃圾场填埋。城镇化管理模式，慢慢改变了农村脏乱差的状况。

波尔山羊经过几个月的喂养，到了繁殖的时期，靠几头种公羊，成功率低，自然繁殖比较慢。王弘义是学畜牧专业的，理论上是懂的，可十几年的行政工作，专业也不专了。科技喂养的基本常识是知道的，具体操作已经交给老师了。他想，要节约成本，提高繁殖率，必须采用人工授精技术。一是技术要求高，二是实验室建设、设备投入大，一个村级饲养场要实现科学繁殖是很难的。他和畜牧中心联系，以畜牧技术推广中心为依托，饲养场建起了采精室、验精室、输精室，适时请畜牧中心技术人员进行技术操作，采用人工授精技术，加快了波尔山羊的繁殖，减少了投入，节约了成本，保证了饲养质量。到9月份，波尔山羊的数量已发展到120多只。

仲秋季节，是植树造林的好时机，赵守道请王弘义、武春华联系树苗，他们又一次走进了林业局的大门。这天李喻旺局长刚好在办公室。武春华推开虚掩的房门，见李喻旺正在改文件，又轻敲了两下房门，李喻旺回过头见是武春华和王弘义，即笑着站起来说："你两个不在枫坪好好扶贫，跑到林业局来检查工作呀？"

王弘义上前握着李喻旺的手说："我们来给局长汇报工作嘛，局长不欢迎呐？"

李喻旺同时握着武春华的手笑着说："好兄弟回来了，还能不欢迎，请坐、请坐。"说着就泡茶，让烟。

"是这，局长忙，我们也不拐弯了。我们来还是给局长找麻烦的。"
王弘义开门见山地说。

"自家兄弟，就别客气了，你们是吃惯了嘴，跑惯了腿，有啥就说吧。"李喻旺边递茶边回答。

"师兄，有点不好意思，光给你找麻烦。是这样，这秋季不也是植树的季节嘛，我们创建文明示范村，要绿化村庄，不知道你们调没调树苗？"武春华看着李喻旺问。

李喻旺摸摸头发说："调是调了一些，主要是给城镇美化的。像桂花、紫薇、樱花、李子等，不过还有一些银杏、水杉之类的，适合农村栽植。"

"是这样，我们主要是绿化公路、公共场所，我们也要不了多少，银杏、水杉，给个一二百棵，紫薇、李子等风景树能给个一二百棵就行了。"王弘义看着李喻旺说。

"这有些为难，你们不属调拨对象，这事很难办。"李喻旺为难地说。

"我们是文明卫生示范创建村，全县才5个，特殊优待一下吧！"武春华央求说。

李喻旺沉思一下说："你让你们局长找一下我们局长吧，我会考虑给你们调剂一些。"

"那太谢谢李局长了。"王弘义高兴地说。

"我努力，你们也要抓紧。"李喻旺叮咛说。

王弘义、武春华点点头，"谢谢，我们回去找局长说。"说着，站起来和李喻旺告别。

王弘义、武春华赶忙到局里给杨思琦汇报，杨思琦亲自开车到林业局找黄局长，说明枫坪村创建文明卫生示范村的情况，请求给予支持。黄局长找来李喻旺，询问了苗木调拨情况。李喻旺说："没有列入计划，但是预算比较充足，可以从苗木中调剂400株花木，支持枫坪村绿化。"

黄局长听了李喻旺的汇报，即表态说："是这样，杨局长包的枫坪村创建文明卫生示范村，也是特殊情况，那就给他们调剂400株花木吧！"杨思琦连声道谢，立即给王弘义打电话，找来车辆，把花木拉回枫坪村。苗木问题解决后，村委会召开干部会议，要求各组按规划落实了栽植任务和管理责任，只用5天时间完成了公路两旁和门前花池的绿化任务，成活率达到95%以上。

五十七　重现景象

　　秋夜的山村，皓月当空，微风徐徐，格外凉爽。李欣怡兼任妇女主任后，文艺活动的主要责任就由她担当了起来。广场活动由李惠芬负责，中老年人扭秧歌、唱民歌、跳广场舞、玩打击乐器，寂静的山村除了锣鼓声、音乐声，还飘荡着悠扬的民歌声，过去民歌《十绣》《十探妹》《十爱郎》《倒转连》《劝世人》《对子歌》的内容都由李仁义改写了新的内容，很快在村民中传唱了开来：

> 锣鼓声声传四方，男女老少喜洋洋，
> 美好生活比蜜甜，唱唱农村变新样。
> 农村面貌一变样，水泥道路宽又广，
> 大车小车如穿梭，不再肩挑背驮忙。
> 农村面貌二变样，家家户户住楼房，
> 外面瓷砖贴墙面，室内粉刷亮堂堂。
> 农村面貌三变样，电灯电话进村庄，
> 各类电器哗哗响，座机手机连四方。
> 农村面貌四变样，自来用水进灶房，
> 一股清泉流不尽，丝丝甜蜜润心房。
> 农村面貌五变样，茶树青青满山岗，
> 产业开辟致富路，一村多业奔小康……

　　李欣怡组织一班年轻的男女，排练舞蹈、表演唱歌、小品和现代戏选段。宋志红、李仁义、陈有才、吴自启、王世祥等经常摆弄乐器的人，也跟着配乐、伴奏。为了庆祝中华人民共和国成立70周年，李欣怡排练了舞蹈《歌唱祖国》《绣红旗》《走进新时代》《中国梦》；诗朗诵《我爱你，可爱的祖国》；小品《老两口进城》；排练了几个戏剧选段：豫剧《痛说革命家史》，京剧《打虎上山》，河南曲剧《智斗》等。

舞蹈李欣怡独立地排练，王弘义、武春华没有参与。戏剧李欣怡显得有些陌生，演员安排下去了，小品《老两口进城》由杨祯泰、李惠芬表演；《痛说革命家史》由李玉明、李欣怡、李惠芬扮演；《打虎上山》由宋志红扮演；《智斗》由王世祥、陈有才、李香兰扮演。可迟迟没有进入排练。武春华问李欣怡咋不开始排练戏剧，她说："我对戏剧不熟悉，不知道从哪里开始。"

武春华找到王弘义，他俩只得帮助排练。王弘义协助排练《痛说革命家史》《打虎上山》，武春华协助排练《智斗》《老两口进城》。

王弘义、武春华先组织演员对戏词，和乐器练习唱词，一句句指导念白技巧，唱腔的气息调节，真假嗓的变化。特别是《痛说革命家史》的念白，王弘义给李惠芬、李欣怡讲：念白是一种独立的表现手段，既与歌唱有别，又与音乐有联系。因此，戏曲中的念白与歌唱总是巧妙地结合成为一种和谐的整体，彼此呼应，相辅相成，各臻其妙。李奶奶的念白充满着阶级仇恨和革命激情，要把握好咬字、劲头、气口、喷口的技巧运用，注意音调起伏与节奏感，速度快慢也必须衔接自然。在发声、咬字、音韵、平仄、开口闭口、上韵与不上韵等方面，要根据人物的情绪变化控制，最关键的是，豫剧唱腔、念白都要用河南口音呈现，这样才有豫剧的韵味。

在熟悉戏词的基础上，王弘义、武春华先讲剧情、人物性格、戏剧冲突、情绪变化、潜台词，而后指导表演。演员慢慢对人物有了比较深入的理解，对表演、唱腔、念白逐字逐句地琢磨，感触越来越深。一两个月时间，白天，他们到各组指导生产，抓村容村貌整治，晚上，协助指导群众排练节目。忙碌中也感觉到生活的乐趣和艺术的精妙。

一天，王弘义指导排练《痛说革命家史》，李欣怡当唱到"做事要做这样的事，做人要做这样的人"时，激动地流出了泪水，李仁义放下二胡说："好，入戏了，就是要唱革命戏，做革命人。"

李惠芬也激动地说："文艺就是教育人、激励人的。我每揣摩一次戏词，说一遍戏词都有新的感触，革命先烈甘愿抛头颅，洒热血，他们都是真心地为了中国的解放，为了人民的幸福而牺牲的，我们每一个活着的共产党人都应该反思，我们到底是不是在为人民奋斗，难道那些只图个人私利的人不感到羞愧吗？"

李仁义边拿起二胡边说："20世纪60年代初，虽然生活困难，可人心是舒畅的，我们这里文艺宣传队常年活动，大家学唱革命歌曲，争做好人好事，对只谋私利的人嗤之以鼻。现在有些人，把突击钻营当成聪明，把只谋私利当作本领，我实在想不通。旧的教育，从传统的道德观念出发，也提倡家国情怀。现在有些人，为什么心中只有自己呢？西方文化的渗透改变了意志薄弱者的认知，强调个人价值而忽视了国家利益，民族精神。希望通过文艺宣传能唤回大家的革命热情，国家、民族意识能回到每个人心中。"

王弘义看着李仁义说："十九大总书记为我们指明了方向，我们每个人尽自己一点责任，为社会主义的发展贡献自己的微薄力量。"

"新时代理论的传播，文艺宣传思想的回归，我希望给农村带来新的思维和新的梦想。"武春华信心满满地说。

"通过十九大精神的贯彻、执行，人们的思想一定能回归到社会主义的轨道，文艺、文化一定会起到教育人民，激励人民的作用。"王弘义坚定地说。观众的议论也激励了演员的情绪，在排练中，演员更加注意揣摩剧情了。

体育活动由宋志红负责，每天下午六点，许多年轻人都集中到灯光球场，打乒乓球、篮球，村委会每周组织一次篮球赛，各组之间组织联赛，既锻炼了身体，又活跃了文化生活，增进了友谊。

国庆节前，村委会制定了标准，逐级评出了"脱贫致富先进个人""精准帮扶先进个人""生产能手""五好家庭""好儿媳""好婆婆"等。经村委会审查，评出 13 名"脱贫致富先进个人"，6 名"精准帮扶先进个人"，13 名"生产能手"，19 户"五好家庭"，6 个"好儿媳"，6 个"好婆婆"。

国庆节这一天，枫坪村召开群众大会，赵守道总结了精准扶贫工作和创建文明卫生示范村工作，对村容村貌整治、文明卫生村创建提出了具体要求；对几上几下评定的"脱贫致富先进个人""精准帮扶先进个人""生产能手""五好家庭""好儿媳""好婆婆"进行了表彰。村委会给受表彰的先进个人披红戴花，进行了物质奖励。表彰活动结束后，用敞篷车拉着受表彰的先进个人在枫坪公路上游行。接着演出了文艺节目，演员演得十分认真，群众也看得津津有味，村民的情绪受到了极大鼓舞。而后，许多老年人、年轻人也从酒场、牌场走了出来，投入到广场文艺、体育活动之中。健康的文化活动促进了乡风民风的改变。

五十八　产　业

　　"草是羊的娘，没草命不长。"到了秋末，羊场要储藏过冬饲料，王弘义不放心，到羊场查看饲料储藏情况。赵守义告诉他："从 8 月开始，我就带着赵明辉、赵明礼，一边喂羊、放羊，一边收集过冬饲料，玉米秆、豆萁、花生禾、红薯蔓、青草等粗饲料晾干后收集了将近 6000 公斤，大豆、豌豆、玉米等精饲料储存了 2000 公斤，过冬、催肥应该没有问题。"

　　王弘义看了饲料储存情况，羊的饲养状况，语重心长地说："现在喂养技术应该没有问题。对饲料的选择也要注意。比如，以青贮为主要粗饲料时，一定要加喂小苏打；高粱苗、玉米苗含有氢氰酸，误食后会引起氢氰酸中毒，储存饲料，要选择成熟的玉米秆；作物秸秆上的地膜要摘除干净，秸秆下部粗硬的部分和根须要尽量切掉不用；发霉变质的饲料、发芽的土豆、患黑斑病的甘薯都不能给羊群做饲料；棉田和茶园附近的牧草容易被农药污染，羊采食后会引起农药中毒；羊圈运动区内不要种植夹竹桃，防止羊群误食中毒；叶菜类饲料和幼嫩的青饲料中含有较多硝酸盐，在瘤胃硝化菌的作用下，可转化成为亚硝酸盐，若采食过量，会引起亚硝酸盐中毒；棉籽饼、菜籽饼必须经过脱毒处理后才可以喂羊，且要限制饲喂量；秋季不要用柔韧的秧蔓喂羊，阴雨天气尽量将粗料切细；小萱草根、毒芹、闹羊花、木贼草等都是有毒植物，羊食后会引起中毒，饲料中要注意剔除。"赵守义虚心地听着记着，不时地提出饲养中应注意的问题。

　　王弘义走到十号圈棚前，发现两只羊消瘦得有些不正常，即对赵守义说："这两只羊好像有蛔虫。波尔山羊是草食动物，在日常养殖饲养管理上如不注意，往往会因寄生虫的感染而带来严重的经济损失。患病羊轻者消瘦，生长缓慢，生产力下降，重者死亡。对寄生虫病的防治，在于平时加强羊群饲养管理，注意羊舍卫生，饲草干净，饮水清洁；增强羊群体质，提高抵抗力；治疗病羊，消灭体内外病原；注意粪便处理，环境杀虫，消灭外环境病原体；对羊群每年定期进行两次预防性驱虫。今年是否只打了一次虫?"

"防疫一次钱是小事，很麻烦，不同情况要区别对待，我们鼓捣不清。上回还是你帮忙防治的。"赵守义点点头回答。

王弘义抓抓头说："明天，你先买回一些丙硫咪唑和阿维菌素片……"

"啥？"赵守义没听清楚，用征询的目光看着王弘义问。王弘义重复了一遍，又接住说："早晨6至7点羊空腹时，按每10公斤重各一片药的剂量喂，6小时内不让羊进食，15天轮换一次。先把这两只羊隔离治好。20天后，我再给你们讲一次，再驱一次虫，不熟悉总不行呀！"

赵守义抓抓头说："你再给我们讲讲，我让我老婆来帮忙，一定把饲养技术学会，学精通。"王弘义笑笑，拍拍赵守义肩膀说："我相信你一定会成为一个合格的饲养员。"

"哎，这不学习不行，老办法适应不了生产发展了。"赵守义愧疚地说。

"发展才是硬道理。社会在发展，人也要适应社会的发展。"王弘义边看边指导饲养方法……

离开羊场，王弘义想了很多：产业发展是乡村振兴的基础，经济上不去，乡村繁荣只是一句空话。秋季是产业发展的基础时期，抓好基础是重要的。回到村部，王弘义和赵守道谈了自己的想法，建议抽调几个干部对产业的发展进行一次检查。一是总结当年产业发展经验，二是考虑第二年产业发展方向。赵守道思索一会儿，决定立即组织安排。星期一周会，赵守道让李虎生、陈玉文、齐明生、孙阳对贫困户的收入进行一次核查，有短板的，要立即补上；让王弘义、武春华、宋志红、李惠芬对产业发展进行一次细致的调研，提出产业发展建议。

按照村委会的安排，王弘义分两个组对产业进行调研，他们先从茶叶开始，一户户调研，现场查看，光大公司的安吉白茶长势良好，除了草、施了肥，地膜也准备到位，立冬后进行覆盖防寒。各户的茶田，大部分都除草、施肥、修剪到位，有几户没有进行管理，肯定影响明年产量。他们一户户落实科管措施，都答应立即进行施肥管理。牛伯梁没进行科管，还说："不指望驴子过骡子，还指望那点茶叶发财吧？"

王弘义找到牛伯梁问："伯梁，你茶田咋没施肥，修剪呢？"

牛伯梁笑笑说："我每天要打扫卫生，忙得没工夫。"

"你也不是一天到晚扫地，可以每天抽半天时间锄茶草，把茶树枝修剪一下嘛。明年产量不是高些。"宋志红一本正经地对牛伯梁说。

"我过几天再修剪。"牛伯梁推辞说。

"是这，我出钱买200斤化肥，你明天把化肥运回来，后天找两个人把化肥施了，把树枝修剪了。"王弘义笑笑说。

"我哪有钱请人呢？"牛伯梁挠挠头皮回答。

"两个工280元，你请人把活干了，工钱我付。"武春华无可奈何地说。

"那不好吧，让领导出血？"牛伯梁迟疑地回答。

"老梁子，少说些便宜话，知道了领导的心，好好干就行了。"李惠芬没好气地说。

"那谢谢领导们关心，我明天就开始施肥。"牛伯梁含笑回答。第三天，王弘义经过张坪组，问牛伯梁茶园的事，邻居都说已经施肥、修剪了。王弘义付了化肥款，武春华也付了工钱。

羊场、羊肚菌场已走上规范化的路，他们几个询问了经营情况，给予一些建设性的建议，没过多地干预。散户养鸡、"借贷还菇"和种天麻、药材、养蜂等，个体经营都比较稳定，对农村经济的发展起到了促进作用。王弘义几个对调研的情况进行讨论，大家认为：建立集体股份制企业有利于集体经济的发展，便于带领群众共同致富。一要有一个严格的管理办法和管理机制，大家共同管理，照章办事，不能一人说了算；二要有一个真正愿意为集体付出的带头人，心公、正直、愿意为大家服务；三要有一定的激励机制，多劳多得、风险大、利益也要多，体现社会主义分配原则，真正按劳分配；四要政府支持，企业独立行使经营权。羊场、羊肚菌场总结出了比较成功的经验。

王弘义提议：一个村要想富，一要依靠企业，发展股份制集体企业，以农业为基础，调整产业结构，扩大经营范围；二要形成规模，与外地联合，使产品走上市场；三要有拳头产品，打造出自己的品牌。建议明年成立自己的公司，包装自己的农副产品。武春华、宋志红、李惠芬都拥护这种提法，建议两委会研究决定。在周一例会上，赵守道决定成立农副产品包装公司，营业执照、商标申报、包装设计委托孙阳具体办理。对产业的发展，本着稳步推进，巩固提高，协调发展的方针，由李惠芬、宋志红、王弘义、武春华做好总结、筹划工作，为下年的产业发展做好准备。

五十九　新　风

树立文明新风是文明示范村创建的主要内容。为了移风易俗，枫坪村成立了红白喜事理事会，由宋志红兼任理事会主任。村委会购置了 2 张帐篷、20 张桌子、200 个凳子、20 套餐具，为非营利服务机构。宋志红给在城里酒店做大厨的朱长春作工作，让他回村里开了"好运来"餐馆，兼做红白理事会主厨，雇了 4 个靓丽的中年妇女帮厨、找两个小伙子跑腿，让李三元联系采买、管账，宋连花送货。哪家有喜事，理事会负责组织安排，厨师、服务人员统一付工资，大大降低了喜庆人家的成本和费用。以往一桌饭 400 多元，红白理事会组织人做只收 300 元，减轻了办喜事人家的负担，集聚了人气，群众也增加了收入。锄茶叶草李四海、牛伯梁不愿参加，红白喜事帮忙服务他们可跑得欢实。理事会对许多事处理得也干净利索，不前后拖很多天。红白理事会也对外村服务，适当收取利润，以利于理事会的发展。

杨祯兴、李欣怡经过几年的苦恋，终于走进了婚姻的殿堂。开始李欣怡父母不同意，几经曲折，由于李欣怡的坚持，加之杨祯兴考取了事业单位，李欣怡的父母改变了看法，两家才正式交往。后来，李欣怡想在她家结婚，杨祯兴想在镇上小区买屋，在镇上举办婚礼，李欣怡怕借债多，压力大，两个想不到一块去，近几个月来才达成共识：婚礼在杨祯兴家举行，李欣怡还常住在父母家里。决定国庆节期间举行婚礼。

9 月 30 日，村委会庆祝新中国成立 70 周年暨先进表彰会后，村红白喜事理事会就做了安排，10 月 1 日清晨，在鞭炮声中，装扮一新的婚车和贴着大红喜字的 4 辆小车缓缓开出了杨垣村庄。婚车上坐着杨祯兴，接亲，第二辆车上坐着两个媒人，第三辆车坐的上路支客，第四辆车坐的是拿香火礼的小伙。十几分钟后，车队开进了李世福家的院子。一阵炮声，新郎杨祯兴、接亲、媒人、拿香火礼的小伙在支客的带领下走进了李欣怡的家。一阵客套后，支客送上厨师礼、梳头礼、穿衣礼、离娘礼，女方支客开始安排酒席。李世福、陪客一一向媒人、来客敬酒，吃过饭后，支客和家长商议，10 点半前按时返回，11点举行婚礼。接亲人催着李欣怡换衣服，而后，在杨祯兴的陪同下来到祖先牌位前烧香烧表，向李氏先祖叩拜后，由其兄弟背到车前，坐在小凳上换鞋、上车，支客给拿凳子的人和其弟送上红包。婚车和第二辆车在鞭炮声中启动返回。

过了几分钟，支客邀请李欣怡的叔爷爷、婶母，嫂子、兄弟、侄儿祖孙四代5个人上车，一同向杨垣驶去。路上，司机几次停车嬉闹，要红包、要加油钱、要喜烟，不给不启动车。来时十几分钟，回去走了半个小时，十点半才回到杨垣。

鞭炮声中，杨祯兴在老表、同学的推搡下把李欣怡从车上抱进了新房，杨祯兴的姐姐请来了儿女双全、从一而终的两位妇女端来了"子茶"，新郎、新娘象征性地喝了一口。接着，在支客的带领下来到杨氏宗祠拜祭祖先。杨祯兴点亮红烛，烧香烧表，与李欣怡一块叩拜先祖。三拜九叩后，来到门前的场地上举行结婚仪式。婚礼由小城婚仪公司小张主持，赵守道做证婚人，王弘义作为来宾代表讲话，闹腾了一个多小时才结束。中午，本地邻居、亲属来了十几桌，红白理事会统一安排，节约了很大开支。晚上，杨祯兴又宴请了帮忙的和知己亲属，老表们又闹腾到深夜……

婚礼全部由红白理事会处理，第二天早晨，送走送亲，杨祯兴只付款就完事了。价格便宜，也不用麻烦。杨祯兴对宋志红表示感谢，对这种移风易俗的做法，非常赞赏，心想，最好能在两河镇全面推广。

国庆节，干部们没有放假，9月，县内组织了交换自查，国庆期间市内组织交换检查，枫坪村各项工作都很好，检查结果在全县排名第二，在全市检查评比中排名第四。11月，全省组织检查没有抽查到枫坪村。12月，国家组织到各地抽检验收，抽检到了枫坪村。枫坪村61户贫困户，智障6户、严重残疾1户，年老无依靠5户，实行兜底扶贫。49户脱贫户每户每年的收入、支出，台账都是清楚的，检查组一户户核对，一个个征求贫困户对包扶单位的意见，从村民填报的表册反映，满意率达100%。茶叶合作社、羊肚菌合作社、波尔山羊合作社的收支账目、分配账目都是真实可信的。基础设施，村道、入户道路、贫困户建房，村容村貌新旧对比图片，展现了精准扶贫的全过程。检查组查到王家坡，看到高堡上几户人家，心想自来水肯定上不去。检查组一个小伙子故意上到200米的高堡检查，水的压力很大。国家检查组感到基础工作做得扎实、有效，总体给了很高的分，在全省评比中居于靠前位次。年终评估，枫坪村整体脱贫，经申报被授予市级文明卫生村，王弘义被评为省级模范第一书记。

　　进入冬季，办喜事的人多了，理事会的事慢慢忙了起来。李泽胜母亲血压高，得过脑梗，天气冷，屋内外温差大。老奶奶早晨上厕所，小便后猛一起身，头一晕，倒到厕所里了。李泽胜见母亲好大一会儿没有回来，叫妻子王兰香去看，王兰香见老婆婆倒在厕所里，大声喊人，李泽胜几个把老奶奶抬到床上，把李欣怡接来看，老奶奶已经停止呼吸，无法抢救了。李泽胜赶忙安排后事。王弘义听到消息后，也和宋志红赶到了李泽胜家。过了一会儿，道士先来了，日子查到第6天，王弘义嫌时间太长，即建议李泽胜第三天安葬。李泽胜也感到时间太长，孙子孙女不回来不像话，回来6天难请假。即和道士先商量，"时间短一点行不？"

　　道士先笑笑说："日子不好哇！"

　　李泽胜试探地问："就后天行吗？"

　　道士先迟疑了一会儿说："行也行，日子没有第六天好。"

　　宋志红笑笑说："信基督教的不看日子不是怪好。"

　　王弘义也应和说："就是一种说法，晴天就行，有啥不好？"

　　李泽胜摸摸头说："就是那，后天出殡，就按这样安排吧！"

　　宋志红让张常和安排八仙，通知亲戚朋友。他安排宋连花拉来了帐篷、桌凳、餐具、祭祀用品、烟酒、花圈等。张常和找人布置灵堂、拉电灯，安排八仙入殓，红白理事会也介入开始服务。决定第三天上午出殡。王弘义拟了一副挽联：

　　　　杜宇伤春，泣尽血泪萱花落。
　　　　兹乌失母，啼破悲音夜光寒。

　　他请李仁义书写后悬挂在大门的两旁。一切安排妥当，王弘义看没有啥事要做，也就开车回了村部。

　　第二天下午村委会干部来看望李泽胜，哀乐声中，王弘义和村委会干部一块儿叩拜了老人，送了礼。大家在礼房喝茶，王弘义到灵堂询问了李文英、李博艾的工作情况，听他们说工作很顺利，又鼓励他们要努力钻研业务，提高业务水平，搞好分内外工作。两个边感谢，边点头答应。大家要走了，王弘义想李泽胜是他包扶的贫困户，又问了李泽胜是否需要帮忙，李泽胜说有红白喜事理事会，让他回去休息，王弘义和武春华一块儿返回了枫坪。

六十　闹　酒

　　思维意识决定行为习惯。李虎生对村主任落选的事总是耿耿于怀，窝着一口怨气。本来想弄翻王弘义，没想到偷鸡不成蚀把米，目的没有达到，还差一点露了馅，幸亏李香兰包揽了全部责任。李四海虽然没有说出指使人是自己，李虎生总感到李四海知道得太多，如果他全部说出来那问题就大了。他盘算着如何处理这件事，李四海喜欢喝酒，要是喝多了会不会发生意外？他想了几种方案和结果……

　　冬天的夜晚总让人感到是那样的寂寥、绵长，文化广场东边的小餐馆里灯光吸引着难以抵御寒气的村民。6点多，李虎生从村部出来准备回两河小区，看到陈远剑、李四海、牛伯梁还在商店里转悠，他心中涌出了聚众喝酒的想法。"陈叔，这晚了，还在这里转，没有吃饭吧？"

　　"就是没吃饭呀，村主任请我们吃饭？"陈远剑顺势就上，将了李虎生一军。

　　"工资不高，一顿饭还是管得起的。走，到好运来餐馆喝一盅。"李虎生很豪爽地说。

　　"村主任请客，我们也跟着沾光吗！"李四海嬉皮笑脸地说。

　　"刚好，陈叔喝酒没人陪，你两个都来，也就是加一双筷子的事嘛。"李虎生对李四海、牛伯梁说。

　　"李主任，真的要你破费呀？"陈远剑笑着问。

　　"请客不如遇客，大冷天，我后备厢有苞谷酒，上车，走，喝一盅。"李虎生招呼陈远剑上车。

　　"那我们真的也去喝村主任的酒哇？"李四海边上车边说。

　　"不要村主任村主任的叫了，我也不是村主任了，这样显得多生分。"李虎生纠正李四海说。

　　"在我们的心中你永远是我们的村主任，你照顾我们，我们都记得。"牛伯梁也跟着说好听的。

"知道就好，我就喜欢有良心的人，不像有些人，表面上一副仁义道德，人模狗样的样子，内心比毒蛇还狠。"李虎生心中不平地发泄着私愤。

"宰相肚里能撑船，当干部就像是恶水罐子，好的坏的都要往里装。你也当了那多年干部了，要学会忍，共产党的事，要认真，但不要太较真，还是要讲党性、讲团结。"陈远剑听出来李虎生话中的意思，他姑是李虎生的奶，也就毫不僻嫌地语重心长地开导说。

"表叔说的是好话，我记住了。"李虎生知道陈远剑是直爽人，也就话锋一转，表示接受他的提醒。说着话，几个就到了好运来餐馆，李虎生点了油炸花生米、开锅豆腐、豆芽面筋、黄瓜肉片4个凉菜，点了排骨火锅，打电话叫来了陈玉文，从车上拿来了5斤一壶的苞谷酒，几个就边吃边喝了起来。李虎生心中有想法，敬酒、碰酒过后，他看着牛伯梁、李四海问："这陪陈叔喝酒，也热闹一下嘛，你两个哪个先打通关？"

李四海不仅爱喝酒，更爱猜拳，他甚至把能喝酒、会猜拳当成自己的本事，总在人前显摆。而往往别人没喝好，他却喝得酩酊大醉。见李虎生问谁打通关，便歪着头伸出手，自告奋勇地要打首席通关。"我小些，只有我先打关吗。是这，满桌子我先喝一杯礼貌酒，一个个跟前我就不喝了，然后开始打通关。行不。"

李虎生笑着说："先喝一杯少了吧，至少喝3杯，陈叔、我、陈主任都比你大，喝一杯咋行？"

"那太多了，喝两杯行吗？"李四海偏着头说。

"喝一杯也行。"陈远剑笑着说。

"喝两杯吧，四海酒量大。"陈玉文也附和着说。

"喝三杯。"牛伯梁也从中撺掇。

"小尿不要能，我喝几杯，一会儿你也喝几杯。"李四海指着牛伯梁骂。

"喝两杯就喝两杯吧。"李虎生也附和着说。

李四海喝了礼貌酒，对陈远剑说："陈叔，我这通关从你老这开始，我一共来6拳，二四过，三平再来三个，一五铜锤再来六个，划拳出手到，带头碰，头碰喝两个，其余喝一个。"

"哪里划得着，头碰喝4个，其余喝两个。"李虎生鼓动说。

"打通关的咋说就咋来。"陈远剑看着李四海问。

"那就是那样吧，头碰喝四个，后边带双杯，带上喝两个，带不上不喝。"李四海信心满满地回答。陈远剑虽然年纪大了，在酒厂干了几十年，是老江湖，"用酒精泡出来的"，开拳陈远剑就给他来了个一五铜锤，其中还有两个头碰。第二排子，勉强来了个二四，其中也有一个头碰。算下来李四海喝了24杯酒，加之李虎生给他倒得酒满，5杯1两，半斤酒已经下了肚子。

第二个接关是陈玉文，陈玉文和李四海斗金花，一下两杯，二四过，李四海又喝了8杯。

第三个接关是李虎生，他想，李四海吃激将法，越不让他喝，他越抢着喝。李虎生即说："兄弟两个不来拳，你打通关，我多喝2个，我喝8杯，你喝4杯。"

李四海喝地兴起，偏着头说："那哪行，你是哥，我是兄弟，咋能叫你喝8个。我喝8个，你喝4个。"说着，抢着喝了8个。

临到牛伯梁接关，李四海想美美赢一把。即对牛伯梁说："猜拳你不是我的对手，公平起见，我两个吹牛。大小吹，每次2杯，叫10个子以上4杯，还是二四过。"

牛伯梁想想说："行，划拳你老逮我，吹牛就吹牛。"说着就开始吹。可能是喝多了心怯，结果李四海又输了个一五，其中两拳都是10个子以上。第二轮，又输了二四，其中有一拳还是10个子以上。李四海又喝了24杯。陈远剑看李四海喝得有点多，李四海话说得不停，吹自己酒量大，喝不醉。大家都感到他不能再喝了，下来也没多让他喝，每个人也就是应个关，可他总是抢着喝。散场后，李虎生让牛伯梁把李四海送回家中。并叮咛说："把门关好，火盆火扒开挪远些，小心喝醉冻到了，烫到了。"

牛伯梁把李四海送回家，把火盆上的火扒开，又加了些木炭，关好门就走了，李四海晕乎乎地倒在床上沉沉地睡着了。

天上飘着雪花，冬夜更显得特别冷，人们早早地休息了。连犬吠声都没有，山村显得异常清冷、寂静。

第二天中午了，陈远剑见李四海还没起来，敲门又不见答应，即喊来李玉民，从窗子往里看，李四海睡到床上，喊不应，只得撬开门，李四海已经没有了呼吸。赵守道知道后，立即叫保护现场，报告派出所来勘验现场，王弘义、武春华听李惠芬说，也赶回枫坪村。派出所勘验了现场，分别询问了知情人。李虎生、陈远剑、陈玉文所说的经过一致，疑点只有牛伯梁。

派出所李所长把牛伯梁叫到村部办公室问："你就是牛伯梁?"

"是，我叫牛伯梁，十一组张坪人。"牛伯梁毫不在意地回答。

"你昨晚把李四海送回家的?"李所长盯着牛伯梁问。

"是我把李四海送回家的。"牛伯梁皱皱眉头回答。

"你把昨晚上喝酒的经过和送李四海回家的经过如实说一遍。"李所长认真地对牛伯梁说。

"昨下午我到村门市部买盐、酱油，和陈远剑、李四海在门市部谝了一会。李主任下班遇到了，谝得玩，说请陈远剑喝酒，也邀请我和李四海去，到好运来酒店后，见人不多，又打电话叫来了陈玉文主任，开始后，李四海先打通关，带头碰，输得多，酒也喝得多，大家看他喝得多，就没让他，可他抢着喝，接关也喝得多，结束时，他走路都走不稳，李主任、陈远剑让我送他回去，我把他送到家放在床上睡，我就碰上门走了。上午，听说他死了。我也说不清是咋回事。"牛伯梁陈述的事情经过。李所长见和另几个人说的基本一样，沉思了一下问："火盆炭火是哪个烧的?"

"应该是李四海自己烧的，他到李三元门市部去天都黑了，我看到火盆有火，我还把火盆往屋中间拉了些。"牛伯梁皱皱眉头回答。可他没有说在火盆里加了炭。

"窗子门是哪个关的?"李所长看着牛伯梁问。

"门是我出来碰上的，窗子那肯定是李四海自己关的。大冬天谁还把窗子开开?"牛伯梁笑笑回答。李所长感到牛伯梁没有心理负担，说的话也很实在，往日无怨，近日无仇，私人关系很好，也没有他杀的动机。况且李四海身上查验也没有伤，就让牛伯梁走了。李所长叫来支书赵守道、村干部李虎生、宋志红、李惠芬、陈玉文和扶贫工作队的干部，对案情进行了分析。大家认为：在一块喝酒的几个人与李四海无冤无仇，身上没伤，没有搏斗痕迹，酒喝多了，屋里有炭火，可能是缺氧，心脏窒息而死。不是他杀。派出所结了案，村委会商议，由村红白喜事理事会和村民小组安葬了完事。这件事也引起了村委会的注意，在创建文明卫生示范村公约里加上了：严禁聚众酗酒的条款。

六十一　团　年

年内双山县委召开了全委会及县委工作会，对全县新一年的经济建设和社会发展做出了部署和安排。会议强调：习近平总书记的重要指示和中央农村工作会议核心精神重点体现在“提成色”和“稳底盘”上。全县各级各部门要深刻认识做好全年“三农”工作的特殊重要性；要瞄准全面建成小康社会目标，加大农村基础设施建设力度，深入推进“厕所革命”，扎实搞好农村环境整治，加强农村社会保障，改善乡村公共文化服务，坚决补上全面小康“三农”领域短板，不断开创双山县农业农村工作新局面。

县委主要领导指出：2018 年我们在难中求进、难中求成、难中争先、难中创业，大家充分发扬民主，凝聚集体智慧，做出科学决策，推动了全县经济社会持续健康稳步发展，全县整体脱贫。新的一年，全县各级各部门要提高政治站位，树立“明知有困难、越难越向前”的思维，认真学习贯彻好省委十三届六次全会、市委四届八次全会精神。一要抓好会议精神学习。深刻认识和把握省、市全会的重大意义、核心精神，找准县内贯彻落实的结合点，进一步厘清工作思路、明晰发展目标、创新推进举措，奋力谱写新时代双山县追赶超越新篇章。二要抓好贯彻落实。要紧盯年度目标，统筹抓好脱贫摘帽、稳增长、重大项目建设、扫黑除恶、生态环保、安全生产和社会稳定等各项工作，确保 2019 年各项工作高点起步、良好开局，奋力实现首季“开门红”。

腊月二十八，王弘义、武春华给各组干部、贫困户送去自己买的春联，下午回到家中，儿子善佑跑过来抱住大腿说：“过年了，还不知道回家？”

王弘义抱起儿子问：“这不是回来了吗？”

“你咋不等到年饭做好了再回来？”王弘义轻轻捏着儿子的鼻子问：“谁教你说的？”

“妈妈天天说你是野人。”善佑噘着嘴回答。

“嗨，是谁说妈妈的坏话？”李曼玉听见这父子两对话，插嘴问。

善佑赶忙从王弘义怀中哧溜下来跑到李曼玉跟前说："妈妈，我没说你的坏话。"

"刚才的话是谁说的?"李曼玉故意看着善佑问。

"我是学的让爸爸听。"善佑委屈地说。

王弘义抱起善佑说："对，善佑只是学的让爸爸听，明天爸爸就一块带你们上街买东西。"

"给我买花灯笼，买好多好多炮。"善佑高兴地说。

"好，爸爸给你买花灯笼，买好多好多炮。"王弘义摸着善佑的头回答。一家人亲热一会儿后，王弘义边帮忙做饭，边询问过年还差哪些东西要买。李曼玉说："小东西都不差啥了，米面等比较重的东西等着你回来用车拉，现在三十上午商店都开门，明天到街上看缺啥再买啥吧!"

二十九吃过早饭，王弘义和妻子带着孩子到街道里采购年货，给孩子买灯笼、鞭炮，找车位停好车，先买那些零碎的东西，中午了才到福顺粮店买回大米和面粉，下午，李曼玉又写了个单子，让王弘义到菜市场打饺子馅，买豆芽、生姜、大蒜，大葱、蒜苗、韭黄等。三十王弘义早早起床，找对联准备贴对联，王崇德找出自己编写的对联递给王弘义，王弘义打开对联，只见柱子的上联是：

春回大地精准扶贫谱新曲，

下联是：

光照人间振兴乡村奔小康；

横批是：

廉洁奉公

大门联是：

人间传喜讯一元复始，

下联是：

丹桂发春华万木争荣。

横批是：

美满和谐

王弘义看着父亲的毛笔字还是那样刚劲有力！心里非常高兴，即拿来胶带准备贴对联。边打开对联边问父亲："哪边贴上联？"

王崇德笑笑说："传统的贴法是对面右手边贴上联，这是因为原来书写规则是竖行排列，从右到左；现在书写规则是横排，从左到右，应该是对面左手边贴上联，总之，是按横批书写的顺序定贴法。"王弘义感到父亲说的符合理论界的规则，就按父亲说的贴了对联。

王弘义家是北方移民，早饭随便，中午一般吃年饭，传统的风俗中午饭前要贴好对联，上完祖坟，午饭前举行祭祖仪式，接老祖先回家过年，尔后一直到正月十五日前，每顿饭前都要给老祖先烧香、端饭敲磬请老祖先吃饭，直到正月十六日早晨，烧香放炮送走老祖先。中午，李曼玉做了很多菜，六个凉菜，豆芽必不可少，象征要扎根；7个热菜，鸡、鱼、圆子必不可少，象征吉祥如意、年年有余、妻子团圆。一家人团年，酒不可少，酒过三巡，李曼玉带着善佑、春梦给王崇德敬酒，春梦说："祝爷爷健康长寿，爷爷要喝九杯。"善佑也跟着起哄："爷爷健康长寿，我也敬九杯。"王弘义怕父亲喝不了，插嘴说："你两个一共敬九杯吧！"

春梦说："行吧，爷爷一共喝九杯。"

李曼玉说："爷爷年纪大了，少喝点。"

善佑也只好说："那就一共喝九杯吧！"李曼玉给王崇德倒了九杯酒。

王弘义不喝酒，过年了，也陪父亲喝了几杯酒，吃过年饭，王弘义和王崇德带着孩子顺着国道看各家的对联，大多数都是购买的对联，千篇一律，红底金字，到很喜庆，却少了许多文化气息。父子两个又是一阵感叹。入夜，李曼玉给每人煮了一碗元宵，吃罢晚饭，春梦带着善佑和庄子里的孩子打着灯笼玩，李曼玉、王弘义陪着父亲看春节晚会。10点多，李曼玉找回天佑和春梦，王弘义带孩子在院子里放了一会儿炮，早早安排他们休息。午夜的钟声敲响了，城内城郊响起了震天动地的炮声，王弘义也和父亲一块儿燃起了烟花爆竹，迎接新的一年的到来。午夜过后，王崇德先休息了，王弘义又在祖宗牌位前烧了几簌香才去休息。

将近中午的时候，李曼玉叫醒了王弘义，李曼玉包饺子，王弘义烧水，剥大蒜、烫油泼辣子，将近 12 点了，王弘义叫了几遍，春梦、善佑才起床，李曼玉帮孩子梳洗完毕，一家人才坐下吃饺子。李曼玉在饺子里包了钱，善佑、春梦专挑大的，抢着吃，善佑没吃到有钱的饺子不高兴，王弘义咬开包有钱的饺子，赶忙递给善佑，善佑吃到两个包着钱的饺子高兴地拍手笑，春梦不愿意了，嘟着嘴说"重男轻女。"王弘义又赶忙把一个包有硬币的饺子递给春梦，善佑说"我还要"。李曼玉又赶忙把一个包有硬币的饺子递给善佑。春梦不愿意，王崇德又把一个包有硬币的饺子递给春梦，也因为包有硬币，两个孩子吃得比以往都多。

吃罢饺子，王弘义带着春梦、善佑、李曼玉沿着公路在村里转了一圈，和村里人打着招呼，拉拉家常，平常打工的打工、经商的经商，难得相聚，春节都回来了，吃过午饭，家族里的晚辈按常规都聚到一起听王崇德讲老家从山西大槐树迁来陕南的故事：我们王家是明初从山西大槐树迁来陕西的，先定居在商县杨峪河，明成化年间迁来双山县。北方人以前不修族谱，多是用祖轴按高低辈分记录宗支传承，南方人修族谱，不用祖轴，北方人后来也仿效南方人修族谱，二十世纪六十年代中期"破四旧"把族谱、祖轴烧了，我们现在的族谱都是参考商州王氏保留祖轴和记忆续写的，基本保留了原貌，但许多细节已无从查找了。北方人学南方人每三年清明节家族要聚一次，对家族增减的人口统计一次，一般 20 到 30 年续写一次家谱，以保证家族人脉的传承。年轻的人不懂这些道理，你一言，我一语地询问一些不懂的问题。

"王家排行是咋回事？和外地家族咋对接不上？"王崇德侄孙王毅问。

"北方人原先没有统一派行，孙辈由爷爷定派行，后来，也按南方人习惯，续写族谱时也统一定有派行，我们王氏家族向上只有 15 派，也就是从山西大槐树迁来陕西这一支派行是一致的，再往上数，只有参考传说的祖上名人了。"

"李姓起源是出自嬴姓，为颛顼帝高阳氏之后裔。那王姓起源呢？"侄儿王爽问。

"王姓得姓始祖太子晋，其名晋，字子乔。系周灵王太子，在山西太原有子乔祠，就是对王姓始祖子乔的纪念。王姓是当今中国排行第二位的大姓，人口近一亿，约占全国汉族人口的百分之七点四，第五次人口普查，双山县王姓人口 17108 人，排行第二位。"王崇德不紧不慢地解释。

"郡望、堂号是啥意思？"王爽接着问。

　　"郡望、堂号，常用来放在姓氏前，是表示姓氏来源的特殊徽记，早期的郡望和堂号在内涵上有较大的区别，其中郡望一般是某些州郡显贵世族为标明家族身份而用的称号，意即自己居住在某郡，自己的家庭为当地所仰望，并以此区别于其他的同姓人。堂号原指厅堂的名称，后来被作为某一家或某一房的名号。对王姓来说，如琅邪王氏、太原王氏等 20 余种，三槐则是堂号。"王崇德解释说。

　　"我们这一支郡望、堂号是啥？"侄孙王向阳问。

　　"我们这支王姓来自太原，自然是太原王氏，堂号就是三槐堂。"王崇德肯定地说。

　　王弘义也指着堂轩的对联问王崇德："'黄槐绿竹栽新院，紫燕红鹅说旧家'包含着啥意思？"

　　王崇德笑笑说："这是一副宗祠联，上联典指北宋王祐植槐，东晋王献之爱竹。下联典指东晋王谢抚燕、王羲之爱鹅。"接着，王室家族的晚辈们又问了家规、家训、家风等问题，一直聊到傍晚才各自回家。

六十二　新　春

　　悠闲、忙碌的春节假期在探亲、会友、聚餐中很快结束了，正月初七，王弘义、武春华按时报到枫坪村上班。正月初八，两河镇党委召开机关干部、村干部和扶贫干部会议，传达县委工作会议精神，讨论贯彻意见。镇党委明确新一年的工作：继续以稳定贫困户增加收入为目标，加大乡村振兴步伐，推动经济社会快速发展，全面步入小康社会。各村两委会、扶贫工作队也制订了初步规划，表示了决心。

　　决策是任何有目的活动发生之前必不可少的一步。计划和决策决定事业的成败。赵守道回到枫坪后，立即召开两委会成员、村民小组长、党员会议，制定、讨论2019年稳增长、促发展、创示范、步小康的工作规划。会上，赵守道就经济建设和社会发展作了部署安排，村组干部们就贯彻落实发表各自的意见。

　　王弘义对重点工作提出了个人的建议："枫坪村虽然全面脱贫了，但标准不是很高。按照县委、县政府安排和镇党委意见，我们今年还是要以稳定贫困人口增加收入为重点，以乡村振兴为中心，以整顿、提升农村面貌为抓手，以创建省级文明示范村为目标，抓产业发展，促农民收入增加；抓股份合作经济，促集体经济发展；抓文明建设，促文明、卫生习惯的提升。要定任务、定目标、定时间、定人、定质量，夯实工作任务。我想，按照去年的计划，今年再办一个股份合作制企业，根据枫坪的资源优势，去年申报的农副产品加工合作社，"复兴"牌商标也批了，实体公司没有成立起来。我想，公司就叫'复兴农副产品加工有限公司'。把茶叶、香菇、木耳、天麻、羊肚菌、蜂糖等农副产品的原始产品的出卖形式变为精加工包装产品。通过注册，打开销路，走向市场，努力增加群众收入；要巩固、办好茶厂、羊肚菌场、波尔山羊场、建筑施工队，以产业稳定贫困人口增收，带动群众致富；进一步加大整顿力度，以'厕所革命'为突破口，拆建并举，努力提升村容村貌质量；力争创办一所幼儿园，恢复小学，办好卫生所，努力发展群众关心的福利事业，为全面进入小康社会打好基础。"

赵守道根据大家建议，结合工作计划分解了工作任务，明确了两委会成员的责任和包扶干部的抓点、包组工作。齐明生协助李虎生抓建筑施工队和村容村貌整顿工作，完善改厕、绿化工作；王弘义协助李惠芬继续抓波尔山羊养殖和茶厂的巩固发展工作，抓好省级文明示范村的创建工作、抓好幼儿园的创建、小学的恢复、卫生所的提等升级；武春华协助陈玉文抓羊肚菌和香菇生产，抓好贫困户的稳定增收工作；孙阳协助宋志红抓社会福利事业，抓好复兴农副产品加工有限公司的组建发展工作。陈有才做好上传下达，后勤服务工作。干部们对各自的分工发表了意见，表示了决心，提出了建议。赵守道、王弘义强调了团结合作、共同发展的问题。两委会成员对新的一年的发展也充满了信心。

正是春暖花开的季节，王弘义与畜牧中心联系，请来技术人员对波尔山羊进行人工授精，抓住春季繁殖的大好时节，扩大羊群繁殖。赵守义细心接待了畜牧中心的技术人员，积极配合技术操作，用一个星期时间完成了羊群的人工授精工作，及时按标准付给了技术服务费，并给了一定的加班费。合作中赵守义与技术人员也建立了友好关系，为后期协作打下了良好的基础。过了雨水，茶叶也开始返青，安吉茶也可以采摘了，王弘义、武春华到脱贫的农户家中了解今年增产增收准备情况，一户户落实生产发展规划，督促茶叶生产。

"复兴"牌商标去年底工商部门已批复了下来，按分工，由宋志红主持公开竞聘上岗工作。赵守道请王弘义起草了管理、运行规则和分配比例，公司仍然采取个人领办、自由入股，集体分红、超产奖励的办法进行管理和运行。合作社股金 80 万元，领办人交押金 8 万元，每股 1 万元，利润部分，50% 作为入股分红，5% 上交村集体，20% 奖励职工，20% 奖励领办人，5% 留作积累。亏损和达不到利润指标，以此类推处罚。即领办人承担 20%，职工承担 20%，村集体承担 10%。合同期为 5 年，合同到期后，在同等情况下，原承包人有优先权。管理办法和合同写好后，赵守道组织两委会进行讨论，大家没有意见分歧，审议通过后，村委会公开向村民发布，面向全村招聘领办人。报名的一共有 13 人，王义林、李虎生也报了名，赵守道召开两委会先审定名单，大家都说没有意见。王弘义想想说："我想，李主任就不参加竞聘了吧？"

李虎生眼一瞪，看着王弘义问："王主任，别人都可以参加竞聘，我为啥不行？"

王弘义笑笑说："我是这样想的，现任村干部不宜兼任企业负责人。一是避嫌，免得群众说村干部以权谋私；二是村干部工作太忙，包装公司杂事多，要抓生产质量，又要抓销售，一心二用，弄不好，一样工作都干不好。"

李虎生笑笑说："那你们就不用操心，干好干不好是我的事情。"

赵守道严肃地说："那不是你个人的事，这关系枫坪村的发展，办不好，影响今后的项目立项。只能成功，不能失败。"

"生儿不望哑，做酒不望酸。我一定争取做好。"李虎生表态说。

"不是怀疑你能力，而是怕你忙不过来。"宋志红也插话劝说。

"我会处理好村里工作和公司工作的关系的。"李虎生强调说。

"我是怀疑你两处都干不好。除非，除非村上不干了。"赵守道迟疑地说。

李虎生非常生气地说："那就是想撵我离开村委会吗！"摔下一句话，生气地离开了会议室。

赵守道按照大家的意见，取掉了李虎生的竞争资格。剩下 12 个人，下午一个个陈述了自己的企业发展规划和措施。评委会通过个人撰写的企业发展规划和实施规划综合打分确定。评委打分结果，十组杨远方当选为"富兴农副产品有限公司"经理。评定结果刚出来，王义林又到村部找赵守道纠缠了半天，王弘义看着王义林说："光嘴说不行，先交 10 万元押金，我做工作让杨远方退出竞争。由你领办。"

王义林反问王弘义："别人交 8 万元押金，为啥要我交 10 万元？"

王弘义说："这事不用解释，你清楚，大家也清楚。"

"不就是不想让我承包嘛，8 万我都懒得交，我就没打算承包。"身子一拧走出了村部院子。

赵守道看着他的背影笑着对王弘义说："他就是搅和，交 10 万元，5 万元他都不会交的。"

王弘义笑笑说了声"真是活宝"。也回到了办公室。

招聘公示后，各方没有其他反映，杨远方交了 8 万元的风险抵押金，与赵守道签订了协议。管理办法公布后，除 49 户贫困户加入了富兴农副产品有限公司外，还有 36 户群众也入了股。厂址定在村部对面文化广场的南侧，原村小学隔壁村茶场的房子里。杨远方雇了 6 名男职工，8 名女职工，还没用到一周时间，就把墙壁、地面到处粉刷、修补一新。他购回了揉茶机、烘干机、定型机，更新了茶厂机械，做好了制茶的准备工作，又准备了筛选、包装机械，做好了一切准备工作。富兴农副产品加工公司营业执照去年已申办了下来，包装样品早已确定。协议签订后，王弘义建议早点与包装公司联系，开始印制茶叶、羊肚菌、香菇、天麻、木耳包装盒。赵守道询问宋志红联系印制包装情况，宋志红说印刷厂嫌报价低，没定下来，赵守道让王弘义给印刷厂打电话。业务厂长说，没有接到审定的样品，也没有接到开机的通知。赵守道找来杨远方，初步计划了一下，茶叶包装印 1 万套，羊肚菌印 5000 套，香菇印 5000 套、木耳印 5000 套，天麻印 5000 套。蜂糖印 2000 套。

杨远方给印刷厂联系，要求立即开印。印刷厂要求付 30% 定金。王弘义算了一下，茶叶包装需要 5 万元，羊肚菌、香菇、木耳、天麻需要 3 万元，先付 30% 也需要 2 万多。陈有才兼公司会计，李三元兼出纳，杨远方让立即给印刷厂拨付了 4 万元。两周后，包装全部运到了枫坪村。

春分之后，阳光好的地里已开始采摘，开始几天价格特别高，每斤湿叶子 140 元，杨远方没敢收购，"复兴"茶的牌子没有得到认可，档次太高，很难找到销路。四天之后，湿叶子每斤降到了 100 元，茶场才大量收购、炒制。由于枫坪的土质好，阳光、温度适合茶叶生长，茶叶的味道醇厚、香气浓、汤色明亮，几十年来，远近闻名，加之老茶农技术娴熟，炒制的茶叶条形好看，包装美观大方、质朴简约，很受消费者欢迎，制出的茶叶不够包装，包装的茶叶销售一空。清明后，安吉茶也开始采摘，本地劳力不够，赵守道到外地组织了许多妇女到枫坪采茶。谷雨前枫坪茶厂包装销售茶叶 2000 箱，收入 100 多万元，纯收入达到了 20 万元。良好的开局，为全年的经济发展奠定了基础。

六十三　农村教育

　　星期天王弘义回家，到教育局找主管教育教学的叶局长询问乡村振兴的教育发展政策。叶局长告诉王弘义："发展乡村教育，是乡村振兴的内在要求和现实需要。《中共中央国务院关于实施乡村振兴战略的意见》明确了教育在乡村振兴中的重要地位，强调'优先发展农村教育事业'。教育是解决民生问题的关键，乡村建设需要人才力量。重塑乡村教育发展新生态，建构美好教育生活的乡村之路，是乡村振兴的内在要求和现实需要。而现在面对的情况是，优势教育资源在城镇，农村人望子成龙心切，大多数都把子女送到城镇学校读书，许多农村学校自然消失了，要发展农村教育，会面临设施、师资、生源等许多困难。"

　　听完叶局长的阐述，王弘义明确了农村教育萎靡不振的根本原因。国家的政策是支持的，而实际工作中存在许多困难。特别是生源的问题。枫坪村原来是乡政府所在地，二十世纪七十年代是八年制学校，初中部教学质量有几年在全县的位次还是靠前的，小学部办得也很好，七十年代末，八十年代初，全县组织几次大的统考，枫坪小学在全县 300 多所小学里排名都在前面。那时，虽然民办教师居多，都是初中生、高中生，没有受过专业训练，但都是本村人，教师责任心强，课堂教学和教学研究抓得紧，教学质量高，教师拿的是工分加补贴，不好好教对不起左领右舍的邻居，也怕社员有意见，造成不好的影响。教师业务学习和教学工作都抓得非常紧，星期天不休息，晚上加班，学生自觉上晚自习，教学质量高，群众印象也好。后来，本地的民办教师招考转正一个个调走了，有的也考学走了，外地调来的教师不安心，教学质量逐年下降，经济条件好的都想办法把孩子转进城里去上学，经济条件差的也把孩子送到镇上小学读书，学生慢慢流失，生源越来越少，学校也就自然撤销了。现在要办学校，存在许多实际问题。他想了想问："如果，村委会有办学的积极性，要有哪些条件，需要办哪些手续?"

　　叶局长笑笑说："大前提要有开办条件。一是生源，山区起码要有 30 人，按初小算，也要有 3 个年级、两个班吧；二是要有校舍、桌凳、场地等基本的办学条件。教师教育局可以按规定配置。"

王弘义接着问："如果办幼儿园呢？"

"关键还是生源问题。现在家长都注重孩子的培养，不愿意自己的孩子输在起跑线上，在教育资源选择上都很挑剔。学校办起来了，没有生源咋办？"叶局长笑笑回答。

"生源关键是质量的问题，也有家长的认识问题。考上名牌大学的也未必都是城镇的孩子，农耕文明有农耕文明的弱点，也有其优势，缺失的是现代信息，但也受外来思想的干扰少，传统的道德底线保持了民族的善良、勤劳、正直、纯朴的特质。关键还是教师的责任心和事业心的问题，封建社会都是私立学校，考取秀才和状元的人大多是乡下比较富裕的人家。双山县过去有几个大学者是城里人？大学者多数都是乡下人。"王弘义阐述了自己的见解。

"教育的问题，关键还是教师的问题。当然，地方支持重视教育也很重要。"叶局长也附和着说。

"村委会很重视，生源如果没问题，手续咋办呢？"王弘义想想看着叶局长问。

"村委会写论证报告，由镇中心小学考察后，报教育局审定。"叶局长平静地回答。

问清楚了情况，王弘义心中有数了，他和叶局长聊了一会儿办学目的、方向问题，告辞回了家。第二天，王弘义返回枫坪村，向赵守道汇报了了解的情况，赵守道让他和李惠芬到各村民小组了解学龄儿童情况。王弘义和李惠芬拿着户口簿到各村民小组逐户了解学龄儿童的分布和上学愿望。经过几天的走访，3 至 6 岁的幼儿一共 46 个，有意向在本村上学的 38 人，可以开班。小学生一共 68 人，1 至 3 年级 43 人，有意在本村上学的只有 34 人。两委会研究认为：校舍没有问题，原初中、小学房舍、桌凳还在，虽然破旧不堪，要恢复，修缮资源还是有的。小学暂时办一至三年级，幼儿园大中小班都办，这样可以节约农村劳力。委托王弘义与中心小学联系，向科教体育局打报告，申请资金和派遣教师。

会后，王弘义起草了报告，砖瓦结构改为砖混结构房屋 30 间，修理课桌凳 40 套，申请补助资金 20 万元，要求派遣幼儿教师 3 人，小学教师 3 人。中心小学派人到枫坪村了解情况后，认为所反映的问题属实，即向县科教体育局打了报告，县科教体育局派普教股干部到枫坪村考察，认为所反映的问题属实，前期工作扎实，可以设立幼儿园和初小，同意修缮校舍、桌凳，下半年开始招生。

村委会研究，原八年制学校有前后两个院子，砖混结构房子60多间，先把前院房子翻修一下，设5个教室，院落硬化出来，购置一些玩具、桌凳、灶具，为下半年初小、幼儿园招生做好准备。

富兴农副产品加工公司办起来后，杨远方坚持立足本地、着眼实际、质量第一、诚信为本的理念，加强对加工过程的管理。茶叶、羊肚菌、香菇、天麻是本地的优势产品，他在收购中坚持干、净、形、色检测，亲自把关，论质定价，不马虎，不优亲厚友。一次，他妹妹的茶叶不干净，他让择干净后才收。由于质量好，销售中一炮走红，茶叶无积压产品，连春茶也销售一空。为了扩大生产，村委会动员农户种植香菇、天麻、木耳，羊肚菌场扩大到15亩，为加工厂提供货源。6月底盘点，毛收入达300万元，纯利润达30万元。李虎生看了结果后找赵守道说："赵支书，这领办人利润太大了吧！30万元，20%是6万元，村民对几个领办人意见大得很。"

赵守道沉默了一会儿说："协议是大家讨论的，要是赔了呢？谁赔？村委会总不能说话不算话吧？"

"合同应该执行，咋分配还不是村委会说了算！"李虎生不以为然地说。

"这几年几个企业之所以越办越好，激励机制是重要的方面，重赏之下必有勇夫。企业有自主权，村委会不干涉、大力支持，管理规范，信守合同也是一个主要的方面。"赵守道解释说。

"这几年几个领办人可占便宜了，哪一个一年不挣五六万元。"李虎生不满地说。

"个人挣到钱了，群众才能挣到钱，集体才有收入。"赵守道心平气和地回答。

"赵支书，我跟你干了几年了，明年也给我找个项目干干，烂监委会主任一个月才两千多元工资，你说有啥干头。"李虎生愤愤不平地说。

"想领办企业是好事，不想当监委会主任我可当不了家。"赵守道笑笑回答。

"我先给你打个招呼，烂村干部越干越穷，实在懒得干了。"李虎生说罢，扭身走了。赵守道看着他的背影摇摇头，长叹了一声……

李虎生心里窝气，开车去了县城，进了昌隆宾馆，上三楼办公室找王晓翠，王晓翠见李虎生满脸地不高兴，关了门，坐到李虎生身边看着他问："谁惹虎哥了？一脸的怨气？"

"妈的头，赵守道和王弘义勾搭到一块儿，啥事都办不成。想领办企业都不让。"李虎生怒气冲冲地说。

"王弘义惹不过，你先对付赵守道嘛，王弘义干几年就走了，赵守道才是你竞争的对手。"王晓翠提醒说。

"是呀，对付赵守道才是目的，不过，那人很正派，没有把柄，也很难拿下他。"李虎生为难地说。

"你不会编，找李香兰或者王玉芳咬他。"王晓翠看着李虎生说。

"也是哦，啥时候找王玉芳说着试试。"说得兴起，两个一块儿又上了四楼……

六十四　粮　食

产业的调整，经济作物增加了，农作物呈下降趋势。为了解决收入低、农民不种地的问题，春播时，王弘义走访了几户撂荒的群众，王弘义问吴毅："你那好的地为啥撂荒不种？"吴毅摸摸头说："种地划不着嘛，费心出力的，还不够肥料种子钱，懒得种。"

王弘义问："再划不着总比玩的、地荒着强吧？"

吴毅诡秘地笑着说："荒了都比种着强。不用花钱，不用出力。"

"你就是一身的勤快让懒占住了。都像你这样，啥也不干，光靠国家救济，社会还咋发展？"王弘义批评吴毅。

"我不是懒，你算算账，就是划不着，我说的是实话。"吴毅笑着诡辩。

"这也划不着，那也划不着，就是玩划得着？"王弘义看着吴毅问。

"那也不是，种粮还不如给人打工。"吴毅摇着头说。

"你就好好给人打工吧。你一年打了几个工，挣了多少钱？"王弘义生气来找吴自启。王弘义问吴自启："有些农民为啥不种地？"

吴自启笑笑说："有多方面的原因。农民做一天小工挣140元，买大米也能买50斤，买面粉还不止买50斤。种玉米，连挖地、点种、除草，忙一天还收不到50斤毛粮。加之这几年野猪特别多，秋粮损害严重，山里有些地连种子、化肥钱都收不回来。只有我们这些老年人，打工没人要，没事在地里磨。不过，不种地的多是家里穷的人，大钱挣不了，小钱又不想挣，整天混得玩了。"

"总之，不种地的都是懒人？"王弘义接着问。

"大致是那样，人向利中求。群众只看眼前利益，划不着就没有了积极性，有些人故意把地荒着不种。"吴自启无奈地回答。

为了扭转撂荒的问题，夏收前，王弘义建议两委会认真研究解决撂荒的问题。

一天，赵守道召开村干部和扶贫工作队员会议，专题研究粮食生产问题。

"种粮是大事，应该研究，可群众不愿种，干部也没有办法。"陈玉文无奈地说。

"关键是种粮划不着。群众打一天工买粮够一家人吃半个月，种粮扣除籽种化肥，工钱就没有啥了，种粮哪来的积极性。"宋志红皱皱眉头说。

"种粮应该抓。关键这几年野猪多，不晓得是哪些挨砖头的专家还把野猪定为二级保护动物。不能打、不能套，任其发展，这几年野猪成群结队的，到处都是。看见人也不怕，用石头打，还要走不走的，撵都撵不走，庄稼长不住。群众咋种粮？"李惠芬气愤地说。

"淡啥事，他愿种就种，不愿种就不种，吃饭还要我们给他喂到嘴里吧？"李虎生不以为然地反驳。

两委会成员发表了许多意见，有的主张随他去，有的主张要管管。王弘义认为："粮食是稳定之基。群众有粮食吃才会平安。农民不种地，靠外地买粮食生存不是长久之法。农民的根本职责是供给城市人口粮食，现在有许多人根本不种粮食，这是很危险的。国家一旦有了灾荒，谁来保证吃饭问题？我想，抓粮食生产是非常必要的。群众不愿意种，要采取保护、激励和惩罚措施，引导、要求他们种粮。"

赵守道接住说："王主任说得对，粮食生产是应该好好抓抓。闲话都不要说了，大家围绕两个主题发表意见，一是激励措施，奖励机制，二是环境保护。都说说好的建议。"

沉寂了一会儿，宋志红说："是得有一些奖惩措施，不然没有可操作性。但是要与上级政府的政策相符。比如，撂荒地的群众不得享受籽种、化肥补贴，不得享受退耕还林补贴，两年撂荒收回承包权等，采取限制、强制措施。能行吗？"

"我看可以，籽种化肥补贴符合政策；退耕还林、收回承包权不符合政策，可以在前面加上'暂时'嘛。先宣传，执行中再说。"李惠芬也附和说。

"野猪也是一个大问题，要向上级反映。前几年都可以'打猎保田'，现在为啥不行？武装部可以组织民兵打猎，既练了兵，又保护了农业生产。有些地区给了限时打猎的政策，我们也可以呼吁吗！要给群众创造种粮的环境。"宋志红激动地说。

"现在不种粮的贫困户不少，可不可以提出：不种粮的贫困户不得享受贫困户优惠政策？"李虎生提出一个非常棘手的问题。

"最难办的是贫困户，采取措施不符合政策，不采取措施又没办法限制他们。"陈玉文叹口气说。

王弘义想想说："大家都想了许多办法，很好，但大前提是要符合政策。做工作说说可以，执行还是要按政策办。野猪的问题，省政府已做出了规定，限时'打猎保田'，我们积极向县委、县政府反映。要求武装部组织民兵打猎保田。总之，不能出现撂荒现象，要把种粮当大事来抓。"王弘义说完，赵守道做了包组分工，一户户落实种植任务，要求不许有一块地撂荒。

王弘义和李惠芬包杨沟脑、张坪、杨垣、陈庄4个组，大部分群众麦前都种了花生、大豆、芝麻、红薯，麦收后又种上了玉米，虽然收入低，玩也是玩了，买粮也要从外地往回运，不种粮的多是单身的贫困户。牛伯梁没种花生、红薯、大豆、芝麻，也没种玉米，王弘义和李惠芬到他家了解情况，牛伯梁大咧咧地说："种地都是不会算账的人，5分地种玉米能收200多斤，1元钱一斤，能卖200多元，籽种化肥得100多元，得一天挖地、半天点种、两天施肥除草，一天收，一个工还挣不到50元，累得红汗淌黑汗流为啥？"

"人家都不会算账，家家日子都过得红红火火的，你会算账就不要当贫困户吗？"李惠芬戗着他问。

"表嫂子说那些话干啥，我不是不会干，而是懒得干。我一个人吃饱了全家都不饿，床底下没有'老鼠'。这种地划不着我就不种。"

"你玩还不是玩了，多玩一会儿，能多长一块肉哇？"王弘义问牛伯梁。

"玩总舒服些嘛。"牛伯梁不以为然地说。

"你这几年变化很大，在羊肚菌场干得很好，卫生也打扫得好，收入也还稳定了，今年放羊也用心，羊长得也好。去年，王家坡的刘凤梅丈夫在海洋上打渔掉海里淹死了，前些日子，还打听问你，我说你本质好，好像她对你印象也不错，你要把日子当日子过，成了家，就会慢慢变好。"王弘义循循开导说。

"我知道王主任为我好，我就是看不到希望丧失了信心，说到这里，我听你的话，一点地我一定把它种好，日子也当日子过。"牛伯梁心被说动了，当天下午就把地里种上了玉米。

杨垣组杨全胜腿有残疾，见王弘义来督促，也把3分空地点上了玉米，陈庄陈玉州和牛伯梁一样单身，开始也不愿意种，在王弘义劝说下，几分地也种上了大豆。杨沟脑杨大新，5分地也没种，见村干部、扶贫工作队干部催，也点上了玉米，撒种了大豆。经过村干部、扶贫工作队半个月的督促，枫坪村块块地都种上了秋粮。

六十五　借崽还羊

赵守义与县畜牧中心合作，实施人工授精技术，波尔山羊发展得很快，50 只波尔山羊，年底已发展到 150 只，卖出去 60 只，还清了成本、付清了工资，还略有盈余。开春又产了两次崽，羊群已发展到 200 多只，饲养场显得有些拥挤。王弘义到饲养场查看饲养情况，赵守义提出：羊场太小，能否扩大羊场。王弘义想：这块地就是那么大，要扩建羊场，就要开挖山体或者另外选址，资金周转也是问题。他沉思了一下说："要扩大羊场一是要另外选址，二是资金也是问题。我有个想法，你看行不行？我们也借用香菇种植的方法，把离奶的羊羔借出去放养，到年底卖羊时双方分成。这样一是减少了羊场的饲养压力；二是可以提高母羊的繁殖能力；三是可以带动群众发'羊财'。你看行吗？"

赵守义盘算了一会儿说："事倒是好事，就是分配上要合理。要么羊羔价位不能按大羊的价位算，像猪娃一样，价格适当地定高些，要么羊养大后，按比例分成。"

王弘义想了一下说："你说得有道理，我回去再想想，总之要公平合理，合作双方要达到共赢。我给支书汇报一下，确定后，再公开实施。"赵守义说："行，我们都再想想。"

王弘义回到村部，仔细地盘算了一下：按人工授精计算，100 只羊每年至少发展 300 只，每户养 20 只，可以带动 15 户。每只羊净赚 600 元，每户利润可达 12000 元，对群众增收非常有利。他把个人的想法向赵守道做了汇报。赵守道也认为这是个好事，既促进了波尔山羊的发展，又可以带动群众致富，他让王弘义拿出"借羔还羊"的方案，两委会研究后实施。

王弘义从借、养双方的利益出发，草拟了"借羔还羊"的饲养合同。主要的条款有五条：一是羊羔按市场价借给饲养户，10 斤羊羔 200 元，年底还回羊，羊场按市价收回。超过部分，付给饲养户现金（饲养户也可自主卖羊还钱）。二是羊羔必须是离奶羔羊，健康、无疾病；饲养户领走小羊，所打欠条，视为现金交易，小羊出了问题，饲养户承担全部经济责任。三是羊羔必须是自然饲养，不得添加复合饲料，保持波尔山羊天然的肉食品质。四是大量饲养，羊场提供技术服务，除还给小羊成本外，给羊场 5% 的技术服务费用；五是利益双方履行合同由村委会担保。

两委会讨论"借羔还羊"办法时，赵守义也列席了会议，会议原则通过饲养管理办法。陈有才向村民发布了告示，有 20 家村民和贫困户愿意饲养，他们与羊场签订了合同，借走了小羊，有养 10 只的，有养 20 只的，牛伯梁养了 30 只。为了饲养户能把羊养好，王弘义集中 3 天时间举办了波尔山羊饲养技术培训班，向参加培训的人发了饲养技术培训材料，讲解了羊圈的设计，卫生防疫，饲料搭配等喂养技术，羊羔借出后，王弘义除指导建羊圈外，还经常到饲养户家指导饲养方法，防疫知识，饲养户热情高涨，不断有村民加入养殖行列，养羊户达到了 30 多户。羊场减轻了压力，提高了繁殖能力和经济效益。

田光明借了 20 只羊，羊圈放在老屋里，羊爱舔石灰墙上的咸味，没几天，几只羊不好好吃草了，田光明发现这个问题，立即来找王弘义，王弘义仔细检查了羔羊的症状，确定是吃了不卫生食品的问题，配了几样药让田光明到畜医站买回药看着给羊喂了，第二天羔羊开始吃草了。王弘义看了羊圈，感到不标准，建议重建，田光明说没钱，王弘义找到孙阳，请他帮忙解决田光明的困难。孙杨明白，这是远翔公司包扶的贫困户，答应解决 1000 元，王弘义蹲守在田光明家，帮忙买回砖、水泥、沙，亲自看着建起了羊圈，叮嘱田光明饲养注意的问题，才离开田光明家。这个问题也让王弘义意识到标准饲养的重要性，他逐户查看了羊圈的建设，饲养方法，就调研中发现的问题召集饲养户专题进行培训，而后，定期培训饲养员，交流饲养经验，养殖户的羊都饲养得很好。

牛伯梁大集体时放过牛，喜爱放牧，对饲养羊很热心，他按标准建设了羊圈，早晨等太阳出来才上山，不让羊吃露水草。白天总是找牧草好的地方放养，夜间注意搭精料。及时收集羊粪，羊圈也保持干净卫生，入秋认真挑选贮存饲料。到了深秋以后，特别注意饲料搭配，羊长得光溜，肥得也快，30 只羊年底长了 2000 多斤。平均每只长 70 多斤，收入 2 万多元，加上地租、茶叶将近收入 3 万元，日子也红火了起来。

王家坡刘凤梅带着两个孩子过日子也很艰难，她见牛伯梁改掉了懒散的坏毛病，在李惠芬撮合下，带着孩子和牛伯梁结了婚，牛伯梁也真正地走出了贫困。

六十六　求　是

六月，县委工作会总结了半年经济社会工作，强调了保护、稳定扶贫成果的问题。两河镇党委召开三级干部会议，传达落实县委会议精神。对枫坪村抓扶贫工作，促乡村振兴、促社会经济发展，给予了表彰。会后，枫坪村也召开会议，就稳定和发展工作作了全面安排。

一是对各项工作进行回头望，按包抓片区全面过滤一遍，继续查漏补缺；二是抓贫困户收入，增收必须落到实处；三是产业发展要有新突破，巩固、发展并重，提产、增效一致，责任要夯实；四是抓好文明卫生示范村创建工作，年内力争验收达标。

按照村委会的安排，王弘义带着武春华、孙阳、齐明生对全村的贫困户一一进行了检查，按照年初定的目标，落实稳定增收情况。

绝大部分贫困户增收项目都抓得实，人均收入1万元不存在问题，他最担心的是吴毅、陈玉州、杨振明几户，增收项目不明确。五十多岁了，没有说到媳妇，人比较懒，意志消沉，没有生活目标，得过且过，抱着混日子的态度。其余贫困户看看，算算账，指导指导就行了，这几个要一件件抓到实处。吴毅不在茶场干了，王弘义让借了20只羊羔养着。大概他对养羊有兴趣吧，还算用心，每只也都长到了40多斤。年底如果能长到80斤重，还清羊本200元，每只能赚800多元，20只就有16000元的收入，加上羊肚菌入股分红、茶叶、地租收入，农副产品公司的分红，20000元的收入应该没有问题。十三组陈玉州比较懒散，茶叶经营得不好，租给别人，每年只能收入1000元，村委会让他管理卫生、扫路，每个月700元，一年也有8000多元，他对养蜂有兴趣，王弘义鼓励他养了6箱蜂，每箱能收入300多元，一年也收入2000多元，加上地租、入股分红，一年的收入也在13000多元。杨振明年初说种香菇，到7月了，连香菇架也没搭，王弘义找赵守义让借给20只羊，找杨思琦局长调节了2000元，盖起了标准化羊舍，每5天来一次指导他喂养、储存饲料、搭配精料、科学管理，羊长得很快，年底一个长60斤没有问题，1 只羊纯收入 600 元，也能收入 12000 元，加上地租、分红，达到小康水平也没问题。稳定增收问题落实了，王弘义按分工着重协助李惠芬抓羊场和茶叶生产的发展。

赵守义对波尔山羊的饲养技术熟练了，与县畜牧中心的人也熟了，关系也很密切，联系技术服务很方便，羊场的生产、收入很稳定。王弘义经常到羊场了解情况，半年的工作已经了如指掌，到羊场也就是看看收入、支出的数字，生产发展他很放心，赵守义对饲养技术很钻研，经常和王弘义探讨、改进饲养技术，对管理的问题也提出了改进建议。

七八月正是茶业管理的关键时期，各户都忙着锄草、施肥、修剪，王弘义与李惠芬到各组了解情况，村委会办了包装公司，茶农今年收入增长很多，积极性被激发了出来，安吉白茶用羊粪施肥，保证茶叶的天然品质，不少农户也用羊粪施肥，提高茶叶的天然品质，也有几户没有进行科管，王弘义问吴毅、朱常胜为啥不给茶叶施肥、锄草、修剪，吴毅满不在乎地说："我把羊放好就够我吃了，1 万多元还不够我花呀？"

李惠芬生气地说："钱多了还咬人呀？"

"吃能吃多少？穿能穿多少？我们床底下又没有'老鼠'，够花了就满足了。劳累那干啥？"吴毅无所谓地反驳。

"人都是为了希望而奋斗的，啥事都要向前看，大家生活都过好了，你也要把生活过得更好，多挣些钱，哪一天有合适的，也找个老伴嘛，你看牛伯梁不是也有了和和美美的一家人？"王弘义看着吴毅劝说。

"王主任说的是好话，我不但要脱贫，还要奔小康啦。"吴毅笑笑表示。

"就是的，哪个女的都想过好日子，你穷得自己都顾不了自己，哪个女的愿意跟你受罪？"李惠芬也平心静气地劝说。

"领导说得对，我也把茶叶管好，增加收入，力争把日子过得更好。"吴毅心悦诚服地表态。接着，王弘义和李惠芬一户户做工作，让全村的茶农都把茶叶进行了科管。

全村的文明卫生创建工作，两委会重点抓了改厕、卫生整治，文化活动在李惠芬、李欣怡的组织下，开展得很热闹，过节开会还举办演出活动。按县文联和县诗词学会的意见，村上还成立了"枫坪村诗词楹联分会"，李仁义兼任主席，陈远剑任副主席，十几个爱好诗词的农民"诗人"经常聚在一起吟诗、赋词，歌颂新时代的变化。开始也就是顺口溜，比较通俗，王弘义、武春华的介入，和他们探讨格律诗的结构特点，格律诗的基本规则，律诗的起承转合等，慢慢这些初、高中生学历的农民也懂得了起、承、转、合，对偶、平仄、押韵、粘连等规则。"七一"前夕，几个会员凑到一块写诗，诗句虽然没有惊人之处，语言到还朴实、清新，表达了新时代的群众热爱中国共产党的心情。陈远剑写了一首七言绝句，自己很满意，拿来给李仁义看。《七一感怀》：

> 革命征程九八旬，腥风血雨掀烟云。
> 建国崛起新华夏，立党为公旨富民。

李仁义看后感到虽然平仄不十分严谨，整体还可以，鼓励了几句，一时兴起也用原韵和了一首《七一感赋》：

> 南湖画舫指航程，正义引领荡波平。
> 雄鸡一唱天下白，社会主义日日新。

陈远剑与他相互恭维了几句，表示了对建党纪念日的心情。入夜，李仁义拿着他和陈远剑写的诗来和王弘义探讨，王弘义感到很好，约了赵守道、武春华、孙阳、陈远剑边聊枫坪村的发展，边聊诗歌创作，聊得兴起，王弘义提议到好运来餐馆喝几杯，赵守道打击说："你又不喝酒，光看人家喝呀？"

"看人家喝酒也是一种乐趣嘛。走，我这还有两瓶双山四皓酒。"说着几个一同走进了好运来餐馆……

喝着喝着，赵守道兴起也写了一首七绝：

> 金镰铁斧著红旗，革命精神志不移。
> 百业兴旺中国梦，科学发展创新基。

王弘义受到启迪也依原韵和了一首七绝：

> 南湖决策擎红旗，百折不挠持正义。
> 改革开启振兴梦，小康路上建新基。

在一片叫好中，相互敬酒又进入到一个新的高潮……

"七一"前夕，双山县委、两河镇党委表彰了先进党组织，模范党员，枫坪村党支部被评为先进党组织，王弘义被评为模范党员，受到县委的表彰；

赵守义被评为模范党员，受到镇党委的表彰；枫坪村党支部也举行了"建党98周年纪念会"，对杨祯民等13名党员进行了表彰。文艺宣传队表演了《唱支山歌给党听》《绣红旗》《痛说革命家史》等文艺节目。陈远剑朗诵了自己创作的诗歌《颂歌献给伟大的党》，表达了人民群众对伟大党的热爱心情。

　　县委副书记唐志刚、镇党委书记刘兴民亲自来到枫坪村，慰问了杨祯民等老党员和赵守义等带领群众脱贫致富的好党员，基层党员的作用也充分地发挥了出来。

六十七　故技重演

一天，赵守道正在办公室给陈有才安排工作，镇党办打电话，要他到镇党办去一下。赵守道问："啥事?"回答："来了就知道了。"

赵守道给陈有才叮咛了一下，就匆匆地开车去了镇政府。他停好车，径直去了党委办公室，秘书小田告诉他：纪委书记罗文刚找你有事。他上三楼去了纪委罗文刚书记的办公室。罗文刚和赵守道同岁，都是属牛的，四十六七岁年纪，对人直爽、谦虚。以前，包过枫坪村，对村班子情况很了解，和赵守道关系也比较好。赵守道轻敲了几下罗文刚的门，在门外问："罗书记在吗?"

罗文刚听出来是赵守道的声音，即打开房门笑着说："刚从枫坪过来? 快进来。"赵守道答应一声，跟着罗文刚进了门。

罗文刚指着沙发说："坐、坐，吃过早饭过来的?"

"吃过饭刚上班，党办打电话让我过来，我就开车跑过来了。"赵守道边坐下边回答。

罗文刚边泡茶边问："这几天很忙吧?"

"村上的工作就是那样，杂七杂八的，没有清闲的时候。"赵守道笑着回答。

罗文刚递过茶，坐下后笑着对赵守道说："看你红光满面、春风得意的样子，像是要走桃花运呀?"

赵守道呵呵笑着说："领导见笑了，年轻的时候都没有人多看我一眼，老了还走桃花运，那不是笑话吗?"

"唉，老是老，筋骨好嘛，还能干!"罗文卿打击说。

"我们农民整天把太阳从东山背到西山，累得腰都伸不直了，头发都开始白了，不像领导那样，还像是个小伙子，走哪都得人爱。"赵守道也调笑罗文刚。

"嗯，我昨晚上听见狗叫，它也说年纪大了。"罗文刚也调笑赵守道。

|259

"年纪确实没有狗大，哎，未老先衰吗！"赵守道喝了一口茶，接过话题问："领导让我过来是不是有人告状？"

罗文刚笑笑说："你们村情况我了解，有人就爱出些幺蛾子，不过有人实名举报，我们纪委还是要例行程序的。"他停了一下问："你7月28日那天在哪里干啥？"

赵守道掐着指头仔细地回忆后说："7月28日，上午我在双河组检查扶贫户收入情况，下午在杨垣组看羊肚菌生长情况。"

"你确定上午是在双河组检查扶贫户收入情况？"罗文刚看着赵守道问。

"我确定，不过，我和陈有才一块，没有离伴。"赵守道强调说。

"你到王玉芳家里去过没有？"罗文刚盯着问。

"从门前走过，和陈有才一块，说过两句话，没有到她家去。"赵守道心平气和地回答。

"说了两句啥话？"罗文刚问。

"她让我到家里坐，我说：不了，你忙吧，我还要到羊肚菌场去。"赵守道回答。

罗文刚停了一下，拨通了陈有才的电话："陈有才吧，我是罗文刚，你记得7月28日上午，你在干啥吗？"

电话里略停顿了一下回答："7月28日，我和赵支书到双河、杨垣检查工作。"

"赵书记到王玉芳家里去没有？"罗文刚问。

"没有，我们一直在一块儿，只在院子里和王玉芳打过招呼。"陈有才爽快地回答。

"你记得赵书记对王玉芳说了啥吗？"罗文刚问。

陈有才停顿了一下回答："王玉芳说'支书到家里坐嘛。'赵支书回答'不了，我到羊肚菌场还有事。'"

"你敢为你说的话负责吗？"罗文刚追问。

"我以党性担保，我们两个只从院子里经过，除贫困户外，没有到任何人家里去。"陈有才肯定地回答。

罗文刚放下电话对赵守道说："有人告状很正常，干工作肯定会损害某些人的利益，不要往心里去，回去好好干。"

"为了工作我不会计较其他的事，不过，无中生有之风决不能助长，上次算计王弘义，其实，没有找出真正的幕后黑手，所以，他故技重演，建议组织查清楚，诬告是要负法律责任的。"赵守道生气地说。

"组织是会调查的，你放心，不要影响工作。"罗文刚安慰说。赵守道想说啥又没有说，嘴动动，叹口气走了。

赵守道走后，罗文刚向党委书记刘兴民、镇长李正华做了汇报，罗文刚认为：公民有监督举报不法行为的义务和权利，但诬陷干部也是犯罪，一定要查清楚，给予严肃处理。

书记刘兴民、镇长李正华同意罗文刚的意见，由纪委派两名干事到枫坪村调查。纪委干部小李、小徐，先走访了双河组的群众，查清了赵守道、陈有才7月28日的行动路线，然后找到王玉芳。纪委干部小李问："你叫王玉芳?"

"是，我叫王玉芳。"王玉芳回答说。

小李拿出举报信问："这封信是你举报的?"

王玉芳唯唯诺诺地说："是、是我写的。"

"7月28日，赵守道到你家里来了吗?"小李看着王玉芳问。

"来，来了。"王玉芳小声回答。

"据庄子里的群众和陈有才说，赵守道那天一直和陈有才在一块儿，从你院子里过，和陈有才在一块儿，邻居也看见了，根本没到你家里来，调戏一说从何说起?"小李盯着王玉芳的眼睛问。

"我，我和他说话了，他说话有些流氓。"王玉芳无奈地说。

"他说啥话了?"小李问。

王玉芳眼睛斜了斜想想说："我说，支书到家里坐嘛。他说：'改日到你家里坐。'这不是调戏?"

"那你咋说到你家里去了，和你说流氓话，还摸你奶了?"小李看着王玉芳问。

"他好像到我家里去了。"王玉芳含糊地说。

"他和你说话是在院子里，陈玉文、陈玉旺可以证明。你说，支书到家里坐，赵支书说，不坐了，我还要到羊场去。是吗?"小李严厉地问。

"那，那我没听清。"王玉芳否认了自己的话。

"摸你一事从何说起?"小李接着问。

"他眼睛盯着我胸部看，有想摸的意思。"王玉芳咬住说。

"你的想象很丰富呢，那就是说，他并没有摸你奶。"小李追问。

"没有。"王玉芳低下了头回答。

"他没摸你，你为什么要那样说?"小李加重语气问。

"我对村委会有意见。"王玉芳低声回答。

"有啥意见？"小李也低声问。

"他们把我家贫困户取了。"王玉芳抬起头回答。

"就为这？目的是啥？"小李盯着王玉芳问。

"目的就是让他村主任当不成。"王玉芳低下头说。

"你为什么要这样做？是谁指使的？"小李看着王玉芳问。

"没，没有谁指使。"王玉芳低声回答。

"诬告是要负法律责任的，那这个法律责任你负？"小李加大攻势问。

"是，是李虎生教的。"王玉芳忙接过话题回答。

"这才符合逻辑，你在笔录上签个字吧。"小李让王玉芳在笔录上签了字。下午，小李找李虎生谈话，李虎生承认是自己指使的，并向镇党委写了检讨，鉴于李虎生认识深刻，党委会研究，给李虎生党内警告处分。

李虎生心理压力很大，感到这事做得太丢人，不好意思面对大家。吃了午饭，又开车去了县城。他把小车停在昌隆宾馆院子里，匆匆上了三楼。推开办公室门，王晓翠正在看抖音，见李虎生满脸地不高兴，即笑笑说："又晴天变多云了，啥事把你愁的？"

"哎，人不走运气，喝凉水都磕牙。"李虎生低着头说。

"咋了？啥事又把你气到了？"王晓翠笑着问。

"上次不是说给赵守道制造麻烦吗？尿王玉芳没有证据就编谎话，查出来了，她说是我教的，害得我写检讨不说，还给了一个党内警告处分，你说窝囊不窝囊？"李虎生诉苦说。

"王玉芳就办不了事，我也听说了。捕风捉影，总要有影子，连影子都没有，说啥瞎话？哎，办砸了就办砸了，不生气，咱可想别的办法嘛。"王晓翠做了个鬼脸说。

"想啥办法？"李虎生问。

"明的不行，暗的来。你不会在他俩的车上做文章？"王晓翠斜地瞄了一眼说。

"这或许是个好办法。"李虎生点点头会意……

六十八　健康教育

　　复仇心理强的人，外表看起来很凶狠，其实，内心有时也很脆弱。正因为想不通，往往才会剑走偏锋。李虎生受了处分，虽然没人说他，但心里觉得很尴尬，没脸见人。下午下了班他一个人待在办公室，走得很晚。一天，本准备回镇政府两河社区家里住，感到心里憋屈，想找个人聊聊，想想偷偷给李香兰打电话，诉说心中的苦闷。李香兰说："王世斌这几天到外县干活去了，不在家，你晚上过来说吧。"

　　李虎生深情地说："还是香兰对我是真心。"夜深人静后，李虎生悄悄溜进了李香兰的家。一阵激情浪漫后，李虎生搂着李香兰悄悄诉说心中的忧闷。"其实，我和王弘义没有多大冤仇，多是工作上的纠纷，王晓翠总是鼓动我和他闹事，上次你挡了一架，这次露馅了，受处分是小事，整天在一块工作，别人不说，我都不好意思见面了。"

　　李香兰摸摸李虎生的脸说："你当都和我一样呀，初中高中都是同学，感情深，啥都为你考虑。事出了，也不要吃后悔药，要吸取教训。世间的事不要太认真，退后一步自然宽，不要谁都不服，总想和人斗，斗来斗去两败俱伤，王弘义受了气，你也没得到啥好处。要不是我把啥都揽过来，你上次就翻船了。以后脾气也要改改。"

　　听了李香兰的一番话，李虎生似乎明白了许多道理，他回想这几年和王弘义、赵守道对着干为了啥，得到了啥，都是为王晓翠产生的矛盾，信王晓翠的戳，自己盲目干了许多蠢事，他长叹一声说："我的确要慎重考虑考虑，从这些事件中吸取教训。"

　　"啥都要想开些，人在社会中生存，只有永久的利益，没有永久的朋友，也没有永久的敌人。当干部心胸要坦荡，正直，不要遇事沉不住气，听别人的戳，促死人上杆子，最容易做出错的选择。我上次听你的话，就吃了大亏。"

　　"你说的有道理，为别人的事，斗来斗去，害人也害了自己。以后的确要改改。"夜深沉，人心静，李虎生和李香兰聊了许久许久……

县卫生健康局把枫坪村定为卫生建设示范村，对村卫生所采取的四项措施进行提高达标。一是按标准化卫生所配给 B 超、心电图等检查设施、冷链储藏设备，诊室、药房、病房分离；二是提高人员素质，医护人员必须持证上岗，具备医师、药剂师、护理员以上职称才能上岗；适当提高医护人员工资待遇；三是卫生所也可以享受医疗报销，有病也可以就近住院治疗；四是与县医院内三科结对帮扶，实行 24 小时网上联系指导，及时帮助诊治患者，每周五为专家坐诊日，县医院派有经验的医师来枫坪村坐诊。从根本上改变农村医疗条件。村委会在原卫生所和大门、门市部上面加盖了 6 间二层楼房作为病房、治疗室，一楼作为药房和接诊室。王弘义带着李欣怡到卫生健康局汇报村卫生所建设和人员配备情况，与县卫生局、县医院签订了帮扶协议，新增加了一名才从市职业技术学院毕业的有药剂、护理执业证的学生到村卫生所工作。李欣怡也考取了医师职称，村民来看病，能诊断清的，就按病情治疗，有疑惑的，李欣怡马上和县医院联网，请求指导治疗。开始，群众并不信任，一次，双河王玉芳觉得心慌、气短、头晕、四肢无力，李欣怡量了血压、听了心跳怀疑是冠心病，她打开电脑与县医院张大夫联系："张大夫，我这有一例病人觉得心慌气短，头晕，四肢无力，你看是不是冠心病的症状？"

张大夫停了一下问："年龄多大？"

"不到四十。"李欣怡回答。

"是男是女？"

"已婚妇女。"

"血压多少？"

"高压 100，低压 55。"李欣怡看着检查结果回答。

"心跳多少？"张大夫继续问。

"每分钟 60。"……张大夫详细地询问了病人的症状，确定是例假后贫血，让给些补血益气的药，用了两天，效果很好。有了县医院专家的指导，治愈率显著提高。每到星期五专家坐诊，来看病的群众特别多，许多人早早来到卫生所等待就诊，往往到下午五六点钟还有人在卫生所等待。卫生工作的重点转移，专家包扶指导，改变了枫坪村的医疗条件，方便了群众，卫生所也更好地发挥了作用。小病的群众就不必要去住院了，减轻了医院和群众的压力。

放了暑假，李虎生的女儿、儿子都随母亲回了枫坪，一天傍晚，李虎生十岁的儿子李小虎正和小朋友在牌楼前躲猫玩，赵守道开车到王家坡看王世祥莲池莲花生长情况，车开出村部大门，见桥边人多，车速放得很慢，看到李小虎几个娃在牌楼地下跑着玩，急忙就踩刹车，可踩到底了还是刹不住，他看左边没有人，即把方向往里打，离李小虎还有 3 米时，在桥边闲转的王弘义看到李小虎还没有让的意识，在车头即将撞到李小虎时，王弘义跨前一步抱开了李小虎，他自己却被倒车镜带地摔倒在路边，李小虎没事，王弘义的右胳膊、右腿却摔伤了，血流不止。李小虎吓得愣在那里，赵守道把车撞到牌楼的石磴子上才刹住车，他赶忙和武春华把王弘义、李小虎扶进卫生所，王弘义让李欣怡先检查李小虎，见没有外伤，也没有内伤，才放了心。王弘义衣服烂了，胳膊、腿都受了伤，李欣怡给他止血，包扎。李虎生听到消息，赶忙跑到卫生所，见李小虎没事，王弘义为救小虎受了伤，赵守道车撞到石磴子上，心里特别悔恨，深深地为自己出格的做法感到内疚……

七月前，李虎生负责整修学校前院的房屋，要把砖木结构的房屋改为砖混结构的屋面，屋扒了，垃圾没地方倒，李一纯家门前河边有个坑，本来填起来很好，李一纯硬是不让倒，李虎生说了几次，李一纯还是不答应，没办法只得拉到 200 米外倒到河滩上。

两个月的紧张施工，房子盖起来了，李虎生组织施工队硬化了地面，铺设了塑胶地面，购置滑梯、秋千和玩具，翻新、油漆了桌凳，修缮了灶房，购置了休息的小床、被褥，中心小学校长来枫坪检查后，提出了改进要求，李虎生让施工队修补后，多方征求意见，做好了开学、开园准备。

8 月底，教育局给枫坪村派来 3 名小学教师，2 名幼儿教师，村委会又从本地招聘了 2 位职业技术学院幼教专业毕业的学生和 3 名炊事员。经过动员，9 月 1 日，枫坪村初小、幼儿园按时开学。36 名小学生，分两个班，一年级单设，二、三年级复设；38 名幼儿，分大中小三个班。早晨，家长把孩子送到学校，中午在学校吃饭、休息。傍晚，家长又把孩子接回家里。白天，村民可以在地里干活，在家里处理家务，不用到外地租房，专人陪读了。就近上学，为农村节约了劳动力，方便了群众。寂静的山村，又飘荡着孩子们的琅琅读书声和欢笑声，山沟里又洋溢着勃勃生机。

六十九　补　缺

　　枫坪村上一年验收已整体脱贫，省、市年终要进行全面普查、评估，村委会和扶贫工作队也积极做着各项准备。三月，扶贫工作队和村委会研究，做好全面自查工作。赵守道让李虎生、陈有才、陈玉文处理村部的日常事务，他带领村干部和扶贫干部到各组、各户分工进行自查。王弘义、武春华负责表册填报，落实各户的收支情况，宋志红负责基础设施建设的质量检查，李惠芬负责环境卫生整顿检查，齐明生负责产业发展情况，赵守道、孙阳负责扶贫项目的稳定和发展。他们从一组开始，一项项、一户户地核查，基础设施质量过硬，环境卫生走上了良性的管理轨道，一家家水电打开试用没有问题，复兴包装公司、茶厂、波尔山羊场、羊肚菌场运行正常，半个月自查，赵守道、王弘义放下了心。在座谈、总结时，大家都比较满意。两组汇总情况，整体影响很好，就是厕所、猪圈拆除不到位，新厕所建起来了，旧厕所拆除了，有许多烂摊子还摆在那里。王弘义建议进行专项治理，厕所拆除的垃圾要运走，能改建花园的改建为花园，不能改建的一律硬化或绿化。赵守道又将村干部、工作队员分为 3 组，进行突击整治，在全县交叉检查前完成任务。

　　赵守道强调，水电、卫生是动态管理，水龙头坏了、电闸开关有问题，地下不干净是要常抓不懈的，水电工、卫生管理人员每周要有安排有检查，千万不能大意。赵守道特别要求宋志红要抓好这些工作。

　　8 月，县委、县政府组织人事、纪检、扶贫等部门，抽调 100 多名干部交叉到各村查漏补缺。枫坪村工作队、村干部分两组一户户又进行了核查。对收入、支出的明细账一笔笔进行了核对，水电一个个开关、龙头都进行了检查、维修，对本年度的规划也进一步进行了落实。贫困户配合得也很好，王弘义带领孙阳、李惠芬、陈玉文检查到十三组陈玉怀家，陈玉怀反映光伏分红没有兑现到位。王弘义立即打电话问镇扶贫办，工作人员立即把拨款单发了过来。王弘义要来陈玉怀的"一卡清"，这几个月他没有到信用社去兑账。

王弘义让他看了拨款单，让他下午到信用社领钱。王弘义告诫陈玉怀说："人要知道感恩，不说个人对国家有多大贡献，国家的照顾、扶持，也是纳税人的汗水，不是从天而降的。说话要实事求是，不能乱说。"

陈玉怀知道自己不对，下午到信用社领款后，立即给王弘义打电话说明了原因。王弘义在检查的过程中，也向贫困户讲明党的政策，要求贫困户如实地反映包扶情况。

王弘义检查到十三组，贫困户陈玉州反映自来水不通，陈玉文到处检查就是没有水，孙阳检查几遍，也没发现问题，王弘义感到奇怪，上次检查有水，隔壁人家也有水，高度一样，他家咋会没有水呢？几个查了几遍也没查出问题，李惠芬插嘴说："看看水表嘛，水表不动，闸门有没有问题？"

孙阳找到水表，水表不动。原来是闸门关上了。闸门一开，水立即通了。王弘义问陈玉州是咋回事，陈玉州摇摇头说："不知道是咋回事。"问邻居是咋回事，邻居笑笑说："他整天抱着膀子玩，别人80元一天锄茶叶草，他还嫌钱少。让他挑水吃嘛，还能锻炼身体。"王弘义明白了，原来有人故意捉弄陈玉州。

国庆节到了，村党支部、村委会举行乒乓球男女单打比赛、象棋赛、赛诗会和广场舞比赛。孙阳、宋志红负责乒乓球比赛，武春华、陈玉文负责诗歌比赛，齐明生、李虎生负责象棋比赛，王弘义、李惠芬、李欣怡负责广场舞比赛和国庆晚会。

9月25日，各项比赛拉开了序幕。每天下午5点至8点为比赛时间，比赛采取单淘汰办法。孙阳、武春华担任男子单打裁判员，王弘义、齐明生担任女子单打裁判员。陈玉文、李虎生负责组织计分，经过五轮比赛，宋志红在32名选手中夺得男子单打冠军，陈有才为亚军，杨远方取得第三名；象棋比赛参加的选手48名，经过六轮比赛，陈玉文夺得冠军，李玉民获得亚军，张常和取得第三名；诗歌比赛，陈远剑在参赛的40多名诗人中夺得冠军，陈有才获得亚军，杨祯泰取得第三名；广场舞比赛，李欣怡以《骏马奔腾保边疆》获得冠军，幼儿教师李婉玉以《金蛇狂舞曲》获得亚军，李香兰以《社员都是向阳花》获得第三名。国庆节上午举行了颁奖仪式，宣传队表演了文艺节目，演出了歌舞《绣红旗》《走进新时代》，豫剧《村官》选段等。

双山县2018年底已全部脱贫，为了给乡村振兴铺平道路，2019年10月，县委、县政府对整体扶贫进行回头望。县检查组对枫坪村扶贫工作进行了检查评估。检查组检查了基础设施建设的质量，对水、电、路进行了无缝隙视察；走进村办企业，检查了产业收支账目、运行情况；核查了贫困户的增收情况；听取了汇报，观看了文艺演出、广场文化活动、乒乓球男女单打比赛。

检查组认为：基础设施变化大，整体工程质量比较高，没有豆腐渣工程。群众水、电、路畅通率达 100%；以股份合作制企业带动了产业和经济的发展，5 个企业具有广阔的发展前景，为脱贫致富起到了保障作用，人均收入12000 元，数字详细、真实可信；群众文化福利事业发展迅速，文化活动经常进行，合作医疗参合率达 100%，幼儿入园率、学龄儿童入学率达 100%，村容村貌变化大，卫生管理走上了规范化、制度化的轨道，农民卫生习惯基本养成，卫生条件良好。

文明卫生示范村创建工作成效显著。评估组给予了很高的评价。年终，枫坪村被省文明办授予"省级文明单位""脱贫攻坚先进单位"，王弘义被省扶贫办评为优秀第一书记，远翔公司、A 局被评为"包扶先进单位"，受到了县委、县政府的表彰。

七十　特殊春节

　　新春的对联散发着浓浓的墨香，高挂的红灯飘逸着年味的温馨，辛劳一年的人们正享受着团聚的幸福。入夜，王弘义一家刚坐下看春节晚会，新闻联播报道了武汉新冠肺炎疫情封城的消息，王弘义感到很震惊，担心北京"非典"的情况又会发生。晚会开始了，他边看电视，边一次次去到祖先牌位前烧香。夜深了，他找回春梦、善佑回家休息，他一直坚持到凌晨，放完炮才休息。炮声响了一夜，王弘义一次次从睡梦中惊醒，天亮后，炮声似乎少了点，王弘义迷迷糊糊进入了梦乡……

　　吃过早饭没有事，一家人就在家里看电视，午间新闻，中央电台报道了中共中央召开政治局会议做出了防疫防控的决定，全国各地抽调精兵强将，组成医疗队，即刻驰援武汉。这让王弘义感到事态的严重性、紧迫性。晚间双山县电视台新闻，报道了县委县政府做出的双山县严防死守，禁止人员流动的决定，也报道了医疗队支援武汉的行动。许多单位领导干部已回单位投入到防控值班。双山县诗词学会主席写了《向战斗在防疫一线的战士致敬》的诗歌。县阅读学会资深阅读者选读了这首诗歌，王弘义静静地收听了深情的阅读：

　　　　在那万家团圆的时候

　　　　武汉冠状病毒的蔓延

　　　　打响了一场没有硝烟的战斗

　　　　党中央一声令下

　　　　你们义无反顾

　　　　投入到防疫一线的洪流

　　　　也许你们刚刚到家

　　　　也许还在返乡的路途

也许没来及与亲人畅叙别后之情
也许连热饭也没吃一口
祖国的使命重如泰山
人民的安危重如泰山
你迈动逆行的双脚
冲锋在防疫一线的排头

从整体到部署
从实施到预防　治疗　排查　监督
从一线的白衣天使
到党政　公安　宣传各条战线
从车站　医院到小区　村镇路口
不夜的灯光
映照着一个个匆忙的身影
飘飘飞雪见证着你们的执着　忠诚
是党的嘱托，人民的企盼
让你们守护着双山这块安宁的乐土

隔离是有效的防护措施
交叉感染是病毒肆虐的源头
你们把安全留给人民
把危险留给自己
是你们的规劝　宣传
是你们的督促　坚守
人们自我防护意识的觉醒
才使这场人民战争
打得稳妥　和谐　持久

是你们的努力
使社会秩序井然有序
供销两旺　满足人民需求
是你们的努力
扼制住狂妄的病毒

有你们的指挥　努力

我们万众一心　共同奋斗

胜利一定属于党和人民

让我们以百倍的信心

迎接未来的战斗

王弘义深受感动，看到大家斗志昂扬的样子，王弘义对父亲说："疫情形势这样严峻，我是第一书记，必须走在防控的第一线，明天，我要返回枫坪村抓防控工作。"

"这是大事，忠孝难两全，注意不要感染，保护好自己。"王崇德鼓励地说。

"县委、县政府不是通知让所有人居家蹲守吗？你不去行吗？"李曼玉试探地问。

"中央、省市县都发出了通知，县委、县政府也抽了很多人奔赴在抗疫第一线，我是党员干部，又是第一书记，担负着一个地方的安全，应该主动请战，我不去，出了事咋办？"王弘义看着李曼玉解释。

"村上不是还有村干部吗？"李曼玉迟疑地问。

"村干部是村干部的职责，我是第一书记，出事是要负总责的。对不起，有劳你在家里照顾好老人和孩子。注意消毒，不要外出，做好家庭防疫。"王弘义担心地说。

"那只有这样了，也没有别的办法？"李曼玉无奈地回答。

"国之忠臣，父之逆子。家里只有交给你了。"王弘义也无奈地说。

窗外不时传来零星的鞭炮声，一家人看着电视，都为这突来的疫情感到闷闷不乐。

正月初二清晨，王弘义打通了局长杨思琦的电话，汇报了自己的想法，杨思琦要求王弘义和武春华两个立即赶往枫坪村做好该村的防疫工作。王弘义又给两河镇刘兴民书记打电话，询问了镇党委的安排，刘书记非常欢迎，请他上午 10 点赶到两河镇政府，统一安排防疫工作。

吃过早饭，王弘义告别父亲、妻儿，约武春华一块儿奔向两河镇。初二上午 10 点，镇党委召开了防控工作会议，传达了中央文件精神和双山县委、县政府的防疫工作通知，宣布了防控工作领导小组成员和职责。刘兴民对两河镇的防控防疫工作作出了具体安排，刘兴民要求：两河镇位于三县交界地，人口流动大，各村必须严防死守，把住进口，控制人员流动，采用干部包点包地域的办法，从即日起，以村、以组、以户为单元做好排查工作的同时，做好防疫工作。特别强调枫坪村入口多，一定要24小时值班，封死进口，对打工返乡人员做好排查隔离工作，严禁人员流动。镇卫生院给各村配备了消毒液、酒精、口罩，温度计。

赵守道、王弘义回到村部，对防控工作进行了认真的研究，下午两点，立即召开党员、村组干部会议，安排防疫工作。

王弘义强调，这是一场全党、全民共同战斗的一场没有硝烟、没有枪炮的保卫战，是党考验我们的关键时刻。每个党员、干部要坚持党性原则、严守防疫纪律，站好自己的岗位，直到抗疫完全胜利。各组组长，要管好各户村民，有外地回家的亲友要立即报告，需要隔离的要立即隔离。后勤保障要跟上，要和物资部门联系，必须生活物品要保障供应，保证村民的正常生活。

陕南的早春，山川还沉浸在一片冰封中，枫坪的小溪还结着薄薄的冰。清晨透着一股寒气。为了防疫干部生活方便，赵守道又让陈有才办起了集体灶。按换班时间，早晨8点至9点早饭；下午4点至5点午饭；晚上12点至1点晚饭。给从检查站返回的干部留30分钟的跑路时间。为了防疫，采取分餐制的办法，各自回办公室就餐。

王弘义早8点换班，20分钟返回，洗漱完毕，刚好和返回的武春华、齐明生一块儿共进早餐，接着休息。王弘义睡不着，从手机上看了一会儿疫情动态，拨通了李曼玉的视频，李曼玉没事，带着两个孩子和父亲在家里看电视。王弘义看着视频问："家里都好吧？"

李曼玉对着视频说："没啥事，哪里也不让去，在家里看电视。"

"爸爸，你在哪，急死人了，快回来带我出去玩。"善佑见是王弘义电话，对着视频喊。

"乖，听妈妈的话，好好在家里玩，不要出去，预防传染。"王弘义看着视频说。

春梦也挤到视频前问："爸爸，你啥时候回来？"

"乖，听妈妈的话，这谁都说不清，等疫情过去了我就回来了。你除了看书做作业，要帮你妈带弟弟。要讲卫生，个人要做好防疫。"王弘义看着春梦叮咛。

"嗯，我会的，你要注意预防，不要和外人接触，要保护好自己。"春梦看着视频叮咛。

"爸爸会照顾好自己，这次时间长，要有思想准备，带好弟弟。"

王弘义叮咛。

"嗯，我会的。"春梦点着头说。

"爸爸，我也会的。"善佑也抢着镜头说。

"好，都乖，听话。爷爷呢?"王弘义问。李曼玉赶忙把手机递给王崇德。

"爸，你这几天还好吧?"王弘义看着视频问。

"哪里都不准去，路上街上都没有人，蹲在家里看电视，吃了玩，玩了吃，好自在。"王崇德笑着回答。

"注意穿暖，少出去，预防感冒。"王弘义叮咛说。

"我们在家里没事，你在外边，要戴好口罩、注意消毒，做好防护，保护好自己。"王崇德也叮咛说。

"放心吧，我会保护好自己的。"王弘义安慰说。

"检查站冷，要多穿衣服，晚上把大衣穿上。"王崇德叮咛说。

王弘义笑笑回答："放心吧，爸，我会注意的。"王崇德听完又把手机递给了李曼玉。

王弘义看到李曼玉，对着视频说："辛苦你了，你也注意保护好自己。"

"就是待在家里玩，街上所有门市部、饭店都关了，也不准外出，出去也没事。家里过年啥东西都买的有，你不用操心。"李曼玉看着王弘义说。

"那好，你照顾好老人和孩子，辛苦你了。"王弘义看着李曼玉说。

"再见，保护好自己!"李曼玉在镜头前招手，善佑、春梦也挤到镜头前招手……

县委、县政府领导、镇党委、政府领导先后带着防疫人员、防护设备、消毒用品、生活用品到各地检查站慰问，询问工作中的困难，宣传部门利用互联网宣传防疫的重要意义和先进事迹，这让王弘义受到极大鼓舞，他想，只有中国共产党才会与人民心连心，才会在人民最需要的时候出现在人民的面前，与人民并肩战斗。只有社会主义才会有这样的巨大威力，一声号令，万民响应，万众一心共战疫情。他看着县诗词学会发出通知，要求宣传伟大的抗疫精神，许多诗友也写了诗歌，散文，在双山新闻网发表，鼓励大家共渡难关，战胜疫情。寂静的夜，空旷的房间，也让王弘义展开了想象的翅膀，激动中他创作了《有感疫情保卫战》

> 惊雷缘起黄鹤楼，疫患肆虐江城头。
> 一道令传山河动，万民众志鬼亦愁。
> 科学先导抑传播，全党并肩赴国忧。
> 驱散阴霾环宇净，明媚春日耀九州。

　　他将诗歌发给双山宣传网，第二天双山宣传网转发了他的作品。他很受启发，在检查站值班，从手机上看到李文亮的事迹，他一口气写了一首《致民族灵魂》的诗歌：

天边
划过一颗流星
那是您明亮的眼睛
不，是你刚正不阿，铁肩担道义的灵魂
就这样陨落了　陨落了
把伤痛刻在国家的记忆中

生命的价值是什么
是善良　是正直　是责任　是真诚
你用大写的人字
诠释了无言的行动
你用鲜活的生命
将医者的职业操守论证
逝者如斯夫　江河懿行

生命的意义是什么
是作为　是付出　是奋斗　是攀登
你执着你的事业
你首先发现了病毒　疫情
你说了，你做了
你尽到了白衣天使的责任
有往而不悔　大义暖民心

有信仰　就有祖国
有祖国　就有人民
祖国在你心中
你的精神是民族的灵魂
有多少牵挂　多少不舍　多少离情
天堂路渺茫　何处是归程

你是否心痛

要知道你的作为

人民也为之动容

吹哨者放心吧

你的付出历史为你佐证

你未竟的事业

自有擎旗的后来人

十四亿人民肃立为您送行

您虽然去了

却永远活在人民的心中

春光在前　祖国前程似锦

放心吧我们的民族精英

　　王弘义将诗歌发给市作协网，市作协网转发了诗歌，县朗读协会作为朗读素材，由资深朗诵者朗读，在网上传播。王弘义为自己能为疫情宣传、鼓励做一点事而感到非常欣慰。

　　网络上天天传播着全国各地的疫情防控的消息，各地的防疫都在党委、政府的统一领导下有序地进行，枫坪村每天通过微信群交流防疫情况，做出统一安排。各组干部除严把检查关外，还到各村民小组巡查两遍，严禁人群集聚、酗酒。王弘义白天无事，也带着张常和、张德福到各组巡查，疏导群众，讲解疫情防护的道理。陈庄是两省三县的交通要道，来往的人多，每天总有几十人想从这里通行。值班时，总要苦口婆心地劝说疏导，严把进出口关，不许有一人从这里通过。时间长了，大家知道了，闯关的人也就少了。

七十一　成　效

经过一个多月的严防死守，全国的疫情基本得到了控制，武汉的疫情也有了很大好转。双山县没有发生一例疫情。枫坪村也很平安。

2月下旬，不少没有疫情的地区慢慢开始复工。县脱贫攻坚领导小组印发了《双山县2020年脱贫攻坚工作要点》，坚持年度目标任务和脱贫成果巩固"两手抓"，对全县剩余的721户1505人贫困人口进行重点扶持，实现全县所有建档立卡贫困人口全部脱贫；对已脱贫人口、已退出贫困村的进行巩固提升，要求全面开展脱贫攻坚普查，确保如期打赢脱贫攻坚战，全面实现小康社会。双山县人社局、就业局联合组织三批赴浙江省温岭市务工人员，在县文化广场统一乘坐浙江富岭塑胶有限公司派出的6辆客车，通过"点对点"输送的方式顺利返岗上班。

2月底，县委、县政府召开全县疫情防控暨农业农村、脱贫攻坚工作视频会议。县四套班子领导出席会议，传达学习中央统筹推进新冠肺炎疫情防控和经济社会发展工作部署会议精神。要求在抓好疫情防控的同时，逐步恢复生产，继续抓好贫困村巩固提高工作。县长张树正传达了陕西省人民政府发布《关于铜川市印台区等29个县（区）脱贫退出的公告》，双山县退出贫困县序列，标志着全县贫困县正式摘帽。明确了贫困村全面巩固提高，实现全面小康的目标。

3月初，县扶贫局召开党组会议，要求包扶单位在抓好防疫工作的同时，着力抓好经济社会的发展，抓好贫困村的巩固提高工作。两河镇政府也召开会议，做出了防疫生产两不误的安排，赵守道回到枫坪村召开村干部和扶贫包村干部会议，传达了县委、县政府会议精神，组织讨论2020年的工作规划。

赵守道看村干部和包扶干部到齐了，清清嗓子说："封闭式防控已进行了一个多月，双山县疫情防控已经清零。今年是脱贫攻坚决战年，为了全面建成小康社会，经济建设更不能放松，今天开会主题就是一个，如何抓好防疫，抓好经济发展。今年咋干，从哪些方面抓增产增收，大家都发表发表自己的意见。"

李虎生说了抓好产业发展的建议，李惠芬说了文明卫生建设的意见，陈玉文说了发展粮食生产的想法，宋志红说了乡村美化问题的打算，武春华说了对产业创新的认识，孙阳说了企业发展的质量意识，齐明生说了产业发展思路的看法。大家都从一个侧面阐述了全年工作思路。

王弘义想想说："大家都发表了很好的意见，我完全同意，补充一点具体的想法，供村委会决策参考。县委、县政府要求转入经济建设，防疫工作还是不能放松，我星期天和春华回县城了一趟，街上门市部、饭店都还没有开门，只有几个卖菜、卖粮门市部门开着，进门要戴口罩、量体温、登记，街上人很少，全部戴有口罩，所有机关、小区必须戴口罩、量体温、扫健康码，医院也不许接收发热病人，我认为，防疫不能放松，防控还是要放到第一位。"

王弘义顿了一下接着说："扶贫工作还是要坚持结对包扶，贫困户要细化到项目、收入，各户村民增收，要在小项目上做文章，比如养鸡、天麻种植、药草种植、养蜂等，总之，不能忽略了经济指标；项目建设我同意春华建议，茶叶、波尔山羊、羊肚菌要注意创新发展，包装公司要在设计、质量上下功夫，做大做强企业；常规的粮食生产、林业生产还是要不失时机地抓好生产，建议再上一个新项目，增强项目收入，壮大集体经济。"

他看了一眼武春华说："我和春华年前见到了在西农任教的老同学回家过春节，在一块吃饭聊了一下农村的养殖项目，他认为养蝎子是一个好项目。蝎子是我国传统的名贵中药。有息风止痉、通经活络、消肿止痛、攻毒散节等功效。目前以蝎子配伍的汤剂达百余种，全蝎配成的中药达 60 多种。如'再造丸''大活络丸''七珍丸''牵正散''止疼散''中风回春丸'等均以全蝎为主要成分。除药用外，蝎子作为一大名菜早已进了宾馆、饭店，甚至于寻常百姓的餐桌。常食之不仅有良好的去风、解毒、止痛、通络的功效，而且对于消化道癌、食道癌、结肠癌、肝癌均有疗效。目前，蝎子制品作为良好的滋补和保健食品正兴起于大江南北。有广阔的发展前景，是否再办一个养蝎场，请大家讨论讨论。"

武春华说："我和王主任见了那个读博士后的老同学，这确实是个好项目，我也建议上这个项目。"宋志红、李惠芬、陈玉文也同意上这个项目。

李虎生想想说："这个项目有风险，技术含量比较高，但确实是一个增加收入的好项目，我不但同意，我认为村干部应该带头带领大家脱贫致富奔小康，有可能，我报名领办。"

王弘义笑笑说："李主任提出的这个问题值得讨论，我们以前只从廉政建设方面考虑，没用发展的眼光看问题，我认为，在同等的条件下，村干部在不影响工作的前提下，可以领办企业，带领大家脱贫致富。"

赵守道思索了一会儿说："大家都发表了很好的意见，第一，我认为防疫工作还是第一要务，世界防疫形势紧张，武汉还没有全面解除防控，抓防疫不能放松，要做到常年班子不散、检查站不撤，制度不变。各检查站人员、责任不变，常规的防疫由我和李欣怡负责；第二，要抓好贫困户的巩固提高工作，继续实施结对包扶，定项目、定收入、定增长，确保户户增收有保证。今年包片责任人不变，全年增收问题，具体由李虎生、齐明生负责抓；第三，继续分工抓好支柱产业，武春华、陈玉文负责羊肚菌场的创新发展，王弘义、李惠芬负责波尔山羊的扩大发展；宋志红、孙阳负责复兴包装公司的项目发展；我和陈有才负责抓茶叶生产、林业生产；李虎生、王弘义负责争取项目，寻找技术支撑，再上一个养蝎项目，带领群众增加收入。"

赵守道看了一眼两委会成员，接着说："第四，夯实各项工作责任。由李虎生、齐明生负责，进一步做好基础设施建设的维护提高工作，保证水电路的正常运行；由李惠芬、王弘义负责，继续做好村庄的美化、亮化建设，抓好文明乡村的创建提升工作。县委、县政府对防疫、经济建设做出了安排，两个月时间过去了，我们要立即行动起来，最近一是抓防疫不放松，包片包站值班不变，防疫形势好转了，不再实行24小时值班，每天早晨6点到岗值班，下午2点换班，晚十点下班，严控进出人员，决不许发热病人、疫情严重地区的人进入。"

他看着王弘义继续说："第五，有计划地抓好经济、社会工作。第一季度，抓计划的制订落实，抓疫情防控，抓贫困户稳增长项目落实，全面抓好春季生产；第二季度，抓项目落实、产业发展，抓粮食生产，抓经济指标双过半；第三季度，抓产业发展，抓粮食生产，抓贫困户增收；第四季度，抓工作总结，全面脱贫评估，乡村振兴规划制订。实行包片、包项目责任制。我、武春华、陈玉文包一至五组，李虎生、齐明生、孙阳包六至九组，李惠芬、王弘义、宋志红包十至十三组。明天不值班的，开始入户落实项目，确保今年项目不少、收入不减，脱贫户个个增收。"

散会后，各组就防疫值班和入户抓项目进行了对接。第二天上午，李惠芬带领组长值班，王弘义和宋志红走访贫困户，一户户抓增收项目的落实。

七十二　稳定增收

3月初的一天，旭日刚刚爬上东山，县委李益民书记带领卫健局、扶贫办领导暗访来到了陈庄，这天防疫值班的是李惠芬，她不认识李书记，看到车和人，似乎面熟，知道是领导，她依然挡住，要求消毒、量体温，李书记边接受检查边询问值班情况，扶贫工作情况，李惠芬介绍了疫情防控情况和扶贫工作安排情况，她让杨祯泰和杨祯怀两个值班，自己带领李书记到刘庄看贫困户项目落实情况。王弘义正在陈玉怀家落实增收发展项目，李惠芬带着李书记也来到了陈玉怀家，王弘义自然认识李书记和两位局长，急忙上前打招呼问候，他见镇上没来人，即问："李书记，你们从哪来？没到镇上去？"

李书记笑笑说："早晨直接从县城过来的，你们这是边界，来看看防疫情况和脱贫攻坚工作，看来你们工作做得还很扎实。"

"整体是按照县委县政府安排开展工作的，这几天一边抓防疫，一边抓春耕生产，抓年度扶贫项目的落实。请领导看看，多多给予指示。"王弘义笑着回答。

"很好，其他人各忙各的，你一会儿带我们到村部看看。"李书记问了陈玉怀家去年收入情况和今年的项目落实情况，又和王弘义一块走访了几户贫困户，而后来到村部。赵守道在一组检查，接到王弘义电话也回到了村部，李书记一行查看了村部作战指挥室，检查了"四支队伍"签到册，脱贫攻坚工作安排会议记录，"一查一补两落实"工作台账以及产业、就业台账等档案材料，又看了波尔山羊场、富兴包装公司、茶叶基地等扶贫项目和文化广场等基本设施建设，听取了赵守道、王弘义的介绍，感到很满意，中午就在村部集体灶上吃了分餐，午后让卫健局把300只口罩、20瓶消毒液、10瓶酒精等防护品送给村委会检查站，再三叮咛要严防死守抓防疫，不失时机抓生产，做到防疫、生产两不误。3点多，县委李书记一行离开枫坪村继续督查暗访。

开学时间早过了，防止交叉感染，中小学、大学都没有开学，按统一要求，各校老师在网上授课。周一碰头会上，王弘义建议各村民小组对贫困户

279

家庭的在校学生摸一下底，没有电脑、智能手机的家庭，到村部活动室授课。摸排结果，家家都有智能手机或电脑。学生也都在家里学习。

一天，王弘义到检查站值班，十二组村民杨远廷说到阳平去一下，结果出去几天才回家。经过检查站，温度倒正常，核酸显示为阴性，扫码显示去了中度风险区。王弘义盘问他，杨远廷毫不在意地回答："我只到我姨家见了我姨，口罩一直戴着，没事。"王弘义生气地说："你没见别人，你姨见过别人没有？你说没事，有事谁负责？回家隔离7天，第三天、第五天到镇卫生所做核酸，如果都是阴性，再解除隔离，这期间，不许见任何人。"

"哪有那怕人？我在家里就行了嘛。"杨远廷漫不经心地辩解。

王洪义严肃地说："这是特殊时期，有特殊的管理制度和要求，任何人必须遵守。"他给杨远廷身上消了毒，给车里消了毒，对张常和、陈礼义说："你两个守着，我送他回家。"王弘义开车把他送回家里，关进一间屋，对他妻子说："让他一个人在这一间屋里待7天，不许和任何人接触，也不要和家里人接触，发生问题，是要承担法律责任的。"

杨远廷点点头回答："知道了，我一定照办。"王弘义又给车消了毒，给自己身上消了毒，才返回检查站。每天都有许多理由外出、进村的人，他们本着严检查、严把关的原则，守护着进口，做好常规防疫工作。

李惠芬、王弘义、宋志红一户户落实了脱贫户的增收项目，几户贫困户上年收入增多，生活有了保障，心里很满足，开春心里没有计划，王弘义问陈玉州今年打算，陈玉州不以为然地说："王主任放心吧，去年我收入达到了16000元，今年，我还不弄他两万！"

王弘义问他："你有哪些项目能弄两万？"

陈玉州云淡风轻地说："地租、分红能收入3000元，放20只羊，每只长60斤，每只最低收入900元，20只就是18000元，还不算我种药收入。"

王弘义皱皱眉头问："你种药的地挖了没有？羊在哪？"

陈玉州不以为意地说："羊圈在那，我给赵守义说了留20只，再过半个月羊羔就可以放牧了，药地去年挖过了，种时掏一下就可以啦。"

王弘义笑笑说："想得好，还要做得好。有了钱你也风光吧？"

"那是，日子是我自己的，有了钱，日子也好过多了。"陈玉州信心满满地回答。李惠芬、王弘义、宋志红一家家落实了贫困户增收项目，心中也踏实了。

其他几个组，也对各村民小组的春耕生产进行了检查。春洋芋已锄草追肥，阳坡的茶叶开始发芽，他们要求村民做好茶叶采摘准备，秋作物地要求深翻。波尔山羊、羊肚菌场一直正常生产，茶叶到了采摘季节，赵守道督促村民准备采摘，要求富兴包装公司准备制茶、包装，杨远方组织工人打扫了制茶车间，包装车间，做好生产前的准备。包装盒年前下了订单，样品也已审定，10万元的预付款也已转了过去，可疫情开始后，印刷厂一直没有上班。杨远方见赵守道催，又赶忙给印刷厂打电话，经理回答："马上开印，5天后即可送货。"赵守道又强调了质量问题，要求保证质量，创出品牌。

周一会上，赵守道组织大家学习了县扶贫局印发的《双山县积极应对新冠肺炎疫情影响，决战决胜脱贫攻坚八条措施》，各组汇报了防疫和贫困户项目落实情况，羊肚菌场、波尔山羊场运转正常；富兴包装公司做好了生产准备，只等茶叶采摘即可制茶包装上市，安吉白茶清明后也可开始采摘，劳力非常紧张，赵守道要求在清明前对植树造林进行一次全面检查，做好补苗和奖惩兑现工作；各组要组织好劳力，准备投入春季生产。王弘义汇报了与西农大同学联系情况，西农大未来农业研究院有这方面的专家，但并没有开设这个课程，理论上可以支持指导，安徽亳州霞康公司、河南郏县有养殖基地，西安华润养殖公司也有完整的技术资料和培训基地，每个人交2000元培训费，送完整技术资料，种苗购买6组以上，种苗费可以抵扣培训费，建议先确定承包形式，再到河南郏县、西安华润公司考察，派人到郏县养殖场、西安华润养殖场学习，而后建厂。

村委们认为，考察论证后再实施，疫情商洛已清零，西安基本稳定，河南郏县离得也不远，可以开专车先去考察，而后回来建场。赵守道思索了一会儿后对王弘义说："派4个人去考察，李虎生带队、负责食宿、开车；辛苦你也去，负责联络，接头，谈判；宋志红、吴自立是泥水匠，负责考察饲养池的修建，这样安排行吗？"

王弘义点点头说："听你的安排，啥时候动身？"

赵守道看着大家说："陈庄检测站就由李惠芬负责，双河监测站由武春华负责，各组的工作仍按原分工不变。考察组今天准备，明天就出发吧！"

散了会，李虎生和王弘义商量了一下，王弘义和西农大未来农业研究院的同学联系，博士表示家乡的事他会全力支持，理论上一定给予指导，让王弘义先去考察。王弘义与李虎生约定，王弘义下午回去到镇政府、县政府开介绍信，李虎生做好出差的准备工作，第二天在高速路口会面。

七十三　考　察

　　清晨，朝霞刚刚烧红天边，李虎生，宋志红、吴自立带着手提包就来到了村部办公室，宋志红问："李主任，准备好没有？"

　　李虎生笑笑说："这有啥准备的，卡拿上，车一发动就可以走了。"

　　宋志红笑笑说："也是，手机、身份证带上，有钱，啥都好办。"

　　吴自立也笑着说："疫情期间，茶杯、洗漱用品，口罩等还是要带齐，外边不方便。没啥了，就走嘛！"赵守道听到院子里说话，也出来看，李虎生走到赵守道跟前说："赵支书，没啥安排我们就出发呀！"

　　"好，路上走慢些，祝你们满载归来"赵守道——和几个握手送别。李虎生启动小车，慢慢驶出了村部院子。

　　上了通村公路，李虎生加快车速，不到一个小时，就来到了高速路口，王弘义正在那里等候。李虎生停下车问："咋下来的？等有一会儿了吧？"

　　王弘义笑笑说："坐公交车刚下来，有20多分钟。"

　　李虎生对王弘义说："没事了就上车嘛。"

　　王弘义坐到副驾驶位上。李虎生笑着问："先到哪？"

　　王弘义看了后排的宋志红、吴自立说："我们还是先到西安华润养殖公司吧，如果那里资料全、养殖成果好，我们就不去安徽亳州、河南郏县了。"

　　宋志红笑笑说："你和李主任定，先到哪都行，走着看嘛。"

　　王弘义问李虎生："李主任，你带队，还是你定。"

　　李虎生笑笑说："我是负责后勤供给的，别客气，按你想的办。"

　　"那就直接上高速，去西安到华润养殖场考察吧！"王弘义笑着回答。李虎生驾车上高速向西疾驰而去。李虎生也有几年的驾驶经验了，小车以100码的速度平稳地在高速路上行进，商镇过了，夜村过了，沙河子过了，小车渐渐驶进了秦岭深处，王弘义要换着开，李虎生说："你车况不熟，还是我开吧。"王弘义怕他要睡，即说："我们活跃一下气氛，每人讲一个笑话，免得要睡。"

几个你一句，我一句，不一会儿小车过了蓝田，王弘义对李虎生说："我们路都不熟，定个位吧。"李虎生将车靠边，把目的地定在西安市长安区局连村华润养殖场。根据提示，不到 11 点他们顺利地找到了华润养殖场。

　　王弘义找到养殖场张经理，拿出介绍信，说明来意，张经理让办公室小李泡茶、热情地接待。张经理说："你们要办蝎子养殖场，我们是最好的合作伙伴，我们有完整的资料、成熟的技术，有多年的养殖经验，我们可以代培技术人员，提供种苗，按市场价回收产品。"

　　王弘义笑笑说："那是再好不过了，我们这是先来考察，谈合作意向，有可能就把合作合同签了。"

　　张经理笑笑说："那好哇，全国养殖场很多，我们是本省的，合作方便，现在还是冬眠期，你们先看看再说吧。"

　　王弘义诚恳地说："是这样，张经理，我们先住下，中午在一块儿吃个便饭，下午你带我们参观，具体介绍建圈、饲养以及发展前景行吗？"

　　"那好那好，你们住那个档次的宾馆，我带你们先住下，下午我们具体再谈。"张经理边走边说。

　　王弘义歉意地说："我们是贫困县，村上资金困难，住较低档次就行，西安市，价格太低的也没有，只要卫生能洗澡就行。大概 100 元吧。"

　　"那只能是私营小宾馆，我带你们去比较近的鑫源快捷宾馆吧。"说着，开车上前带路，一行往鑫源宾馆走去。

　　到了宾馆，服务员让王弘义几个扫了健康码，量了体温，才让拿出身份证登记，疫情期间，房价比较低，双人间 100 元，李虎生开了两间，王弘义和宋志红住一间，李虎生和吴自立住一间，开开房间，王弘义看卫生条件还可以，洗了一下脸，即下去找张经理一块儿到对门福来酒店就餐。中午请张经理吃饭，为了控制标准，王弘义让点了 4 个凉菜，5 个热菜，四荤五素，拿了一个饮料，简单地吃了午饭。中午休息了一会，下午找张经理具体谈考察、合作事宜。

七十四　分　析

中午休息了一会儿，王弘义一行又来到了华润养殖场，张经理和刘技术员正在办公室等着。小李找了一套完整的技术资料送给王弘义，王弘义翻看了一下，装进皮提包里，大家加满水杯里的水，跟随张经理、刘技术员参观养殖场。

华润养殖场多是室外养殖，养殖基地总面积 33300 平方米，张经理带领大家先看了室外基地，而后又看了市内基地，张经理边看边介绍养殖前景和技术要点。

刘技术员介绍说："饲养蝎子首先要建好饲养池，蝎子怕强光，喜阴暗，蝎场应建在背风向阳、采光面大、排水良好、清洁安静的地方，同时避开有可能施用剧毒农药的地方，切忌在家禽、鸟类、壁虎、蜥蜴、青蛙、老鼠等天敌出没的地方养蝎。蝎子养殖方式很多，小规模的有盆养、缸养、箱养，大规模的有池养、房养、蜂巢式养殖等。不论哪种养殖方式，基本原则是模拟蝎子的自然生活环境，为蝎子创造舒适的生存条件。养蝎池可建在室内，也可建在室外，普通建池尺寸为高 0.8 米、宽 1 米，长度根据实际情况而定。池外壁可用少量灰浆堵塞砖缝，防止蝎子从缝隙中外逃。池面内侧用水泥压光，近顶口处，在涂抹的灰浆干燥之前，可镶嵌玻璃、瓷片等光滑材料，让蝎子爬不出去，防止蝎子从顶口外逃。在池中心离四边 15 厘米左右用砖瓦、石块平垒起多层留有 1.5 厘米左右空隙的垛，供蝎子栖息。

"箱养用木板制成或直接利用废旧的木箱、塑料箱，箱口四周围一圈塑料膜或玻璃条，防蝎子外逃。箱底铺 2 厘米沙土，在土上放一些砖瓦、煤渣供蝎子活动和栖息。"宋志红、吴自立一边听技术员讲解，一边仔细观察蝎池的建造结构和方法，不时提出问题，请教技术员。

张经理也不失时机地插入宣传养蝎的效益和经验："我国对人工养蝎技术的研究始于 20 世纪 60 年代，该技术至今已经过了四十余年的锤炼，可以说已经达到了炉火纯青的程度。因此国家科委将人工养蝎作为'星火计划''八五计划'重点推广，中央电视台农业科技节目反复播送实用养蝎技术资料，为进一步鼓励人们养蝎的积极性，国家还出台了家庭养蝎长期免税等优惠政策。这一切都为人们养蝎提供了技术及政策上的保障。人工养蝎投资可大可小；占地面极小，劳动强度小，城乡男女均可养殖；蝎子排粪量少，无臭味，不污染环境；蝎子生命力强，抗病力强，很少遭受病害；淘汰下来的蝎子仍可入药，不影响利用价值；蝎子繁殖速度快，产崽率高。经济效益可观；随着蝎子供求矛盾的日益突出，蝎子的价格也逐年攀升，活蝎最高价每公斤已攀升至 600 余元。因此人工养蝎是一项理想的家庭副业，是下岗职工和农民朋友致富奔小康的首选项目。"

刘技术员接着介绍说："常温下，蝎子从崽蝎到成蝎需要 3 年的时间，蝎子的繁殖期 4~5 年，每年产一胎，寿命 7~8 年。蝎子的卵细胞在卵巢内发育约一年，蝎子交配受精后，受精卵在体内约经 40 天完成胚胎发育，产出崽蝎。产崽时间一般在 7~8 月份。崽蝎产出后趴伏在母蝎背上，崽蝎不取食，靠体内残留的卵黄为营养维持生长发育。崽蝎体长 1 厘米左右，乳白色，体肥胖，附肢短，活动能力弱，一般头朝外成丘状群集在母蝎背上。崽蝎产出为 1 龄，蝎子一共蜕皮 6 次，7 龄即为成蝎。适宜条件下，蝎子出生后第 5 天便在母蝎背上完成第一次蜕皮，进入 2 龄。蜕皮后的小蝎会跌落在母蝎周围，但很快又会爬上母蝎背部。2 龄幼蝎体色加重变为淡褐色，体重增加，体形也变得细长。再过 5~7 天，幼蝎便离开母蝎背部独立生活，这时的幼蝎活动能力增强，尾针可以蜇刺，并能排出少许毒液，有捕食小虫的能力，夜间开始四处活动捕获食物。幼蝎在 9 月份可蜕第二次皮成为 3 龄蝎，体长达 2 厘米以上，体重也有所增加。3 龄蝎经过 40 天左右的时间吃肥储备好足够的营养准备越冬。10 月下旬进入冬眠，翌年清明前后起蜇，5 月以后随气温升高，幼蝎又达到一次进食高峰。6 月份蜕第三次皮成为第 4 龄蝎，8 月底蜕第 4 次皮成为 5 龄蝎，然后进入冬眠。第三年 6 月和 8 月各蜕一次皮成为 7 龄成蝎。第 3 年末达到性成熟，到来年夏天开始繁殖。蝎子每次蜕皮后不断进食，体重不断增加，体长也呈跳跃式增长。创造恒温条件可以部分地改变蝎子的生活习性，全年均可生长发育，各次蜕皮间隔时间明显缩短，从崽蝎到成蝎只需 250 天左右。"

几个小时的看、听，王弘义、李虎生、宋志红厘清了思路，他们交换了一下意见，向张经理、刘技术员告辞，准备晚上合计一下，明天正式谈协议。张经理邀请王弘义等吃晚饭，他们谢绝了。

晚上在小巷内每人吃了一碗扯面，即回到宾馆商量第二天的谈判。王弘义思索了一会儿，让宋志红把李虎生、吴自立叫过来商量明天要谈判的内容。大家坐好后，宋志红给几个水杯加了开水，王弘义看着大家说："明天要和华润养殖场谈合作协议，我们几个先把几个问题商量一下。一是算一下账，办蝎子合作社经济效益咋样？二是培训费是多少，大体来多少人参加培训，时间多长？三是种苗价格多少，回收价格是多少？准备买多少，规模计划多大？大家算算账，商量一下。"几个沉默了一会儿，李虎生打破寂静的气氛说："那就一件一件地说嘛。"

王弘义说："先说办不办，办多大规模，室内还是室外？"

李虎生挠挠头说："开弓没有回头箭，考察都来了，办肯定是要办。按股份合作形式设想，规模室外和室内都养，室内，老学校后院有30多间房，9个教室，按4个饲养池设计，每个饲养池10平方，能建30多个饲养池。我个人意见，先建室内的，室外可以在后院建10个池子实验，有经验了，再逐步扩大。"

宋志红、吴自立也表示同意。王弘义看着李虎生说："这个项目，将来很可能是李主任领办，李主任要多想些。我也同意李主任的想法，一口不能吃个胖子，开始规模弄小点，慢慢发展比较稳妥些。下来大家议议培训来多少人，培训费大概是2000元，若从这里买种苗，可以抵账，吃住一个人需要1000元左右。"

宋志红想想说："其实，如果养60池，再加上培殖肉虫，3个人就可以了，从发展的眼光看，培训6个左右也行，后来可以以老带新嘛。"

李虎生皱皱眉头说："宋主任说得对，先少培养几个，可以以老带新，我看4个就可以了。"

王弘义笑笑说："那就按4个说，至于种苗，一池子1000只，按账算就行了，那就是这，明天再具体和他们谈判，价格上嘴要放紧，以李主任为主。"

李虎生笑笑说："我帮帮腔可以，具体谈我怕不行，还是王主任为主吧。"

王弘义笑笑说："还是以你为主，我是工作队，你才是村干部，我谈，人家肯定不放心。"

李虎生笑笑说："那好吧，你把握着。"说着回房间休息去了。

王弘义想想，应该给支书汇报一下。即拨通了赵守道的电话："赵支书好，我是王弘义。"

"王主任好，我是赵守道。"

"睡了吧？"

"没有，还正在看电视呢。"

"我把参观看到的情况给你汇报一下。"王弘义认真地说。

"将在外，君命有所不受。你几个商量着办吧！"赵守道无所谓地说。

"家中千百口，主事在一人，我把情况给你汇报一下，听听你的指示。"

"你太谦虚了，好，我听你说。"赵守道笑着说。"是这样的……"

王弘义把参观看到的情况和几个商量的设想叙述了一遍。赵守道感到很好："好好，你们明天就按这个思路谈。"

王弘义笑笑说："那就是这，再见！"说罢，挂了电话，才去洗澡休息。

七十五　合　作

西安的清晨，没有明媚的阳光，只有雾蒙蒙的天。早晨起来，一行人洗漱完毕，在小巷内吃了豆浆油条，即开车直奔华润蝎子养殖场。张经理把王弘义等引进会议室，双方开始协商合作事项。合作合同厂方有打印好的协议，张经理把合同递给李虎生、王弘义和宋志红等，几个人接过合同认认真真地看了起来。王弘义觉得文字上没有过多挑剔的地方，反复看了合同后，王弘义笑着对李虎生说："合同基本很规范，就是培训费、种苗价格、回收价格、技术指导需要协商。"李虎生、宋志红、吴自立也点点头。王弘义看了看张经理、刘技术员和秘书小李，笑笑说："合同很规范，看来是经过法律顾问审过的，不需要修改，合作主要是讲诚信，互惠互利，我们就几个具体问题协商一下吧！"

张经理笑笑说："王主任说得好，合同只是一张纸，关键是诚信，先薄不为薄，有啥问题需要协商，你们提出来吧。"

李虎生笑笑说："培训费每个人2000元我们没有意见，因为可以抵种苗费，清明后我们准备派4个人来学习，一定要能独立操作。"

刘技术员笑笑说："这你们放心，我们是为了带动生产，回收产品，不是为了培训费。绝对包教包会。"

李虎生接着说："我们是贫困山区，经济困难，种苗的价格太贵，是否能适当考虑一下。"

张经理笑笑说："你们准备办多大规模，需要多少种苗，我们要回收产品，种苗价格可以适当考虑，但不能太离谱了。"

李虎生笑笑说："我们没有经验，10平方米一个饲养池，先发展60个饲养池吧！"

刘技术员眯着眼睛说："每个池1000只种苗，也就是60000只种蝎。"

张经理笑笑说："市场价种苗5元钱一只，给你们算4元吧！"

王弘义想，第一下就要把价格砍下去，不然价格再反复就难杀了。他沉思一下说："张经理的确爽快，一下让利20%，不过5元一只可是有价无市呀？那高价，谁买呢？"

刘技术员笑着说："5元一只种苗，是市价，到哪都一样。"

王弘义微微一笑说："来前，我们在网上也做了全面了解，的确有5元一只的说法，那也就是一种说法，况且今年疫情这样严重，除了我们贫困地区想尝试一下，别处有人联系吗？"

张经理笑笑说："这还在冬眠期嘛，市场是有的，不过，价格我们还可以商量吗！王主任的意思能给多少？"

"这是村上的事，我站在中间立场，说个公道价，也不说1元一只，2元钱一只吧！"王弘义看着张经理笑笑说。

张经理无奈地说："王主任说得太离谱了，我们也是股份制，卖低了没法交代。"

李虎生笑笑说："是这吧，王主任说的价格很合适，为了表示合作的诚意，全部七龄蝎，2元5角一只吧。"

刘技术员笑笑说："我们都是本省人，全当是扶贫吧！3元一只再不能让步了。"

李虎生笑笑说："刘工都把话说到这份上了，那就3元一只吧！"

张经理看看刘技术员，无奈地说："那我们可赔大啦！"

王弘义笑着打击说："李主任表态了，我就不说了。一会儿，张经理躲着笑吧，赶紧把合同签了。不然，李主任一会儿又反悔了"

张经理看看刘技术员说："那成蝎回收价格每公斤多少钱？"

王弘义笑笑说："这个行情我们也了解了，每公斤600元。"

张经理笑笑说："销售价也没有600元的说法，合作还是要讲双赢吧！"

李虎生看着张经理问："张经理你看回收价能给多少？"

张经理看看王弘义说："我们回收是要担风险的，你们也可以自己找销路，这样吧，每公斤500元吧。"

王弘义皱皱眉头说："张经理说得太不沾边了，不说600元一公斤，580元总是要给吧？"

刘技术员笑笑说："回收出了风险，还有费用，我们主要靠加工出售，工人总要工资吧？530元一公斤咋样？"

李虎生笑笑说："为了事情能成，560元一公斤回收行吧？"

张经理咬咬牙说："550元一公斤回收，再不能让步了。"

李虎生也一咬牙说："那就是550元一公斤吧，我们为了发展生产，就吃点亏吧!"

张经理笑笑说:"合作这是开始,那就这样签吧!"

李虎生回答:"那就签了吧!"说着,双方在李秘书填过的合同书上签了字。一阵说笑后,华润公司请枫坪村几个干部在一块吃了午饭。下午,王弘义一行返回到枫坪村。

晚上,王弘义向赵守道汇报了合作的意向,赵守道就合作社的管理形式又和王弘义、武春华交换了意见,决定第二天召开两委会研究组建枫坪养蝎合作社,他请武春华依照波尔山羊的管理形式起草《枫坪养蝎专业合作社管理办法》和承包合同。赵守道让陈有才通知两委会成员和包扶干部第二天上午开会。

暮春时节,山花烂漫,柳绿如丝,山风吹来,给人一股清爽舒坦的感觉,太阳刚刚洒满大地,两委会成员一个个戴着口罩走进了会议室。赵守道看人都到齐了,清清嗓子说:"今天会议就一个议题,王主任一行从西安华润养蝎公司考察回来了,想让考察组汇报一下考察情况,下来研究一下我们的管理形式和承包合同,现在由李虎生主任汇报一下考察情况。"李虎生和王弘义谦让了一下,大致汇报了考察看到、听到、想到的情况和合作意向;王弘义补充介绍了市场情况和网上的培训、种蝎和成本回收;宋志红强调了饲养员的选择培训;吴自立介绍了饲养池的设计和设想。

听了汇报后,赵守道接着说:"考察组详细地汇报了饲养蝎子的市场情况和合作意向,大家就我们咋办场,如何管理、承包方式、分配形式谈谈自己的看法。"

大家一阵议论后,两委会成员都表示支持办蝎子饲养场,对人员培训、场地、承包形式、分配办法都发表了个人的意见。赵守道根据大家的意见做出了决议:饲养场就以村名命名为枫坪养蝎合作社,地点先放在原学校后院内,从西边独立开门,与小学、幼儿园隔开;饲养场属村办企业,实行股份合作制,吸收贫困户和村民自由参加,个人领办,按股分红,超产奖励;人员、经营方式由领办人自主选择。接下来,请武春华同志把管理形式、承包合同念一下,看大家还有啥补充意见。

武春华宣读了管理办法和承包合同。大家注意的是分配比例、奖励办法、风险押金等经济指标。除了成本,利润部分的分配比例仍然是:利润分配入股人占50%,职工占20%,承包人占20%,上交村集体5%。5%留作企业积累。承包人交5万元风险抵押金。听了合同和管理办法,两委会成员也没有其他意见,赵守道让陈有才写告示,面向全村公开选聘领办人。报名的人不多，都嫌成本回收得慢，第三年才能见效益。王弘义给宋志红解释：每池投放1000只种苗，按3∶1是雌蝎，每胎每只产20~40只，750×2胎×30只就是45000只，按65%成活，1年后有29250只，1000只1公斤，有商品蝎29.25公斤，按回收价每公斤550元计，价值16087.5元，种苗3000元，建池500元，饲料500元，人工1500元，纯利润10587元。60池就是63万多元。全当3年算，每年也有20多万元利润，还是可以干的。宋志红心动了，也报了名。结果，李虎生坚持要承包，宋志红也就算了。李虎生交了5万元的押金，承包了饲养场。通过宣传动员，有68家参加了养蝎合作社，其中贫困户26家。李虎生对屋内和院子做了规划，计划先养60池。他一边购料让吴自立和6名泥瓦工建造饲养池、培育池，一边和华润集团张总联系，派李香兰和一个职业技术学院学养殖的毕业生王栋带着2个年轻的妇女去华润养殖场学习养殖技术。几个月的准备，为养殖场的基础工作搭建了好的平台。

七十六　多元发展

　　光明的盟友是苏生的春天，新生命的梦在温暖湿润的空气中酝酿。山川慢慢有了绿意，桐树开满了白里透红的花，如醉的菜花在绿茵茵的田间滚动着波涛，枫坪的田野散发着清新的幽香。

　　3月上旬，赵守道分三组对各组植树造林进行了检查验收，通过到地块、到山坡实地测算，前两年共栽水果柿子3600株，核桃树6500棵，杉树2600棵，杜仲1300棵。草坡点种桦栗树450亩。村委会按规定兑现了奖励。初步测算，林果5年后不仅经济收入可达到100万元以上，也为绿起来、富起来奠定了基础。

　　3月中旬，双山县委、县政府召开全县决战决胜脱贫攻坚百日冲刺行动视频会，两河镇党委也接着作了部署安排，赵守道组织两委会成员、包扶干部看完视频会后，组织大家讨论贯彻意见。大家都感到，疫情影响了生产，要以决战决胜脱贫攻坚百日冲刺行动为抓手，突出重点，挂图作战，精准突破漏点堵点，稳增长，保增收，以优异成绩，夺取脱贫攻坚收官战的全面胜利。

　　王弘义想想说："时间不等人，我感到要立即抓生产发展。防疫不放松，生产不能耽误，外出务工的，疫情不严重的地方，要督促立即返岗，产业合作社虽然没停产，多少受到了影响，按职责订出计划，产量不能少，收入不能减，各户的小项目定了的要立即行动起来，特别是贫困户，一定要巩固成果，必须保证增产增收。我建议，立即抓好项目落实，以小项目弥补大项目的不足。复兴公司已经开始运营，今年要有突破。蝎子养殖场已开始建设，速度要加快，今年没有收入，可以为明年的增收打好基础。"

　　赵守道要求，按照分工，抓防疫，抓项目落实，抓春耕春播，抓茶叶生产，全面推进生产进度，确保防疫、生产两不误，全国验收一次过关。

　　星期三扶贫日，A局职工戴着口罩，带着防疫和生活用品到包扶贫困户家中落实生产项目，按照大项目带动小项目，小项目补充大项目的思路，每户至少要有两个增收品种，缺资金的包扶人帮助解决资金，缺原料的，包扶人帮助购买原料、种苗，连续 3 个多月，包扶干部每周都要来帮助贫困户解决实际困难。有力地促进了生产的恢复发展。

王弘义等包村干部和村干部一起，先一户户落实项目，督促上项目，而后到包扶产业蹲点，协助解决困难，扩大生产。波尔山羊继续和县畜牧中心合作，采取人工授精技术，增加繁殖数量。上一年发了羊财的养殖户得到了收益，激发了积极性，今年还要继续饲养，许多看到了增收效益的，也要"借崽还羊"，王弘义给赵守义建议，减少饲养规模，扩大繁殖规模，赵守义调整了经营思路，保证村民们的饲养需求。

经过几个月的努力，疫情影响也不大了，双山县一直保持零增长。商店、酒店，经营市场全部恢复了正常营业，武汉也基本清零，消除了疫情的影响，全面解封，援鄂医护人员也陆续返回各地，全国抗疫战斗初战告捷。

李虎生让李香兰带队到华润养殖场学习了两周，基本掌握了饲养技术，他们带着资料回到了枫坪村。屋顶返修，墙壁粉刷，地面硬化，养蝎池修建已全部到位，李虎生带着工具车和几个饲养员到华润公司购回了 60000 只种苗，让李香兰、王栋、李春旺 3 个饲养，每人包养 20 池，2 个培育肉虫池，技术由王栋负责，财务由李香兰负责。李虎生每天到饲养场间问情况，协调关系，检查督促，提出具体要求，很快饲养场也走上了规范管理的轨道。

4 月下旬，县脱贫攻坚领导小组印发《双山县防返贫致贫动态监测预警处置机制（试行）》认真落实"四不摘""回头望"要求，5 月初，两河镇召开村干部会议，传达县脱贫办全县脱贫攻坚"三排查、三清零"百日冲刺行动第三次调度会暨全县农村人居环境整治工作推进会议精神，回到枫坪后，赵守道召开村干部和包扶干部会议，讨论如何做好"回头望""三排查、三清零"工作，两委会成员、包扶干部认为：经过入户走访，落实增收项目，脱贫增收问题应该解决了。

李惠芬建议："还是要按计划，根据农忙季节抓好项目落实，农业生产。"

武春华建议："李支书说得对，农村工作还是要根据季节变化，要有计划地抓好农业生产，二季度要抓粮食生产、茶叶科管，项目落实，经济指标双过半，使生产走上有序的管理轨道。"

宋志红建议："六七月有一段相对的农闲时期，可以不失时机地抓好基础设施建设。南沟脑有 200 多亩茶园，前几年又栽植了 30 多亩的杉树，现在长势良好，可日后运输就是问题，采茶、管护走路都不方便，是否从寺沟到南沟再修一条产业路，一是打通了南沟的产业路，二是缩短了双沟和杨家沟、枫坪的距离。"

李虎生也说："基础设施变化最大，但从发展的角度考虑，要做的事还很多。如果能争取到项目，我想是有必要的。"

赵守道想想说："关键还是产业发展和增收问题，前一段大家进行了'回头望'和排查清零工作，底子我们是清的，下来，按包片认真抓一下落实，各户的项目进展如何，6月底前必须落地生根。现在正是夏收夏播时期，各组抓一下粮食生产，茶叶科管，为全年粮食增收，下一年的经济发展打好基础。几个合作社的产业也要抓一下双过半，疫情受了影响，要加班加点，达产达效，确保完成全年任务。产业路的问题，还请王主任和武股长到有关部门跑跑，看有没有项目，帮忙争取争取。"王弘义、武春华答应星期天回去了解了解情况。

会议结束后，王弘义和宋志红、李惠芬商量，先抓一下粮食生产，茶叶科管，再逐户抓实增收项目。他们一户户检查夏收夏播情况，杜绝撂荒、弃种情况，落实茶叶科管措施，大小项目进展情况。特别是贫困户，大多数都行动得快，春季雨水充足，家家茶叶比往年收入多，天麻、木耳、香菇都已种植到位，鸡、羊、蜂都已开始饲养。十二组王世福"借崽还羊"项目，羊崽还没到位，王弘义一行查看了羊圈，倒也收拾好了，王弘义给赵守义打电话，赵守义说再养半个月，羊大些足月保证供给20只。李惠芬叮嘱："先把饲料准备好，羊崽回来就开始饲养。"王世福答应马上开始准备。十三组陈玉华准备散养鸡，门前竹林都围好了，就是没借到鸡娃儿，王弘义给华兴鸡场打电话，赵老板说鸡苗有，要人担保，王世福是A局办公室干部包扶的贫困户，王弘义答应担保，第二天，王弘义和王世福一块儿到华兴鸡场借回了1000只鸡苗。王世福高兴地养起了散养鸡。

6月下旬，第三方评估组中国农业大学、安徽大学团队共72人来到双山县开展2019年贫困县退出国扶办抽查工作。每镇抽查3个村，由4人组成的检查组，抽查枫坪村。

检查组采取听、看、访、查的方法对枫坪村的扶贫工作进行了全面的检查。村委会对整体工作做了汇报，一是抓基础设施建设。2016年来，枫坪村新修产业路2条，宽5米，长3500米；加宽、整修村级公路12600米，新修入户路2米宽，5600米；硬化院落15600平方米，修花池2720平方米，四旁植树12600株；为贫困户建房3100平方米；拆除破烂、危旧房屋3650平方米，拆除旧厕所310座，新建公厕52座，832平方米；修自来水池6个，埋水管26300延米；新增变压器3个，三相电接通到每个村民小组；修便民桥8座，30米长、10米宽大桥1座，修牌楼1座，修1500平方米文化广场一个，整体工程质量比较高，没有豆腐渣工程。群众水、电、路畅通率达 100%。

二是抓产业发展。创办股份制企业 5 个。评估组通过审计、查账看到：安吉茶叶公司 2019 年产值 80 万元，群众受益（地租、务工费）60 万元，提留、上缴 1 万元；羊肚菌培植场年产值 18 万元，群众受益（地租、务工费、分红）15 万元，提留、上缴 1 万元；波尔山羊养殖场年产值 20 万元，群众受益（地租、务工费、分红）16 万元，提留、上缴 1 万元；农副产品加工包装公司年产值 160 万元，群众受益（地租、务工费、分红）120 万元，上缴利润 5 万元。枫坪养蝎场已投入生产。两年后，产值可达 60 多万元，利润可达 24 万元，仅村办产业村民每年户均增收 12580 元，村集体积累 8 万元。产业带动了社会经济的发展。

三是以产业带动发展，以小项目增加收入。全村有贫困户 62 户，216 人，智障、残疾、年迈 10 户，12 人，实施兜底扶贫；51 户贫困户（杨祯兴母亲去世了，个人考上了国家职员，自然取消了 1 户），外出务工 20 人，从事茶叶生产的 51 户，在村羊场、安吉茶厂、羊肚菌场、复兴包装厂务工的 40 人，从事养鸡、养羊、养蜂养殖业的 26 户，从事天麻、丹参、桔梗种植的 8 户，除合作社入股收入外，每户保证有农业和种养项目作为收入来源。2019 年，人均年收入达到 12000 元以上。

四是加强精神文明建设。2018 年新修文化广场 1 座，面积 1500 平方米，绿化、体育器材全部安装到位；村卫生所面积达 160 平方米，技术服务质量全面提高，县医院业务支撑牢固，网上联系正常，农合医疗参合率达 100%；文化、文艺、体育活动开展正常，农民卫生习惯基本养成，每个庄子有垃圾池、公厕、卫生员，卫生条件得到极大改善。2019 年被省文明办授予文明卫生村。

五是农村教育事业得到发展，办起了小学、幼儿园，教学活动开展正常。

检查组查看了村脱贫攻坚作战室，查验了 61 户的收支账本，产业、农业、务工收入，数字详细、真实可信。走访了贫困户，召开座谈会，听取了群众的反映，李三元、牛伯梁、李泽胜、杨全胜等都给予了高度的评价。检查组步行查看了通村路、通户路、产业路、贫困户住房、花池、绿化树、自来水、电灯，没有不合格工程，检查组给予了充分的肯定。

评估组认为，枫坪村不仅真正脱了贫，而且为后续发展打下了牢固的基础。一个民主化管理的体制也已形成，抓规划、抓落实、抓发展走上了常规发展的轨道。农村振兴之路越来越宽广！

七十七　小康路上

灿烂的阳光照耀着枫树坪，天空特别明净，夏收已过，枫河两岸地里一片青翠，山上树木郁郁葱葱，枝叶繁茂，色泽浓重，与田地里的庄稼形成了明显的对照。星期天，王弘义和武春华回到 A 局，向杨局长汇报了枫坪村的想法，星期一开完例会，杨局长就到扶贫局联系产业路的事，扶贫局刚好有一个与茶叶生产配套的产业路工程，杨局长给王弘义打电话，说要扩大茶园面积，王弘义向赵守道汇报，赵守道叫来寺沟组长朱益明，南沟组长汪天禧，要求在寺沟和南沟交界处新开茶园 600 亩，朱益明、汪天禧都表示："这几年村民收入很大一部分都是茶叶，要求发展应该没问题。"

赵守道劝慰说："这也很难说，茶叶籽有茶叶局投资，而且是新品种，每亩可能还可以补助一些资金，从退耕还林中调剂，现在还不能兑现。总之，要做好工作。"

汪天禧、朱益明回到家里，召集土地承包户开会，动员开垦茶园，多数户积极性很高，很快行动了起来，少数总是找种种借口不动工，汪天禧、朱益明找包组领导李虎生、武春华，他们只好一户户做工作，李虎生说要和退耕还林补偿挂钩，几户积极性不高的村民想想，退耕还林也是一笔不小的收入，便也开始开垦茶园。连同老茶园有 3000 多亩，规模很壮观。

产业路很快批下来了，李虎生又去了一趟昌隆宾馆，给王晓翠说了产业路的事，王晓翠和吴守财迅速走通了关系，又取得了产业路承包权。王义林知道后，又找到村部问赵守道："枫坪村真怪呀，啥工程都是吴守财的，他们给你们啥好处了？"

赵守道无奈地说："为啥我也不知道，没法回答你。我只能告诉你，这事与我无关。"

王义林歪着脖子问："你当支书、村主任，啥都不知道，哄鬼呀！"

"你不信我，也没办法，现在不是你当村主任的时候，项目管控得很严，招标是项目主管方负责，村上只是协调、监督。"赵守道无力地解释。

"不管是哪个负责，那不可能每次都是吴守财中标吧？这不是明摆着吗？"王义林不依不饶地追问。

"你也不要往邪处想，吴守财毕竟在城里混了那多年，肯定有人脉关系，熟人多吃四两豆腐，这情况是难免的。再者，通过几次工程修建，吴守财的工程质量树立了威信，这是主要原因。总之是给村上办事，你就不要搅和啦。"赵守道耐心地劝说。

"不是我搅和，这事不得不让人怀疑。村上的事我从来没沾上过边，你们把我当啥人啦？"王义林生气地质问。

"你没沾上光，村干部也没有哪个沾光，我还不是一样光爪子吗？"赵守道无奈地说。

"你没沾上边活该，那叫你老实嘞！我想沾边可沾不上边。"王义林讥讽地说。

"你是有能力有能量的人，不需要村上照顾，自己就能过得很好，干啥都能挣钱，非要在村上搅和，是显你本事还是故意给村委会找为难？"赵守道以退为进地反问。

"你要说这，我啥也不说了，你就让李虎生为所欲为吧！"说罢，王义林扭身离开了赵守道办公室。

产业路接通寺沟至南沟通组路，全长1600米，地方道路管理局派技术员测了3天，明确了线路。地是集体的，问题不大，要砍伐果树、用材林一棵棵协商不好。虽然村委会统一作了规定，但有些人就是胡搅蛮缠。路经朱长春核桃树，距离果树还有5米，他硬说伤了树根，也要补偿。最终只得答应如果挖到5厘米粗的树根按半价赔偿，

全体干部出动协调了一周，总算协调到位了。吴守财调了两台挖掘机和铲土机，本来10天就能把毛路修通，可不是这家树挡住要加钱，就是那家地不让走，宋志红、陈玉文跟着施工队协调，过半月才挖通。沉淀了1个月，吴守财先用压路机碾压后，再铺上20厘米的沙石，再次压实，打20厘米厚的200#水泥砂浆，按规范修起了水泥路，茶园又多了一道亮丽的风景线。

7月上旬，县委副书记唐志刚带领扶贫局、农业局领导，来枫坪村检查脱贫攻坚"补短堵漏建设机制"专项行动督查问题整改情况。赵守道、王弘义

带唐书记查看了路、水、电等基础设施建设，视察了羊肚菌场、安吉白茶公司、波尔山羊养殖场、复兴包装公司、养蝎合作社，走访了贫困户、核对了台账，感到工作底子很扎实，临行叮咛王弘义、赵守道："一定要深入排查，堵漏补缺，确保完美收官。"

赵守道和王弘义商议，采用集中核查、户户落实的办法，亲自带队一个个村民小组、一户户贫困户进行核查增收项目、收入状况，确保稳定增收。核查 61 户贫困户，人均年收入都达到了 13000 元以上。

9 月初，县脱贫攻坚领导小组印发《双山县开展"对标补短五大行动"高质量决胜全面脱贫实施方案》，包扶单位采用立体化、多角度进行全面对标、精准核查、补短堵漏，持续提升脱贫攻坚质量，实现"零返贫、零致贫"。两河镇党委召开村干部、第一书记会议，作了全面安排，周一例会上，赵守道安排包组干部带上水龙头、开关，采用交叉检查方式、户户核对的办法，进行补短堵漏。王弘义、李惠芬、宋志红检查一至五组，水电不放过一个水龙头、一个开关，收支核对到每一笔账目，种植查到地块、养殖查到只（头），确保每户增产增收。他们一户户检查，吴毅家中水龙头滴水，宋志红立即给换了一个，李春旺开关坏了，王弘义立即帮忙换掉，查了一路，修了一路水电，宣传了一路致富政策。虽然很累，可心里踏实了。

太阳悬挂在晴空，几朵白云在蓝天上飘荡，被潮湿的金光所笼罩的树木，遮盖着群山，温暖的感觉，让人感觉不到秋天。年内的时间不多了，赵守道安排两委会分片包抓秋收秋种，年末总结，明年的规划。王弘义、李惠芬、宋志红在抓秋收的同时，用主要精力抓了小麦播种面积的落实。群众嫌种小麦麻烦，种植面积一直很难保证，他们讲粮食安全的意义、好处，动员群众种上了小麦。帮助贫困户算收入账，作第二年发展计划，为持续增收打好了基础。

10 月 20 日，市委宣传部、市政府新闻办公室召开"牢记嘱托，接续新奋斗，攻克堡垒，创造新生活"脱贫攻坚系列新闻发布会。第四场，双山县委书记李益民宣布："截至 2019 年底，全县累计退出贫困村 69 个，脱贫贫困人口 16616 户 55532 人，2020 年 2 月，双山县顺利实现脱贫摘帽。"

枫坪村两委会成员和包扶干部在电视机前鼓起了热烈的掌声，这标志着枫坪村和双山县真正走出了贫困。在一片欢呼声中，王弘义告诫大家：这是终点，也是起点，实现中国梦，建设小康社会，我们的担子更重，任务更艰巨。我们面临的是新的机遇、新的挑战，我们不要松劲，要继续战斗，以新的精神面貌，夺取新的更大胜利！

枫坪村又开始谋划新的蓝图，力争在乡村振兴的路上迈出更稳更快更坚实的大步……

尾 声

2020 年底，习近平总书记向全世界宣布：中国全面进入小康社会！枫坪村也迈着巨人的步伐行进在中国梦的新的起点上。百花盛开，莺歌燕舞，各个村庄万紫千红，粉墙灰顶，幢幢小楼隐匿在绿荫丛中；整洁的公厕、四季芳香的花池，规范化的水电、卫生管理，村容村貌焕然一新，太阳能灯、太阳能热水器，宽阔的大道，穿梭流动的家用小车，流行的时装，家用电器，"天天过年"的小康生活彰显着新时代农民的幸福生活。

2021 年，枫坪村股份合作制企业已发展到 6 家，包扶工作队和村两委会继续以稳增长、促发展为基调，带动群众为实施乡村振兴战略而奋战！

双山县委调整了镇（办）和部分部、局领导班子，王弘义调任两河镇镇长，武春华调任林业局副局长，孙阳回远翔公司任副总，齐明生任农技中心主任，组织又派遣了一批新生力量充实到基层帮扶农村发展的一线。启动了乡村振兴战略，未来的中国梦正徐徐向枫坪人走来！

王弘义调研乡村振兴规划又回到枫坪村。入夜，枫坪村的文化广场上欢乐的村民载歌载舞，沉浸在一片自由幸福的气氛中。舒缓的乐曲中飘荡着优美的旋律，李欣怡用女高音正在动情地唱着扶贫歌曲《初心化解百姓愁》：

> 初心化解百姓愁
> 莽岭的山，丹水的沟，
> 山山沟沟把脚印留。
> 贫困的苦，
> 群众的忧，
> 时时刻刻记心头，记心头。
> 国以民为本，
> 民以食为首，
> 共产党人有追求

初心化解百姓愁

滔河的桥，新开岭的路，
座座条条是你亲手修。
立志挖穷根，
产业创新优。
乡村振兴绘宏图，绘宏图。
一心为人民，
风雨共一舟。
百年目标实现时，
举杯同饮幸福酒。

　　皓月当空，稀疏的星星点缀着天幕，朵朵白云自由地飘荡在夜空。王弘义沉浸在往事的回忆中，听着听着，他流出了幸福的泪水，那些奋斗和汗水没有白流。他想，紧跟着党中央的步伐，未来的大道会越来越宽广，两个百年伟大的复兴梦一定会实现！枫坪和全国一样，一定会变得越来越美丽！